長安十二時辰㊤

馬伯庸 著

高寶書版集團

目錄

子 丑 寅 卯 辰 巳 午 未 申 酉 戌 亥
1 2 3 4 5 6 7 8 9 10 11 12 13 14 15 16 17 18 19 20 21 22 23 24

長安坊圖

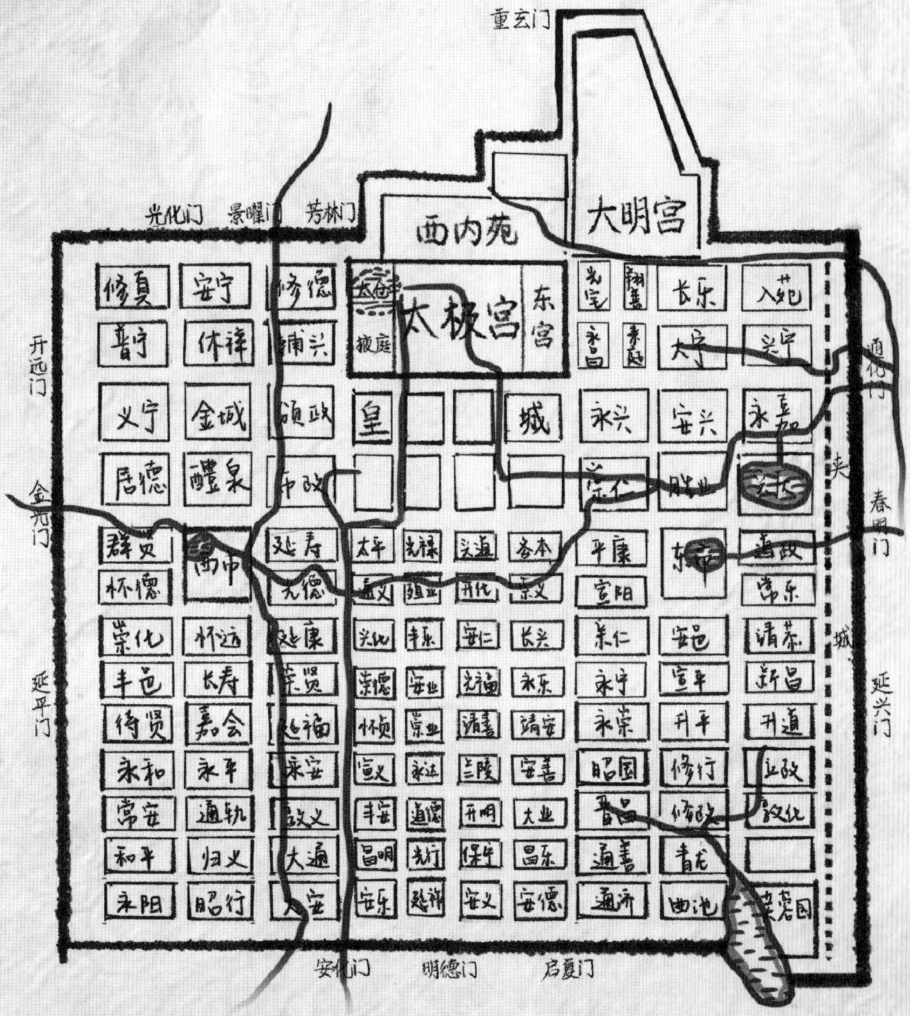

重玄门
光化门
景曜门
芳林门
西内苑
大明宫
太极宫
东宫
掖庭
皇
城
开远门
金光门
延平门
通化门
春明门
延兴门
安化门
明德门
启夏门
夹
城
西市
东市
修真
安宁
修德
光宅
翊善
长乐
入苑
普宁
休祥
辅兴
永昌
来庭
大宁
兴宁
义宁
金城
颁政
永兴
安兴
永嘉
居德
醴泉
布政
崇仁
胜业
群贤
延寿
太平
光禄
兴道
务本
平康
道政
怀德
光德
通义
开化
崇义
宣阳
常乐
崇化
怀远
延康
兴化
丰乐
安仁
长兴
亲仁
安邑
靖恭
丰邑
长寿
崇贤
崇德
安业
光福
永乐
永宁
宣平
新昌
待贤
嘉会
延福
怀贞
崇业
靖善
靖安
永崇
升平
升道
永和
永平
永安
宣义
永达
兰陵
安善
昭国
修行
立政
常安
通轨
敦义
丰安
道德
开明
大业
晋昌
修政
敦化
和平
归义
大通
昌明
光行
保宁
昌乐
通善
青龙
永阳
昭行
大安
安乐
延祚
安义
安德
通济
曲池
芙蓉园

第一章　巳正

天寶三載，元月十四日，巳正。

長安，長安縣，西市。

春寒料峭，陽光燦然。此時的長安城上空萬里無雲，今日應該是個好天氣。

隨著一陣嘎吱聲，西市的兩扇厚重坊門被緩緩推開，一面開明獸[1]旗高高懸在門楣正中。外面的大街上早已聚集了十幾支駱隊。他們一看到旗子掛出，立刻喧騰起來。夥計們用牛皮小鞭把臥在地上的一頭頭駱駝趕起來，點數貨箱，呼喚同伴，異國口音的叫嚷聲此起彼伏。

這是最後一批在上元節[2]前抵達長安的胡商隊。他們從遙遠的拂林[3]、波斯等地出發，日夜兼程，就為了趕上這個長安最重要的節日。要知道，從今晚開始，上元燈會將持續足足三夜，大唐的達官貴人們花起錢來，可是毫不手軟。

西市署的署吏們一手持簿，一手持筆，站在西市西入口的兩側，面無表情地一個一個查驗

1 中國古代神獸。身軀龐大、類虎，有九頭，皆為人面。傳說為天帝守門之獸。
2 即正月十五，元宵節。
3 大秦，即東羅馬帝國。

通關文牒[4]和貨物。今天日子特殊，西市比平時提前半個時辰開啟。這些署吏都想趕快完成工作，回家過節去，查驗速度不覺快了幾分。

一位老吏飛快地為一隊波斯客商做完登記，然後對排在後面的人招招手。一個穿雙翻領粟色短袍的胡商走過來，把過所[5]雙手呈上。

老吏接過去看了一眼，頓時愣住了。

這份過所本身無懈可擊。申請者叫作曹破延，粟特人[6]，來自康國[7]。這次來到長安一共帶了十五個伴當[8]、十五峰駱駝和一匹公馬，攜帶的貨物是三十條羊毛氈毯和雜色皮貨，沿途關津都有守官的勘過簽押。

問題不在過所，而在貨物。

老吏做這一行已有二十年，見過的商隊和貨物太多了，早練就一雙犀利如鶻鷹的眼睛。十六個人，卻只運來這麼點貨物，均攤下來成本得多高？何況長安已是開春，氈毯行情走低。這些貨就算全出手，只怕連往返的開銷都抵不上。萬里長路上，哪有這麼蠢的商人？

老吏不由得皺起眉頭，仔細打量眼前這位胡商。曹破延大約三十歲，高鼻深目，瘦削的下頷留著一圈硬邦邦的絡腮黑鬍，像是一把硬鬃毛刷。如果算上他頭戴的白尖氈帽，整個人至少

---

4 出入關津必備的通行證，類似今日的護照。

5 意同通關文牒。唐代「過所」制度嚴格，已接近現代的出入境、邊檢和海關查驗制度。到各地進行貿易或其他活動的商人等都要持過所，否則便是非法通行。

6 中亞古代民族。

7 西藏地區的古國。

8 跟隨的人。

有七尺多高。

老吏問了幾個簡單的問題，曹破延一一回答。他的唐話很生硬，來來去去就那麼幾個詞，臉上一直冷冷的沒有笑容，完全不像個商人。老吏注意到，這傢伙在答話時右手總是不自覺地去摸腰間。這是握慣武器的動作，可惜現在他的腰帶上只有一個空蕩蕩的小銅鉤。出於安全考量，所有商人的隨身利器在進城時就被城門監收繳了，要出城時才會交歸。

老吏不動聲色地放下筆簿，圍著曹破延的商隊轉了一圈。貨物沒有任何問題，普通貨色。十五個伴當都是胡人，綁腿褲，尖頭鞋，年紀都與曹破延相仿。他們各自牽著一峰駱駝，默不作聲，但肩膀都微微緊繃著。

「這些傢伙很緊張。」老吏暗自做出了判斷，提起筆來，打算在過所上批上一個「未」字，意思是這個商隊身分存疑，得由西市署丞做進一步勘驗。可筆未落下，卻被一隻大手給攔住了。

老吏抬頭一看，發現一個濃眉寬臉的漢子，正衝他微笑。

「崔六郎？」

這個人在西市是個有名的掮客，人脈甚廣，舉凡走貨質庫[9]、租房尋人、訴訟關說之類，找他做仲介都沒錯。所以他雖無官身，在西市卻頗吃得開。

崔六郎笑咪咪道：「還沒吃朝食吧？我給老丈你捎了張餅。」然後遞過去一張熱氣騰騰的胡麻麵餅，正面綴著一粒粒油亮的大芝麻，香氣撲鼻。老吏一捏，發現在麵餅的反側深深壓著一枚小小的直銀鋌[10]。他暗自掂量了一下，怕不只二兩，雖不能做現錢[11]，但也能給閨女打枝

---

9 質庫即當鋪。

10 鑄成錠狀的銀塊。

11 現錢即現金。唐代銀鋌非廣泛流通的貨幣，主要為貢銀、稅銀，做為貿易支付和儲金的方法，便於攜帶。

好簪子了。

「這幾位朋友頭一次到長安來，很多規矩都不清楚，還請老丈通融。」崔六郎壓低聲音道。老吏略作猶豫，還是接過麵餅，然後在過所上批了個「聽」，准許入市。崔六郎拱手致謝，轉過身去，流利地說了一連串粟特語。曹破延只是微微點了一下頭，既無欣喜也不興奮。

在崔六郎的帶領下，那支小小的駝隊順著檻道魚貫進入西市。

過了檻道，迎面是一個寬闊的十字路口，東、南、西、北四條寬巷的兩側皆是店鋪行肆。從絹布店、鐵器店、瓷器店到鞍韉鋪子、布糧鋪、珠寶飾鈿鋪、樂器行一應俱全。這些店鋪的屋頂和長安建築不太一樣，頂平如臺。倒不是因為胡商思鄉，而是因為這裡寸土寸金，屋頂平闊，可以堆積更多貨物。

此時鋪子還未正式開張，但各家都已經把幌子[12]高高懸掛出來，接旗連旌，幾乎遮蔽了整條寬巷上空。除夕剛掛上門楣的桃符[13]還未摘下，旁邊又多了幾盞造型各異的花燈竹架。這都是為了今晚花燈遊會而備的。此時燈籠還未掛上，但喜慶的味道已沖天而起。

「咱們長安呀，一共有一百零八坊，南北十四街，東西十一街。每一坊都有圍牆圍住。無論你是吃飯、玩樂、談生意還是住店，都得在坊裡頭。平常晚上可不能出來，會犯夜禁。不過今天不必擔心，晚上有上元節燈會，暫弛宵禁。其實呀，明天才是上元節，但燈會今晚就開始了……」

崔六郎一邊走著，一邊為客人熱情地介紹長安城裡的各項掌故。曹破延左右掃視，眼神始

---

12 招牌。

13 可驅邪避鬼的桃木板，上面書寫門神名諱或是畫像。

終充滿警惕，如同一隻未馴養的猛鷹。周遭馬騾嘶鳴，車輪轔轔，過往行旅都在匆匆趕路，沒人留意這一支小小的商隊。

兩人走到十字街正中。崔六郎停下腳步：「接下來咱們去哪兒？是尋個旅舍還是閣下有掛靠的店家？」曹破延從懷中拿出一張摺好的紙，遞給他。崔六郎先怔了怔，然後笑道：「原來您都訂好了，來，往這邊走。」他伸直手臂，略帶誇張地朝右邊一指，抬腿前行，其他人緊隨其後。

曹破延並不知道，他和崔六郎的這一番小動作，被不遠處望樓上的武侯[14]盡收眼底。

望樓是一棟木製黑漆高亭，高逾八丈，矗立在西市的最中間，其上可以俯瞰整個市場的動靜。樓上有武侯，這些人都經過精心挑選，眼力敏銳，市里什麼動靜都瞞不過他們。

崔六郎、曹破延從入市開始，就一直被望樓嚴密地監視著。看到崔六郎的手勢，一名武侯直起身子，拿起一面純色黑旗，朝東方揮動三下，並重複了三次。

兩個彈指之後，望樓東側三百步開外的另外一座望樓，也揮舞起同樣的黑旗；緊接著，更東方的望樓也迅速做出回應。就這樣一樓傳一樓，不過數十個彈指功夫，黑旗的訊息已跨越了一條大街，從西市傳到東邊一坊開外的光德坊內。

光德坊的東北隅是京兆府公廨[15]，旁邊便是慈悲寺。在兩者之間，夾著一處不起眼的偏院，這裡原本是孫思邈的故宅，不過如今藥王的痕跡全沒了，取而代之的是肅殺氣氛，院子裡豎起一棟高大的黑色大望樓，比其他望樓要高大許多。

14 唐朝兵制分北衙、南衙，南衙有十六衛。武侯隸屬金吾衛之下，負責坊間治安、巡守及消防。
15 官署。

樓上武侯看到遠處黑旗舞動，便在一條木簡上記下旗色與揮動次數，飛快朝地面擲下。樓下早有一名高壯的通傳接住木簡，一路快跑，送入三十步外的一座軒敞大殿。大殿正上方高高懸著一塊金漆黑木匾，上書「靖安司」三字楷書，書法豐潤飽滿，赫然是顏真卿的手筆。

一進殿，首先看到的是一座巨大的長安城沙盤。赤黏土捏的外郭城牆，黃蜂蠟捏的坊市牆垣，一百零八坊和二十五條大街排列嚴整如棋盤，就連坊內曲巷和漕運水渠都纖毫畢現。當然，唯獨宮城是一片空白。旁邊殿角還有一座四階蟠龍銅漏水鐘，與順天門前的那臺銅漏同調。

俯瞰此盤，輔以水漏，如自雲端下視長安，時局變化了然於胸。

沙盤旁邊，兩位官員正在凝神細觀。老者鬚髮皆白，身著寬袖圓領紫袍，腰佩金魚袋[16]。少年人臉圓而小，青澀之氣尚未褪盡，眉宇之間卻隱隱已有了三道淺紋，顯然是思慮過甚。他穿一襲窄袖綠袍，腰間掛著一枚銀魚袋，手裡卻拿著一把道家的拂塵。

通傳跑到兩位官員面前，持簡高呼，那洪亮的嗓門響徹殿內：「狼入西市，已過十字街！」官員們沒動聲色，身旁一名美貌女婢向前趨了一步，拿起一杆打馬球用的月杖，將沙盤中的一尊黑陶俑從西市外大街推至市內，與崔六郎、曹破延所處位置恰好吻合。

殿內稍微沉寂了片刻，年少者先開口探詢：「賀監？」連問數聲，老者方才睜開眼睛：「長源，你是怎麼安排的？」

年少者微微一笑，用拂塵往沙盤上一指：「崔器親自帶隊，五十名旅賁軍[17]已經布置到了

16 絲製的魚形袋子。根據唐朝官制，三品以上飾金魚袋，五品以上飾銀魚袋。
17 負責東宮（太子）宿衛的十率之一。

西市之內。一俟六郎套出消息，崔器馬上破門捉人。周邊，有長安縣的不良人[18]百餘名把守諸巷；西市兩門，衛兵可以隨時封閉。重重三道鐵圍，此獠絕無逃脫之理。」

隨著拂塵指點，女婢飛快地放下一尊尊朱陶俑。沙盤之上，朱俑轉瞬間便將黑俑團團包圍，密不透風。

「這些狼崽子以為裝成粟特胡商買通內應，就能瞞天過海，殊不知從頭到尾都是咱們在釣魚。以有心算無心，焉有不勝之理？」少年人收回拂塵，下巴微昂，顯得胸有成竹。老者嗯了一聲，重新闔上眼簾，不置可否。

每隔一小刻，大嗓門的通傳就會從外面跑進來，匯報崔六郎和曹破延的最新動向。

「狼過樊記鞍韉鋪，朝十字街西北而去！」

「狼過如意新絹總鋪，右轉入二迴曲巷！」

「狼過廣通渠三橋，拐入獨柳樹左巷偏道。」

女婢手持月杖，不斷挪動黑俑到相應位置。曹破延的行走軌跡，具體地呈現在兩位主事者眼前，這支商隊正離繁華之地越行越遠，逐漸靠近市西南的獨柳樹。

獨柳樹是西市專門處斬犯人的場所，商家嫌不吉利，多有遠避，是以四周人越來越少。

年少者微一側頭：「徐主事，那附近有什麼建築？」

在兩位官員身後，環繞著十幾張堆滿卷帙的案几，數十名低階官吏埋頭忙碌著。一個微胖的中年書吏聽到呼喚，連忙放下手中書卷，跑到沙盤前。他的視力不是很好，需要費力地趴在邊緣向前探出身子，才能看清黑俑所在。

18　類似捕快。

徐主事略一思索，立刻如誦書一般答道：「東北巷，地勢多窪下溼，只設有十六個貨棧，旁接廣通渠。開元十五年曾遇暴雨，渠水暴漲，三名胡商的存貨悉毀，價五千貫……」他的記憶力相當驚人，隨口答出，全無窒塞。

年少者打斷了他的滔滔不絕：「這十六個貨棧，附近可有出口？」

「哎哎，沒有，不過……」

恰好在這時，通傳又闖入大殿，打斷了他的話：「狼入丙六貨棧，未出！」

殿內的氣氛一下子被這條傳文挑動起來，所有人的視線都投向沙盤。

「就是這裡了！」年少者眼神霍然發亮，「傳令崔器，準備行動；不良人即刻清場貨棧周邊，不許任何人進出。西市二門隨時待命。」一條條簡短有力的命令從他嘴裡發出，語氣中帶著掩飾不住的興奮。

通傳記下命令，飛快地離開殿內。年少者雙臂撐住沙盤邊緣，身子前傾，望著黑陶俑喃喃自語：「我倒要看看，這些突厥的狼崽子來長安城，到底想幹什麼。」

命令從靖安司大殿上傳到望樓。然後透過一連串旗語，迅速跨越大街，傳回西市的北側望樓上。武侯把旗語抄在木簡上，拋到樓下，同時大喊道：「崔旅帥，接令！」

木簡還未落地，就被一隻大手牢牢捏住。

抓住木簡的是個身材高大的虬髯大漢，此人胳膊粗得像一道梁木。他接過木簡，迅速掃了眼上面的命令，精神一振，立刻回頭大吼道：「全體集合！」

從他身旁的倉房裡，五十名旅賁軍的士兵迅速魚貫而出。他們個個身披墨色步兵甲，手持擘張寸弩，腰懸無環橫刀，其中十人還斜挎長弓。整個列隊集合的過程中，沒有人說話，只聽見沉悶的腳步聲和呼吸聲。

崔器陰沉著臉掃視一圈：「目標在丙六貨棧，先圍後打，盡量留活口。一會兒都機靈著點，誰也別給旅賁軍丟臉！」說完一揮手，朝外面跑去。士兵們五人一排，緊緊跟隨著主將，剛開始小跑，然後急速奔跑起來。

他們輕車熟路地掠過十字街，鑽進曲巷，朝著西市南坊而去。沿街的客商看到街上突然塵土飛揚，跑過這麼多軍人，都露出驚駭之情。還沒等他們交頭接耳，又有大批不良人走過來，要求各商鋪暫時關閉大門，街上的行人也被請進臨近的店鋪休息，任何人都不准離開。

在西市的東西兩個入口處，守門士卒將石製坊門從地坑裡抬起，隨時可以關閉大門。蜘蛛網一層層地飛速編織著，一枝利箭直刺而去。

進入丙號貨棧範圍後，崔器做了幾個手勢，早有默契的旅賁軍分成三個方向，悄無聲息地接近丙六貨棧，不良人已經將附近所有的路悄悄封鎖。這一帶只有幾個商隊的馬匹牲畜拴放於此，三兩個夥計看著。有不良人過去，交涉幾句，便把牲口都遠遠牽開。

至此，丙六貨棧與西市完全隔絕。

崔器半蹲在丙六貨棧附近一堵土牆的拐角處，摘下胸前護心鏡，掛在橫刀頭上，小心地朝外伸去。借著護心鏡的反射，他不必探頭也可看清前方狀況。

丙六貨棧是一幢壓簷木製建築，長六十步，寬四十五步，近乎方形，只有一個入口，四面有通風窗，但特別小，不容成人通行。因為這一帶靠近水渠，夏季容易淹水，所以建築底部架空，被十六根木柱托起，有點類似嶺南建築風格。

門口守著一個大鼻子胡人，正是曹破延的十五個伴當之一。他背靠木門，不時低頭去玩手腕上的一串木珠，顯得心不在焉。崔器估算了一下弩箭的距離，如果真要動手，他有信心在十個彈指之內破門而入。

崔器把目光投向入口，屏住了呼吸。萬事俱備，就等貨棧內的動靜了。

在與外界隔著一面木牆的貨棧內，曹破延背靠屋角雙手抱胸，面向入口而立。他已經摘下白尖氈帽，露出一頭濃密的黑色髮辮。其他人在貨架之間散開，三三兩兩地低聲交談著，但說的不是粟特語而是突厥語。當然，站在窗邊的崔六郎表現出一副完全聽不懂的樣子。

崔六郎搓手笑道：「曹公，誰給您找的這地方？這裡潮溼得很，附近也沒有食肆雜鋪，不如我給您另外安排一間。」

曹破延像是沒聽見這個問題似的，冷淡地回答：「做正事。」

崔六郎也不尷尬：「好，好。您找我到底做什麼事，現在能說了吧？」

曹破延打了個響指，兩個伴當走過來，在地上鋪開一卷布帛，是個寬方的尺寸。然後又拿出了小狼毫一枝、墨錠一方、硯臺一盞。崔六郎一怔，不知道這是什麼意思，難不成要開科考詩賦？

他再一看那硬黃布帛，不由得倒抽一口涼氣。布上密密麻麻畫著無數方格，墨線縱橫，正是長安城的一百零八坊圖。不過這地圖太過粗略，僅僅只是勾出坊市輪廓和名字。

「這玩意兒只在皇城祕府裡頭有收藏，百姓誰家私藏，可是殺頭的大罪！」

曹破延雙眼一眯：「……你不敢接？」

崔六郎哈哈大笑，後退一步盤腿坐在地上：「我若是不敢，就不會把你們接進西市了。富貴險中求，幹我這行的，有幾個把大唐律令當回事？來呀，筆墨伺候，你們想標什麼？」

「我要你在這份長安坊圖上，把所有的隱門、暗渠、夾牆通道等要害之所標出來。」曹破延一字一句道。

崔六郎一邊應承，一邊腦子裡飛快轉動。長安城內地勢錯綜複雜，可不是縱橫二十五條路街這麼簡單。諸坊之間有水陸管道，城牆之間有夾牆，橋下有溝，坡旁有坎，彼此之間如何勾結成網，連通何處，大部分長安居民一輩子都搞不清楚。

若有這麼一張全圖在手，長安城大半虛實盡在掌握，來去自如。看來這些突厥人所圖非小啊……

一人掏出皮囊，倒了些清水在硯臺上，一會兒功夫，研出淺淺的一灘墨水。崔六郎舔開狼毫筆尖，蘸了蘸墨，提筆畫了幾筆，忽然又停手：「曹公，你不是中原人，對布匹不熟。這布啊，不成。這叫硬黃布，做衣服合適，上墨卻略顯滯塞。不如我去買些一品的宣紙回來……」

「你不能離開。」曹破延斷然否決。

崔六郎搖搖頭，提筆開始勾畫。剛填完長安城一角，他又抬眼道：「長安城太大，若是事無鉅細都畫上去，三天三夜也畫不完。曹公你用此圖到底是要做什麼用？我心裡有數，下筆自然就有詳略。」

曹破延道：「這與你無關。」

崔六郎雙手一攤：「你要我兩個時辰內填完長安城全圖，卻連幹什麼用的都不肯說，抱歉，畫不了。」

曹破延聽了這一串說詞，不由得大怒，一步邁到崔六郎身前，伸手要扼他的咽喉。

崔六郎猶豫了一下，沒有躲閃。他知道靖安司的人就在外頭，只消一聲高喊，這些突厥人一個也跑不掉。可是這樣一來，之前的心血就全浪費了。他賭曹破延現在只是虛張聲勢，沒拿到坊圖不會真的下手。

只要再詐上一詐，就能搞清楚他們的真正目的了。

曹破延掐在崔六郎咽喉上的手驟然停住，崔六郎心裡一鬆，知道自己賭對了。曹破延保持著這個姿勢，頭忽然朝窗外偏了一下，似乎在側耳傾聽。崔六郎有些緊張，難道是旅賁軍的人粗心大意搞出了聲響？他連忙問道：「曹公，怎麼了？」

「你聽到什麼沒有？」曹破延指了指窗外。

崔六郎聽了聽，外面寂靜無聲。他有點茫然地搖搖頭：「什麼都沒有啊。」

「對，什麼都沒有。」曹破延露出草原狼才有的猙獰笑意，手指猛然發力，「剛才進門時，附近明明拴著許多牲口，熱鬧得很，現在卻連一聲馬鳴都沒了。」

一聽這話，崔六郎的面部遽然變色，開始是因為驚慌，然後是因為窒息。

崔器在外頭等待著，心裡越發不安。貨棧那邊沒什麼動靜，可他就是覺得不對勁。身為一名老兵，他這方面的直覺往往很準。

他再度用橫刀把護心鏡探出去，這次對準的是丙六貨棧的窗戶。視窗很小，鏡上只能勉強看清有人影晃動。忽然一個人影在窗前消失，同時傳來咚的一聲，似乎有沉重的東西倒在地上。

不好！崔器的心臟驟然停跳了一拍，他猛然收回橫刀，急切地對周圍吼道：「破門！快！」

旅賁軍早已在各自的戰位準備就緒，命令一下，八枝弩箭立刻從三個方向射出，登時把守門的突厥人釘成了一隻刺蝟。與此同時，兩名士兵猛然躍上門前木階，掠過剛軟軟倒下的敵人，用厚實的肩膀狠狠撞在門上。

竹製的戶樞抵擋不住壓力，霎時破裂。轟隆一聲，士兵的身體連同門板一起倒向屋內。在他們身後，另外兩名士兵毫不猶豫地踏過同伴的身體，衝進屋去。手中勁弩對準屋內先射了一輪，然後迅速矮下身去。這時趴在地上的兩名士兵已經翻身而起，把門板抬起形成一個臨時的木盾，護在同伴身旁，替他們爭取弩箭上弦的時間。

這一連串動作如行雲流水，無比流暢，彷彿已經排練過無數次。

距離他們最近的幾個突厥人吼叫著撲過來，突然又一頭摔倒在地，發出痛苦的慘叫聲。三具長弓在客棧遠處發射，二尺長的鐵箭準確地穿過貨棧的狹小視窗，刺穿了他們的大腿。

這一輪攻勢爭取到足夠的時間，更多的士兵手端手弩衝進貨棧，邊前進邊舉弩大喊：「伏低！伏低不殺！」

可是突厥人彷彿沒聽懂似的，前仆後繼地從貨架的角落撲出來。他們高呼著可汗的名字，赤手空拳衝過來。對旅賁軍的士兵來說，這些人根本就是活箭靶，一時間，貨棧裡充斥著金屬揳入肉體的悶響聲和人的慘叫聲。

士兵們並不急於推進，他們三人一組，互相掩護著緩緩前移。突厥人只要稍有現身，立刻就被數把手弩射中。

士兵們得到的指示是，要盡量留活口，所以瞄準的皆非要害。可是這些絕望的草原狼悍不畏死，哪怕只剩一口氣也要設法反擊。數名士兵因為無法痛下殺手，一時猶豫，反遭偷襲而受傷乃至陣亡。即使無力反擊，那些突厥人也會立刻自殺，絕無猶豫。

很快屋內恢復安靜，只剩下橫七豎八的屍體躺在過道和木架之間。在付出了三名士兵的性命為代價後，旅賁軍終於控制了整個貨棧。

士兵們沒有放鬆警惕，謹慎地一個貨架一個貨架地搜過去。突然，一個原本躺倒在地的突厥人一躍而起，撲向距離最近的一名士兵。那士兵猝不及防，被他攔腰抱住，兩人糾纏在一起。突厥人張開大嘴，去咬士兵的鼻子，可他的動作猛然一僵，旋即撲倒在地，後腦杓上赫然插著一根弩箭。

過道盡頭，一名士兵的同伴持空手弩，手臂緩緩下垂，眼神慌亂。他本該讓突厥人活下來，可同袍的遭遇讓他忘記了訓令。

「笨蛋！我怎麼教你的！」

崔器一把奪下那士兵的手弩，抬手就是一耳光。他黝黑的臉彷彿塗了一層鉛灰色，暗淡無光。

破門只花了十個彈指，殲滅敵人則在二十六彈指之內，這在京城諸衛中算是卓越的成績。可突厥人太凶悍了，居然一個活口都沒留下，這可不是上頭想要的結果。

崔器帶著怒氣在過道上踱步，眼神掃過那些屍體，手指不安地攥緊刀柄又鬆開。忽然他愣了一下，旋即快走兩步，前方正是崔六郎的屍身。

他雙目圓睜，脖頸處有明顯的指痕，不用仵作檢查也知道他是被掐死的。

「阿兄！」

崔器悲憤地一聲虎吼，單膝跪在地板上，想要俯身去抱住死者。兩人眉眼相彷，正是同胞兄弟，只可惜其中一個永不可能睜開眼睛了。

「如果我能再早下令三個彈指……如果我能親自去破門……」悔意如同螞蟻一般啃噬著崔器的心，他的手指猛烈顫抖著，幾乎握不住阿兄的手。

一個旅賁軍的士兵跑過來，看到長官這副模樣，不太敢靠近。崔器偏過頭去，用眼神問他什麼事。士兵連忙立正：「剛才清點完屍體，一共是十五具。」

除去崔六郎，一共有十六個突厥人進了貨棧。也就是說，現在還有一人沒有捉到，經過辨認，應該是為首的曹破延。崔器猛然吸一口氣，重新站立起來，眼中跳動著火焰。

「搜！」他沉著臉喝道。

貨棧不是住家，沒有隔間，中間只有一些木製貨架。崔器在貨棧裡巡視了幾圈，沒有發現任何異樣。這樣一個空蕩蕩的地方，一眼就能望盡，他能躲到哪裡去？難道這傢伙會什麼西域妖法，能穿牆不成？

崔器忽然覺得頭頂有點涼颼颼的，他停下腳步，猛一抬頭，瞳孔霎時收縮。在他的正上方，有一個井口大小的木蓋，蓋子略有歪斜，露出一絲湛藍的天空。

這裡居然有一個通風口！

丙六貨棧的頂部是壓簷結構，所以沒人想到屋頂居然會有一個通風口。正常來說，只有平頂屋子才有這樣的設計。

大概是之前的某位使用者偷偷開的口子，沒有向西市署報備。崔器恨恨地罵上一句，吩咐人拿來梯子，然後在手弩裝進了一枝拿掉箭頭的弩箭。狂怒並未讓崔器喪失理智，這是最後一個人，務必要留活口，否則整個計畫就完蛋了。

現在貨棧周圍都是旅賁兵，曹破延就算去了屋頂，仍舊無路可走，幾乎等於是甕中捉鱉。

崔器唯恐再出什麼紕漏，親自登上梯子，朝上頭爬去。爬到頂端，正要推開木蓋，突然感覺到一陣殺氣。他急忙縮頭，一塊嵌著鐵釘的硬木條擦著頭皮飛過。他二話不說，抬手就是一箭。噗的一聲，似乎刺中了什麼。崔器一喜，手腳並用往上爬去，卻冷不防被一條腰帶抽中了左眼。

這腰帶是熟牛皮製成，質地極硬，抽得崔器一陣劇痛眩暈。腰帶頭上有一個小銅鉤，抽回時又在他臉頰上劃了一道長長的血口。這襲擊激起崔器的悍勇，他不退反進，反手一捲扯住腰帶，用力一拽，硬是衝上了屋頂。

還未站穩，他就感覺腰帶一鬆，顯然對方鬆開了手。崔器一下子失去平衡，拚命擺動手臂，好不容易才重新站穩。就在這個當下，他聽到嗒嗒一連串腳步踩在瓦片上的聲音，隨即嘩啦一聲躍起，然後遠遠地傳來一陣沉悶的嗒嗒聲，然後是嘩啦的水聲。

這聲音有些詭異，不像是落在土地上。崔器大急，他的左眼腫痛看不清東西，可腦子卻還清醒。他意識到自己犯了一個巨大的錯誤。

丙六貨棧旁邊，有一條緊貼坊牆的廣通渠。這條水渠在一年前拓寬了漕運，專運秦嶺木材，所以渠深水多，寬可行船。此時尚在正月，水渠尚未解凍，上面覆蓋薄薄一層冰面，如同朱雀大道般平整，而水門並無任何部署；崔器之前的安排光顧著陸路，居然把這事忽略了。

而他聽到的，正是曹破延撞開冰面，落入水中的聲音。

廣通渠從西市流出之後，連通永安渠、清明渠，更遠處還連著龍首渠和宮渠，流經的裡坊多達三十餘個，跨越大半個城區。換言之，只要曹破延潛水游過西市水門，就可以輕鬆逃出包圍圈，在全城任何一個地方上岸。

崔器恨不得抽自己一耳光，這個錯實在是太愚蠢了。

情急之下，他也縱身飛躍朝水渠裡跳去，可他忘了自己披掛著沉重的明光鎧，雙腳剛一觸冰面，冰面就咯嚓一聲斷裂開來，這位旅帥直接沉入水底。

臨入水前，他的右眼勉強看到一道水花正向水門疾馳。

水渠和倉庫之間有高高的堤牆阻隔，旅賁軍的士兵只能從另外一端繞過去，花了不少時間，然後他們紛紛脫甲下水，七手八腳把長官拽上岸來。這麼一耽誤，曹破延早已消失在水門的另一端。

崔器被救上渠堤，趴著大口大口吐著冰水，面色鐵青。在他手裡，還攥著一條掛著銅鉤的牛皮腰帶。

這是整個行動唯一的收穫。

＊

靖安司殿內的氣氛凝重，每個成員都輕手輕腳，不敢作聲，生怕惹惱兩位臉色不悅的長官。誰都沒想到，十拿九穩的一次追捕，居然讓煮熟的鴨子飛了。剛才那一場突襲很完美，可是毫無意義，因為連個活口都沒留下。

崔器單膝半跪在殿前，渾身溼漉漉的不及擦拭，水滴在地板上洇成一片不規則的水痕。在曹破延逃離後，他被緊急召回靖安司。上頭急於弄清楚到底哪個環節出了問題，而望樓旗語沒辦法傳遞太複雜的消息，他只能親自跑一趟。

面對靖安令和靖安司丞，崔器不敢隱瞞，跪在地上把整個過程一五一十地講完，然後把頭低垂下來，聽候審判。老者拂了下衣袖，長長嘆了一聲：「本來是請君入甕，反倒成了引狼入室……」

每個人都知道這句話的嚴重性。曹破延展現出了凶悍、狡猾和極強的臨機應變能力。這麼一個居心叵測的突厥人在上元節前夕闖入長安城，誰也無法想像，接下來會發生什麼事。更要命的是，這頭狼幾乎可以說是靖安司一路帶進來的，這個責任若是追究下來，誰也擔不住。

「卑職已派人沿渠搜捕。」崔器小心翼翼地補充了一句，希望能沖淡幾分失職的慚愧。

年少者鐵青著臉，一擺拂塵道：「這點人濟得了什麼事！你知道廣通、永安、清明、龍首諸渠有多長嗎？去把各街鋪的武侯和里衛都調出來，諸坊封閉，給我一坊一坊地搜！」

「長源，拂塵可不是用來砸人的。」老人抬起手掌，溫和而堅決地制止了他，「方才封鎖西市半個時辰，已有逾矩之嫌。若是來一次闔城大索，整個長安城都會擾動不安。今天可是上元節燈會，現在街上處處都在紮燈布置。你鬧得太大，連聖人都要過問的。」

年少者還要爭辯：「賀監不任其事，可不知道！曹破延這十六人是最後入城的一批，他們有更多黨羽早已潛藏城裡。若不盡快搞清突厥人的意圖，恐怕這長安城會有大禍臨頭！」

他的語氣已近乎無禮。不過老者並未動怒，他伸出一根指頭，朝東北方向點了點，那邊是宮城的所在：「我沒說置之不理，但公然搜捕絕不可行，可不能給那一位添麻煩哪。」

一聽到老者提及「那一位」，年少者眼神黯淡了一下。他沉吟片刻，旋即又爆出更熾烈的火光：「既然賀監認為檯面上動不得，那我若是只調遣少量精銳，暗中擒賊呢？」

對於這個建議，老者捋著鬍鬚，似乎游移不決。

崔器一聽得此言，突然昂起頭來大聲道：「崔器自知犯下大錯，不求寬宥，只求能手刃仇敵，為阿兄復仇！」今日之敗，他連連犯錯，若不打出血親復仇的旗號將功折罪，只怕下場堪憂。

可年少者和老人同時搖搖頭。

長安住著近百萬居民，漢胡百官諸教九流，各種勢力交錯糾葛，是一個明暗相間的複雜漩渦。崔器半年前才到長安任職，上陣殺敵沒問題，指望他在城中穿梭尋人就不太可行了。

靖安司匯聚了各處精英，有精通市易錢糧的能員老吏、有過目不忘的主事文書、有凶悍武勇的戰兵，甚至還有一批深諳胡情的胡人屬員，現在唯獨缺少一條能遊走於長安暗處、嗅覺敏銳的老獵犬。

本來他們有一個最適合的人選，就是崔器的哥哥崔六郎，可惜他已經殉職。崔器知道長官在惋惜什麼，他雙目一紅，一拳砸在地上，竟砸得磚塊微微裂開一道縫隙。

沉默片刻，老人拿起旁案上的襆頭[19]，端正戴好，又把算袋[20]、手巾繫在腰間。年少者一愣，忙問賀監要去哪裡。老人嘆道：「宮裡對突厥狼衛非常重視，今天的事瞞不了多久。我進宮一趟試著拖延幾個時辰，在這期間，長源你最好想出應對之策，彌補先前的錯誤，否則……」老人白眉一垂，沒有說出口。

年少者肩膀微垂，暗自鬆了一口氣，同時又心生鄙夷。這個老傢伙滑不溜丟，一見事情砸，就找理由離開，不肯承擔任何定策的責任。他這一走也好，省得自己綁手綁腳。現在一刻值千金，他可沒太多時間耗在對付自己人。

年少者把老人送至照壁[21]，然後回轉殿內，神情明顯輕鬆不少。他嚴厲地看了仍跪在階下的崔器一眼，袍袖一拂：「非常之時，懲戒暫且延後。接下來你不可再有分毫懈怠！」

崔器面容一肅，拱手退下。他知道，那姓賀的老頭子只是掛名，真正掌管靖安司和自己性命的，是眼前這位叫李泌的年輕人。別看這位上官年紀輕輕，手段著實犀利，殺伐果決，整個靖安司被他調教得服服貼貼。

處置完了崔器，李泌用力敲了敲案角，把各部主事都叫過來：「你們現在好好想想，有什麼合適的人選可以取代崔六郎？記住，我要最好的。」

殿中主事個個陷入沉思，沒一個吭聲。距離燈會只有四個時辰，在這之前要找到曹破延，近乎是不可能完成的任務。這差事做得好，未必有好處；做得差了，搞不好就成了代罪羔羊，

19 唐代盛行男子用頭巾，又稱折上巾。
20 唐代官吏佩戴的袋子，內裝筆硯等物。
21 廳堂前與正門相對的短牆。

連推薦人都要倒楣。

李泌看部下們畏畏縮縮，正要開口訓斥，忽然目光一凝，看到那個目力有恙的徐主事遲疑地抬起了手。他知道此人叫徐賓，本來在戶部做書令史，記性奇佳，閱卷過目不忘，所以被調來靖安司擔任主事，只是略有口吃。李泌下巴一抬，示意他說話。

徐主事猶豫了一下，開口道：「哎哎……在下倒有一個人選，不知是否合您的意？」

「講！」

「他是我的一位朋友，叫……哎哎，叫張小敬。從前在安西都護府做什長，後來敘功調回長安，在萬年縣擔任不良帥已有九年。我想或許合李司丞之意……」

「哦？」李泌眼神一瞇。

這份履歷說來簡單，細琢磨可是不一般。不良帥乃是捕賊縣尉的副手，流外官裡的頂階吏職，分管捕盜治安諸事。一個都護府的小小什長，居然能當上一縣之不良帥，已是十分難得，更何況不是一般的縣，而是萬年縣。

長安分成東、西兩縣，西邊為長安縣，東邊為萬年縣。萬年縣在天子腳下，王公貴族多居於此，關係盤根錯節，此人居然能穩穩做了九年，李泌忽然產生了點興趣。

「他人現在何處？」

「哎哎……他去年犯了事，如今身在長安縣獄中，已是待決之身。」徐賓斟酌著字詞。周圍的人竊竊私語，徐主事是不是糊塗了，怎麼推薦一個囚犯？而且還是個死囚？這不是觸上司霉頭嗎？

誰知李泌面無表情：「我要的不是聖人，是能人。這個人是不是最好的？」

徐賓連忙提高了聲音：「長安之內，緝事捕盜無人出其右。」

一枚銀魚袋從半空劃過，徐賓慌忙伸手去接，差一點沒接住。李泌道：「用我的馬去接。兩刻之內，我要在這裡見到那個人。」

徐賓愣了一下，才聽懂長官的意思。他先把銀魚袋繫在腰間，又覺得不合適，連忙解下來捧在手裡，匆匆忙忙跑出殿外。

李泌環顧四周，發現其他人都伸長脖子往外看，不由得發怒道：「你們還閒在那裡看什麼？馬上去給我查！東西二市的過所市狀、城門監的檢錄、各處街鋪的訊報，都給我徹查一遍，快！」

靖安司的官吏趕緊紛紛回到自己位子，埋頭開始工作，殿內又陷入忙碌。李泌從身旁婢女處接過一條開水燙過的纏花錦帕，用力在臉上搓了搓，忽然又想起什麼，開口道：「姚汝能，你去京兆府一趟，把張小敬的注色[22]調過來。」

一個年輕小吏立刻起身，飛奔而出。

李泌把外袍胸襟扯開，將雙臂撐在沙盤旁邊，身子前傾，繼續俯瞰著長安城的沙盤。他犀利的眼神掃視著每一棟建築，似乎想用目光將那頭狼生生剜出來。

殿角銅漏的水滴仍在從容不迫地滴下。無論世事如何急迫，它從來不曾改變。

*

沙漠，廢墟，還有濃烈的血腥味道。

無數黑騎在遠處來回馳騁。遠處長河之上，一輪渾圓的血色落日；孤城城中，狼煙正直直刺向昏黃的天空。

22 履歷。

他費力地直起身來，憤怒地大聲示警。可城垣周圍是層層疊疊的屍山，沒有一個人站起來回應他的呼喚。唯有一面殘破不堪的龍旗耷拉在城頭，旗杆歪歪斜斜，幾乎要斷裂中折。

咚咚咚，敵人進攻的鼙鼓響起，骨箭如飛蝗密集。這一次，只有他一個人面對……

張小敬猛然醒來，意識到自己不在西域，而是在長安縣的死牢之內。枷鎖牢牢鎖著自己的脖頸和雙手，連從夢中驚醒都動彈不得。

夢裡那戰鼓的咚咚聲，原來是有人在用鞭柄敲打木檻。他抬起眼皮，看到牢門前站著兩個人，一個是死牢的節級[23]，還有一個人狹面短眉，下頷五縷亂糟糟的長髯，眼神關切。

「徐賓徐友德？」張小敬微微一愣，旋即笑道，「想不到最後來送行的，居然是你。」言語之間，竟聽不出絲毫臨刑前的失魂落魄。

徐賓知道他誤會了，可也不好解釋，向節級拱手道：「麻煩請開牢門，卸枷鎖。」節級鼓著兩隻略凸的眼睛，像是一隻不甘心的癩蝦蟆。可當他掃過徐賓右手捏著的銀魚袋，又退縮了，只得掏出鑰匙，嘩啦一聲解開牢鎖，讓兩個牢頭去卸枷。

兩個牢頭戰戰兢兢，似乎對張小敬很敬畏，緊張到怎麼也拆不開枷鎖。張小敬冷哼一聲：「笨蛋，這是三扭蛇鎖，拇指得從下面扳，中間使勁。」牢頭遵其指示，喀嚓一聲，枷鎖終於裂成兩塊。兩人各執一塊，惶急站開。張小敬用餘光掃了一眼節級，後者打了個哆嗦，趕緊避開眼神。

張小敬身材不高，但結實得像泰山磐石，額頭微凸，下有兩道短黑醒目的蠶眉。他晃動發瘦的手腕，環顧左右，大聲道：「酒食在哪裡？縣裡置辦斷頭酒，成例是五百錢，你們可不要

23 獄長。

剋扣。」

周圍的人避之如瘟疫，都不搭話。徐賓彎腰進入牢裡，攙住他的胳膊，低聲道：「有人要見你……」

「嗯？」

張小敬一臉詫異。原來徐賓不是來送終，竟是來撈人的？可他一個好好先生，哪兒來的神通從死牢裡救人？

徐賓沒有多做解釋，只是催促節級趕緊辦手續。很快胥吏[24]送下來一份文書，要徐賓簽字。張小敬一看那文書的側封就知道，這不是赦免狀，而是移調囚犯的文書，一般用於大理寺或刑部從縣獄裡提調犯人。但這兩處提調，可不會先給犯人除枷。

張小敬心中疑竇重重，不過此時還不是問話的時候，他保持著沉默。

徐賓龍飛鳳舞地簽下自己的名字，然後一干人等離開陰暗的死牢，回到地面。陽光從入口照射進來，在最後幾級臺階形成鮮明的光暗對比。張小敬踏上最後一級臺階，忽然停住腳步，臉上浮現幾許感慨。

這一階，是陰陽分隔的界限。他本有必死之心，可沒想到在鬼門關前轉了一圈，莫名其妙地又回來了。

接下來是吉是凶還不知道，但好歹多看了一眼陽光，已經值得了！

張小敬旁若無人地走向一口水井，這多少有點不合規矩，但周圍的囚卒都遠遠站開，無人喝斥。張小敬鐵鉗般的雙手交替拽著井繩，很快打上一桶帶著冰碴的井水。他高舉水桶當頭一

24　通常指官府中專辦各類文書的人員。

淋，冰水澆在頭上，讓他打了個愜意的冷顫，一掃地牢裡的汙穢和萎靡。

張小敬擱下水桶，高高仰起了頭，冰水順著髮綹滴下，隱隱從身上散發出凌厲的氣勢。此時日頭正熾，金黃色的陽光灑下來，照在他的左眼窩裡。其中早已沒有眼珠，只有一道極深的老舊刀疤，在陽光下分外凶悍。

「朗朗乾坤，別來無恙。」

他舉起拳頭，向天空用力一揮。那一剎那光影搖動，刀砍斧鑿般的側臉有如金剛一般猙獰。

辦妥了提調手續，徐賓帶著張小敬匆匆出了長安縣公廨。徐賓心急如焚，連囚服都來不及讓他更換。公廨前的拴馬石前有兩匹涼州驃騎，駿馬額頭前有一條醒目的玳瑁帶抹額，這意味著兩匹坐騎可以馳行於任何一條大街上，甚至包括朱雀大街上的御道，不受《儀制令》的限制。

兩人各自跨上一匹，張小敬問道：「去哪兒？」徐賓答道：「哎哎，咱們回光德坊的靖安司。」他看了一眼牙門[25]前的日晷：「得盡快趕到，嗯，得趕快，得跑一刻半呢。」

「一刻之內准到。」張小敬用無名指掃了掃馬耳，馬匹的靈敏反應讓他很滿意。

長安外郭以朱雀大街為分隔，東歸萬年縣管轄，西歸長安縣管轄，是以長安縣的監獄位於西城的永達坊，去光德坊的話，得先朝西穿過三條大街，再北上四個街口，全程至少有十來里路。想在一刻內趕到，必得策馬狂奔，不得有半點耽擱。

兩人揚鞭馳上大街，飛奔而去。兩匹高頭大馬洶洶上路，街上無論行人還是肩輿都紛紛避讓，唯恐衝撞。徐賓的騎術明顯不及張小敬，他整個人幾乎伏在馬背上，雙手死死抓住轡繩，

25 衙門。

頗為狼狽。

張小敬放緩一點速度，與徐賓平齊，獨眼乜斜：「友德兄，到底是怎麼回事？」

徐賓勉強控制住騎姿，喘了口氣，這才開口道：「撈你出來的，是靖安司。」

「靖安司？」張小敬略感詫異，他精熟長安官府體制，卻從來沒聽過這個名字。

徐賓解釋道：「戡亂平鎮曰靖，四方無事曰安，靖安司是朝廷新立的官署，統攝整個西都的賊事策防。這都是你進去之後的事了，他們如今正征辟賢才，所以我薦舉了你。」

張小敬蠶眉一挑。負責長安城治安的有金吾衛的街使，有御史臺的巡使，有長安、萬年兩縣的捕賊尉，這得是什麼樣的「賊」，逼著朝廷要另外成立一個新署來應付？

徐賓繼續道：「主管靖安司的叫李泌，字長源。他以待詔翰林知靖安司丞。正是李司丞要見你。」

張小敬嘶了一聲，疑竇更增，這就更加反常了。靖安司的職責是「賊事策防」，庶務必然繁劇。讓待詔翰林這種閒散清要的文官來管抓賊？這不是胡鬧嗎？

張小敬在腦子裡搜索了一下名字，忽然想起來了：「莫非……是那個說棋的神童？」

徐賓別有深意地點點頭。

開元十三年，有個叫李泌的七歲神童入宮朝覲。天子正在和中書令張說弈棋。天子令張說、李泌二人以「方圓動靜」為題吟棋。張說寫的是：「方如棋局，圓如棋子。動如棋生，靜如棋死。」而李泌則開口說道：「方如行義，圓如用智。動如逞才，靜如遂意。」大得天子讚賞，送其入東宮陪太子讀書。

現在算起來，李泌已二十六歲，正是雄心勃勃嶄露頭角之時。靖安司丞位卑而權重，可以積累庶務資歷，正是個完美的晉升之階。想到這裡，張小敬用小拇指刮了刮左眼窩，嘿嘿一笑：

「李司丞如此求賢若渴，看來靖安司是惹了大麻煩吧？」他說起話來，總帶著淡淡的嘲諷。

徐賓有些尷尬地把視線轉開，他這個朋友的眼光太毒，可講話又太直，這兩個特點結合在一起，可真叫人受不了。

「抱歉，這個我還不能說。哎哎……等會兒李司丞會跟你講。」

張小敬哈哈一笑：「好，不問了。什麼事情都無所謂，再慘還能慘過被殺頭嗎？」

徐賓的視線投向前方，臉色凝重：「這個……哎哎，真不好說。」

就在兩人朝著靖安司馳騁的同時，曹破延剛剛爬上陡峭的漕渠堤岸。岸邊恰好立有一塊高逾二丈的青石路碑，上書「永安北渠」四字。他手腳並用奔到石碑旁，背靠著碑面坐下，臉色煞白，喘息不已。

他左邊的肘部一直彎曲著，關節處露出一截黝黑的鋼弩箭尾，袖管隱有血跡。他很幸運，如果上面裝了箭頭，只怕整條胳膊就廢了。

忽然，曹破延的耳朵一動，他迅速伏低身子，用石碑遮擋住身形。在不遠處的大路上，一隊金吾衛街使的巡隊隆隆騎了過來。這條路上的行人車馬特別多，動輒擁堵不堪。巡隊不得不大聲喝斥，才能分開一條路。在這種情況下，幾乎沒人會去注意河渠旁的動靜。

等到巡隊遠離，曹破延才用右手摀住左肘，緩緩起身。他環顧四周，正要邁步出去，突然目光一凜。遠處有一個人離開大道，邁過排水溝，正搖搖晃晃朝石碑這邊走來。是個四十多歲的醉漢，穿著一件缺胯白袍衫，胸襟一片溼漉漉的水痕，走起路來一步三晃，想來喝了不少。曹破延只得重新矮下身子，盡量壓低呼吸聲。

這醉漢走到石碑前，先打了個響亮的酒嗝，然後一手順開衩撩起袍邊，一手窸窸窣窣地解開腰帶，居然對著石碑開始撒尿。這一泡尿可真長，醉漢還饒有興致地扶住陽具，去沖碑上的浮土。撒完尿以後，醉漢隨手把腰帶一紮，轉身正要走，可他忽然低下頭，發出一聲：「噫？」

他看到從河渠到石碑之間的堤岸上，有一串零亂的水痕足跡。醉漢好奇地趨前幾步，繞過石碑，恰好與碑後的曹破延四目相對。

醉漢愣了一下，然後哈哈笑了起來，口裡說：「子美，原來你回來了啊，來來咱倆喝一杯。」曹破延伸出手去，摟住他的脖子，醉漢兀自嘟囔著別鬧別鬧，下一個瞬間，石碑後傳來頸骨折斷的聲音，嘟囔聲戛然而止。

不多時，曹破延身著缺胯衫，神態自然地朝著大街走去。胡人穿華袍，在長安再普遍不過。他就這麼走入人群，如同一粒沙子落入沙漠。

張小敬和徐賓抵達光德坊，恰好用了一刻鐘，代價是徐賓顛丟了自己的頭巾。在經過嚴格搜檢之後，兩人在靖安司大殿後的一處僻靜庭院見到了李泌。

這裡是一間退室，素牆灰瓦，平席簡案，窗下潦草地種著忍冬、紫荊、幾簇半枯的黃竹，主人顯然沒有在裝飾上花任何心思。唯一特別的，是一臺斜指天空的銅雀小日晷，可見主人很關心時間。日晷周圍挖了一圈小水渠，潺潺的清水蜿蜒流淌去了院後。

徐賓交還了銀魚袋，躬身告退，只剩下張小敬和李泌單獨面對。

張小敬雙手深揖，一隻獨眼趁機飛快地打量了一下。這位面色清秀的說棋神童身著深綠襴袍[26]，符合待詔翰林的六品之階。但魚袋是五品以上官員才許佩戴，他被賜銀魚袋，說明是天

26 公服，依顏色分品。

子超品恩賜。從這一個小小細節，就能嗅出濃濃的聖眷味道。

不過此時的李泌可沒那麼春風得意，雖然他極力維持平靜，但眉梢脣角的肌肉一直緊繃著，張小敬一眼就看出來，這位年輕人正承受著極大的壓力。

最有意思的是，李泌居然還手執一柄拂塵，不知道一個靖安司的庶務官，為啥拿著這麼一把道家法器。

李泌拂塵一抖，沒做任何寒暄，開門見山道：「接下來我要跟你說的，是朝廷的頭等機密。你只有兩個選擇，為我做事，或者回去等死。」

張小敬保持沉默，他知道對方並不需要回答，只是在確認談話的主導權。

李泌走到案邊，用力一扯，將牆上的白薄寬綾扯下來，露出一幅大唐疆域總圖，用拂塵指向北方一處：

「天寶元年八月，突厥內亂，新任的烏蘇米施可汗不服王化，起兵作亂。朔方節度使王忠嗣聯合了拔悉蜜、回紇、葛邏祿等部出兵討伐，整整打了一年半，如今突厥可汗已是窮途末路。」

他的聲音清澈、冷靜，十分有條理，就像是排練過很多次似的。

李泌一邊說著，一邊從旁邊書架上取下一卷以紅綢做標籤的書錄[27]，扔給張小敬。這是一卷長幅，上面橫貼著一張張紙條。紙條上的筆跡都很潦草，長則百字，短則一句，按照時間順序排列。單獨看都語焉不詳，但隨著書錄徐徐展開，張小敬越看越是心驚。

「二年九月初，朔方留後院傳來一份密奏，說突厥可汗派遣了數批近侍狼衛潛入長安，欲

27 圖書目錄。

對天子不利，以扭轉前線戰局。那些突厥狼衛是草原最可怕的精銳，殘忍狡黠，對可汗極其忠誠。為了專門策防此賊，朝廷才設立了靖安司。」李泌稍微停頓了一下，繼續說道，「可是突厥人的計畫到底是什麼，我們並不知道。留後院和靖安司拚盡全力，也只是勉強捕捉到了其中一隊的動向。」

說到這裡，李泌用手指關節輕輕叩了一下松木案几：「本來靖安司設下請君入甕之計，想用這一隊狼衛釣出其他潛伏者。可惜手下庸碌，功敗垂成，在半個時辰之前竟讓關鍵人物給逃了！」

李泌吩咐人把剛才那次行動的往來文牘[28]都取來，讓他瀏覽，隱隱有考校的意思。張小敬翻了一遍，指著其中一條紀錄道：「突厥人來自草原，對馬匹嗚叫最為敏感。李司丞你下令清走貨棧周圍牲畜的時機太早，有聲變無聲，自然會引起警覺。」

李泌聞言，不由得怔在原地，此前靖安司有過議論，曹破延是如何識破圈套，結論莫衷一是。李泌一直認為是崔六郎無能才會露出破綻，沒想到原因居然在自己身上。他本來有意考校這個人，看其有沒有真本事，結果反倒讓人把自己的錯處揪出來了。

一念及此，李泌先是略有慚愧，隨後卻微微笑了起來，這豈不正是靖安司尋找的人？

張小敬倒是面色如常，他在長安幹了九年不良帥，什麼詭異奇特的案子都經歷過，這點簡單的推斷，根本不算什麼。

李泌嘆息道：「入甕之計失敗之後，一切線索都斷掉了。我們唯一確定的是，狼衛一定會在今晚上元燈會時動手！」說到這裡，他看向窗外的日晷，目光凜然。

28 文書。

張小敬聞言一驚。上元燈會向來是酉時燃燭，如今已過了巳時，充其量只剩下四個時辰。靖安司必須在四個時辰裡，從百萬人口的長安城中揪出所有的突厥狼衛，這幾乎是不可能完成的任務。

張小敬這才明白，為何李泌會如此急切地把自己從死牢裡提出來。這件事太重要、太難、太急迫，尋常手段根本做不到，這位年輕的官員不得不兵行險招，紆尊降貴地跟一個死囚談話。

李泌高挑的身材微微前傾：「四個時辰之內，你能做到嗎？」

張小敬反問道：「為什麼是我？」

「我查過你的注色，你之前在西域跟突厥人打過交道，對付他們應該很有經驗；你又做了九年長安不良帥，這城市的情況，恐怕沒人比你更熟。」他刻意停頓一下，復又抬起一隻手，「只要你能辦成這樁差事，我保你敕許特赦。」

對死囚來說，再沒有什麼比赦免更有誘惑力了。

可張小敬沒有流露出驚喜，他的獨眼微微瞇著，似乎在思考什麼，然後恭敬地拱手：「多謝司丞美意，在下情願回牢裡等死。」

李泌眉角一抖，他居然拒絕了唯一可以求生的機會？為什麼？

「長安有一百零八坊，想在四個時辰之內找出幾個突厥人，神仙也沒辦法。反正都是死，我現在回牢裡，還落得個輕鬆。」張小敬攤了攤雙手，然後轉身朝外頭走去。

「給你授宣節校尉[29]，再加一個上府別將[30]的實職，夠不夠？」

29 武官散階，正八品上，無擔任固定職事。

30 正七品下。

「這可不是酬勞的問題。」

李泌的臉色陰沉下來：「我沒有時間可以浪費，開出你的條件！」他不相信一個人會放棄這個機會，除非他不想活了。

張小敬繼續向前走去：「我已經說了，這與酬勞無關，做不到就是做不到。」

「你恨突厥人嗎？」李泌突然問了個無關的問題。

張小敬腳步停住了。

「恨。」聲音無喜無怒。

李泌的聲調陡然提高：「你那麼痛恨突厥人，難道打算坐視這些野獸在長安肆虐？」

張小敬依然保持著背對姿態：「長安上有天子百官，下有十萬強軍，怎麼抓突厥人的事，反倒成了我一個死囚的責任？」他的語氣裡，帶著淡淡的嘲諷意味。

李泌厲聲道：「因為如今能救長安城的人，只有你！」這話說得近乎無賴，張小敬正要搖頭離去，不料李泌疾步向前，不顧身分扯住他的袖子，一旋身擋在他面前，兩道劍眉幾乎連在一處：

「張小敬，我知道你對朝廷懷有怨氣。但今日之事，無關天子顏面，也不是為了我李泌的仕途，是為了闔城百姓的安危！聽明白了嗎？是為了百姓，你若一走了之，於心何安！我不關心你怎麼想，但你必須得把這事辦成！這是幾十萬條人命！是人命！」

他說到後來，聲音竟有些發顫，顯然是情緒激盪之故。這可不多見。

張小敬沒料到這位年輕官員突然失態。當他聽到「人命」二字時，心中終於微微掀起波瀾。不知為何，夢中那一幕屍山血海的景象再度出現，猙獰的狼旗與哭聲交織。默然良久，他終於長長嘆了一口氣：「好吧，李司丞，你說服我了。」

李泌鬆開他的袖子，後退一步，又變回矜持的姿態：「我之前的承諾依然有效。」

張小敬沉吟片刻，開口道：「不過我有一個要求。官府辦事顧慮太多，行事綁手綁腳，若要我四個時辰之內擒得此獠，就得按我的規矩來。」

「你的規矩……是什麼？」

「就是不講任何規矩。」張小敬的右眼閃過一絲危險桀驁的光芒。

李泌是聰明人，立刻明白張小敬的意思。長安城的水太深，種種勢力交錯制衡，做起事來阻礙重重。如果不能有一柄快刀斬開這團亂麻，別說四個時辰，就是四個月也未必能有什麼成果。張小敬要在四個時辰之內在長安城裡抓住突厥人，必須要有壓倒一切的絕對權威，想幹什麼就幹什麼，每個人都配合，沒人能阻撓。

李泌遲疑了一下。這傢伙在長安做了九年不良帥，什麼狠辣手段都有，真要行事沒了顧忌，難以想像會造成多大影響。

張小敬見他不語，嘿嘿冷笑一聲，轉身就要朝外走去。

「且慢！」

李泌終於下定決心，他抬起右手，亮出一塊黃澄澄的銅腰牌，上頭鐫刻著「靖安策平」四字。

「從現在開始，你就是靖安司的都尉，憑此腰牌，長安城內的望樓和街鋪武侯、坊守里衛、巡騎、城門衛、京兆府兩縣的不良人都聽你調遣。見牌如見本官。」

張小敬毫不客氣地接過腰牌，繫在腰帶上，打了一個牢牢的九河結。從現在起，他就是全長安最有權勢的死囚犯人。

李泌忽然問道：「我給你如此大的權柄，若你不告而逃該怎麼辦？」

「沒有保證。」張小敬毫不猶豫地回答，「人是你選的，路是我挑的，咱們都得為自己的選擇負責。」

談話就這麼結束了。李泌搖動案上鈴鐺，叫來兩位婢女。她們把張小敬帶去附近廂房，讓其脫下灰囚衣，換了一套便於活動的小襖加褐棉褲。整理妥當後，李泌親自把張小敬帶到靖安司的大殿。

這裡是整個靖安司的中樞所在，集結各部精英，匯總各處軍情，並加以推演；廂房裡有一個龐大的庫房，裡面堆積著長安從六部到兩市各個方面的卷宗，可以隨時調閱。徐賓就是因為這方面的專長，才被抽調過來。

讓張小敬印象最深的，是靖安司的望樓。

整個長安，每一坊都設有二到三棟望樓，平日用來監測盜匪火警。在李泌的部署下，如今望樓多了個功能，設了專門的執旗武侯，他們可以用約定的旗語溝通。白天用旗，晚上則用燈籠明暗。

這樣一來，長安城任何一棟望樓看到的情況，都可以迅速傳到靖安司中樞。同樣的，靖安司中樞也可以對任何一處迅速發出命令。

這套玩意兒顯然是學自邊疆烽燧，但比烽燧更為便利。望樓彼此之間相距不過半里，軍情瞬息可橫跨整個長安城。張小敬一眼就看出這東西的實用之處：這意味著，無論他身在長安何處，都可以透過望樓與靖安司保持連絡，無形中多了一隻俯瞰長安的巨眼。

不過這套望樓體系耗費極鉅，只有靖安司這樣的怪胎才用得起。

此時崔器也在殿內，正與負責沙盤推演的婢女低聲交談。李泌喊他的名字，崔器連忙跑過來，單膝跪地，他還沒忘自己是戴罪之身。

李泌平靜道：「崔旅帥，六郎之死，源自清場不慎之失。令自我處，本官也負有責任。」崔器猛然抬起頭來，不敢相信自己的耳朵。他一沒料到，阿兄的死居然是因為這麼一個小小的疏失；二沒料到，這位長官居然自承其錯，難道……這是收買人心之術？

李泌對此撇了撇嘴，他現在可沒時間玩弄權術，只是高傲到不屑諉過於人罷了。他一指張小敬：「正是這位張都尉破解此疑。他接下來會接替你阿兄，追查狼衛。」

崔器打量了一眼張小敬，眼中既有感激，也有疑惑。

他知道張小敬是個死囚，不明白為何李泌會把寶押在他身上。不過軍人以服從為天職，他行了一個軍中禮節，振聲道：「我麾下有三百旅賁軍，步騎均可，兩刻之內，可以抵達長安任何一處。希望張先生給我個機會手刃仇敵，為我阿兄報仇！」

張小敬注意到他說的是張先生，不是張都尉，李泌交給他的這一把利劍，似乎沒那麼容易操控。

時間太緊迫了。接下來的安排緊張而密集，張小敬記下瞭望樓旗語和一些必要的連絡方式，然後走到大沙盤前聽取關於突厥人的簡略介紹。

負責解說的是那位手持月杖的娉婷婢女。她面對沙盤時推時講，聲音明朗清越，還帶著一絲輕微的胡音。張小敬略顯無禮地多看了她一眼，這個叫檀棋的姑娘，有著高聳的鼻梁和盤髻黑髮，應該是漢胡混血。

「重點是，突厥狼衛打算怎麼動手？」張小敬問。

檀棋道：「目前還不知道。唯一的情報來自朔方留後院，有一個部族的突厥首領聲稱，整個長安城即將變成闕勒霍多。你知道這是什麼意思吧？」

張小敬點點頭。「闕勒」是突厥語，近似於九幽血獄，而「霍多」則是化為塵土之意。組合起來既是詛咒，也是一種傳說中的凶獸。「闕勒霍多」這四字，即使不懂突厥語的人，也能感受到其中滔天的殺意。

長安城即將變成闕勒霍多，這也許只是誇大其辭，也許是什麼東西的比喻，沒人知道。

檀棋知道時間緊急，語速很快：「……這是我們在丙六貨棧搜撿到的一塊殘布，上面勾勒了半個長安城外郭。很可能曹破延想要的，是整個長安的詳盡坊圖。」

一聽是長安坊圖，張小敬的兩道蠶眉糾結在一起。李泌注意到他的神色變得嚴峻，問道：「依你之見，突厥人要這坊圖做什麼？嗯，讓我換個問法，如果坊圖在手，他們能做些什麼？」

「順渠下毒、連坊縱火、乘夜殺良、散播妖讖、闌入皇城……若是上元燈會，只消在崇仁坊、延壽坊、興慶宮、曲江池幾處觀燈繁盛之處拋撒幾枚銅錢，都能鬧出大亂子。有坊圖指引，這長安城他們就能來去自如，可幹的事情只怕太多。」

張小敬掰著手指，侃侃而談，每說一句，周圍人的臉色就寒上一分。

李泌面色嚴峻，他已把形勢估計得很嚴重，可沒想到還有這些匪夷所思的險惡招數。靖安司的人畢竟是官場上的，這些方面的見識遠不如這位見慣了鬼蜮伎倆的前任不良帥。

「依你之見，倘若不能公開搜捕，接下來該如何著手？」李泌問。

張小敬答道：「私藏皇城坊圖是要殺頭的大罪，除了官府，一般人家不會有。曹破延既然無法從崔六郎那裡獲得，要嘛去皇城裡偷，要嘛……」他的視線移到了沙盤上，身體朝檀棋挪了挪，幾乎與她肩碰肩：「望樓最後一次看到曹破延，是在哪裡？」

檀棋對他的大膽有些吃驚，遲疑了一下才回答道：「曹破延翻過水門的速度太快，望樓來不及監視。不過據我們推測，他可能在延壽坊、布政坊一帶上岸。這兩處都是人流繁盛之地，利於隱藏。我們已經派人去搜索了。」

張小敬道：「我猜他不會走遠，最終還是得回到這裡來。」說完一指沙盤。

「西市？」崔器有些驚訝。李泌卻微微點頭，和張小敬異口同聲：「胡商！」

胡商多聚集於西市，其中不乏身家鉅萬的巨賈。長安坊圖對生意大有裨益，他們暗中收藏一份並不奇怪。張小敬對他們的秉性再熟悉不過，這些人天生就是逐利之徒，膽子比駱駝還大。崔六郎敗露之後，曹破延不敢再接觸唐人。若想在最短時間內拿到坊圖，他別無選擇，只能打胡人的主意。

「可你知道去找哪個商人嗎？」李泌皺眉問。西市胡商的數量太多，不可能一個一個盤查。張小敬捏了捏拳頭，淡淡答道：「非常之時，自有非常之法。」李泌略顯緊張，可話到嘴邊還是嚥下去了。

這傢伙說的「非常之法」恐怕是一些不合仁道的手段，不過現在可沒時間奢談刑律和良心。殿角銅漏的水仍一滴滴敲擊著時筒，每一滴，都可能意味著數百條人命的散失。

「張都尉，朝廷之國運、闔城民眾之安危，都託付給你了。」李泌大袖一拂，鄭重地雙手抱拳，肅容一拜。他身後的官吏們見狀，也一併起身，齊齊拱手。

張小敬沒有回禮，只是用手撣了撣左眼窩裡的灰塵，淡然道：「我是為了長安百姓，其他的可不關心，諸位莫要會錯意了。」

眾人霎時臉色全變了，這是什麼話？雖然私底下大家對朝廷都有怨念，可怎麼能堂而皇之說出來？

張小敬咧開嘴笑了笑，轉身走出殿去。靖安司的一干屬員心驚膽顫，都看向李泌。李泌面色如常，拂塵搭在手臂上，似乎不以為意。

這傢伙是在向自己暗示，他不願受任何控制。

在門口，崔器已經備好了一整套裝備：精煉障刀、貼身軟甲、煙丸、牛筋縛索等等，還有一把擘張手弩。張小敬嫻熟地把這些東西披掛起來，又蹲下身子，用兩截麻繩把褲腳紮緊。穿戴妥當後，一股精悍殺氣撲面而來。

張小敬把那柄手弩拿起來，反覆拉動空弦，又用耳朵聽了聽，對崔器道：「拆掉望山，鉤心再調緊兩分。」崔器聞言一怔，望山是輔助瞄準用的，比較累贅，有準頭的人不愛裝，鉤心調節的是弩箭飛速，越快威力越大，但準頭不易控制。看來這位是個用弩高手啊。

他連忙拿著弩箭去找工匠調整，張小敬趁機把徐賓叫到一邊，壓低聲音道：「麻煩友德你派人去敦義坊西南隅，那兒有個聞記香鋪，給掌櫃的送個口信：立刻離開長安，一刻也不要耽擱。最好你也勸家裡人盡快出城，絕對不要去參加燈會。」

徐賓瞪大了眼睛，不明白他的用意。

張小敬語氣無比嚴厲：「我在長安城待了這麼多年，比任何人都知道這座城市有多麼脆弱。若李司丞所言不虛，我估計……」說到這裡他難得地猶豫了一下，然後加重了語氣：「這次長安在劫難逃。」

曹破延此時正站在某一坊的大門口。他頭上多了一頂斗笠，不掀開的話，完全看不到面孔。

坊門大開，無數攤販擺攤在坊牆之下，吆喝聲四起。十來個閒漢在一處空地抓著粗繩兩端，牽鉤[31]做戲，圍觀鼓譟的人更有十倍之多。在坊門旁邊，立著一具高逾五丈的挑竹大燈輪。

31 拔河。

燈輪上每一角都垂著五彩綢穗，只待黃昏後舉燭。

曹破延拉低斗笠，從里衛身邊朝坊內走去。靖安司已經傳來了一通文告，讓諸坊里衛留意一個連鬢胡人，只是事起倉促，沒有附上圖像。里衛們正忙著為牽鉤喝采，他們一看曹破延衣著不是胡袍，連打量都懶得打量，任其進入。

曹破延走到十字街口附近一處僻靜角落，從懷裡掏出一截小紙卷，看了眼，然後攔住一個跑過的小孩，詢問李記竹器鋪在哪裡。小孩見他相貌凶惡，連忙說就在背街寬巷盡頭的宅子裡。

曹破延順著指點走去，這裡果然有一個竹器作坊，過道和門前堆滿了還未糊紙的燈籠架子和竹篾，有鸞鳳，有雲龍，還有各色神仙與吉祥物品。看來這裡生意不錯，到了上元節當日還在忙碌。

他敲了敲門，三下長，一下短，然後再兩下長。屋裡沉默片刻，一個高鼻深目的枯瘦竹匠探出頭來，一把削竹尖刀提在胸口。

「白氈金帳設在王庭何處？」他用突厥語忽然發問。

「草原的雄鷹不懼狂風。」曹破延掀開斗笠，也用突厥語回答。

對方打開一條小縫，讓他閃身入內。

第二章 午初

天寶三載元月十四日，午初。

長安城，長安縣，西市。

西市的市面並未因剛才的騷亂而變得蕭條。隨著午時臨近，諸坊的百姓鄉紳、高門府上的白袍採買、散居京城的待選官吏、全國各地的投獻文人等都一窩蜂地擁來，指望能搶購到最新進城的胡貨。甚至在人群中還能見到許多頭插春勝的女眷，她們不放心委託別人，非得親自來挑選不可。

張小敬走在街頭，行步如飛。在他身後緊緊跟著一個稚氣未脫的圓臉年輕人，此人叫姚汝能，是才加入靖安司不久的年輕幹吏，京輔捕吏出身，有過目不忘的才能。李泌派他協助張小敬進行調查，當然，也存了監視的心思。

「張都尉，您要去哪裡？」姚汝能忍不住開口問道。張小敬的腳程太快，周圍人又多，必須竭盡全力才能跟上。

張小敬腳下不停：「柔嘉玉真坊。」

柔嘉玉真坊姚汝能倒是聽過，乃是個專供女子面藥口脂[1]的鋪子。鋪子裡都是大食[2]販來的祕製養容藥膏，效果奇佳，在長安城的貴婦圈相當有名，店主是西市數一數二的豪商。

姚汝能忽然超前一步攔住他：「請您解釋一下去這裡的目的。」張小敬眉頭一皺：「都什麼時辰了，你還在這裡囉唆！」姚汝能一本正經地說道：「您現在身分特殊，行事須得先說明緣由，也好讓李司丞放心。」

「我若不說明呢？」

姚汝能一握腰間刀柄：「我隨時可以抓您回去。」他話音剛落，張小敬五指伸過來，一下抓住刀鍔，輕輕一掰，那佩刀便要離身。姚汝能急忙側身去搶，不防張小敬腳下一鉤，他登時撲倒在塵土裡。

張小敬俯視著他，冷冷道：「我若真想跑，你現在已經死了幾次了。」

說完他轉身離開，姚汝能狼狽地從地上爬起來，顧不得拍掉身上的土，連聲喊道：「喂，張都尉，你這麼幹，我可是要上報的！」

張小敬理都沒理他，徑直朝前走去，姚汝能只得氣急敗壞地跟了上去。

玉真坊在西市東南二街口的北側曲巷內，需要拐一個彎，恰好可以擋住外街的喧囂和視線。

一入坊內，迎面是三面椒香泥牆，上頭分列九排長架，架板都用粉綾包裹，上頭擺著大大小小的琉璃瓶與瓷器。此時只有十幾個身披各色帔帛的女子，她們不時低聲垂頭交談，露出雪

1 面霜、護唇膏。
2 阿拉伯。

白的脖頸。伽香的味道輕柔地彌漫四周，令人沉醉。

夥計一見進門的居然是個男人，呆愣了一下。張小敬把腰牌一晃，沉聲道：「靖安司辦事，帶我去見店主。」夥計還要講話，張小敬獨眼一瞇，朝那些女子掃去。夥計不敢驚擾顧客，只得說去通稟掌櫃，張小敬卻一把拽住他胳膊，徑直向坊後走去：「軍情要事不容耽擱，我隨你去！」夥計還要掙扎，被他用刀柄一磕腰眼，登時不敢動了。

就這樣，張小敬拽著如坐針氈的夥計，大剌剌地朝後面走去。姚汝能緊隨其後，他對這個做法倒無異議。時間緊急，哪能容他慢吞吞地來回通稟。

坊後是一個開間大院，一個胡人胖子正斜靠在鉤紋團花的波斯氈毯上，左手拿著高足杯，肘下支著隱囊[3]，屈左腿而坐。旁邊一個黑靴小侍捧壺而立。中庭一個美貌歌姬正圍著一棵梅樹唱著〈春鶯囀〉，且歌且舞。

張小敬他們一闖進來，歌舞登時進行不下去了。兩名護衛走過去想要阻止，店主卻皺了皺眉頭，揮手讓他們退開：「閣下是……？」

「靖安司都尉，張小敬。」張小敬放開夥計，亮出腰牌，然後示意姚汝能把院門關上。

「哦……可是萬年縣的張閻羅？」店主在長安待了許多年，稍微有點名氣的人，他都有耳聞。萬年張一眼，號稱五尊閻羅，狠毒辣拗絕，乃是鎮壓東邊混混們的一尊殺神。不過……聽說他早幾個月犯事被抓，判了絞刑，怎麼這會兒又出獄了？

張小敬面無表情地一拱手：「有幾個問題，要請教尊駕。」

店主伸出右手食指，慢條斯理地順著嘴角的鬍鬚滑動，一直滑到高高翹起的一撇鬚尖，才

3 靠枕。

意猶未盡地放下。張閻羅這是沒錢過節了吧？居然敲詐到玉真坊的頭上，也不問問這坊和宮裡的關係。

「來人，給張爺取一匹路絹來。」

官定素絲一匹四十尺，做尋常交易之用。若是長途運輸，還要再多疊四十尺，謂之路絹，只適合騾馬馱著，常人根本無法抱走。店主故意給路絹是有意羞辱。

想要錢？那就自己當畜生馱出去。

張小敬走上前去，作勢要接。店主輕蔑一笑，可他笑意還沒消失，就看眼前白光一閃，一把利刃架到了脖子上。

別說店主，就連姚汝能也是大吃一驚。他本以為這個死囚和店主有什麼交情，想不到居然上來就動了狠手。姚汝能刷地抽出佩刀，卻不知該掩護張小敬，還是該阻止他。

這時一群玉真坊的夥計衝進來，姚汝能的心和刀同時一橫，學著張小敬的樣子厲聲道：「靖安司辦事，都給我滾開！」那群夥計果然不敢上前了。

張小敬的聲音依然冷漠：「我的問題還沒問呢。」

「你敢動我一下，就等著被踩死吧！」店主惱羞成怒。

張小敬垂下頭，湊到店主耳邊：「不瞞你說，在下是一個死囚。辦不成差事，回去也是死，你猜我會怎樣做？」店主望著那只森森獨眼，心中一緊，他最怕的是不守規矩的瘋狗。他眼神閃動數息，只得開口道：「你到底要問什麼？」

張小敬把刀口挪開一點：「最近你有沒有和突厥人打過交道？」

店主對這個問題有點詫異，不過很乾脆地答道：「沒有！」

「那你聽過最近有什麼商家和突厥人接觸嗎？」

「沒有。突厥人？在長安都多久沒看見了。」

突厥早在貞觀年間一蹶不振，西突厥在顯慶年後也分崩離析，只剩下幾個小部族在草原上時反時歸。至於留在長安的突厥人已完全歸化，除了俘虜、使節和赴京朝覲的酋長們，長安不聞突厥之名已經許多年了。

「不如把你的人叫過來問問，也許他們知道呢。」張小敬堅持。

店主只得吩咐夥計們過來，一個一個詢問有無和突厥人接觸，結果自然都是否。張小敬揮手讓他們散了，繼續問道：「那麼你知道西市誰家裡有長安坊圖？」

店主一聽，連忙搖頭：「別家有沒有不知道，反正我沒有。」他又補充了一句：「這有違大唐律令，形如謀反，誰敢私藏？」

張小敬收起刀來，退後一步：「實話告訴你，最近有幾個突厥人潛入長安，想在上元節鬧事，如今只缺一張長安坊圖。你沒收藏最好，不然朝廷事後查出誰家私藏了坊圖，那可是滔天大禍。」

店主這才明白，為何這個官差辦事如此急忙，原來還有這一層因果。他直起身子，換了一副關切的表情：「小老雖只是一介商賈，也有報效朝廷之心，不知那幾個突厥人什麼形狀、什麼來歷，小老也好幫忙探聽。」

張小敬冷冷道：「不必了，若見到可疑之人，及時報官便是。對了，此事是朝廷機密，不可說與旁人。」

「自然，自然。」店主連聲答應，剛要吩咐奴婢端來幾瓶琉脂淨膏給幾位抹手，一抬頭，兩人已經離去。店主見他們走了，雙腮贅肉一斂，喚來一個心腹小廝，耳語了幾句。

張小敬等人離開玉真坊，在曲巷口對面的一處旗幌下站定，對姚汝能道：「你記下剛才坊內所有夥計的面孔了嗎？」

姚汝能點點頭。

張小敬道：「你仔細盯著玉真坊前後門，有什麼可疑的人出來，讓西市署的不良人跟上去，看他們進了哪家商號，記下名字。」

姚汝能這才恍然大悟，張小敬是在敲山震虎。剛才那麼一鬧，店主必然心中驚駭，趕緊去提醒那些私繪了坊圖的商家。這樣一來，只消盯住玉真坊的使者，便可知道誰藏有坊圖。有了店家主動帶路，比一家一家去盤問省事多了。

這種做法看似粗暴，卻最省力氣。姚汝能看向張小敬的眼神都變了，不是積年老吏可想不出來這招，分寸火候都拿捏得恰到好處。

「您怎麼知道玉真坊有問題？」姚汝能好學地問道。

張小敬面無表情地回答：「隨便選的。這西市豪商裡，身家清白的可不太多。」

姚汝能嘶了一聲：「……萬一猜錯了呢？」

「那整個長安城就會完蛋。」

「……」

姚汝能以為張都尉在開玩笑，可對方臉上毫無笑意。

姚汝能是京畿岐州人氏，家中世代都是捕盜之吏，父親、伯父先後死於賊事。後來朝廷垂恩，破格把他拔擢到長安為吏。所以他臨行前發過誓言，一定要在長安城做個讓惡人聞風喪膽的幹吏，才不辱家門。

張小敬幹了九年不良帥，整個萬年縣都服服貼貼的，這在姚汝能看來，簡直是一個最完美的典範。他出發之前暗自激勵自己，一定要從這位老前輩身上多學點東西，說不定未來也能當上不良帥甚至縣尉。沒想到這一位張都尉，和自己想像的不太一樣。

姚汝能想像中的捕盜老手，應該正氣凜然，像一把陌刀[4]似的鋒芒四射，賊盜為之束手。可這位張都尉，行事說話都透著一股邪勁，具體說不上來，總之就是隱隱帶著來自黑暗面的不安氣息。他忽然想起李泌臨行前的叮囑：「對此人遠觀即可，不可近交。」不由得心中一凜。

這時張小敬忽然問道：「你做捕吏沒多久吧？」

「啊？對的，三個月零八天。」姚汝能回答。

「那我問你，做捕吏該當如何行事？」

「自然是疾惡如仇！」

張小敬惋惜地搖了搖頭：「那在這個城裡可活不了太久。」

姚汝能站起身來：「我敬重您是前輩，也欽佩您的手段，可您別打算用這種言詞嚇跑我。我會繼續履行職責協助您，同時上報一切可疑動向，除非您把我殺死。」

面對這個直性子，張小敬也有些無奈。他比了個隨便你的手勢，什麼都沒說。

不良人這時已經慢慢聚攏過來，姚汝能交代了幾句，忽然想到一個細節，回頭問道：「張都尉，倉促之間，人手有限，那些商號平時進出的人那麼多，該怎麼盯梢才好？」

「只盯胡人。這種事，他們不會信任外族。」張小敬毫不猶豫地回答。

其實大唐從來不以血統而論，長安城漢胡混雜，非中原出身的文武官員多得是。即使是靖安司的屬員裡，也頗有幾個精通算學、熟知行商的胡吏。不過夷夏之防這種論調，總會有人偶爾在心裡嘀咕。

4　長刀。後世所稱的四種唐刀之一，其他還有儀刀、障刀、橫刀。

「涉及胡人，要不要跟西市署報備一下……」姚汝能剛提出點意見，就立刻被張小敬不客氣地打斷：

「我現在需要的是手和腳，不是一張嘴！」

姚汝能不敢耽擱，領命而去。靖安司並沒有自己的不良人，不良人都是從各坊各署就近徵調，需要花點時間。

張小敬站在旗幌下，雙手抱胸一動不動，表情凝滯，誰也不知他在想些什麼。此時太陽已快行至天頂，時間像渭水一樣飛快地流逝著。他的獨眼一直望向遠處的望樓。望樓上一片平靜，尚無任何旗幟揮舞。

他等待的另外一個消息，至今還沒有動靜。

與西市一坊之隔的靖安司，此時正陷入前所未有的忙碌。

所有的書吏都埋首於無數卷帙之間，殿中只聽見卷軸展開的刷刷聲。

僕役們一刻不停地從外面抱來更多卷宗，堆在書吏案前。為了提高效率，他們會提前把卷軸展開，鋪在一個簡易的竹插架上。這樣書吏可以直接瀏覽內容，不必在展卷上浪費時間。每位書吏都配發了三具插架：一架用來展卷，一架用來瀏覽，一架用來卸卷。保證書吏在任何時候抬眼，都有現成的卷子可以閱讀。

他們必須在兩刻之內，完成一件既簡單又困難的工作。

開元年後，突厥和大唐之間的貿易一直處於停頓狀態，但雙方的需求卻不會因此消失。精明的西域商人早就注意到這其中的商機，悄悄地建立起一條中轉商路。他們從草原收購毛皮牲畜，以西域貨物的名義運入長安，再從長安取得綢帛茶鹽，輾轉運去草原。不少長安的胡賈大商號，都與突厥人有著千絲萬縷的關係。

李泌調出近五年來所有進出長安的商隊過所，重點核查羊皮、牛筋、泥鹽、鐵器這四宗貨品的入出量。前兩者是草原特產，後兩者是草原急需，哪個商號經手的貨量越大，說明與突厥人的聯繫越緊密。對靖安司來說，這意味著曹破延與其勾結的可能性就越大。

這是張小敬在臨走前跟李泌定下的辦法。

往常這些統計數字得讓戶部忙上幾天才能有結果，但現在時間比珠玉還寶貴，這些各部調來的案牘[5]高手只好拚命去做，算籌[6]差點都不夠用了。

李泌雖然沒有親自動手計算，但他背著手，一直在書案之間來回踱步，彷彿國子監的老夫子。過了一陣子，他掃了一眼殿角水鐘，然後又煩躁地搖了搖頭，轉回沙盤前。

「檀棋，妳覺得張小敬這個人如何？」李泌忽然問。

檀棋正把望樓最新的通報擺在沙盤上，聽到李泌發問，不由得厭惡地聳了聳鼻子：「相由心生，我看他就是一個粗鄙的登徒子，真不知道公子為何把前程押在一個死囚身上。」

檀棋是漢胡混血，鼻梁高挺，瞳孔有淡淡的琥珀色。她是李泌的家生婢，母親是小勃律[7]人，從小在李家長大，聰慧有識，所以最得李泌信任，說起話來便有些隨便。

聽到檀棋的問話，李泌用指頭敲了敲桌面：「太宗在法場救下李衛公時，曾有一句聖訓：使功不如使過。太宗能用李衛公，我為何不能駕馭此人？」

---

5 公務文書。
6 計算的工具，以竹木及厚紙等製成。
7 西域國之一，另有大勃律。

檀棋撇撇嘴：「他哪裡配和李衛公比。」

「我看他一直在偷看妳，妳可不要做紅拂[8]啊。」

「……呃。」檀棋面色一紅，話登時接不下去，狠狠地瞪了他一眼。李泌哈哈大笑，疲勞稍去，忽然又輕輕嘆息一聲：「妳若知道他的來歷，就不會這麼說了。」

「難道還是羅剎鬼轉世不成？」檀棋撇撇嘴。

李泌道：「開元二十三年，突厥突騎施部的蘇祿可汗作亂，圍攻安西的撥換城[9]。當時在撥換城北三十里，有一處烽燧堡城，駐軍二百二十人。他們據堡而守，硬生生頂住突厥大軍九天。等到北庭都護蓋嘉運率軍趕到，城中只活下來三個人，但大纛[10]始終不倒。張小敬，就是倖存的三人之一。」

檀棋驚訝地用衣袖掩住嘴脣，光從這幾句不帶渲染的描述中，就能嗅到一股慘烈的血腥味道。

「張小敬歸國敘功，授勛飛騎尉，在兵部只要熬個幾年，便能釋褐為官，前途無量。可惜他與上峰[11]起了齟齬，只得解甲除籍，轉為萬年縣的不良帥，一任就是九年。半年前，他因為殺死自己的上司而入獄。」

檀棋倒抽一口涼氣，不良帥的上司，豈不就是萬年縣的縣尉？下殺上，吏殺官，那可是不義之罪，唐律中不得赦宥的十惡之一。

8 小說《虯髯客傳》中的人物。本隋相楊素之侍妓，後遇李靖，識為英雄，遂與李靖同赴太原。
9 唐初屬龜茲國。
10 軍旗。
11 上級長官。

「為什麼他會殺死自己的上司？」她問。不過李泌只是微微搖了一下頭，檀棋知道公子的脾氣，不該說的絕不會說，於是換了一個問題：

「公子為什麼會選這麼危險的傢伙？」

李泌抬起手掌，猛然在虛空一抓：「只有最危險的傢伙，才能完成最艱巨的任務。長安城現在危如累卵，非得下一服至烈至剛的猛藥不可。」

檀棋嘆道：「公子的眼光，檀棋從不懷疑。只是周圍的人會怎麼想？賀監又會怎麼想？還有宮裡那位……公子為了那一位，可是往自己身上加了太多負擔。」

她太了解大唐朝廷了。靖安司這種地方，就是個箭靶。哪怕有一點點錯漏，執掌者就要面臨無數明槍暗箭。

李泌把拂塵橫在臂彎，眼神堅毅：「為他也罷，為黎民百姓也罷，這長安城，總要有人去守護。除我之外，誰又能有這心智和膽量？我雖是修道之人，亦有濟世之心。這分苦心，不必所有人都知道。」

這時徐賓捏著一張紙匆匆跑過來，口中高喊：「名單出來了！」

徐賓等人完成了一個不大不小的奇蹟，居然真的在兩刻之內匯總出了數字。名單上有七八個名字，都是這五年來四類貨物出入量比較大的胡商，依量排名。

李泌只是簡單掃了一眼名單，立刻說：「傳望……不行，望樓轉譯太慢。張小敬現在何處？」檀棋知道公子已經進入任事狀態，收起談笑，指著沙盤道：「西市第二十字街北曲巷前，姚汝能和他在一起。」

在沙盤上，代表張小敬的是一枚孤零零的灰色人俑，和代表旅賁軍的朱陶俑、代表突厥狼衛的黑陶俑不一樣。

「用快馬，把這份名單送去給他。」李泌吩咐。

廊下即配有快馬，騎手隨時待命，專門用來傳遞內容複雜的消息。名單被飛快地捲入一個小魚筒內，騎手往袖管裡一插，一夾馬鐙，應聲而出，馬蹄聲迅速遠去。

與此同時，大嗓門的通傳跑入殿中，與快馬恰好擦肩而過。

「報，賀監返回。」他肺活量十足，唱起名來氣完神足。

李泌眉頭一皺，他怎麼這麼快就回來了？這可不太尋常。他看了檀棋一眼，後者會意，月杖一打，把代表張小敬的那枚灰色陶俑從沙盤撥開。

通傳把剛送到的幾份文書也一併交過來，這都需要李泌最先過目簽收。他且看且簽，突然眉頭一挑，從中拿出一份，隨手交給旁邊一個小吏，低聲交代了幾句。

李泌剛剛吩咐完，賀老頭子匆匆邁入殿內，劈頭第一句就問道：

「長源，你居然任用了一個死囚？」

＊

聞染拍掉手裡的蠟碴，把父親的牌位擺了擺，然後輕嘆了一聲：「今天可是上元節啊，真的要走嗎？」

屋子裡沒有人，她只是在自言自語。

剛才有人送來一個口信，口信裡有一個獨特的暗號，她知道這是恩公發來的。口信說要她立刻離開長安，卻沒提具體是什麼事，這讓聞染有些為難。自從父親死後，她毅然接過這間香鋪，一個人咬著牙慘澹經營。憑著幾分倔強和執著，現在生意已頗有起色。上元節各處都要用香，正是賺錢的好時機，若是現在離開，可要少賺不少錢呢。

但這是恩公的命令，聞染不能不聽。若非恩公，去年聞家早就家破人亡。父親生前曾反覆叮囑，要她一定對恩公言聽計從。

她輕輕嘆息了一聲，把行囊整理好，順便抬頭看了眼牆上的貨牌。木牌密密麻麻，每一塊都代表了一份沉甸甸的訂單。聞染識字不多，不會寫帳本，只能透過這樣的方式記生意。她看到其中一塊木牌上寫了個「王」字，旁邊點了十二個粉色墨點。

這是安仁坊王節度家的大小姐，訂了十二封極品降神芸香，預定今日送到。

聞染兩道淡淡的蛾眉皺了起來。這份訂單對聞記香鋪可是至關重要，那位小姐對自家的合香[12]愛不釋手，一直想要幾封新的。若把她哄得高興了，日後自己在高門女眷的圈子裡必會打響名氣。

安仁坊在敦義坊的東北方向，隔著三條大道，距離不算特別遠。聞染心想，好歹把這份訂貨先送過去，再出城不遲。

她主意既定，轉身取來芸香，放到一個竹紮的香架上，背出門去。聞染本想租一匹騾子，可今天過節，附近腳鋪裡的牲口全被訂光了，加價都沒有，無可奈何下，只能背著香架子一路走去。

此時路上行旅頗多，她擠在人群中，勉強走到崇業坊卻走不動了。這裡有一處玄都觀，達官貴人多來此進香，各色牛馬大車停在坊口，將道路堵得水洩不通。老百姓只能暫時停下腳步，耐心等待。

聞染安靜地站在隊伍裡，渾然未覺在對面懷貞坊的坊角酒肆二樓，一道陰森森的視線越過寬街，在她身上來回掃了幾回。

12 相對於單一香料，是由多種香料搭配而成。

一個穿著淺青官袍的中年男子收回視線，緩緩舉起酒爵。他雙眼狹促，鼻尖挺而勾，一動嘴脣便會扯動鼻翼與眼瞼，好似一條蛇在臉皮之下遊走。

「那個女人，你們看見了嗎？」他啜了一口酒，淡淡問道。

他身旁站著幾個錦袍少年，聽到詢問，紛紛點頭。

中年男子怨毒地說道：「她和她爹去年那案子搞得雞犬不寧，還枉送了一個縣尉的性命。今天既然讓我撞見了，可見是天意。此仇不報，別人會說我封大倫好欺負。你們一會兒，可得好好關照她一下。」

錦袍少年們都哈哈笑了起來，眼神裡盡露淫邪。

封大倫把酒爵放下：「你們儘管放手去做，張閻羅在獄裡等死，這次誰也保不住她。」一提到這個名字，他眼神裡閃過一絲懼意和恨意。連他自己也說不清，到底哪種情緒更濃烈些。為了驅散令人不快的情緒，他揮了揮手：

「站著幹嘛？還不趕緊去做事？」

錦袍少年們拱手告辭，噔噔噔地跑下樓去。

聞染好不容易才從崇業坊的擁擠走出來，沿街走了一段。不知不覺中，她發現身邊多了幾個浮浪少年。這些少年個個衣著輕佻，袍襟開處能看到脖頸下的幾縷深色文身。

浮浪少年們開始只是在附近晃蕩，然後一個一個不動聲色地貼近，把其他行人隔開。慢慢地，聞染的前後左右都被他們占據。這些人彼此之間距離鬆散，卻連成一條堅不可摧的人牆，把她關在其中。

聞染感覺有點不對，想往外衝。浮浪少年們嬉皮笑臉地擋住她，用肩膀和胳膊把她頂了回去。聞染惱怒地抓住其中一個人的胳膊，用力一扯，沒把人扯開，反倒把袍子給拽了下來，露出兩條黝黑的胳膊。

那個少年兩條胳膊上文著兩行猙獰的青字：「生不怕京兆府，死不懼閻羅王。」

這、這是熊火幫的標記！這個幫派是萬年縣一霸，豢養了數百個無賴閒漢，輕則尋釁滋事，重則殺人越貨，終日橫行街頭，肆意無忌。

難道……這就是恩公口信裡提到的危險？聞染心想。可是她不明白，熊火幫的人為何來找她的麻煩？

聞染就像是落入了激流，完全身不由己，被人牆包挾著，一路朝北邊的偏僻地段而去。聞染倔強地咬著牙，眼睛不斷從人牆間隙朝外看。她忽然眼前一亮，發現前頭坊角有一處武侯鋪，幾個武侯手持叉杆，正在府前閒坐。她猛然加速，撞開一個浮浪少年，跑向武侯鋪大聲呼救。

武侯們聽見呼喊，紛紛拿起叉杆，可他們一看到姑娘身後十幾個雙臂文字的浮浪走過來，臉色都為之一變。為首的少年不慌不忙走過去，一拱手道：「家裡婆娘不聽管教，叫幾位爺見笑了。」說完從腰間解下幾吊錢遞了過去。

這話不盡不實，武侯們卻不欲多生是非，收了錢，一齊朝後退去。少年們嬉笑著，把絕望的聞染拽回人牆裡。在前頭的路口正停著一輛拱廂馬車，兩扇車窗被黑布罩著。浮浪少年們推推搡搡，把她扭送到車廂裡，然後又跳上去兩個人，把門從裡面關牢。

馬車徐徐跑動起來，聞染在黑暗中十分驚慌，卻無處可逃。過不多時，忽然車外傳來一陣恢宏的鐘聲。這鐘聲很特別，宏闊中帶著點剔透的清音，一聽就知是來自濟度尼寺的紫金佛恩鐘。武則天曾在此出家，寺鐘是紫金所鑄，與其他寺廟的鐘聲頗有不同。

這鐘聲讓聞染忽然平靜下來。

不是因為佛法無邊，而是因為她意識到，自己還未到澈底絕望之時。

濟度尼寺位於安業坊內，聞染常來這裡送香，對附近路徑非常熟悉。她一聽到鐘聲，立刻就判斷出自己此時的位置，大概是在安業坊西側，距離本來要去的安仁坊很近，中間只隔著一條朱雀大街。

朱雀大街是長安城最中間的南北大路，寬約百步，直通宮城。如果有機會跑上御用的馳道，說不定便能脫困。

聞染這樣想著，背靠廂壁直起身子，她的手在黑暗中觸到地板縫隙裡一枚鬆動的鐵釘。她的性子可從來不會輕易放棄。

＊

隨著一聲壓抑到極點的慘呼，曹破延身子猛然向前挑起，雙目赤紅，嘴裡的木棍差點被咬斷。

一截黝黑的弩箭杆被竹匠手裡的尖刀挑了出來，鮮血淋漓。隨後他擱下刀，熟練地將傷口縫合、敷藥、包紮。

「弩箭無頭，不會傷及性命，只是手肘幾個月用不得。」竹匠說，並用水盆洗掉手上的血。曹破延額頭上沁滿了汗水，虛弱地點了點頭。

這時門外傳來腳步聲，一個面色陰鬱的男子走了進來。這男子是典型的突厥人相貌，有著一張皴裂的狹長馬臉和兩條濃密的白眉。他穿著一件連地的素色絲綢長袍，風格既不類中土，也不似胡服，後頭還搭著一個戽斗狀的兜帽。

「右殺貴人。」曹破延和竹匠一起躬身行禮。

右殺不是人名，而是突厥官位。王族分督諸部者，在東者稱左殺，在西者稱右殺，權柄極大。這麼一位大人物，居然藏身長安城內，若讓朝廷知道，定會引起軒然大波。

右殺掃了一眼曹破延的手肘傷口：「我剛剛得到確切消息，你帶來的十五位勇士已經轉生了。」曹破延撲通一聲跪倒在地，羞愧地拿起旁邊的尖刀對準心口：「一切罪責都歸於屬下，願以死贖罪。」

狼衛是大汗最忠誠的侍衛。他們奉命進入長安，就沒打算活著返回草原。但這些狼衛的生命，本該換回幾百倍的唐人鮮血，才算對大汗盡忠。死在一個破落貨棧裡，實在是極大的浪費。

右殺冷笑道：「你的性命是屬於大汗的，有什麼資格自己決定？」他從曹破延手裡把尖刀拿過來，削掉後者頭頂的一縷頭髮，繞在手腕上。這在草原上，代表收取有罪者的魂魄。從這一刻開始，曹破延已澈底死了，只剩下一個服從命令的軀殼。

「接下來你要完成我的所有命令，才允許死去。」

曹破延的頭顱低低垂下，一聲不吭。這位右殺貴人有著阿史那家的高貴血統，是突厥這次在長安行動的統攝之人，代表了大汗的意志。他的意願，就是曹破延的命運。

右殺把刀丟開，抬手道：「坊圖的事你不必管了，我已另外派人去弄。現在有另外一項任務交給你。」

「嗯？」曹破延抬頭。

右殺道：「剛得到消息，此時朔方節度使王忠嗣的家眷，正在京中。你去把他的女兒綁來，剁掉指頭，一節一節地送到草原的唐軍行營去。」他說這話的時候，嘴角不自覺露出殘忍的快意。

王忠嗣是突厥的噩夢，是讓突厥人喘不過氣的罪魁禍首。狼衛難得來一次長安，不送一份大禮，實在有失禮數。

可曹破延卻眉頭緊皺。這次在長安的行動籌謀已久，眼看到了實施階段，怎麼能因為一時的心血來潮而隨意更改呢？有一句話他一直沒說，那位崔六郎也是右殺一手安排的，結果卻是唐人的細作。他倒不懷疑右殺與唐人勾結，可他連最起碼的審查工作都沒做好，導致十幾個精英狼衛還未發揮作用便喪生，背黑鍋的卻是曹破延。

這位右殺貴人的性子和突厥貴人們差不多，太過粗疏隨意，在草原也許還行得通，可在長安城的行動中，他並不適合做為統帥。

曹破延把這些念頭強行壓下去，謙恭地匍匐在地：「西市一役，唐人已有所警覺，此時或許已布下天羅地網。屬下擔心……突然節外生枝，於大局無補，反而易生亂子。」

右殺臉色陰沉下來，這可是他突然想到的神來之筆，居然被一個卑賤的狼衛如此質疑。

「閉嘴！」右殺憤怒地一揮袍袖，「你們狼衛不需要嘴，只需要獠牙！」

曹破延還要申辯，右殺抬起腿來，一腳把他踹翻在地。可惜手裡沒鞭子，不然非得狠狠地抽一頓這個狂妄的渾蛋不可。

到了這分上，曹破延只得閉上嘴，默默地從地上爬起來，叩頭謝罪。可是他的雙拳微微攥起，眼神裡跳動著不甘的火焰。一串彩石小項鍊從他的脖頸上垂下來，看起來像是出自孩童之手。

右殺喝退了曹破延，轉身推開門，走到外屋。

外面是一個寬闊的工坊，數十名突厥人正如火如荼地做著木工。他們不似狼衛一樣精悍健壯，大多有著佝僂的脊背和滿是繭子的大手。這樣的工匠，每一個都是草原上的至寶，此時卻藏在這個小小的工坊裡，埋頭苦幹。周圍還有十幾名健壯的狼衛來回巡邏，眼神銳利。

一根根毛竹被削去葉子，截成三尺長短的直杆，兩側各鑽上十個半寸大小的細孔，並排斜放在窗下。另外還有五六個人分批把燈籠裝車。這些燈籠有葫蘆、仙桃、蝙蝠、祥雲等等，造型各異，體積都差不多，相同點是中間留了一個圓筒狀空隙，恰好可以插入一根竹管。

右殺拍了拍手，所有的工匠都停止工作，朝他看過來。

「可汗透過我的眼睛，在看著你們。」這是他的開場白，每一位工匠都單膝跪在地上，用右手撫在左胸，垂下頭。

「許多年前，這裡的城市任由我們蹂躪，這裡的女人和牛羊任由我們掠奪。現在我們卻龜縮在草原一隅，任憑大唐和回紇人奴役我們。但這一次，我們將找回祖先的榮光，從白旄大纛的帳下出發，穿過風雪，穿過刀箭。仇恨是最好的坐騎，只有它才能把我們帶至千里之外的長安。我們每一個人都是大汗憤怒的信使，是復仇的火焰。現在，我們像蛇一樣鑽進敵人的心腹之內，用他們住所的石塊搭建墳墓。太陽不會永遠照在仇敵的草場，總會有風雪落下！」

右殺的口才非常好，他的聲音壓得很低，卻能讓整個屋子的人都聽得一清二楚；每一個人都被他的情緒所感染。

「我剛才檢查了你們製造的進度，還不夠快！這不是灰頂帳，不是犢子車，而是偉大的闕勒霍多！你們必須再加把勁，完成它的肉身。它的魂魄也已經接近長安，到了日落時分，兩者合二為一，我們將看到它降臨長安，把這座城市的壯年、老年、女人、孩童全數吞噬，從血到骨一點不留！你們的名字，會比大汗最勇敢的勇者還榮耀；你們的子孫，會同時被先祖和英靈庇佑！」

右殺最後一句是用吼的，工匠們和狼衛們眼中流露出極度亢奮的凶光，他們不敢高聲歡呼，只能有節奏地捶著胸，跺著腳，低聲喊著：「闕勒霍多！闕勒霍多！」他們的靴子踏在地板上，發出整齊的咚咚聲，如同南下進軍的鼓聲。

曹破延一個人待在裡屋，也保持著半跪撫胸的姿勢，不過他卻沒有外屋的人那麼興奮，只是冷冷地看著右殺的演說。

做完最後的動員，右殺又交代了幾句，離開了鋪子。

竹器作坊的門前，是一條通向大街的狹長巷道。右殺一邊緩緩走著，一邊用雙手把兜帽從後頭往前掀，遮住自己的突厥面孔，露出長袍背後金線繡成的十字標記。他又取出一串琉璃念珠掛在脖子上，用右手捏住正中的木製十字架。

當他踏上大街時，整個人已經換了一番形象。慈眉善目，和藹可親，對路過的每一位行人都微笑著合掌祈頌：「願仁慈的主與你同在。」

*

快馬飛馳而過，片刻不停，直接將魚筒朝張小敬丟了過去。張小敬伸手一撈，牢牢抓住。

與此同時，姚汝能也匯總了對玉真坊的監視情況，匆匆趕了回來。胡人的反應非常快，店主在張小敬離開之後，立刻派了五個僕從，分赴五家商號。然後那五家商號又分別派人去了別家商鋪。幸虧姚汝能調度得當，才順利搜羅到所有被通知的商鋪名字。

現在張小敬手裡有兩份名單，一份是藏有坊圖的商家，還有一份是與突厥人聯繫密切的商家。把這兩份名單相互比對，最可疑的幾家一目了然。

靖安司能在如此短的時間內搞出這麼一份東西來，真是奇蹟。

「李司丞是宰相之才。」張小敬放下名單，由衷地讚嘆了一句。他做不良帥那麼多年，破案無數，深知很多事情並不需要搜考祕聞，真相就藏在人人可見的文卷之中，就看你能不能找出來，此所謂「大案牘」之術。李泌特意在靖安司集中一批精幹官吏，專事檢校查閱，正適合應付眼下這局面，可見此人卓識。

張小敬朝遠處望樓做了個手勢，告知妥收，然後開始分派任務。

名單一共勾選出四家最可疑的商號。這幾家雖然都在西市，但位置很分散。張小敬和姚汝能只好各帶一隊人馬，分頭行動。

在分手前，姚汝能恭敬地請教行動方針。張小敬攥起拳頭，在他心口處虛晃一下：「幹掉不合作的，就這麼簡單。」

姚汝能在公門不是沒遇過悍吏，可他真沒見過像張小敬這麼粗暴辦案的。他就像一柄飛舞的千鈞鐵錘，沒有耐性從瓶中掏出金銀，索性把花瓶砸得粉碎。姚汝能有一種奇怪的感覺，即使沒有急迫的時辰限制，這個人也一樣會這麼蠻幹。

「是不是覺得這不合仁道？」張小敬語氣裡帶著譏諷，指了指周圍人來人往的行人，「對敵人心懷仁義，就等於放縱他們對這些百姓殘忍。記住，這是你的第一課。」

「可我們現在並不知道他們是不是敵人啊。」

「不合作的，就是敵人。」

張小敬先去的是一家叫西府的金銀器鋪子，店主籍貫康國。西府店雖然主業是金銀器，但也經常以借貸的形式參與大宗貿易，所以才會列入靖安司的名單。

曹破延進入西市時使用的過所，寫的正是康國，而且蓋有當地印鑑。這種文書，若沒有點康國上層的關係，不太容易弄到，要知道，康國本來就是突厥種的國家，雖然兩者分野已久，但族類血統這東西誰敢保證？

這並非出於歧視，事實上在這四家有嫌疑的商號裡，兩家是胡人，兩家是唐人，並無任何偏見。靖安司和鴻臚寺[13]不一樣，向來不憚用最大的惡意來揣測他人。

13　古代掌朝貢慶弔典儀的官署。

西府店位於西市第三個十字街的西北角，是為黃金地段，諸路交會之所，最為繁盛。這家店門前的氣象與別家頗為不同，兩側皆是合抱立柱，漆得鋥亮黑底，上嵌一圈一圈的蟠龍雲紋。張小敬掀開布簾，踏入鋪子。

店裡很安靜，沒什麼客人。一進門，就被一個彎月形的高木櫃攔住。櫃子比尋常人恰好高一頭，只能勉強看到空蕩蕩的櫃面，卻看不到櫃後的狀況。他搖動一枚掛在旁邊的銅鈴鐺，很快一個留著山羊鬚的胡人老頭從櫃後探出頭來，居高臨下望著他，面無表情。

「兌器還是兌錢？」老頭乾巴巴地問，語氣很不好。

張小敬在櫃面上用食物和中指輕輕敲了三下，亮出腰牌：「官府辦事。你是店主？」老頭點點頭。

張小敬直截了當道：「我們懷疑西府店私藏長安坊圖、勾結突厥殘黨，需要搜查一下。」這個指控非常嚴重，店主卻沒流露出什麼表情，慢吞吞地答道：「鄙店是做金銀生意的，絕無私藏坊圖之事，亦不曾主動與突厥人勾結。」他的唐話非常流利，沒有任何口音。

「那要本尉搜過才知道。」

店主臉上的褶皺抽動了一下，瞪著張小敬道：「老夫與京兆尹很熟，你們不妨先去問他老人家。」

這種金銀鋪子，跟朝中很多大員都有借貸關係，靠山多得很，尋常差吏根本不敢輕易上門。張小敬眼中凶光一閃，正要動用蠻力，忽然一個不良人驚慌地闖了進來。

「張都尉，外面有黃煙起來了！」他大喊道。

張小敬眉頭一皺，立刻轉身掀開布簾走了出去。店外街上很多行人已經停下腳步，朝著西北方向的天空指指點點。他仰頭望去，看到遠處升起兩股煙柱。一股是濃濃的黑煙，另外一股是略淡一些的黃煙，兩股互相交纏，扶搖直上，在清澈的天空中非常醒目。

那個方向是姚汝能去搜查的遠來商棧。遠來商棧是疏勒商人的產業，主營大宗牛馬羊生意，跟草原突厥的關係更為密切，可疑程度不遜於西府店。

黃煙是靖安司攜帶的煙丸所發，見煙如見敵，必須立刻聚攏赴援。姚汝能身手很好，又帶了七八名不良人。他升起黃煙，說明一定是碰到強手了。

張小敬立刻召集周圍的不良人，朝著煙的方向赴援。剛跑過一個街口，張小敬突然停下腳步，跟在身後的人一時沒收住，差點撞上去。

一絲疑問在張小敬腦子裡閃過。

他猛然想起西府店主的那番話，越發覺得可疑。「絕無私藏坊圖之事，亦不曾主動與突厥人勾結。」沒主動勾結，那麼就是被動應付囉？

這麼想的話，老頭子提及京兆尹時語調略不自然，難道是在暗示報官？

張小敬嘖了一聲，懊惱地用力拍了拍自己的臉頰。這才坐了多久牢獄，就遲鈍到了這地步。若換成從前，恐怕當場就覺出不對勁了。

「你們繼續去支援姚汝能，我回去看看。」

張小敬當即回身，以驚人的速度跑回西府店。到了店門口，他刷地抽出寸弩，架在左肘端平，右手扣住懸刀[14]，躬身踏了進去。

鋪子裡依舊非常安靜，這次老人沒有探出頭來迎接。張小敬謹慎地掃視了一圈，然後走到高檯的盡頭與立柱相連的地方，一腳踹開側面的小門，側身闖了進去。寸弩的正面，始終對準

---

14 弩牙（弩機鉤弦的部件）下部如刀形的零件。

著檯子的方向。

在檯後，張小敬看到老人靠在木壁旁的墊腳邊，腦袋軟軟歪向一側，眼睛瞪得大大的。張小敬過去蹲下身子，伸手探了一下脖頸，發現老人已經沒了氣息。他把屍體翻過來，看到背部腰眼有一道深深的傷口。

顯然剛才老人跟張小敬對話時，檯後站著另外一個人，正拿著利器頂著他後心。老人不敢呼救，只能透過種種暗示來提醒。可惜張小敬一時疏忽沒有深究，以致其慘遭毒手。

張小敬目光一凜，將寸弩端得更平，朝店鋪後面走去。從他剛才離開到現在，還不到小半炷香的時間，凶手恐怕還沒離開。

高檯的後面是個略顯雜亂的長間，房間正中是張方案，上頭擱著幾卷帳簿、小衡秤和絞剪。周圍一圈高高低低的檀架上，擺滿了各式各樣的金銀器物，每一件都擦得晶亮。地板上還躺著十幾個包著繡角的蒙獸皮大箱子，有幾個半開著箱蓋，可以窺見裡面金燦燦的諸國錢幣。

西府店除了做金銀器經營，還有一項業務是匯兌，大秦、波斯、大食等地的金銀錢幣，到這裡可以折合成大唐銅錢絹匹，反之亦然，所以這裡才會有萬國泉貨[15]匯聚。

幾個夥計和護丁的屍體躺倒在這些錢財之間，他們都是心口中刀，這樣出血不多，血腥味不易被外人覺察。

張小敬走過這一片狼藉，大概可以還原當時的場景：突厥狼衛闖進店裡，第一時間幹掉了店裡的夥計們，恰好自己入內，狼衛脅迫店主蒙混過關。一等離開，就立刻出手殺死了店主。

這狼衛比靖安司估計的還要凶殘，從一開始就沒打算和平交涉。

15 貨幣。

張小敬深吸一口氣，看到在長間的盡頭有一扇虛掩的小門。門上掛著一把已被打開的方鎖，鎖眼上插著一把花柄鑰匙。這應該是西府店裡收藏貴重物品的小間。張小敬走到門口，拉住門把，先往外一拉，沒動，只能往裡面推。可他輕輕一推，覺得微有阻力，隨即門內傳來一連串叮叮噹噹的金器撞擊聲。

張小敬暗叫不好，急忙推開門去看。原來門裡是一道向下延伸的臺階，通往店底的地窖，在臺階底部躺著一件捽扁的菊瓣金盞。闖入者顯然經驗豐富，擱了一件金器在門裡側。如果有人推門而入，金盞滾落，可以立刻發出警報。

張小敬重新替寸弩緊了弦，然後一步步踏下臺階。走到底部之後，眼前是一條狹窄甬道，前方拐過一個彎，可以看到隱隱燭光。他身子緊貼牆壁，慢慢先把寸弩伸過去，然後猛然躍進去。

屋裡沒人，只有一根蠟燭在壁上燃著。借著昏暗的燭光，張小敬看出這個房間並不大，物品也不多，但個個是精品，在燭光映照下熠熠生輝。張小敬一低頭，看到地板上翻倒著一件鎏金仙人駕鶴紋的茶羅子[16]，羅屜半抽出來，裡面空空如也。

「該死！」張小敬低聲罵了一句。很顯然，店主把坊圖祕藏在茶羅子裡，結果被狼衛找了出來。

這可不是什麼好消息。

在房間的另外一端牆上，一張飛天掛毯半垂下來，後面是一個漆黑的洞口，可容一人彎腰通行。這是店主給自己修的密道，這些商人從來都是狡兔三窟。估計那個闖入者聽到警報之後，

---

16 茶末的篩子。箱型，有一抽屜。茶餅碾末後，經羅箱篩過，茶末會掉落到抽屜裡。

立刻就從這條暗道遁逃了。

張小敬衝向洞口，忽然腳步一收，把外袍脫下來裹成一團，先扔進洞去。幾乎就在同一瞬間，洞裡突然傳來皮筋響動，一枝弩箭飛射而出，正中外袍。張小敬間不容髮地抬手，寸弩對準洞內射了一發，然後迅速補箭拉弦，又補了一發。

洞中之人心思縝密，故意不熄滅房間裡的蠟燭，埋伏在洞口裡側。倘若有追兵衝到洞口，擋住燭光，便成了最好的靶子。不過弩機都是單發，張小敬用外袍廢掉他的箭，占得先機，不容他回填拉弦就補上兩箭。在這麼狹窄的洞裡，幾乎不可能躲過。

不管射中與否，張小敬縱身入洞，前方黑暗中腳步聲急促遠去。可見那兩箭即使射中了對手，也不是致命傷。張小敬端著弩機，邊走邊上弦，緊追不捨。可只追出去十幾步，他突然覺得腳心微微發痛，急忙抬腿，俯身一摸，才發現原來地面竟撒著一串鐵蒺藜。倘若他追得稍微急了點，定會被刺穿腳背。這麼一耽擱，闖入者又逃遠了幾分。

不過短短幾個呼吸之間，兩人已經來回鬥了數個回合。張小敬掃開鐵蒺藜，抬弩盲射，同時大喊道：「伏低不殺！」可回應他的，只有更急促的腳步聲。

這密道不算寬闊，拐彎卻不少。好在一條路到底，沒有任何岔路。闖入者在前頭跑，張小敬在後面追。前者身上不知帶著多少鐵蒺藜，沿途拋撒得毫無規律，嚴重阻礙張小敬的速度。但從前頭蹣跚的腳步聲判斷，張小敬剛才那兩箭，也對闖入者造成了不小的傷害。

兩人你追我趕，不知不覺追出數百步之遠。張小敬忽然眼睛一瞇，看到前頭有一束日光投射下來，看來出口快到了，是個垂直向上的豎井。一個人影順著木梯攀爬而上，等到張小敬衝過去時，那人已爬到頂端，推了幾下木梯，發現在豎井裡無法推倒，又沒時間拆毀，就隨手把空手弩砸了下去。

張小敬閃身避過，抬弩射擊，可惜弩箭擦著那人的頭皮飛向天空。他也扔掉弩機，手腳並用順梯子爬上去。當他從出口探出頭來，腦袋冷不防差點撞到一具轆轤。

原來這個出口被偽裝成一口廢棄的水井，轆轤床闌一應俱全。張小敬爬出井口，第一時間抽出障刀，側舉到自己耳邊，以防止可能的偷襲。障刀比橫刀要短要輕，適合貼身近戰，在井口這麼狹窄的地方也能施展開來。

不過什麼都沒發生，闖入者似乎對設伏已經失去信心，直接逃掉了。

從密道的距離和方向計算，張小敬大概判斷這裡是在西市南邊的懷遠坊內。這家店主本事不小，居然挖出一條跨坊的地道。

懷遠坊裡有很多胡人聚集，如果讓那個闖入者混入其中，麻煩可就大了。

張小敬看到草地上的一串腳印朝遠處延伸，立刻追了過去。這口井位於一座民間野祠的後院，小廟裡供著華嶽府君，連廟牆也沒有，開門即是坊內橫街。時值中元，不少附近居民都會來燒一炷過路香，香火還頗旺盛。

張小敬繞到廟前，看到一群百姓驚訝地指指點點。兩個賣籠餅[17]和羊羹的小攤子翻倒在地，一片狼藉。再往前看，一個頭戴折上巾的年輕人趴在地上，手持馬鞭，朝著一個方向大罵，顯然是坐騎平白被搶。

張小敬面色一凜，若是讓突厥狼衛搶到坐騎，可就前功盡棄了。他撥開人群衝到街邊，飛身截住正好路過的一輛單轅馬車。車夫猝然遇襲，下意識揮鞭要抽，反被張小敬一腳踹下車去。車廂裡一名女子驚慌地探出頭來，張小敬大喝一聲：「靖安司辦事！徵調爾馬！」她嚇得掩住

17　類似饅頭。

胸口，又縮了回去。

張小敬手起刀落，斬斷了轅馬與車子之間的幾根轡繩，躍上光溜溜的馬背，雙腿一夾，朝著突厥人遁逃的方向疾馳而去。

懷遠坊裡住戶密集，道路擁擠，再快的馬也跑不起來。張小敬很快就看到了前方那個縱馬狂奔的身影，那傢伙騎術了得，一路撞倒各種攤販，引起一連串驚呼和怒罵，卻始終保持著速度。

可惜張小敬搶的這匹坐騎不是騎乘用的，又沒有馬鞍，再如何鞭打，也頂多與突厥人保持三四個身位，能看清他腦後裹的布巾，但沒法更靠近了。

兩匹馬你追我趕，在坊裡的街道上馳騁，不時驟停急轉，掀起極大的煙塵。路上的車子行人紛紛閃避，引發更多騷亂。這番混亂終於驚動了坊裡的里衛，兩個衛兵手執用來攔阻驚馬的木叉子，從街道兩側朝馬頭叉來。突厥狼衛右腿一偏，轡繩狠狠一勒，坐騎發出一聲嘶鳴，前蹄揚起，剛好避過木叉的夾擊，然後他迅速調整姿態，繼續疾馳。

但這點阻擋，已為張小敬爭取到了足夠的時間。他猛然衝近幾步，從腰間掏出煙丸，向前方投去。這煙丸含有白磷、硫黃、蘆葦纓子、松香、樟腦等物，遇風即燃，燃則發煙，本是軍中連絡示警之用，靖安司也製備了一批。

他這一投，恰好把煙丸投入前頭搭在突厥狼衛馬鞍旁的夾袋裡。馬匹的原主人可能是個正要去干謁權貴的年輕文人，夾袋裡都是一束束詩文。煙丸一燃，立刻把這些紙束都點著了。滾滾黃煙從夾袋裡冒出，宛如在馬背上豎起一面流動大纛。

這下子突厥狼衛面臨著兩難窘境。如果對此置之不理，煙柱將會讓自己無所遁形；可這個夾袋是用皮繩捆在馬鞍旁，必須騰出一隻手才能解開，速度勢必會大受影響。後頭追趕的那個渾蛋，可不會放過任何機會。

他下意識地回過頭去，看到追兵的獨眼裡滿是冷笑，不由得心中一寒。那眼神他很熟悉，是草原上最危險的孤狼。

狼衛一咬牙，往前又奔出數步，突然掏出匕首，順著馬耳狠狠刺入顱中。那馬一聲哀鳴，轟然倒地，狼衛借著跌倒之勢躍入街旁的一條小巷。馬匹的巨大身軀恰好擋住了巷口，形成絕佳的路障。隨後趕到的張小敬不得不勒緊轡繩，停了下來。

他並不焦急。懷遠坊的望樓看到黃煙以後，會第一時間擊鼓示警，里衛將立刻封閉兩側大門。接下來，就是甕中捉鱉。他不信這個突厥狼衛還能找出第二條跨坊的密道。

那兩個攔馬的里衛氣喘吁吁地跑過來，張小敬向他們表明身分，然後問這個方向能否通向坊外。一名里衛告訴他這是一條死路。張小敬又問巷子另外一側有什麼建築。里衛猶豫了一下，說有。

「是什麼？」

「祆教祠。」里衛有點苦惱地抓了抓頭。

這條巷子走到盡頭，視野突然開闊，形成一個寬約兩百步的廣場。在廣場正中立著一座兩層大祠。這祠白壁紅瓦，四面皆有拱門，形制與中土迥異。門上鐫刻著三隻立在蓮花座上的駱駝雕像，背承圓盤，盤有薪火，兩側有鳥身人形祭司侍立。

這祆祠屋簷用的瓦皆為朱赤之色，狀如火焰。一片一片相疊，讓祠頂看起來如同一堆熊熊燃燒的篝火。

張小敬和里衛衝進廣場時，廣場上的信眾已嘈雜成一片。祆教在長安不立寺，不弘教，這個祠只供長安的胡人信徒禮拜，所以廣場上聚集的幾乎都是胡人。

此時他們面帶驚駭，望向祆祠方向。張小敬獨眼一瞇，看到那突厥狼衛站在門口，雙臂挾持著一個老者。那老者身披一件金邊白袍，兩條紅束帶交叉在胸前。

里衛面色大變，說那是祆祠的祆正府官，地位與中國一寺住持相仿。倘若他出了什麼事，整個懷遠坊的信眾只怕會暴動。張小敬略一點頭，朝那邊仔細端詳。一直到這會兒，他才看清那突厥狼衛的面貌。不是曹破延，他的臉寬平如餅，雙目細長，還有個大酒糟鼻。

祆教在突厥人中流傳也十分廣泛，但看這個狼衛窮凶極惡的模樣，恐怕對可汗的忠誠還在對神靈之上。

張小敬跨步向前，走到祠堂階前，居然說出一口流利的突厥語：「你現在已被包圍了，如果放開人質，束手就擒，我可以保證你得到勇士應有的禮遇。」

突厥狼衛的匕首頂住祆正的咽喉，聲音有些喑啞：「只有大汗才有資格稱頌勇者之名。」

張小敬嘿了一聲，能選派來長安的狼衛都是死忠，勸他們投降比讓天子不睡女人還難，區區幾句話，休想打動。

不過對付挾持人質，他這位前不良帥，可有的是手段。

張小敬冷笑著邁步向前：「你一定會死，但你的名字不會。接下來，我們會對外宣稱，你供出了大汗與王庭的一切祕密，並親自為大唐軍隊帶路。很快整個草原都會知道，是這個人出賣了整個部族，是這個人玷汙了狼衛的尊嚴。」

「不可能，你不會知道我的名字！」突厥狼衛發出沉沉的低吼。

「你可以賭賭看。」

張小敬把刀尖對準他的胯下，虛空一劃，笑而不語，獨眼裡閃著猙獰的光。狼衛突然覺得嗓子發乾，手腕不由自主地抖了一下。

突厥狼衛有個極其隱密的儀式。每一個成為狼衛的戰士，都會得到一位美貌女奴的侍奉，讓他的陽具充分勃起，然後在上面文上一個特別的名字。當陽具垂下時，看到的是狼名；當勃起時，則顯出本名。突厥人相信，陽具象徵強大的生命，這會多賜予勇士一條狼命在身。

這個狼衛不清楚張小敬如何得知這個儀式，但他意識到，自己的屍體若是落入這個獨眼男子手裡，絕不會有什麼好下場。

「放開人質，我會讓你英勇地戰死，否則你的名字將會永遠恥辱地流傳下去。」

張小敬走到距離兩者五步遠的地方，停住了。他在等待，等待恐懼在對方心裡發酵。那位祆教祆正緊閉著雙目，喃喃自語，不知是在求饒還是祈禱。

周圍的信眾緊張地望著這場對峙，甚至有些人跪倒在地，燃起一個小小的火堆，投入香料和油脂。祆教以火為尊，拜祭火神。這一舉動引起不少人仿效。一時間祆祠四周升起了十幾個小火堆，禱告聲四起。

就在這時，廣場上傳出一聲響亮的厲喝：

「還我馬命來！」

一個影子從人群裡嗖地跳出來，撲向突厥狼衛。突厥狼衛本來就極端緊張，猝然遇襲，下意識地手腕用力。那祆正脖頸登時泛起一道血光，口中呵呵，撲倒在地。然後那人影一頭撞去，把突厥狼衛硬生生撞到臺階下面。

這一下子掀起了軒然大波。祆教信眾們先是驚駭地發出尖嘯，接著全擁了過來，霎時將跌落臺下的突厥狼衛團團圍住，怒罵和拳腳聲此起彼伏。張小敬急忙撲過去，可憤怒的信眾根本無法控制，人頭攢動，你擁我擠，一時間極其混亂。張小敬和兩個里衛試圖分開人群擠進去，口中高喊讓開，卻屢屢被撞開。

這時從巷子口衝出幾十個身著皂衣[18]的健士。不是本坊里衛，而是長安縣直轄的不良人，為首的正是姚汝能。他們看到這邊黃煙繚繞，立刻趕來支援。這些不良人個個手執鐵尺，進來後迅速分隔信眾，強行驅散，不服的就鐵尺伺候，很快控制局面。

不過這只是暫時的，大部分人不肯離去，他們聚攏在周圍，大聲喧譁，等官府給出一個合理的解釋。一個祆正在眾目睽睽之下被殺，這可是驚天的變故。

張小敬管不了那麼多，他快步上前，看到那突厥狼衛躺倒在地，五官流血，四肢扭曲，竟已被活活毆死。他俯身在狼衛身上摸了一圈，臉上刷地變了顏色。

坊圖，不見了。

饒是張小敬藝高膽大，也不禁冷汗大冒。剛才信眾騷亂，湊到狼衛身旁的人太多，說不定哪個宵小臨時起意，盜走了他的錢袋。這還是運氣最好的結果，如果是突厥人的暗樁趁亂取走坊圖……他急忙朝四周望去，卻只看到無數張充滿敵意的面孔攢動，無從分辨。

張小敬懊惱地回過頭去，那個攪局的身影正趴在祆正身前，一臉不知所措。張小敬認出了他，是剛才被狼衛奪去馬匹的年輕人。

「你叫什麼名字？」張小敬強壓下怒氣。

「仙州岑參。」年輕人毫不示弱地回瞪著他。

「你為什麼要殺他？」

岑參氣炸了：「他當街搶了我的馬，為何我不能追上來討要？」他忽然情緒一低，帶著哭腔：「搶就搶了吧，為什麼要殺了牠啊？綠眉多善解人意，跟我這麼多年，就這麼死在巷子

18 黑衣。

口……」語氣忽又一頓，「馬死尚能用金償，我的詩也燒光了，這可怎麼賠啊？」

張小敬沒空聽他嘮叨，對姚汝能沉著臉道：「把這傢伙和狼衛的屍體都帶走。對了，遠來商棧那邊怎麼回事？怎麼會燃起黃煙？」

「唉，別提了。遠來商棧那邊突然鬧驚畜，好幾匹生馬跑了出來，偏偏又是沒牒照[19]的，正遇到我們上門，一亮身分，商棧的人以為是西市署緝私，一句話都沒說就打起來了……」姚汝能一臉無奈地解釋，同時摸了摸額頭，那裡有一道新鮮的狹長傷口。

張小敬歪歪頭，還未發表意見，忽然聽到遠處望樓咚咚幾聲鼓響。這是提醒聲，代表即將有靖安司的命令傳來。兩人同時朝望樓看去，一會兒樓上武侯開始揮動旗幟。姚汝能連忙開始轉譯，他的臉色隨著轉譯變得非常古怪。

張小敬問道：「是誰發的命令？李司丞嗎？」

「不，李司丞只是副手，這個命令是賀監親自發的。」

「賀監？」

「哎，您不知道嗎？就是靖安司的真正長官，賀知章。」

聽到這個名字，張小敬微微動容：「命令是什麼？」

姚汝能譯完命令，整個人完全呆住。好在望樓的命令都會重複傳送三次，他忙不迭地又譯過一遍，發現無誤。他看向張小敬，有點手足無措：

「靖安都尉張小敬，即時奪職，速押歸司臺……」

19 合法文件。

第三章 午正

天寶三載元月十四日，午正。

長安城，長安縣，光德坊。

賀知章站在靖安司大殿的正中，手裡托著一枚銅金方印，神態平和。李泌站在他的對面，目光鋒銳如飛箭射來，卻不能影響這位老人分毫。

司裡其他人都低下頭去裝作忙碌，誰也不敢發出聲音。

這時殿外的通傳跑進來，先看看李泌，又看看賀知章手裡的大印，猶豫了一下，這才向賀知章拱手，粗聲粗氣道：「懷遠坊望樓回報，張都尉已被控制，即刻返回。」

雖然他有意壓低嗓門，可還是讓周圍的人都聽了個清楚。

賀知章要的就是這個效果，他滿意地點了一下頭，這才對李泌語重心長道：「長源，莫怪老夫用這司印壓你，實在是你行事太魯莽。任用一個死囚為靖安都尉？還是刺殺上司的不赦之罪？傳出去，明天御史們的彈章能把你給埋囉！」

李泌懷抱拂塵，冷哼一聲：「明天？不知這長安城，還有沒有明天可言。」

「嘖，長源哪……你勇於任事，老夫自然明白，但蘭臺的人能明白嗎？相國們能明白嗎？就算他們明白，可在乎嗎？」說到這裡，賀知章特意加重了語氣，「你以為老夫為何匆匆返回？

李相那邊已經聽到行動失敗的風聲，試圖奪取靖安司的指揮權！現在老夫還頂得住。若他知道你竟把長安存亡押於一個死囚身上，到時候群議洶洶，就是我也扛不住！」

他見李泌沉默不語，又換了副和藹口氣：「朝堂之上，處處伏兵，稍有不慎便是傾覆之禍。老夫今年八十六歲，已無所謂，你還年輕，要惜身！」

賀知章一口氣說了這麼多，可稱得上推心置腹，可李泌卻不為所動：「您在這裡每教誨一句為官之道，那些突厥人就離得逞近上一分。」他看了一眼殿角，銅漏裡的水依然無情地滴落。

賀知章道：「我沒說不抓突厥人！只是聽說那人對朝廷的怨恨溢於言表，你就這麼信任他？」

「我不信任他，但他是現在最好的……不，是唯一的選擇。」

「西都匯集天下英才，滿城人物，難道沒一個比得上那死囚？」賀知章口氣轉而嚴厲，「你已錯了一次，讓靖安司倍受重壓。如今情勢可容不得第二次犯錯！」

李泌踏前一步，目銳如芒：「您只想保住靖安司，而我要保住長安！」

這時通傳第二次踏入殿內，粗著嗓門吼道：「報，靖安都尉張小敬等，已至門口。」

賀知章揮了揮衣袖：「不必進來了。把他的腰牌收繳，直接押還長安縣。」

這時李泌忽然大喝一聲：「慢！」

「長源。」賀知章的語氣已帶著幾絲不滿。李泌卻不顧喝斥，嗆聲道：「剛才西市、懷遠坊先後有黃煙升起，必有重要進展。不如先叫他進來，交代清楚，再議處不遲。」賀知章明知李泌在拖延，可也明白眼下情勢緊急，於是輕嘆一聲，揮了揮手。

不過他又安排了四個旅賁軍士在側，一旦張小敬報告完，就立刻上前將其拿下。

賀知章不會輕易干涉司務，但若李泌逾越了規矩，他就會化身籠頭韁繩，把年輕人拽回來。突厥狼衛當然要抓，但他絕不能讓政敵們找到藉口，染指靖安司。

這一切，可都是為了那一位的安全。

腳步聲響，張小敬大剌剌地邁入殿中，全無突遭解職的驚懼。他先衝檀棋眨了眨眼睛，然後把好奇的目光投向那位鬚髮皆白的老者。

這個人在本朝實在太有名了，詩書雙絕，名顯開元、天寶二十多年。就在十天之前，賀知章宣布告老還鄉，天子特意在城東供帳青門，百官相送，算得上長安一件頗轟動的大事。可張小敬萬萬沒想到，這位名士居然又潛回京城，搖身一變，成了和文學毫無瓜葛的靖安令。

他今年已經八十多歲，致仕時已是三品銀青光祿大夫兼正授祕書監——這是為什麼別人敬稱他為賀監——來做靖安令這麼一個所由官[1]，實在是屈就。很顯然，做出這個安排的人，不指望賀知章能有何作為，只希望憑他的資歷和聲望坐鎮正印[2]，方便副手李泌做事。

張小敬忽然笑了，賀知章的出現，解答了他一直以來的疑問。

長安城的城防職責，分散於金吾衛、京兆府、御史臺、監門衛等官署，疊床架屋，矛盾重重。這個靖安司憑空出現，凌駕諸署之上，若非有力之人在背後支持，絕不可能成事。

賀知章的身分，除了銀青光祿大夫兼正授祕書監之外，還有一個太子賓客的頭銜。而李泌則是以待詔翰林供奉東宮。這靖安司背後是誰，可謂一目了然。

雖然如今太子不居東宮，可從這些幕僚職銜的安排，仍可略窺箇中玄妙一二。

賀知章注意到了張小敬的無禮視線，但他並未開口責難，只是垂眉閉目養神。

---

1 府縣官。

2 正印即古代官府的印章，此代表主管。

李泌走上前來，要他匯報情況。張小敬摸摸下巴，把事情原原本本說了一遍。李泌臉色一變：「這麼說，突厥人已經拿到了坊圖？」

這可是他們僅有的一條線索，若是斷掉，靖安司除了闔城大索沒別的選擇了。

張小敬道：「還不確定，我已安排姚汝能封鎖祆祠周圍，逐一盤查附近住戶……」話未說完，賀知章刷地睜開眼睛，語氣嚴厲：「好大的膽子！你可知道擅封祆祠，會引起多大的騷亂？」

「不知道，也不關心。我的任務只是抓住突厥狼衛。」張小敬回得不卑不亢。

「那你抓住了嗎？」

「如果你們總是召我回來問些無聊問題，那我抓不住。」

李泌微微有些快意，張小敬這傢伙，說起話來總帶著點嘲諷的味道，現在輪到賀老來頭疼了。

賀知章眉頭一皺，這個死囚實在是太過無禮。他舉起大印，想叫人把張小敬抓起來，先杖二十再說，這時通傳第三次跑進殿內。

「報，祆教大薩寶求見。」

殿內稍熟長安官場的人，心裡都是一突。長安城的胡人多信祆教，一旦起了爭議，光是信眾騷動就能掀起大風波，所以官府與祆教的交往向來謹慎。大薩寶統管京畿諸多祆祠，影響極大，他忽然至此，肯定是來興師問罪的。

賀知章一陣冷笑。這個無知囚徒，非但搞砸了唯一的一條線索，還惹出了這等風浪。他看了一眼李泌：「長源，你今天已經是第二次犯錯了。」

賀知章輕輕點了一句，然後轉過臉去：「綁起來！帶走！」

李泌尷尬地站在原地，眼神閃動。如果真是惹出祆教的亂子，他也沒法出言庇護。幾個如狼似虎的侍衛得令，把張小敬按住，五花大綁，就要朝殿外推去。忽然殿裡傳來一陣尖利的木腳摩擦地板的聲音，眾人循聲望去，看到徐賓略帶惶恐地站起身來，周圍的書吏都跪坐著，把他襯得特別顯眼。

賀知章瞇起雙眼，不動聲色地盯著他。

面對靖安令的威壓，徐賓戰戰兢兢，有心想替好友說幾句辯解的話，可情急之下口吃更加嚴重，腦門都是汗，一個字也說不出來。他掙扎了半天，終於放棄了說話的意圖，邁步走出人群，快步走到張小敬身旁。徐賓沒那麼複雜的心思，當初是他把好友送進靖安司，也必須是他送走才成。

賀監是大人物，應該不會為這點小事記恨我吧……徐賓這樣想，右手去攙張小敬的胳膊，同時低聲說了一句：「抱歉。」張小敬反剪著雙手，面色如常。對一個死囚來說，這不算最糟糕的情況，最多是回牢裡等死，和之前沒區別。只是先給了他一點生的希望，轉瞬間又澈底打碎，這比直接殺他更加殘忍。

賀知章已經對這個窮途末路的騙子沒興趣了，他心裡琢磨的是，一會兒怎麼應對大薩寶。這事仔細想想，頗為奇怪，祆教的消息什麼時候這麼靈通？這邊才出的事，那邊立刻就找上門了，莫非背後有人盯著尋靖安司的岔子？

一進入到朝爭的思路，老人的思維就活躍起來。

不料張小敬像是讀出他的心思一般，呵呵笑道：「賀監你別瞎猜了，是我讓姚汝能通知他的。」

＊

聞染的手指非常修長靈巧，可以挑起最細的木香線，也能繡出最精緻的平金牡丹。此時她背靠車廂，右手兩根手指拚命擠往板隙，夾住那枚鬆動的鐵釘頭，一點一點地扭動。與此同時，她還在心中默默地記著馬車轉彎的方向和次數。

車子平穩地朝前駛去，車廂裡依然黑暗。那四個押車的守衛一邊兩個，自顧閒談著。馬車內彌散著一股芬芳的香氣，是斜放在旁邊的香架散發出來的。聞記的合香，一向以香味濃郁持久而著稱。

大概是受香味影響，守衛們不知不覺聊到青樓的話題，個個面帶興奮。其中一人轉過頭來，淫邪地盯著聞染鼓脹的胸口。聞染惱羞成怒，突然大聲尖叫。守衛不得不抽了她一耳光，才使她安靜下來。等到守衛們都回到座位上，聞染緩緩抽回右手，剛才她趁著尖叫聲掩蓋，把釘子從縫隙中生生拔了出來。

她在黑暗中握緊拳頭，讓尖銳的釘子頭從指縫之間透出。

又過了一陣，車夫在前頭忽然高喊一聲：「籲——」車子速度又降了下來。今天上元節，街上人太多，馬車不得不走走停停。

聞染雙目突睜，一躍而起，一拳砸向剛才唐突她的那個守衛。拳頭狠狠砸在對方的眼窩上，守衛發出一聲慘叫，聞染拳頭收回來時，指縫間的釘子頭沾滿了鮮血。

其他三個守衛一時間都愣住了，聞染另外一隻手趁機把香架推翻，合香撒了一地。在狹窄的車廂空間裡，這個阻擋頗為有效。聞染趁機衝到車廂前部，扯開帷幕，對著車夫後腦杓狠狠捶了一下。

車夫猝然被鐵釘鑿腦，劇痛之下韁繩一勒。馬車正在轉彎，轅馬吃這一勒受驚掙扎，車架登時失去平衡，後面車廂裡的人東倒西歪。聞染一咬牙，偏過身子滾落車下。她一落地，打了幾個滾，片刻不敢停留，朝著東邊飛奔而去。

她之前一直在推算馬車行進的位置，估計這附近是殖業坊和豐樂坊之間的橫街。這兩坊都在朱雀大街的西側。她只要沿著橫道往東跑，很快就能看到朱雀大街。

兩個又驚又怒的守衛跳下車廂，去追聞染。他們身強體壯，步子邁得大，很快就拉近了和聞染的距離。為首一人跑得最快，追出百步，距離她只有一步之遙。浮浪少年獰笑著伸出手，去抓她的頭髮。不料聞染猛然回頭，一包粉末從手裡砸出，在他鼻梁上綻開。

這是她跳車前抓起的一個香包，裡面是給王家小姐特製的降神芸香。這東西對人體無害，但聞記香鋪做工細膩，香料碾得極細。浮浪少年一下子被粉末遮住了眼，不得不停下腳步去揉。

趁這個機會，聞染衝上了朱雀大街。

她抬起頭，遙遙看見街對面薦福寺的金色塔尖，心裡升起一股希望。那裡就是安仁坊了！

就在聞染踏上朱雀大街的同時，大薩寶恰好踏入靖安司的大門。

大薩寶今年六十多歲，此時換上了一件立領白紋緞面長袍，脖子上交叉掛著兩條火焰紋的絲束帶，這是只有極正式場合才穿的祭服，代表薩寶府[3]對這件事的重視。

一位祆正在祠前眾目睽睽之下被殺，這是何等的侮辱。

他抵達靖安司，被直接引到了一處偏殿獨室裡。這裡沒有侍婢，只來了一個五大三粗的軍士，端來一杯茶。茶是劍閣獸目[4]，倒是不壞，只是茶粉篩得太粗，一看四散的餑沫，就知道

3 薩寶府為政府設立管理番客的官職。除薩寶外，尚有祆正(祆祠的大祭司)及祆祝(祆廟的廟祝)，以及武官(率府、果毅)、府史(祕書)等職。皆有品級。

4 產地劍閣，獸目為茶名。

煎茶者漫不經心。

過不多時，一位老者推門而入。

大薩寶在長安待了許多年，一看魚袋和袍色，就知道此人身分極高。兩人各自施禮，互通了名姓，大薩寶這才知道此人是大名鼎鼎的賀知章，態度凝重了不少。賀知章雙手一拱，徐徐開口道：「驚聞有歹人唐突貴祠，侵戕法士，靖安司既然策京城防賊之重，必不輕忽，已遣精幹官吏通力澈查，絕無姑息！」

等一等！大薩寶覺得不對勁，聽賀知章的意思，是要把靖安司的責任撇乾淨，不由得怒眉一揚，操著生硬的唐語道：「明明是貴司追拿賊黨，引入我祠……」

賀知章立刻截口道：「幸虧教眾見義勇為，毆斃凶頑，我會向聖人稟明，予以彰表。」

賀知章這兩句話連拉帶打，既撇清了責任，又拋出甜頭，還順帶暗示自己在天子面前說得上話。大薩寶卻不領情，拐杖一頓：「你們靖安司為了拿賊，導致祆正無辜牽連，這得有個說法。不然信眾哄起，我可壓不住他們。」

祆教在長安是小教，只在胡人商團之間流傳，朝廷以薩寶府羈縻。不過其信眾行事好聚眾，一旦有什麼糾紛，極易釀成騷動。所以凡涉祆政事務，大唐官員都是如履薄冰，以安撫為主。這一招，大薩寶屢試不爽。

不料賀知章神情突然一變：「薩寶可知道那凶徒是何人？」大薩寶聞言一愣，賀知章道：「此人是突厥可汗的狼衛，潛入長安，意圖在上元節加害於君上。」

大薩寶一聽，手裡的茶碗匡噹掉在地上。

「突厥人？加害於君上？天上的馬茲達啊……」他接到的報告只說祆正被殺，卻不知道狼衛的事。若事涉突厥，性質完全就變了。大薩寶知道，這是朝廷最不能觸碰的一根紅線。

賀知章敏銳地捕捉到大薩寶的神色變化，趁機說道：「雖然此人在祆祠前被毆斃，可身上卻有一件重要物品被人取走，不知所蹤。此事不搞清楚，就是滔天的禍事。」

這個暗示很明顯，東西尋不回來，祆教與狼衛脫不了干係。如果大薩寶一意孤行，鼓動信眾鬧事，就是裡通突厥的叛亂之罪。

大薩寶連忙高聲分辯道：「我教祆正是被賊人殺死的，絕無可能勾結突厥人。」

本來是他興師問罪，這一句講出來，氣場霎時易勢。不過賀知章沒有乘勝追擊，反而微微一笑道：「本官素知祆教明禮篤誠，豈會與奸人勾結，為賊所乘而已。」

大薩寶鬆了一口氣，賀知章又道：「善神馬茲達有云：善思、善言、善行，皆為功德。爾等棄絕三惡，奉守三善，又豈會為虎作倀？」

大薩寶一聽此言，雙目精光大射。馬茲達是祆教正神之名；三善三惡云云，皆是教中習語，賀知章是怎麼知道的？

要知道，祆教教義繁複，在長安始終未能大興。朝廷官員多以「胡天」、「胡神」代稱，從無興趣深入了解。大薩寶從波斯來長安二十餘年，知音難覓，一直深以為憾。賀知章這一番話，可是第一次有大唐最高級的官員認真引用本教經義。

賀知章見火候差不多到了，肅容一拜，滿懷深情道：「今日長安有事，正需要尊者與我靖安司行個方便，一併躬燃純火，蕩滌宵小啊。」

一聽到「躬燃純火」四字，大薩寶眼眶幾乎溼潤起來。祆教以火為尊，這四個字真真打中了心思。老人顫巍巍地站起身，放開拐杖，雙手攏作火焰形狀橫在胸前，向賀知章深施一禮。

「祆眾，願為賀監前驅！」

＊

朱雀大街是一條寬闊恢宏的南北通衢大道，整個長安城的南北軸心。路面中央微微拱起，兩側有深溝，東西寬約一百五十步。路面覆著一層厚厚的滻河沙，有如一條青白色大江，將長安外郭城區分成長安、萬年兩縣。道路兩側種著高大挺拔的槐樹與榆樹，每隔一百步還有一對東西對立的石雕，氣勢宏大莊嚴。

這是天子御道，老百姓只能沿指定的九個路口橫穿，不能越線，也不許快跑。聞染踏上這條路之後，只能站在佇列裡，緩緩向前移動。好在那兩個追來的浮浪少年也不敢在御道造次，只能遠遠在人群裡跟著。

聞染一路有驚無險地走到對面路口，長長吁了一口氣。安仁坊裡的貴人極多，府邸可以向街直接開門，不必通過坊門。所以從坊牆掃過去，一排有十幾座大的雕楣朱門。王家小姐的府邸大門就在右起第三家，門下有四棵榆樹，立有兩尊忠義石獸與十二根大戟，好認得很。

王家小姐的父親是朝廷大員，到了她那裡，自己應該就安全了。

聞染念及於此，快步上前。當她接近王府朱門時，大門忽然嘎啦嘎啦朝兩側打開，從裡面駛出一輛奇特的車子。

這車子的拉乘不是馬不是牛，而是兩峰白駱駝，車廂左右都是雲木低欄，沒有頂簷，一眼望去似是拖著一張羅漢床。一個身材高眺的女子正扶在前欄，向前張望。她頭頂用銀繩挽了個高髻，身披翻領碧色長衣，足蹬紅雲靴，看上去颯爽英武。

聞染站在石獸旁喊道：「王家姐姐！」那女子探下身子，笑道：「喲，這不是聞染嗎？妳身上好香啊，隔著十里都能聞見。我訂製的降神芸香帶了嗎？」

聞染正要解釋，王家小姐一揮手：「來，上車再說吧。」

聞染提起襦裙角縱身跳上車。車欄裡擺著一張厚厚的茵毯，一排亮漆食盒裡盛著各色點心，角上還擱著個小巧的六角薰香爐，一個侍女正小心地侍弄著這些器具；儼然一副踏青野遊的架勢。

王家小姐叫王韞秀，她玉指一挑，炫耀道：「妳來得巧，正好我新得了這一部奚車[5]，正準備出去逛逛。這可是草原來的新鮮玩意兒，全長安城就這一輛，別人家可沒有。來，披上這件胡袍，不然坐起來就沒氣氛了。」

聞染本來要說自己的事，可王韞秀顯然對她的事情不感興趣，只是滔滔不絕地說著這車子的妙處。聞染知道這位閨秀性子驕蠻，頗好胡風，不敢攪她的雅興，只得接過胡袍披上，耐著性子等她說完。

說話間，奚車出了王府，轉向南側，沿著安仁、光福、靖善幾坊一路下去。那兩個浮浪惡少看見她登上王家的奚車，不敢上前，又不能走開，只得遠遠跟在後頭。好在駱駝行走不快，他們步行倒也跟得上。

奚車一過靖善坊，周圍行人就少了很多。長安南城不似北城繁盛，民居寺觀不甚密集，顯出幾分荒僻氣象。車子行至一處路口時，車夫忽然把駱駝停住。王韞秀不滿地問怎麼回事，車夫說將作監[6]的人在修路，讓我們繞行。

前方確實立起了一塊寫著「外作」的柳木牌，遠處幾個袒露半臂的民夫臉蒙白巾，正用木耙刮著沙土。王韞秀冷笑：「區區將作監的奴婢，也敢攔本姑娘的車？給我闖過去！」

聞染正琢磨著何時開口，忽然耳邊響起一陣沉悶的轟隆聲。她轉過頭，瞳孔在一瞬間驟然

5　奚族屬東胡鮮卑族，善造車，史稱奚車。

6　古代負責宮室、宗廟、陵寢等政府土木建築的機構，兼領百工。

緊縮。這裡地勢很低，在路口右側的高坡上，一輛滿載石料的無馬大柴車正飛馳而下，遙遙對著坡下的奚車撞過來。

柴車分量極重，從坡上衝下來就像一隻失去控制的瘋狂巨獸，車輪轟隆，勢不可當。聞染發出尖叫，車夫急忙馭動駱駝，可倉促間哪裡來得及。柴車挾著極猛極重的風雷之勢，狠狠地撞在奚車側面。

一連串木料開裂的巨響傳來，奚車被生生撞碎頂翻，整個車體倒扣在地上，頃刻間就被石塊掩埋。

這個意外驚動了附近街鋪裡的武侯，他們紛紛趕過來查看。那幾個將作監的民夫忽然直起腰，從沙土堆裡掏出短刀，朝武侯們撲去。這些人籌謀已久，下手狠辣，那些武侯幾乎一瞬間全數被斬殺。一個恰好走過的賣果婦人轉身要跑，一個民夫擲出一刀，正中她後心，也倒在了血泊中。

這些民夫料理完武侯，聚攏到碎爛不堪的奚車旁邊。奚車二輪朝天，把乘客全扣在底下。幸虧這車是低欄深底，像盒子一樣罩住了她們，而不是直接壓下去。車夫就沒那麼幸運了，他被壓在兩峰駱駝下，筋骨斷折，眼見活不成了。

民夫們把車子側邊的木板踹開，拖出裡面的三名乘客，發現那個侍女穿著的女子已經喪命，其他兩個人只是驟受衝擊暈倒。一個民夫摘下臉上的白巾，露出曹破延的嚴肅面孔。

「哪個是王忠嗣的女兒？」他問。其他幾個人都搖搖頭，表示分辨不出。這兩個昏迷不醒的女子都穿著胡袍。曹破延抬起頭，瞧了一眼遠處慢慢聚集過來的路人，一揮手：「沒時間了，砍下她們的手臂和頭，都帶回去，慢慢分辨。」

曹破延抬起刀來，正要剁下去，卻被旁邊一個叫麻格兒的狼衛給攔住。麻格兒是個粗豪大個兒，比曹破延還高：「右殺貴人交代了，要捉活的。王忠嗣殺了他的兒子，他必須親眼看著仇人的親眷死去。」

曹破延喝道：「這都什麼時候了，還計較這些私人恩怨！帶著兩個活人是多大的累贅！擱哪兒去？」

麻格兒回答：「右殺貴人說有一處備用宅子，可以……」

「那也要占據多餘的人力和時間！狼衛效忠的是大汗，不是右殺的一己私利！」曹破延手腕用力，奮力砍去，不料麻格兒也抽出刀來，噹啷一聲架住。

曹破延大怒，這個麻格兒是他選拔進狼衛的，現在居然敢違抗命令！他正要出言訓斥，卻看到周圍一圈狼衛的眼神有些古怪。他忽然意識到，自己的頂髮已經被削去，嚴格來說，現在的身分比草原上的牧奴還低。這些狼衛跟隨他是因為右殺貴人有過吩咐。如果他和右殺貴人的命令發生衝突，狼衛絕不會顧及同袍之情，因為右殺代表的是大汗。曹破延一心希望對大汗盡忠，諷刺的是，阻止他的卻正是其他狼衛對大汗無可置疑的忠誠。

對峙沒有持續多久，曹破延長長吐出一口氣，把刀放下。麻格兒如釋重負，他太了解這位老長官，真要發起威來，在場的誰也攔不住。

「延州的貨快到了，這是最重要的事，我必須親自去接應。人質你們送去吧。」曹破延轉身離開，頭也不回。

麻格兒也不敢麻煩他，連忙吩咐其他人把聞染和王韞秀拖上一輛事先準備好的四面掛帳大車，迅速離開路口。

*

在更遠處，兩個浮浪少年呆傻在原地，面對著半條街的鮮血不知所措。

賀知章再度走回大殿。他的臉上掛著一種微妙的尷尬，脖子上多了一條火焰狀的束帶。這個略顯滑稽的造型，讓所有人都忍俊不禁卻又不敢笑出聲。

賀知章看了一眼張小敬，沒多說話，徑直走到李泌跟前，遞去一卷略顯破舊的名冊。李泌只是簡單地翻了翻，立刻交給徐賓。靖安司的書吏們又開始調閱各種卷宗案牘，大案牘術又運轉起來。

張小敬雙手抱胸，站在殿口，有些放肆地盯著檀棋。她感覺既厭惡又無奈，真想狠狠甩一月杆過去，可又不能，因為這個猥瑣的登徒子，剛剛創造了一個奇蹟。

賀知章和大薩寶的會面，完全是張小敬的主意。

根據他的推測，突厥人應該是在懷遠坊祆祠有一個內線，冒充信眾。狼衛逃去祆祠是有預謀的，為了方便他的同夥取走坊圖。

祆教相對封閉，信眾之間彼此相熟。因此這個內線不太可能臨時安插，恐怕已潛伏了一段時日。

每一個祆教徒，都要定期來祆祠祭火，奉獻香料、油脂與金錢，都有紀錄。若想知道此人身分，最好就是取得祆教的供奉名錄。有了這份名冊，再和長安戶籍相互比對，憑靖安司強大的廟算能力，很容易就能看出端倪。

這就是為什麼張小敬主動通知大薩寶。沒他的配合，那份名冊可不太容易拿到手。

接下來，就是如何說服大薩寶配合的問題，聲望崇厚的賀知章顯然比李泌更適合交涉。

儘管對張小敬毫無好感，可為了長安大局，賀知章也只能勉為其難地聽一次死囚的話。那一番感動祆正的言詞，正是張小敬教賀知章說的。

祆教的人對金錢、權勢不是特別在乎，唯獨對能溝通教義者極有知己之感，循這個路數去遊說，非但消弭了信眾騷亂，大薩寶還主動配合，立刻派人去取了懷遠坊供奉名錄來。

檀棋看向張小敬，眼神複雜，這個男人似乎早就算好了一切，連賀知章這樣的人都不得不按他的規劃行事。而現在才是最有趣的部分，檀棋饒有興趣地想，賀監會怎麼處置他？是收回成命，還是堅持驅逐？

可先動的不是賀知章，而是張小敬。他把手臂放下，撣了撣眼窩裡的灰，朝殿外走去。李泌眉頭一皺，問他哪裡去。張小敬似笑非笑：「這問題，不該問我吧？」殿裡一時沉默，就連埋頭查閱的書吏們，動作都略慢了幾分。

賀知章咳了一聲：「靖安司自有法度，不容一介死囚留駐，但老夫對你並無成見。你今日功勞，不會白費。在牢中有何要求，不妨提來。」

「那就送點紙錢吧。」

「哦？」這個要求出乎賀知章的意料。

「我想提前祭一祭即將死去的長安和百姓。」

聽到這回答，賀知章氣息為之一噎，被這句話氣得手抖。張小敬呵呵一笑，昂首朝殿外邁去。李泌突然伸手攔住了他，衝賀知章厲聲道：「賀監！此人於今日有大用，難道不可從權？」

賀知章緩慢而堅定地搖了搖頭，這是原則問題。

李泌細眉一豎，從懷裡掏出自己的印信，就要往桌上擱。檀棋大驚，公子這是要翻臉以辭官相脅了，為了一個死囚，至於到如此地步嗎？

這印信還未擱下去，殿角一個小吏突然高聲道：「李司丞，您看這個！」然後遞來一束公文。李泌一看，連忙拿給賀知章。賀知章眼神輕輕一掃，雙肩突然劇烈地顫抖起來，神情如遭雷擊。

這是一條訊報，來自延壽坊的街鋪巡兵。

街鋪在諸坊皆有。百姓之間有了糾紛或者看到什麼異狀，往往先報本坊街鋪，謂之訊報。靖安司為了及時掌握整個長安城的動靜，李泌要求各處街鋪的訊報事無鉅細，都要報來一份，有專人甄選分揀。

這條訊報稱：有百姓在延壽坊旁的橋下發現一具男子屍體。經初步勘驗，死者脖頸為巨力拗斷，衣衫被擄。附近酒肆的飲客已辨認出此人身分，名為焦遂。

長安城飲酒成風，其中有八人最負盛名，號稱「飲中八仙」。為首即是賀知章，還有李白、李適之、李琎、崔宗之、蘇晉、張旭、焦遂等七人；焦遂是八仙中唯一一個白身[7]。賀知章與他從開元初年起便為酒友，兩人交誼極篤。

賀知章沒想到，居然在這時候接到老友的死訊。

李泌沉聲道：「延壽坊附近是永安北渠，正是我們懷疑曹破延上岸之處。焦遂的死狀與崔六郎一樣，只怕也是突厥人下的毒手。」這句話的衝擊更大，賀知章竟是一陣眩暈。

「快扶住賀監。」李泌不動聲色道。

檀棋趕緊上前一步，攙住賀知章胳膊。她感覺到老人的手臂在微微抖動著，身子搖擺。他一直有風頭眩的毛病，驟聞噩耗，竟有發作的跡象。

幸虧靖安司這裡備有茵芋酒，趕緊給他灌了一杯。這藥酒是藥王的方子，賀知章喝完之後，情況總算略見好轉，可整個人如同被抽走了魂魄。畢竟他已八十多了，體虛神衰，至友亡故，又最傷心神。

7 平民。

賀知章掙扎著想起身，可頭暈目眩隨之加劇。他長長嘆息一聲，知道這病一犯，便沒辦法視事。他把李泌叫到身前：「此間……只得暫且仰仗長源你了。」他停了停，又壓低聲音道：「張小敬這個人，可用而不可留。一俟狼衛落網，必須立刻處置，否則後患無窮。靖安司的敵人，絕不只是突厥人呢……」

這幾句話，已經耗盡了老人的全部精神。檀棋連忙派人準備牛車，喚了一位醫師隨行，將他送回自宅修養。李泌肅立原地，拂塵抄在胸前。

等賀知章離開之後，張小敬瞇起眼睛，莫名其妙冒出來一句：「李司丞掌握得好時機。」語氣半是欽佩半是嘲諷。

「事急從權。」李泌面無表情。

兩人像打啞謎似的，檀棋在一旁聽得一頭霧水。她動手把案上文牘收拾乾淨。焦遂的那封訊報放在最上面，她順便多看了一眼，忽然注意到一個奇怪的地方。一般訊報的右上角會標有李泌的簽收時間，這封是午時二刻簽收，恰好是賀知章返回靖安司之前。

她蛾眉一皺，公子早就看到這消息了，可為何拖到剛才方對賀監講起？難道說……

這太離譜了，檀棋擺了擺頭，把這些荒唐念頭趕出腦外。

這時徐賓已經捧著一卷文書跑過來。憑借大案牘之術和祆教的戶籍配合，他迅速地找出一個可疑之人。

此人叫作龍波，來自龜茲，開元二十年來京落為市籍，同年拜入祆教，就住在懷遠坊內，一直單身。供奉紀錄顯示他最近半年來，給祆祠的供奉陡增，為此還特受褒獎。天寶二載底市籍有過一次清冊重造，但龍波的戶口仍是開元二十年。有一位戶部老吏敏銳地注意到這個小紕漏。戶籍上要寫清相貌，若是舊冊不造，則有可能冒名頂替。

姚汝能此時還在祆祠附近，李泌命望樓通知，要他立刻前往龍波的住所搜查。

靖安司內忽然陷入空閒狀態，這時李泌想起來了：「嗯？那個叫岑參的臭小子呢？」那個傢伙在關鍵時刻壞了靖安司的事，他到底是不是受僱於突厥人，不審問清楚可不成。

崔器在旁邊立刻答道：「身分已經審清楚了，是仙州鄉貢士子，籍貫南陽，來京城準備開春參加進士科。」他又補充了一句：「岑家祖上，曾三代為相。睿宗時家族受株連流徙。父親岑植，曾做過仙、晉二州刺史。應該和突厥人沒關係，單純……比較愣吧？」

一個破落官宦子弟，難怪在騎囊裡放了那麼多詩文，是打算在開科前投獻邀名呢。

李泌現在滿腹心思都在狼衛上，一聽岑參是這個來歷，袍袖一拂：「哼，壞了這麼大的事，別想逃責，先關一陣再說。」周圍人心裡清楚，倘若突厥人真幹出什麼大事，這就是現成的代罪羔羊。這個來京城赴考的可憐士子，別說中進士了，只怕性命都未必能保住。

張小敬念叨了一句：「那小子身手倒還不錯。」也就不說了。現在時間越發緊迫，這些無關的事暫且都放下。兩人同時趨向沙盤，看著盤中那標記著「懷遠坊」的模型。

此時在真正的懷遠坊內，姚汝能一腳狠狠地踹開木門，闖進屋去，舉弩轉了一圈，發現空無一人。

龍波的住所是個無院直廂，進門後只有一間正廳和一側廂房，不良人一擁而入，霎時把屋子擠得滿滿。此人獨居，家具不多。靖安司沒費多大力氣，就從床下搜出一批突厥風格濃郁的小物品，有金銀器物，有羊皮紙，還有幾盒馬油膏。

看來龍波與突厥人勾結，當無疑問。只可惜他不在屋中，不知去向。姚汝能派人去附近詢問鄰居，鄰居們紛紛表示，龍波很少與旁人來往，不知道他以何為營生、常去哪裡。

姚汝能不甘心，回屋裡又兜了幾圈，忽然發現一個可疑之處。正廳裡有個灶臺，灶臺上方貼著一張灶君神像。祆教奉火為神，信眾要一日三次在家祭灶火，怎麼可能會貼個漢地灶君在上頭？他湊過去，看到紙面乾淨平滑，少有煙火痕跡，伸手一摸，發現紙頭的牆壁有些凹陷。姚汝能心中一動，把神像扯下，裡面露出一個磚槽，擱著一塊方形木牌。

這塊木牌有巴掌大小，四角刻著牡丹和芭蕉紋形，皆是陰刻粉描。正面刻著「平康里」三字楷書，背面刻著「一曲」字樣。

姚汝能一愣。平康里在長安城東邊，是一等一的煙花銷金之地，在京城無人不知，無人不曉。此木牌叫「思恩客」，只給熟客，憑此可直入簾中。這位龍波別看生活清苦，在那裡可真是投入不少呢。

龍波以信眾身分潛伏，平日謹小慎微，心中難免壓抑空虛。唯有去平康里消磨時光。那裡客來客往，皆是虛情假意，可以暫時放鬆一下，很符合一個暗樁的心態。

不過平康里的姑娘太多，皆有假母[8]管著。這牌子是哪一位假母發放的，尚需調查。

姚汝能迅速把消息傳回靖安司，李泌對張小敬道：「平康里在萬年縣界，是你原來的轄區。舊地重遊，辦起事來應該輕車熟路。」

「輕車熟路嘛……」張小敬呵呵笑了一聲，周圍官吏們都露出心照不宣的微笑。檀棋厭惡地看了他一眼，覺得天底下男人都是一個德行，看到平康里的那些女人就邁不開腿。相比之下，公子潔身自好，可比他們強太多了。

張小敬轉身欲走，李泌忽然又把他叫住：「嗯……之前的事，希望你不要心存芥蒂。如今賀監已放權，我的承諾依然不變。」對他來說，這算是委婉的道歉。

8 鴇母。

「現在我可沒有接受道歉的時間。」

張小敬簡短地回了一句，匆匆離去。

李泌望著張小敬的背影，大為感慨。這個人行事大膽，心思卻很縝密，接手調查時明明所有的線索都斷掉了，竟被他無中生有，硬生生劈出一條路來。更可怕的是，祆教的抗議本是一場大禍，結果卻被他信手一翻，一石三鳥，既平息了薩寶怒火，又獲得了新的線索，還堵住了賀知章的嘴。

十年西域兵，九年長安帥，果然名不虛傳。

李泌內心忽然湧現微妙的不安感。這樣的一個人，真的心甘情願為自己所用嗎？闔城性命這麼一個大義名分，真的能束縛住他嗎？

李泌自度，如果他與張小敬異地而處，對剛才的事情一定心懷怨懟。辛辛苦苦奔走效力，居然還要被人猜疑和羞辱，誰還會盡心辦事？一想到他始終掛在嘴角的那抹淡淡嘲諷，李泌便有些頭疼，這種失去控制的感覺可真不好。

看來賀監所說，也不無道理，對這個人，是要提前留分心思才對。姚汝能畢竟太稚嫩，而崔器又太粗疏，這兩個人未必應付得了。

不過在那之前，還有另外一件更棘手的事情急需解決。

李泌想到這裡，不覺有幾分疲憊湧上心頭。他把拂塵往胳膊上一搭，高聲道：

「檀棋，跟我來！」

李泌叫了一聲，帶著她到殿後退室裡去，特地關上房門。確認四周無人之後，李泌道：「我要離開一下。」

「咦？您去哪兒？去多久？」

檀棋有點迷惑，情況已是十萬火急，這個時候離開？李泌抬手捏了捏鼻梁：「賀監離任，許多事情得重新布局，我必須去跟宮裡那位交代一下，大約半個時辰就回來。你對外就說我在退室休息，不許任何人進來。」

檀棋想到那一封蹊蹺的訊報，不由得脫口而出：「賀監……原來是公子你……」她話一出口就後悔了，公子做事，一定有他的道理，何必點破？

李泌卻沒有動怒，反而長嘆一口氣：「此事我並不後悔，只是賀監位高名重，牽扯太多，我必須跟那一位坦承前因後果，以免他處於被動。」

「可……公子若不說，誰會知道？」

李泌搖搖頭，嗓音變得深沉：「我李泌絕不會對他說謊。」

張小敬縱馬一路疾馳，直奔平康坊而去，中途姚汝能也匆匆趕上來。

一直到這會兒，姚汝能才有機會跟張小敬講。他抵達遠來商棧後，還沒進門，就聽見旁邊馬廄裡一陣嘶鳴，緊接著就有十幾匹健馬蜂擁而出。他躲閃不及，被領頭的一匹撞翻在地，磕傷了額頭。等他爬起來亮出身分，商棧裡的夥計說他是假冒的，一來二去就打起來了，他不得不燃煙求援。

張小敬問道：「馬廄在商棧什麼位置？」

姚汝能道：「這家商棧不做零賣，所以沒有鋪面。馬廄就在店右側，有一條斜馬道與店內相連。」

「馬廄的門當時是開著還是關著？」

姚汝能回憶了一下：「應該是虛掩著，我記得上面有銅鎖，但只是掛在門上。」

「我記得我看到兩道煙，一黑一黃，黑煙哪兒來的？何時燃起？」

姚汝能道：「驚馬衝過來之後才起的黑煙。火頭我沒看到，但應該是從馬廄後頭燃起來的，許是馬匹踢翻了火盆吧？」

張小敬聽了呵呵一笑，馬廄裡堆著草料，怎麼會在附近放火盆？遠來商棧慣做牲畜買賣，不可能有這種疏忽。他欲言又止，末了還是搖搖頭，嘟囔了一句：「算了，這種事，還是讓李司丞去頭疼吧。」姚汝能心中好奇，可也不好追問。

平康坊在萬年縣內。他們從光德坊出發，得向東一口氣跑過五個路口，前後花了將近兩刻鐘，才抵達那個京城最繁盛的銷魂之處。

還未入坊，兩人已能聽見絲竹之聲隱隱傳來。靡麗曲調此起彼伏，諸色樂器齊響，雜以歌聲繚繞其間。未見其景，一番華麗繁盛的景象已浮現心中。此時方是正午，已是如此熱鬧，若是入夜時分，只怕更勝十倍。

平康坊雖然稱坊，內裡布局卻與尋常坊內截然不同。張小敬一行從北門進入，向左一轉，前方共有北、中、南三條曲巷，三處圓月拱門分列而立，綾羅掛邊，粉簷白壁，分別繪著牡丹、桃花和柳枝。

說是曲巷，其實路面相當寬敞，可容兩輛雙轅輜車通行。此時車馬出入極多，車上多載有盛裝麗人，各色花冠巾帔讓人眼花撩亂，就連被車輪碾過的塵土都帶著淡淡的脂粉香氣。上元節酒宴甚多，大家都想選個體面女伴，觀燈一遊，所以都早早來此邀約。

姚汝能搜出來的這塊木牌，寫的是一曲。平康里三巷之中，南曲、中曲皆是優妓，來往多是官宦士人、王公貴族；靠近坊牆的北曲，也叫一曲，來的多是尋常百姓、小富商人或赴京的窮舉子、選人之類，環境等而下之。從布局便看得出來。南曲多是霄臺林立；中曲多是獨院別所，還有一條曲水蜿蜒其中；只有北曲這裡分成幾十棟高高低低的彩樓，排列紛亂。三曲涇渭分明，一目了然。

張小敬站在入口處仰望一陣，對姚汝能道：「進來這裡，可不要妄動了。」姚汝能頗覺意外，他之前在西市蠻橫無忌，怎麼來這裡卻突然收斂了？張小敬指了指對街遠處一處巨宅：「你知道那頭的宅子是誰？」姚汝能搖搖頭，他是長安縣人，對東邊不是很熟。

張小敬嘿嘿一笑：「那裡原是李衛公的宅邸，如今住的卻是右相。」

「李林甫？」年輕人心中一寒，再看那宅邸上的脊獸，陡然多了幾分陰森氣質。一朝之重臣，居然住得離平康里這麼近，日夜欣賞鶯紅柳綠，也算是一樁奇聞了。

他們舉步邁入一曲，張小敬目不斜視，輕車熟路地直往前去。兩側樓上響來幾聲稀稀落落的吆喝，就再沒動靜了。姑娘們都有眼力，這兩個人步履穩健，表情嚴肅，一看就知道不是來玩樂的。

兩人七轉八彎，來到一曲中段。張小敬腳下一偏，轉入旁邊一處小巷內。兩側只有些簡陋的木質棚屋，黑壓壓的連接成一片，屋隙堆滿雜物垃圾。

平康里的街路兩側皆修有溝渠，青瓦覆上，便於排水以及沖刷路面。除了這裡，長安城只有六條主街有這等待遇。這些溝渠都引到這條低窪巷子裡來，排入坊外水道。所以這小巷內汙水縱橫，異味不小。

姚汝能暗暗納罕，心想為何不去追查木牌來歷，反而來這種骯髒的地方。可看張小敬的步伐毫不遲疑，絕非臨時起意，顯然已有成算，只得默默跟著。

張小敬走到一處棚屋前，敲了三下。一個人探頭探腦打開門，一看張小敬，像是被蠍子螫了一下似的，下意識要關門。張小敬伸出胳膊啪地攔住門框：「別擔心，小乙，今日不是來查你的案子。」那被喚作小乙的人畏畏縮縮退後一步，不敢阻攔。

棚屋之後別有洞天，居然是一個賭鋪。這裡可真是挖空心思，外表看上去只是幾間破爛棚子，裡面卻打通成一間頗寬敞的大通鋪，有案有席，只是光線昏暗。

此時幾十個賭徒趴在三張高案邊上，正興高采烈地圍看三個莊家扔骰子，四周滿布銅錢。張小敬一進去，所有的視線都投向他。賭鋪裡先瞬間安靜了一下，然後人群當即炸開，一半人開始往窗外逃，另外一半往案底下鑽，還有幾隻手不忘去抓錢，場面混亂而滑稽。

一個乞頭[9]氣勢洶洶地跑來，想看誰在鬧事。他看到張小敬站在那裡，像是看到惡鬼一般，張大了嘴巴，一時間連安撫賭徒都忘了。

「張……張頭兒？」

張小敬不動聲色道：「你跑這裡來了？」乞頭面露愧色，不敢言語。張小敬道：「帶我去見你們囊家[10]。」乞頭猶豫了一下，卻終究沒敢說出口。他回身進屋，請示了一下，然後帶他們往後走去。

乞頭、囊家云云，都是見不得光的行話。姚汝能觀察此人行走方式，和張小敬頗為相似，估計原本也是公門中人，不知為何淪落至此。

這一片棚屋連成一片，裡面被無數房間與土牆區隔，暗無天日，像是鑽隧道迷宮一般。行走其間，隱約還能聽到哭泣聲和悲鳴，似乎有什麼人被囚禁於此。

姚汝能心中一凜，知道自己觸及了另外一座長安城。這座長安城見不得光，裡面充斥著血

9　賭局的抽佣，此應是指組頭。

10　賭場老闆。

腥與貪欲，沒有律法，也沒有道義，混亂凶殘如佛家的修羅之獄，能在這裡生存的，都是大奸大惡之人。即便是官府，也不敢輕易深入這一重世界。

他的喉嚨發乾，心跳有些加速，不由得朝前望去，發現前面的張小敬步履穩健，沒有任何不適。那個人的背影輪廓模糊不清，似乎和黯淡的背景融為一體。

這位前不良帥應該沒少深入虎穴，沒少跟惡勢力鬥爭。只要跟隨著他，一定不會有錯。再說，惡人與捕吏是天生的對頭，倘若自己連看一眼這裡都膽顫心驚，以後怎麼與之爭鬥？想到這裡，姚汝能重新鼓起了勇氣，攥緊拳頭，目光灼灼。

他忽然有點遺憾，張小敬若不是死囚的話，說不定現在是他的上司。這人雖然江湖了一點，可真能學到不少東西。

他們走了半天，眼前一亮，裡面居然是一處磚石小院。院子不大，頗為整潔，院子正中灶上擱著一把漆黑藥壺，彌漫著一股藥味。一個裹著猩紅大袠的人在灶邊盤腿坐著，懷裡還抱著一隻小黃貓。

張小敬道：「葛老，別來無恙。」

大袠一動，一個蒼老的聲音從中傳來：「張老弟？我沒想到會再見到你。」語氣平淡，不是疑問，而是在陳述事實。

「我也沒想到。」張小敬無意解釋。

「你這一回來，就驚得我的賭鋪雞飛狗跳，真是虎死留皮，殺威猶存啊。你來找我是什麼事？」老人問。

大袠往下滑落，姚汝能這才發現，裡面裹的是個瘦小乾枯的老人，皮膚黑若墨炭，一頭鬈髮，嘴脣扁厚，不是中原人士，赫然是個老昆侖奴[11]！這昆侖奴眼神亮而凶狠，說一口流利官話，絲毫聽不出口音。聽對話，兩人早就是舊識，不過顯然關係不是太好。

奇怪的是，張小敬在西市和祆教祠裡都粗暴無比，到這兒面對真正的惡人，反而彬彬有禮。姚汝能已存了拚命的心思，可前面兩人誰都沒有動手的意思。

張小敬道：「葛老，你還欠我一個人情。」葛老嘖了一聲，拍拍懷裡的貓：「欠帳還錢，殺人償命，這是老奴的為人之道。你說吧。」

張小敬掏出木牌，擲到他面前：「這屬於一個叫龍波的龜茲人。我要知道這是哪家頒給他的，親近過哪個姑娘，她們如今身在何處。馬上就要知道。」

葛老用枯瘦的手把木牌捏起來，端詳了一下，伸手把藥壺的蓋拈起來，敲敲壺邊。一個精悍僕人走進院子，葛老吩咐了幾句，僕人匆匆離去。

葛老注視著張小敬：「這不是萬年縣的案子吧？」張小敬亮出「靖安策平」的腰牌，晃了晃，然後又收了回去。葛老緩緩起身，說：「我這裡不便給官場上的人奉茶，你們自便吧。」然後轉身進了屋。

面對姚汝能的疑惑，張小敬簡單地介紹了一下。這位葛老本是海外僧祇奴，大約在神龍年間被賣入長安，先在一個姓葛的侍郎家為奴，後來被賣入青樓做僕役。尋常昆侖奴性情憨厚溫順，頭腦不太靈光，唯有葛老是個異數。他能說會道，左右逢源，混得風生水起，很快竟說動主人將其放免，脫了奴籍。

這些年來他專為三曲青樓拐人，倘若有姑娘不服管或跑了，他還管調教抓捕。久而久之，

11　來自南海的奴隸（矮黑人種），廣義也包含稱為「僧祇奴」的非洲奴隸。

葛老憑著心狠手辣，成了平康里最大的人販子，儼然成了坊中一霸。棚屋區就是他的天下，所有的姑娘都知道，寧惹相公，莫惱葛老。

張小敬在萬年縣時，辦過幾個拐賣良人的案子。可惜葛老奸猾，從來沒失過手，至今還安穩地待在棚屋裡。這次來平康里辦事，張小敬知道若是跟那些媽媽交涉，必然推三阻四，耗費時辰，不如請葛老出手。

「這豈不是跟惡人勾結嗎？」姚汝能不能理解。

因為家中幾個長輩都死於盜匪之事，姚汝能最見不得這些賊人猖狂。在他看來，只要一照面就該出手擊殺，不容任何遲疑。他萬萬沒想到，張小敬身為官府中人，居然跟他們談起條件來了。

張小敬道：「鼠有鼠路，蛇有蛇路，惡人有惡人的辦法，有些事官府可做不來。」

「可這棚屋區明明就在平康里內，幾十個捕吏就能蕩平，官府怎麼能容忍一個拐人販子在此逍遙？這明明違背了大唐律令啊！」

「你自己琢磨吧，這個問題的答案，就是你的第二課。」張小敬回答。

姚汝能不服氣地咬了咬嘴唇，認為這個回答避實就虛。他忽然想到，張小敬在長安城當了九年不良帥，身上的隱密之事只怕多不勝數。葛老說欠他人情，難道他們之前就有過勾結？

這麼說來，張小敬的手腳一定不怎麼乾淨，說不定正是因為這種事才進了死牢。想到這裡，姚汝能不動聲色地站遠了一步，想起自己的另外一重職責。

沒過多久，葛老傳回了消息。這塊木牌是一曲趙團兒家頒的，龍波半年前開始逛這裡，一旬來一次，每次都找一個叫瞳兒的姑娘。他雖然出手不闊綽，但也從不拖欠纏資。

「遛馬還是留沐？」張小敬問。這是平康里的行話，遛馬謂之攜妓外遊，留沐謂之留宿過夜。

「偶爾沐香，遛馬的時候多。」

張小敬眼神閃動。懷遠坊距離這裡甚遠，且周圍鄰居以虔誠祆教信眾居多，龍波不可能把瞳兒帶回去，也就是說，他另外還有一個落腳的地方。

「瞳兒現在哪裡？」

「小妮子春心蕩漾，一天前跟一個舉子私奔了。」

張小敬微微一笑：「葛老手裡，豈有空飛之雀？」聽到這句話，葛老那張黑面孔上的褶皺一陣舒展，肥厚的嘴脣咧開，露出白牙，似是一排人骨橫臥夜中。

他勾了勾手指，說隨我來。

葛老裹緊大裘，帶他們走進迷宮一樣的棚屋。棚屋的頂上鋪著厚薄不均的茅草，行走其間，透射下來的陽光忽明忽暗，讓每個人的表情都顯得有些迷離。在通道兩側，是一個一個小小的隔間，有的木門緊鎖，有的完全敞開，但無一例外都散發著稻草腐味。裡面人影綽綽，悄無聲息，有如行屍走肉一般。

姚汝能走著走著，忽然一隻骷髏手從黑暗中伸過來，嚇得他叫了一聲。再仔細一看，才發現是一個枯瘦如柴的女子趴在門前。葛老發出低叱，那女子趕緊縮回手去。

葛老腳步不停，聲音冷冷在這一片鬼魅之間響起：「外人都道平康里是個天上銷魂處，個個都是仙女神姝，卻不知這背後多少汙穢。得了淋瘡的姑娘、毀了容的鳳魁、生來畸殘的娃娃……無處可去，無人收容，全都如汙水一樣流聚到了此處，坐等轉生。老奴壞事做盡，從不怕下什麼無間地獄。嘿，已然身在其中溷磨，早不覺新鮮了。」

姚汝能聽得心驚，沒料到平康里的暗處，居然如此骯髒齷齪。他側過頭去，看到張小敬面不改色，顯然早就知道了。

他們最終抵達一處陰暗柴房。打開門，裡面吊著兩個人，一男一女，皆是滿面血汙，神情萎靡。女一身鵝黃襦裙已破碎不堪，露出堪比象牙白的肌膚。男的細皮嫩肉，文弱書生的模樣，垂著頭，似已昏迷。一個五官歪斜的畸形侏儒站在一旁，手持皮鞭。

張小敬正要上前，葛老卻伸手攔住，把他們帶到隔壁屋子裡去：「張老弟，你的人情到這裡為止了。」他的意思很明白，我告訴你這女人在哪兒，人情還完了。接下來要用這女人做什麼，就得另外算了。

張小敬道：「我欠你一個人情。」葛老嗤笑：「將死之人的人情，成色不足。換一樣吧。」姚汝能急忙插口道：「靖安司可以支付你足夠的酬勞。」葛老瞥了他一眼，無動於衷，像是在看一個滑稽的俳優。

姚汝能心急如焚，哪能在這裡被一個老昆侖奴耽擱。他抽出佩刀，大聲道：「阻礙靖安司辦案，信不信一個時辰之內蕩平你這棚屋！」

葛老聳聳肩，他一生聽過的威脅，只怕比這個小傢伙講過的話還多。張小敬拍拍姚汝能的肩膀，讓他退後，然後看向葛老：「你想要什麼？」葛老瞇著眼睛打量了他一番，似乎在思考能從這死囚身上榨出什麼。他忽然展顏一笑，黝黑的褶皺一陣顫動，伸出兩根指頭：「兩個。」

張小敬的兩條短眉倏然扭結，猶豫再三，回以一根手指。葛老沉思片刻，笑道：「就這麼辦吧。」張小敬臉色不太好看，可還是點了點頭。

姚汝能有點糊塗，他們兩個打啞謎似的，到底什麼意思？

葛老拱手說容我告退片刻，然後消失在晦暗之中。張小敬站在原地，斜靠在柱子旁，手指撣著眼窩裡的灰。頂棚透下的微弱光線，為他勾勒出一個灰暗的側影輪廓。

「張都尉，你跟他談的是什麼條件？」

「剛才我答應他，會告訴他一個官府暗樁的名字。」張小敬淡淡回答。

姚汝能肩膀劇震，雙目瞪圓，不由得失聲道：「您……您怎麼能這麼做？」

張小敬做過萬年縣不良帥，官府在黑道埋下的力量他一清二楚，甚至可能曾親自掌管。姚汝能怎麼也沒想到，這傢伙為了貪圖做事方便，竟把同僚出賣給賊人！這簡直匪夷所思！

張小敬道：「這是唯一能爭取到葛老合作的辦法。」

姚汝能悄悄把右手挪到了刀柄處，腦子裡浮現臨走前李泌的叮囑。

李泌在臨行前單獨見過他，一旦他發現張小敬有逃走或背叛的跡象，要立刻示警，若身處無法示警之地，則親自處斷。姚汝能覺得張小敬現在已顯露出了馬腳，他根本不相信，對付一個賊人要如此委曲求全。一定有問題，必須在他出賣更多官府利益前予以阻止。

不料張小敬一看他要動手，先飛起一腳，把他狠狠踹倒在地，獨眼中殺意橫生：「老實待著！」姚汝能掙扎了一下，居然沒爬起來，可見這一腳力道之重。他痛苦地把身子蜷縮成一團，眼中卻怒火中燒。

靠出賣官府暗樁來換取情報，簡直就是無恥之至！姚汝能掙扎著從地上爬起來，大聲質問：「為什麼要出賣自己人？」

張小敬掃了他一眼，冷冷道：「李司丞的命令是，不惜一切代價阻止突厥人，聽明白了嗎？不惜一切代價。」

「為達目的，難道連做人的底線和道義都不要了？」姚汝能覺得這說詞荒謬絕倫。

「我只關心長安這幾十萬條人命能不能保住。」

被反刺了一句的姚汝能臉色漲紅，他辯解道：「你這是強詞奪理。君子有所為，有所不為。

若這些賊人要你去做些大奸大惡之事，呃，比如謀逆天子，難道你也答應？」

張小敬微微點了點頭：「一人之命，自然不及萬眾之命。」

面對如此大逆不道之言，姚汝能簡直嚇呆了：「你竟敢……」他一句沒說完，忽然被一股力量猛然掐住脖子，後背砰的一聲重重撞在牆邊。張小敬的獨眼幾乎貼在鼻尖，沙啞的聲音在耳邊惡狠狠地響起：

「聽著，現在距離長安城毀滅只剩三個時辰，我們還沒摸到突厥人的邊。你不幫忙就給我滾！」

姚汝能脖子一梗，毫不示弱：「別裝了，你根本不關心長安的安危。你是個死囚，你一定做錯了事，你恨朝廷！」張小敬的神情在明暗光線下，發生了微妙的變化，那是一種難以言喻的苦笑，裡面深藏著嘲諷與哀傷。

「沒錯，我恨這個朝廷，可只有我能救它。」

正在這時，一陣密集的腳步聲傳來，陸陸續續進來二十多人，清一色都是男子，高矮不一，年紀也不同，皆是短襖白衫。姚汝能認出其中幾個面孔，都是賭場裡見過的。葛老讓他們站成一排，然後對張小敬做了個手勢。

姚汝能渾身一僵，就算他不懂暗語，也知道葛老是什麼意思。沒想到這位昆侖奴這麼狠，非但要張小敬說出暗樁的名字，還要他當面指出。接下來的事不用想也知道，一定會要張小敬親手殺死這暗樁，才算完成協議；這叫投名狀。

姚汝能緊張地看向張小敬，正要開口質問，忽然脖頸被後者猛切了一下，登時昏了過去。

葛老呵呵一笑：「你還挺心疼這個小官鷂子的，他和你當年挺像。」張小敬沒有接這話，而是走過去，對那二十幾人掃視一圈。

張小敬臉頰的肌肉微微抽動，即使是死囚，幫著昔日的敵人指認同僚，仍需要克服很大的心理障礙。他的手臂緩緩抬起，葛老忽然又開口了：「張帥，其實你還有另外一條路可以選。」

「嗯？」

「老奴這雙老眼能看出來，這個活，是官府拿赦免死罪要脅你吧？」

張小敬保持沉默，卻也沒否認。

「呵呵，他們就喜歡這麼幹。」葛老的手指優雅地搭在一起，「咱們做另外一筆交易如何？我也不逼你認人，只要你把長安的事說與老奴知，老奴就把你順順當當送出城，從此海闊憑魚躍，天高任鳥飛，豈不快哉？」

不得不說，葛老的提議非常有誘惑力。只要出了長安城，張小敬便是徹底的自由之身，靖安司和李泌根本顧不上追究，他們能不能活過今晚都不知道。而張小敬所要付出的代價，簡直微乎其微。

這條路，可比他殺死前同僚換取情報，然後背負著猜疑去追查突厥凶徒要容易多了。

屋子裡變得非常安靜，只有隔壁傳來女人隱隱的哭泣。張小敬站在陰影裡，短暫地閉上眼睛，不到一彈指便重新睜開，抬手撣開了眼窩裡的灰塵：「抱歉，葛老。這一次，我還不能走。」

「你就這麼喜歡替朝廷做走狗？」

「不，這次與朝廷無關。」張小敬仰起頭，有微弱的光線從茅草的間隙流瀉下來。

「迂腐。」葛老尖刻地評價道，然後伸了個懶腰，「得啦，老奴仁至義盡，就請你指認暗樁吧，最好是你之前親自送進來的那個，我就愛看這樣的戲。」

張小敬再次掃視眾人，眼神變得堅毅起來。他忽然單膝跪地，肅容拱手：「今日之事，實在是事急從權，不得不為。待到九泉之下，再容告罪。」

隊伍中有一個人變了臉色，急忙一個騰跳朝後退去。張小敬起身驟然出手，刀光一閃，切過那人咽喉。在其他人還未有反應之時，他便軟軟倒在地上，氣絕身亡，正是適才開門的小乙。

賭場裡的那個乞頭站在佇列裡，雙腿瑟瑟發抖。

「嘖嘖，有點後悔，不該讓你親自動手。」葛老略不甘心地舔舔嘴脣，「若是落在我們手裡，只怕三天還死不了。」

張小敬鐵青著臉，又舉起刀來。賭場的乞頭撲通一聲跪倒在地，連聲哀叫：「我真的是在公門混不下去，才來投奔葛老的，我是為了錢，不是暗樁啊！」他正兀自叫喊，忽然看到一根血淋淋的手指落在面前。乞頭不知所措，抬頭望去，看到張小敬的左手小拇指被齊根斬斷，鮮血狂流。

全場鴉雀無聲，只聽到張小敬的聲音響起：「小乙是我親手送進來的，又是我親自出賣。為了大局，我並不後悔。這一筆殺孽，我早晚要還，但不是現在。所以斷指為記，諸位替我做個見證。」

葛老搖頭嗤笑道：「迂腐。一條人命而已，賣了就賣了，至於這麼自責嗎？」張小敬沒理睬他，自顧從懷裡掏出一方絹布，單手去裹傷口。賭場的乞頭怯怯地看向葛老，見他沒什麼反應，急忙起身殷勤地幫張小敬裹傷。

這活他輕車熟路，從前在公門沒少給張頭療傷。傷口處置好後，張小敬撩起袍角，擦乾淨刀上的血跡，一字一句對葛老說，表情痛苦而猙獰：

「葛老，到你了。」

此時他身上湧出來的強烈殺意，連那老黑奴都為之啞然。後者動動嘴脣，終究沒再說什麼嘲諷的話。

＊

姚汝能悠悠醒來，發現自己躺在審訊室裡，眼前一男一女緊縛著。他看到葛老打了個響指，那侏儒把皮鞭遞給張小敬。

難道張小敬已經指認完了？把暗樁都給殺了？他正要開口問，卻被人按在地上。葛老側過頭，對他噓了一聲。

前方張小敬捏了捏鞭柄，眼神來回在兩人身上巡視，然後停留在女子身上。他對瞳兒道：「我要問妳一個關於龍波的問題，希望妳如實回答。」

瞳兒猛然抬起頭，厲聲喊道：「除非你們把我和韓郎放了，否則休想讓我開口！」她和情郎被拘押了一天一夜，幾乎絕望，現在好不容易捉到一根救命稻草，死死抓住不放。張小敬觀察了一下，這女人身上鞭痕累累，顯然不知打過多少次了，拷打對她沒用。

張小敬說道：「說出來，我可以向葛老討一個人情，放妳走。」

瞳兒冷笑：「休想離間我們！我們發過誓的，同生共死，絕不獨行！」

張小敬搖搖頭，又走到韓郎身前。男子抬起頭，看到是官府的人，正要開口呼救，就被鞭柄塞住嘴巴。旁邊瞳兒又大聲道：「沒用的！你殺了韓郎，我跟他殉情便是。」

張小敬沒理她，對那男子道：「我只能救你們其中一個人離開，你可以選擇是誰，但記住，只能選一個。」

說完之後，張小敬倒退幾步，冷眼看著。男子先是驚疑，然後是驚喜，嘴裡反覆喃喃，但每次看向瞳兒，便心生猶豫，不肯明確說出一個名字。張小敬忽然把身子湊過去，耳朵貼近他，然後點了點頭。

「好。」張小敬放下鞭子，手起刀落，斬斷吊著男子的麻繩。

韓郎滾落在地，先是愣了一下，自己根本什麼都沒說啊。可話到嘴邊，突然猶豫了起來。他試探著挪動幾步，看那幾個凶神都沒動作，然後眼底流露出狂喜，彷彿有人替他做了決定，就不必心存愧疚了。他看看左右，無人阻攔，用袖口掩面，急忙朝著出口慌張跑去。

等到他走遠之後，張小敬再次走到瞳兒面前，她呆呆地看著地上斷成兩截的繩子，螓首低垂，似乎不相信這是真的。

「你騙我，他根本什麼都沒說！」瞳兒忽然抬起頭，憤怒地喊道。

「一個男人，不要聽他說了什麼，要看他做了什麼。若他本無離意，我又怎能左右他的雙腿？」張小敬的語氣平淡，似是在陳述一個簡單的事實。

瞳兒不由得放聲大哭。姚汝能面露不忍，把頭轉去一旁。張小敬只是小小地考驗了一下人性，便釜底抽薪，毀掉了這姑娘的希望。不過仔細想想，他連出賣同僚都毫不在意，這種事情又算得了什麼？

張小敬用鞭梢抬起瞳兒的下巴：「現在可以回答我的問題了嗎？」她沒再拒絕，她已經沒有堅持的理由。

根據她的交代，龍波第一次來平康里就選了她，從此一直沒換過人。這個人話很少，從不透露自己的身分，行房時都不怎麼出聲。他數次帶她遛馬，去的是修政坊十字街西南的一處大宅邸。這宅邸很大，她問過龍波是哪兒來的。龍波只說是代人看管，沒說是誰。

張小敬轉身看向葛老，說：「我擅做主張放走一人，還請見諒。」葛老笑道：「我們又不是施虐狂，擺出這排場，無非是教姑娘們收心罷了。張老弟一句話，就讓瞳兒盡知男子之害，也省了我們的事，可以直接送還給媽媽了。」

那畸形矮子解開瞳兒，拖著她離開屋子。

姚汝能忍無可忍，終於開口道：「張都尉，這樣欺辱一個弱女子，是否有失仁義之道？……是了，你連自己同僚都殺，這算得了什麼？」他如鯁在喉，不說出來實在難受。張小敬抬起頭，眼中盡是嘲諷：「哦，你是說，讓她跟隨這種人回家，結局會比現在更好？」

姚汝能呃了一聲，答不上來。類似的案子他接觸過，確實幾乎沒一個是好結局。張小敬冷冷道：「每個人都得為自己的選擇負責，她選了這條路，就該早早有了覺悟。你若覺得可憐，把她娶回去便是。」

姚汝能有點面紅耳赤，啞口無言地閉上了嘴。可他已經打定了主意，一離開平康里，就立刻上報靖安司，張小敬的行為已經完全逾越了底線。

*

曹破延的手肘一直隱隱作痛，非常難受，但至少可以讓他始終保持警覺。在這座危機四伏的城市裡，沒什麼比敏銳的感覺更重要。

他此時站在一處偏僻大院的入口，注視著一列車隊緩緩駛入。這隊大車足有十輛之多，都是雙轅輜車，四面掛著厚厚的青幔，車頂高高拱起。從車轍印的痕跡深淺可以看出，車裡裝載的貨物相當重。每一輛車都沾滿了塵土和泥漿，無論轅馬還是車夫都疲態盡顯。

從車前插著的鑲綠邊三角號旗可以知道，它們隸屬於蘇記車馬行。這個車馬行專跑長安以北的民貨腳運，聲譽頗高。

帶隊的腳總跳下第一輛馬車，拍拍身上的土，大大地鬆了一口氣。

這趟從延州府到長安的活不錯，委託人給錢爽快，運的又不是什麼貴重東西，路上不必提心吊膽。委託人唯一要求苛刻的是時間：無論如何要在上元節前日運抵。現在車隊趕在午時順利入棧，他什麼都不用擔心了。

其實按規矩，這些大宗貨物只能運入東西二市，再分運出去。其他坊門都設有過龍檻，寬距馬車根本進不去。不過這個貨棧比較偏僻，人跡罕至，入口又是直接對街而開，過龍檻早被卸掉了。

這種為了省點稅金的小伎倆，腳總見得多了，根本不以為怪。

接下來，只要跟受貨方點完貨物，討張交割單，事就算完了。腳總已經想好了下午的計畫：找個堂子好好泡泡，舒鬆下身子，再去西市給婆娘買點胡貨，晚上弄罐上好的三勒漿，尋個高處，邊喝邊看燈會，完美的一天！

腳總環顧四周，一眼就分辨出曹破延是這裡的主事人。他湊過去滿臉堆笑：「這位大郎，幸不辱命，貨物一件不少，時間也剛剛好。」然後遞去一束捲好的薄荷葉，這是行車提神用的，只在江淮有產。

曹破延卻根本不接，面無表情地說：「進城之時，可有阻礙？」

這類大宗貨物入長安城，城門監都要審核入冊，才予放行。但是貨多吏少，經常一審就是幾天時間。蘇記車馬行常年走貨，跟城門監關係很好，可以縮短報關時間；這是他們敢走長安一線的依仗。

聽到他問起，腳總一拍胸脯，得意揚揚：「我們有熟人打點，全無問題。辰時報關，不到兩個時辰就放行了。手續都在這兒呢，一樣不少。」

說完他把一摞文書遞給曹破延，曹破延簡單地翻閱了一下，又問道：

「他們查驗貨物了嗎？」

那腳總陪笑道：「除非您有爵位，否則這個可免不了。不過全程我都盯著呢，他們只抽查了其中兩件，拿長矛捅了一下就封回去了。話說回來，您運的這玩意兒，一不違禁二不逾制，能出啥問題？您也是擔心過甚……」

曹破延無意聽他囉唆，單手做了個手勢：「交卸吧。」

腳總熱臉貼了冷屁股，也不再殷勤搭話。他轉身過去，發出指令，車夫們喝斥著馬匹，把馬車倒轉過來，車尾對準宅邸入口緩緩倒退。

這裡已經被改造成一個簡易的貨棧，有一個架高的卸貨平臺。那些馬車停得非常漂亮，尾門和平臺邊緣貼得很緊，幾乎沒有空隙。裡面的夥計們圍攏上來，把尾門打開，每一輛車裡都擺著十個柏木大桶，底下鋪著三指寬的茅草。他們搭了幾塊長木板，把木桶一個一個滾下來。腳總注意到，這些夥計都是胡人面孔，一個唐人都沒有。

不過他沒留意的是，有幾個夥計走到貨棧入口，把大門給閂上了。

柏木大桶一個個被卸到平臺上。曹破延走到一個木桶前，撬開桶頂塞子，伸進去一把匕首攪動，然後拎起來看刀刃上的油漬。查過幾桶之後，曹破延滿意地點了點頭，這批貨沒有任何問題，上等品質，包裝得也緊，沿途沒有灑漏。

這些可悲的車夫以為自己運送的是普通貨物，卻不知道那是「偉大」的闕勒霍多的魂魄。

放下匕首，曹破延問腳總道：「你進城之後，直接來了這裡？」

「那當然，我們絕不會耽擱客人的時間。」

「那麼，長安城裡是否還有其他人知道你們抵達？」

「不會，得為客人保密嘛。等跟您交卸完，收了尾款，我們才去牙行[12]交差。」

下一個瞬間，曹破延把滴著油的匕首直接捅進了腳總的胸口，還轉了轉手柄。腳總踉蹌著

12 仲介商。

倒退了幾步，扭動脖子企圖往外爬去。他在這世界上的最後一眼，是看到其他車夫慘遭屠戮的血腥景象。

這是一次迅速而安靜的屠殺，轉瞬間就歸於平靜。這些風塵僕僕的車夫連休息的機會都沒有，就慘死在馬車旁，整個車隊無一倖免。

這場小小的騷亂，沒有驚動任何人。曹破延吩咐手底下的夥計，把蘇記的馬車和轅馬拆開來，塗掉馬屁股上的烙印，撤掉號旗，把一切屬於蘇記的痕跡抹除掉。

這時貨棧外，忽然傳來輕輕的敲門聲。曹破延眉頭一皺，走過去，隔著門板上的孔往外看。站在門前的，是一個男子，披著一件破舊的雜色斗篷，頭上的襆頭破舊不堪，露出裡面的頭巾。三輔[13]的普通民眾，差不多都是這樣的裝束。

「草原的青駿會奔向何方？」曹破延隔著門板，用突厥話問。

「弓鏑所指，便是馬頭所向。」來人回答，聲音尖細得像個女子。

暗號對上了，曹破延拉開門閂，放他進來。來人把斗篷掀開，露出一張枯瘦面孔，還有一個尖削的鷹勾鼻。

「我是龍波。」他咧開嘴，笑得一臉燦爛。

曹破延眉頭一皺，他先前沒見過龍波，只知道他來自龜茲，潛伏於長安，包括這個偏僻貨棧和萬全宅，都是他一手安排。事實上，龍波是右殺貴人找來的，曹破延對他一無所知。

但沒想到，他居然是個唐人。

「我需要能證明你身分的信物。」曹破延緊握著匕首，充滿警惕。

13 指京師附近之地。

龍波忽然蹲下身子，曹破延猛然後退了一步，雙眼凶光大盛。龍波笑了笑：「呦，幹嘛一驚一乍的，我還能把你給吃了？」說著他把左腳的一隻軟底厚靴脫下來，喀嚓一下掰開鞋底，從裡面掏出一包黃澄澄的厚紙。

為了防潮，這紙被油浸泡過，摸在手裡滑膩膩的。曹破延小心地展開一看，果然是長安坊圖，裡面標記十分詳細，諸坊街角、武侯鋪、牌樓、軍營、公廨、望樓、橋梁，甚至每一坊的暗渠走向和巨戶府邸都有收錄。長安全景，一目了然。

這份坊圖本是西府金銀鋪私造，然後被狼衛帶到懷遠坊祆祠，龍波趁亂取走。既然能拿出坊圖，必是龍波本人無疑。

曹破延捏著坊圖一角，心中百感交集。為了這玩意兒，他足足損失了十五名精銳部下。如今坊圖已到，右殺貴人的九連環，終於套上了最後一枚銅扣。

「為了這張破玩意兒，我可是再也無法在長安立足了，右殺貴人可得多加點錢才成。」龍波抱怨道。

一聽這話，曹破延眉頭一皺：「靖安司找到你了？」

「現在恐怕半個長安城都在找我，新科狀元都沒這等待遇。」龍波居然還有些小小得意。

曹破延臉上陰雲轉盛：「那你經手的那些宅子和這個貨棧，會不會被他們查到？」

龍波歪了歪腦袋：「這些地方是我透過不同的牙行用化名訂的，住處也沒留下任何憑據。除非他們是神仙，否則不可能發現。哎？還愣著幹嘛？快讓我進去呀。」龍波催促。曹破延這才拋開紛亂的思緒，閃身讓他進來，然後把門重新關好。

龍波進了院子，看到一地的屍體，濃烈的血腥味撲鼻而來。他毫不驚訝，反而東張西望：「這麼說，延州府的貨已經送到了？」

「已經順利入庫。該處理的人，也都處理乾淨了。」

「嘖嘖，這些車夫太可憐了，真是千里送死。」龍波一邊絮叨著，一邊走到貨棧平臺前，拍了拍碩大的柏木桶，「這裡面裝的，就是你們說的闕勒霍多的魂魄啊，那麼闕勒霍多的肉身呢？」

曹破延很不滿意他的輕佻，勉強回答：「竹器鋪那邊已準備好了。等到車隊改裝完畢，我就把肉身接到這裡。到時候，就得靠你來完成最後一步組裝工作了。」

說來諷刺，闕勒霍多代表的是突厥可汗的憤怒，可只有龍波這個龜茲匠師，才懂得怎麼組裝。

龍波踱著步轉了幾圈，像吟誦歌謠似的：「魂魄肉身合二為一之時，偉大的闕勒霍多就會復活。這坊圖會指引它毀滅整個長安。」說完他自己忍不住噗哧一聲，低聲嘟囔了一句：「你們突厥可汗取的代號，可真逗趣！」

曹破延嘴角一抽，覺得大汗受到了侮辱。他捏緊匕首，右腿微屈，做出隨時可能突擊的姿勢，決定給這個傢伙一點教訓。龍波朝前走了幾步，突然俯身下去，彷彿要閃避他的刺殺。曹破延身子一晃，肌肉緊繃，以為自己的企圖被看破了。

好在龍波只是想從地上撿起一樣東西，是一個精緻的描金絲綢小袋，應該是腳總掙扎時掉落的。袋裡擺著十幾束捲成柱狀的薄荷葉。龍波的三角眼放出光亮，拿起一束丟進嘴裡，嚼了幾下，鼻孔裡噴出愜意的哼聲。

曹破延悄悄放下匕首，告誡自己，暫時不要節外生枝。

龍波嘴裡不停地嚼動著薄荷葉，漆黑的瞳孔裡閃出光芒：「肉身什麼時候運過來？」

「一刻之內車隊出發，半個時辰回來。希望你在兩個時辰之內完成最後的組裝。」

龍波環顧四周：「貨棧裡幹活的人有點少啊，麻格兒他們呢？」

「我只是奉命行事，他們在哪兒，你去問右殺貴人吧。」曹破延冷笑道。

龍波做了個無奈的手勢：「事不宜遲，把工具和原料都準備好，我要開始組裝了。」他抖了抖手腕，嘴裡一刻不停地嚼著。

＊

太平坊位於朱雀街西第二街最北端，正對著皇城含光門，距離皇城內的官署非常近。在太平坊西南隅的實際寺內，有一所號稱「京城最妙」的淨土院。院內塔幢林立，竹林間還有一百零八尊善業泥佛像，可謂禪意盎然。

此時在竹林幽深處的一間翹簷小亭裡，兩個人並肩而立，一人身著青衫白巾，是剛離開靖安司的李泌；一人披朱佩紫，貴氣沖天。若有第三人在側，立刻便能認出來，這個瘦臉貴人正是當朝太子李亨。兩個人憑欄遠眺，似乎在一同鑑賞外面的禪林意境，可口中的話卻和佛理半點不沾。

「這麼說，真是你逼走賀監的？」李亨的年紀與李泌相仿，臉上憂心忡忡。

李泌略躬了一下身，態度卻很強硬：「正是。正如臣剛才所言，賀監不走，突厥難除。這件事，臣沒做錯。」李亨指了指頭頂，嘆道：「賀監就是這亭子，有他遮擋，我等才能從容對弈。你把它拆了，地方倒是足夠騰挪，但若遇上風雨大作，如之奈何？長源，你這事辦得魯莽。」

「旁有猛虎正待噬人，又哪裡顧得上風雨？」李泌一句就頂了回去。這個態度讓李亨略顯尷尬，他幾次想沉下臉訓斥，可話到嘴邊，看了一眼李泌，又生生忍下來。

他和李泌之間，早超越了君臣相得。李泌很小就入東宮陪讀，兩人這麼多年相處下來，交誼深厚，無話不說。可惜李泌才幹雖高，卻一心向道，對仕途興趣不大。這次組建靖安司，李亨遊說了好半天，才勸動李泌下山幫他。

李泌對李亨講話，從來不假辭色。李亨知道他的脾氣，只好擺擺手，用商量的語氣道：「哎，讓我怎麼說你好，去把賀監請回來吧。」

「不去，沒那個時間。」李泌沉著臉，「現在距離燈會還有三個時辰不到，突厥人的事尚無眉目。若不是顧慮殿下多心，我本來連淨土院都不該來。」

李亨嘖了一聲，拍拍他的背：「我不會多心。只是……呃，怎麼說呢。賀監是定盤星，有沒有他，靖安司在朝中、在父皇心目中的地位，會大不一樣。」

早在天寶三年間，賀知章就被選為太子的師傅，教授讀書。兩人有二十多年的師徒情誼，李亨與賀知章的親厚，並不比他和李泌的關係遜色。

賀知章在天子心目中極有地位，當初李亨請他來做靖安令，就是希望他能震懾群小，讓李泌安心做事。沒料到這兩人居然不和，更沒料到一向謙和清靜的李泌，居然逼走了賀知章……他這一走，局面可就不好說了。

靖安司是李亨手裡最重要的一張牌，萬一被政敵抓住把柄，事情可就嚴重了。他一無後宮庇護，二無外鎮呼應，三不敢結交近臣。連這靖安司初建，真正能稱為心腹的，都只有李泌一個。

「你知道，大唐的太子，可從來不是那麼容易當的……」李亨苦澀地抱怨。

「殿下畏懼朝中議論，難道就不畏懼陛下嗎？」李泌輕輕說了一句。

李亨的臉色刷地變了，這、這是什麼話？

李泌上前一步，壓低了聲音：「以陛下猜疑心之重，竟能將長安城防交給殿下處置。這是什麼道理？」李亨登時沉默不語。

天子對諸皇子的猜忌，世所共知。前有太子被廢，後有三庶之禍。李亨做了太子以後，連東宮都不進。這次天子破天荒地默許太子組建靖安司，權柄凌駕諸署之上，把整個長安交託出去，顯然是存了試探之心。

這既是試探太子的用心，也是試探太子的能力。

這一手安排，李泌看得透澈，賀知章也看得透澈。不過兩人的思路卻大不相同。賀知章是寧可事情不做好，用心要擺正；李泌則恰好相反，盡量辦好事，寧可得罪人。

「距離政敵發難，也許是三天。但距離突厥人動手，只有三個時辰！所以殿下你不要搞錯重點。若長安無恙，陛下龍顏大悅，殿下的地位穩如泰山；若是長安保不住……」他語氣放緩，把神情一收，「嗯，就沒有什麼然後了。」

李亨被這語氣嚇到了，可還是有些不甘心：「賀監要捉賊，你也要捉賊，你們難道就不能和衷共濟？」

「不能，沒那個時間！靖安司必須令出一家！」李泌把拂塵一甩，清冷的語氣裡多了一分埋怨，「臣臨俗世，破道心，汲汲於這些繁劇的庶務，難道殿下以為我是在爭權奪利嗎？」

「瞎說！我可沒這麼想過。」李亨連忙辯解。

李泌沒作聲。他仰起頭，視線越過亭子的簷角，看向天空，忽然嘆了一口氣。

李亨一陣苦笑，走過去拉住他的胳膊：「我知道你是為了我，我不是懷疑啊，只是這變化有點亂，不得不小心從事……唉，算了算了，賀監既然已經病退，這事就暫且如此吧。」他還想再叮囑幾句，李泌卻一拱手：「時辰已到，臣必須返回靖安司了。」

李亨悻悻道：「那麼還需要我做什麼？」

「在這三個時辰內，殿下需要堅定地站在我這邊，支持我做的每一個決策。沒有質疑和討論的時間，必須完全按照臣的規矩來。」

「長源的規矩？是什麼？」李亨很好奇。

「不講任何規矩。」

第四章　未初

天寶三載元月十四日，未初。

長安，萬年縣，修政坊。

修政坊地處城郭東南角，離皇城、東西二市以及延壽、平康二坊等繁華之所很遠；但這裡毗鄰曲江池與芙蓉苑，遊宴賞景十分便利。京城裡的達官貴人雖然多不居於此，卻都設法在這裡置辦幾套別院偏宅。

龍波或突厥人在這裡落腳，確實是個好選擇。這個時節，這一帶宅邸住的人不多，不少宅邸都是空的，最適合藏身其中。

時辰緊迫，張小敬和姚汝能快馬加鞭，從平康坊一路向修政坊疾馳。

比起北邊擁擠密集的坊內建築，修政坊內的宅邸布局要稀疏不少，一條街上不過七八戶，但每一戶的占地都廣大得多，府門寬大，兩側的圍牆足有三十餘步長。牆頭一律覆著碧鱗瓦，牆後遍布松竹藤蘿等綠植，疏朗相宜。若是站遠點，還可看到院中拔起的幾棟高臺亭閣，盡顯氣派。

根據瞳兒的供述，龍波每次帶她外出，都是到修政坊西南隅的橫巷邊第三間。跟左鄰右舍相比，這處宅邸略顯寒磣，院牆的外皮剝落，瓦片殘缺不全，像是一排殘缺不堪的牙齒。府門的獸環鏽蝕，上方未懸任何門匾，表明此宅暫時無主。

靖安司已經調閱過房契，這處宅子的房主是個姓靳的揚州富商，但已數年不曾露面，不知是死了還是忘了，這裡一直荒廢無人，連個灑掃的蒼頭[1]都沒僱過。突厥人選這裡做為萬全宅，真是合適得很。

張小敬一直認為，突厥人一定在長安城有不只一處萬全宅，否則沒法進行大的行動。反推回去，只要找到萬全宅，說不定就能順藤摸瓜，找到突厥人。

從外面望過去，這座空宅並無任何異狀。不過張小敬知道修政坊這裡的建築，最寒酸的也有五六進深，裡面什麼情況，須得潛入才能知悉。他先檢查了一下寸弩弦箭，紮緊褲腳和袖口，然後把佩刀的刀鞘取掉，對姚汝能道：「內中情況不明，我先進去看看。你守在門口，跟望樓保持連絡。」

「只一個人？」姚汝能驚訝道。

張小敬淡淡道：「我現在可不敢把後背交給你。」

姚汝能嘴角一抽，垂下頭，默默地後退了幾步。經過平康坊的那一場爭論，兩個人的關係有些微妙。

姚汝能剛才已透過望樓上報靖安司，匯報了張小敬的卑劣行為。結果靖安司的回覆卻把他訓斥了一頓，區區一個暗樁，根本沒法和整個長安的安危相比，警告他不得再干擾張都尉辦事，也不要用望樓來傳遞這些無關小事。

姚汝能固執地認為，張小敬一定有自己的算盤，只是上級被蒙蔽了不知道而已。現在他要

1 僕役。

求一個人進宅子，會不會是想要潛逃？可如果他有心逃跑，剛才打量自己就走了，何必等到現在？

他站在原地心亂如麻，不知道是該跟過去監視，還是服從命令原地接應。沒等姚汝能做出決定，張小敬把障刀咬在嘴裡，距圍牆站開十幾步，突然助跑加速，一躍而起攀住邊緣，靈巧地翻過院牆。

如果這裡藏著突厥人的話，府門和幾個角門上肯定會做手腳，翻牆是最好的選擇。

他一落地，先蹲在灌木中觀察了一下，然後謹慎地往裡走去。這處宅院布局並無新奇之處，過了照壁即是一處平簷中堂，與東西兩個廂房有迴廊繞接。迴廊曲折蜿蜒，恰好圍成一處空庭，可惜中間擱著的幾個花架蒙塵已久，瓦盆荒棄。牆角土中還有數叢牡丹，正月不是花期，只有光禿禿的枝幹伸展，恐怕也沒人侍弄。

那條迴廊繞到正堂後頭，深入一片松林，林木掩映之間，似有一座二層木閣。

張小敬在廊坊下藏好身形，探出頭去觀察了約莫半炷香時間，庭院裡沒有什麼動靜，心裡略有失望。他本也只是揣測這裡或許是突厥人的萬全宅，倘若揣測落空，手裡便沒什麼可用的線索了，整個策略都要從頭來過。

他決定再往裡走走看，便踏上迴廊，向前挪動。忽然張小敬聳聳鼻子，聞到一股極細微的脂粉香氣，可見剛剛有女人經過，而且時辰絕不會長。瞳兒早被拘押，肯定不是她，那麼會是誰在這裡？張小敬又蹲下身子，用手指在迴廊的木地板上蹭了蹭，指腹上沾了些青白色的粉塵。這不是灰塵，而是石屑。

府內並無類似材質，應該是外人走進來鞋底帶入的。

毫無疑問，這裡一定有人來過。既然不在前堂，難道是藏身在後頭的二層木閣裡？

張小敬正要起身，突然感覺頭頂生風。他反應極快，就地朝前一滾，既避過鋒芒，又調整了姿態，回肘就是一箭。只聽噗的一聲，傳來弩箭射入肉體的聲音。張小敬左腿猛地一彈，反向撲了過去，那個人已經歪斜倒地，他用如鉗右手死死捏住對方下頷，不讓他發出聲音，左手迅速丟開寸弩，拔出障刀狠狠地捅進對方小腹，反覆捅了三次，每次都不忘將刀把扭轉一下。

對方軟軟地癱倒在地，氣絕身亡。張小敬這才有空觀察此人相貌，也是個突厥人，身上穿的卻是將作監的號坎兒[2]。這條迴廊一側開有直欞月窗，擋住了一半視線。剛才這個突厥人大概是在窗後的樹叢裡解手，所以張小敬沒有看到。

剛才真是險到極點，倘若張小敬反應慢上一分，就要被這突厥人一刀劈開頭顱。若是突厥人不貪功偷襲，而是先發聲向同伴示警，張小敬只怕也會陷入圍殺之局。

只派了一個人在前堂遊動巡邏，而不是安排一明一暗兩個哨位，看來對方的人手也不會太多。張小敬幾乎可以確定，敵人就在後面那個二層樓閣裡。

總算逮著你們的狼尾巴了，張小敬興奮地想。

他現在可以退走，讓姚汝能通知靖安司，崔器的旅賁軍在兩刻之內就會抵達。可張小敬對那股香味有些在意，他決定再往前探一探。

中堂之後的二層閣樓名曰築心，從外面看，應該是個賞樓的結構。底層是大開間，用於宴請，中有竹階引至二層，分成數個房間，當是休憩或私談之處。樓頂還有高亭，可以舉目遠眺曲江。

張小敬觀察了一陣，窗邊看不到人影，這些傢伙很謹慎。他決定暫時退開，這樓閣內部結

2 標示號碼的背心。

構複雜，空間狹窄，貿然進去太危險了。可正當他要悄悄離開時，二層的某個房間裡忽然傳來一聲女子尖叫。

張小敬一聽這熟悉的聲音，兩道蠶眉擰成一團。他略作猶豫，當即端平寸弩，沿一層窗下朝正門摸去。走到正門口之後，他背靠牆邊，側身對準門口，將一塊庭院裡撿的花石朝反方向丟去。

不出所料，閣樓正廳裡的人聽到聲音，開門來查看，張小敬在門旁猛一推門，重重撞在他的後腦杓，然後胳膊狠狠勒了上去。那傢伙的脖子猝然被夾，拚命掙扎，右腿一下子踢翻了旁邊的花盆架。一個細紋瓦盆落在地上，嘩啦一聲摔成無數碎片，響徹整個庭院。

張小敬反手一扭，拗斷對方脖子。可是他想悄悄潛入的圖謀，也就此破滅。二層傳來急促的腳步聲，塵土飛速從天花板上掉落，還伴隨著突厥語的大聲呼喊。事情既已至此，張小敬也顧不得懊悔，拿起寸弩，踏上竹階往上衝。第一個衝下來的人，被他一箭撂倒，滾落下來。

張小敬抓緊這個機會，一口氣衝到二樓，鑽入正對樓梯的一扇齊楚繡屏風後頭。對方突厥人也有手弩，咻咻咻地亂射了一通，把屏風扎成了篩子。張小敬故意不還擊，趁一個人提刀向前之時，迅速一箭，正中膝蓋。

其他人把慘呼的同伴拖回去，一時不敢靠近。於是雙方各自尋找掩體，分據走廊兩頭對射。小閣裡一時間弩箭橫飛，如暴風吹入。

長安入城禁攜箭弩，所以這些突厥人的弩都是私裝的，無論是射速還是準頭，都不及軍中制式威力強大。張小敬以一弩之力，居然壓制得對方三個人三張弩抬不起頭來。

然而張小敬的問題是，攜帶的弩箭快要用光了。他猜測對方至少還有四個人，都龜縮在二樓房間裡不肯出來，心下暗暗有些焦慮。

「靖安司辦事！你們已經被包圍了！」張小敬把最後一枝弩箭放入弩槽，大聲用突厥語喊道。

走廊裡的射擊暫時停止，隨即傳來一陣拖動什麼的咯吱咯吱聲。一個聲音喊道：「對面的人放下武器，否則王忠嗣的女兒就得死！」

王忠嗣？張小敬一聽這名字，動作一僵。他可是這次大唐對突厥用兵的主力，突厥人居然把他的女兒給綁來了？

他從拐角探出半個頭，看到一個身材魁梧的突厥狼衛站在走廊正中，把一個五花大綁的女子扯在身前，一手捏住她的脖頸，另外有一把尖刀橫在她咽喉處。可惜逆光，看不清兩人的面貌。

「我數三下，如果你再不丟開，她就要見血了。」麻格兒用力把刀刃壓向女子細嫩的脖頸。女子雲鬢散亂，嘴裡被布條塞住，只能發出嗚嗚的哀鳴。

一聽到這聲音，張小敬獨眼裡閃過一絲驚疑。這不是王忠嗣女兒的聲音，更像是聞染姑娘，可她不是應該接到自己通知離開京城了嗎？怎麼會摻和到突厥人的事情裡來？又怎麼和王忠嗣的女兒弄混？

麻格兒第三次發出威脅，這次就要動真的了。張小敬一咬牙，把弩機丟在地上，踢向麻格兒。若真是王忠嗣的女兒，他並不關心其生死，但遭挾持的是聞染，就無法置之不理了。這些突厥人真是歪打正著。

「還有你的刀！」麻格兒緊緊箍住聞染的脖子。

張小敬只得把障刀也丟開，高舉著雙手站出來。

兩個突厥人撲過來，把他按倒在地。張小敬雙手被制，再無反抗之力，只能掙扎著抬起頭，想看清那女子的面貌，可是麻格兒已經把她推回房間。

張小敬還要掙扎，一隻大手扯起他的頭髮，狠狠地朝地板上撞去。猛烈的撞擊讓張小敬眼冒金星，鼻孔磕出兩道鮮血來，然後是第二次、第三次，很快華貴的柏木地板上出現了一片觸目驚心的血汙……

李泌此時已經返回靖安司，他召集了徐賓等人，在沙盤前低聲商議著事情。而四周書吏、僕役、通傳、兵卒、長隨各自忙碌著，整個靖安司的大殿裡熙熙攘攘，一片繁忙景象。

此時一名小吏手持琉璃沙漏瓶在旁邊，一俟瓶中細沙流盡，便翻覆瓶口，大聲計數：「一漏，二漏，三漏……」每念四漏，旁邊一個老者就會放下幾枚赤色紙束在坊間。整個沙盤上，已有三十餘枚赤束，覆蓋在北城十幾處坊市上面，彼此連綴成群，放眼望去紅彤彤的一片。

過不多時，徐賓抬起手示意停止計時，對李泌拱手道：「四十漏，三十七坊。」

這個數字讓周圍所有人的臉色都凝重起來。

這一次沙盤推演的目的是揣測突厥人到底想要幹什麼。

張小敬在外盡力追查，但李泌不喜歡被動等待，他決定更主動一點。突厥人說長安會成為闕勒霍多，可闕勒霍多到底是什麼，尚不清楚。於是李泌召集了一批熟知城況的吏員，給了他們一個命題：「怎樣才能最快地對長安城造成最大的傷害？」

吏員們很快拿出了結論：縱火。

其他手段要嘛太複雜，要嘛效果太局限。縱火策劃簡易，成本低廉，而且只要選對時機地點，幾個人就能搞出一場大亂子。

對於在長安城沒有根基的狼衛來說，這幾乎是他們唯一的選擇。

可李泌對這個回答仍不滿意，他想要知道更多細節：火起何處為宜？擴散至何方？快慢幾何？所以他調來了幾個深諳火性的武侯鋪老吏，用這個大沙盤搞了一次火情推演。

推演之時，以沙漏一次翻覆表記一刻，一束赤柬表計為方圓三百步火勢。徐賓所匯報的「四十漏，三十七坊」，意味著一旦火起，在四個時辰之內，火勢可以蔓延至三十七個里坊，且都是北城繁華之地，長安精華所在。

這還只是模擬一處火起。若是有人存心，同時在幾處發動，恐怕結果還要淒慘數倍。

看著沙盤上密密麻麻的赤柬，圍觀者腦海裡都浮現出一番烈火地獄的駭人之景。這難道就是闕勒霍多的真面目？

李泌皺起眉頭：「蔓延這麼快？可有把諸坊避火的手段考慮進去了？」

徐賓道：「若是平日，諸坊有圍牆相隔，城中又有水渠分割交錯，不致大害……哎，可您別忘了，今天是上元節，各坊和街上都要懸燈，燃燭只怕有千萬之數，燈架又皆是竹枝木料，動輒接連數坊。今年開春，天乾物燥，萬一起火，就是火燒連營之勢……」

眾人恍然大悟。難怪突厥人執著於坊圖。坊圖在手，便能輕易推斷出哪幾處遠離水渠；哪幾處地勢較高，可借風勢；哪幾處毗鄰要衝，可讓火勢以最快速度向四周蔓延。

崔器在一旁大聲道：「咱們有望樓啊，只要看見火頭一起，立刻派員前往撲救，不就得了嗎？」

徐賓面帶苦笑：「哎哎，崔旅帥您想簡單了。今晚百萬軍民都出來觀燈，道路水洩不通，怎麼調動武侯？再說，大火一起，百姓必驚。這麼多人踐踏奔走，您是救人還是救火？」

崔器不言語了，他知道亂軍有多可怕。兩人同時把目光投向司丞，李泌卻捏著下巴，沉吟不語。

最好的應對之法，自然是取消燈會，恢復夜禁，但這絕不可能；次之的辦法，是挨個澈查諸坊，但這也不可能。李泌無奈地搖搖頭，靖安司內外重重掣肘，不能如意，可真是戴著枷鎖跳胡旋舞。

其實還有一個辦法，就是請老吏們在沙盤上標記出最適合縱火的地點，提前埋伏人手。可這無異於一場賭博，只要有一處猜錯，就會全盤皆輸。李泌不喜歡這種聽天由命的做法。

可如果不這麼做，還能怎麼做？難道只能指望張小敬？

這時旁邊一個白鬚老吏插口道：「與其查坊，不如查物。」李泌眼神一亮，示意他說下去。老吏恭敬回答：「屬下曾務於農事，常燎原燒田。若要掀起滔天的火勢，一是火頭要大，二是走火要猛。前者靠麻油，後者靠柴薪。狼衛若想縱火燒城，此二物必不可少，且數量一定得多。」

「你的意思是，狼衛在長安，必然會積儲一大批油柴？」

「司丞英明。依屬下愚見，只要盯緊這兩類物料的大宗積儲，必有所得。」

這個意見自出機杼，眾人聽了，都暗暗點頭。李泌讚道：「荀悅《申鑑》有言：『防為上，救次之。』此法釜底抽薪，可謂深得其妙。」

看到同僚得了上峰首肯，其他人膽子也大了起來。一人道：「柴薪之類，皆來自京輔山民，零星散碎，難以卒查，不如專注於油物。此物熬榨不易，非大戶大坊難以經營，所以來源均操持在幾家巨賈手裡，查起來更快。」

另外一個小吏又建議道：「京城用油，多仰賴外地轉運。只需調出城門衛的入貨報關紀錄，看看近日有無胡商攜帶大宗豬膘、羊膘、胡麻等油料或成油入城，便能按圖索驥，找到儲地……」

「荒唐，你以為中原人便不會被收買？要查就全給我查！」李泌沉下臉糾正了一句。他一直給手下灌輸的觀點是：不要有漢胡偏見，兩者都很危險。

書吏們迅速把這些建議抄寫成十幾份正式公函，李泌親自加蓋了靖安司的大印。

「馬上送去各處署衙，讓他們遵令速辦，一個時辰之內，我要清查長安所有存油與油料的場所名單。」

通傳接令，急急忙忙跑了出去。書吏們紛紛回到自己座位，又忙碌起來。

李泌回到自己的位置，閉了一會兒眼睛。檀棋走到他身後，纖纖玉指按在他太陽穴上，開始輕輕地揉起來。沒過多久，檀棋忽然聽到一陣輕微的鼾聲。

他居然睡著了。

檀棋想了一下，公子已經有二十四個時辰不曾闔眼了。

*

張小敬從暈眩中恢復清醒，發現自己被捆在一根堂柱上，雙手高高縛起。鼻子仍舊隱隱作痛，鮮血糊了一片。麻格兒走到他面前，手裡晃了晃那塊「靖安策平」的腰牌，褲襠裡還支著一頂帳篷。

麻格兒現在的心情很糟糕，蒜頭鼻上的癤子越發腫大，甚至有皮油滲出。

他遵循右殺貴人的指示，把這兩個姑娘劫到這一處萬全屋裡。右殺大人只說讓她們活命，可沒叮囑過別的，所以麻格兒決定好好享受一下。自從他從草原來到長安城之後，一直低調隱忍，內心的欲望早就快爆炸了。他可不是曹破延那種冷漢子，他渴望鮮血，渴望殺戮，渴望女人的慘叫。

麻格兒都計畫好了，兩個女人都要幹，然後留下王忠嗣的女兒，另外一個用最殘忍的手段折磨死，好好發洩一下，然後以最飽滿的狀態迎接闕勒霍多的到來。一想到那草原煞星王忠嗣的女兒在自己身下呻吟，麻格兒的陽具就高高支起，不能自已。

沒想到他褲子剛脫下來，就來了一個入侵者，這讓麻格兒非常不爽。更讓他不爽的是，這個入侵者居然有一塊腰牌。麻格兒雖然不認識字，但從腰牌沉甸甸的質感也知道不是凡物。

麻格兒很想二話不說，把他宰了，然後繼續去玩女人。可他畢竟出身狼衛，不得不考慮到另外一個可能。這傢伙的裝備太精良了，無論腰牌、軟甲還是手弩，都是高級貨色，很可能屬於京兆府或金吾衛，甚至可能來自軍中。

他既然能找上門來，那麼別人也能，這所萬全屋已經變得極其不安全。

這件事必須問清楚。

「你怎麼知道我們在這裡？」麻格兒用生澀的唐話問。

張小敬沒說話，冷冷地用獨眼瞪著麻格兒。麻格兒覺得很不舒服，這眼神像極了草原上的孤狼。孤狼無論身入陷阱還是瀕臨死亡，永遠都是用這種陰冷的眼神看著人類。

麻格兒冷哼一聲，拿起張小敬的障刀，輕輕用刀尖從他的咽喉處挑下一絲肉來，張小敬的脖子登時血如泉湧：「快說，否則你會有更多苦頭吃。」

張小敬嘴唇翕動，麻格兒以為他要招供，不料卻是一句反問：「你們抓的女人在哪裡？」

麻格兒眉頭一挑，一拳重重砸在他的小腹，讓他忍不住大口嘔吐起來。

「現在是我在問話！」

但張小敬已經知道了答案。剛才麻格兒下意識地瞥了一眼隔壁，說明聞染就在那裡。那股降神芸香的味道，他很熟悉。

「你怎麼知道我們在這裡？」

麻格兒又問了一遍，見他仍舊沒反應，又把刀刃貼向張小敬的腋窩。鐵器冰涼的觸感，讓他的肌膚一陣哆嗦。麻格兒咧開嘴，故意緩緩推刃，像給梨子削皮一樣，平平地在腋下削掉一片帶血的圓皮肉來。隨著刀刃把皮肉一掀，張小敬發出一聲壓抑不住的慘叫聲。

這在突厥叫作鑄肉錢，因為旋下來的肉如銅錢一般大小。旋在人體的這個部位，不會致命，但卻極痛，只需鑄上幾枚肉錢，囚犯什麼都會招。

可張小敬雖然面色慘變，卻仍是閉口不言，討厭的眼神始終直勾勾地盯著他。麻格兒突然意識到，對方是在拖時間！大隊人馬很可能已經在路上了。

不行，必須馬上撤離！

麻格兒走到隔壁，手下已經把那兩個女人都揪了起來。麻格兒朝外掃視了一圈，伸出指頭，指向聞染：「把她帶上。」

「您怎麼分辨出來哪個是王忠嗣的女兒？」手下有點驚訝。

麻格兒在聞染細嫩的脖頸上摸了一把，把手伸到鼻子前吸了口氣，猥褻道：「剛才挾持她的時候發現的，大官的女兒比較香。那個也香，但不如這個味兒足。」

手下都笑了起來，知道這位對女人有著異常的癖好，所以對某些細節特別敏感。草原上香料是希罕品，只有貴人女眷才用得起。

「那另外一個呢？」

「扔到隔壁去，連那個密探一起殺了。馬上走。」麻格兒的手在咽喉處比畫了一下。

門砰的一聲，再度被推開。張小敬定睛一看，一個女人被突厥狼衛推推搡搡地趕進來。

她不是聞染，只是身材頗為相似，穿的胡袍也都一樣。但她腮邊的絞銀翠鈿和盤髻上的楠木簪，都表明了她出身不凡，尋常女子哪用得起如此貴重的飾品。這應該就是真正的王忠嗣之女了吧？

張小敬很快便推斷出了真相，她們兩個應該是在同一個地點被突厥人綁架，這些粗鄙的突厥人不識飾器，張冠李戴，誤把兩人身分弄混了。

突厥狼衛拔出尖刀，先衝王韞秀而去。王韞秀的嘴被塞住了，發不出聲音，只得拚命扭動身軀，居然躲過了刺向喉嚨的一刀，讓尖刀割到了肩膀，血花四濺。那突厥人失了手，覺得面上無光，伸手啪地打了王韞秀一個耳光，讓她安靜下來。

還沒等他再次動手，窗外忽然傳來一陣撲簌簌的翅膀拍動聲，緊接著數隻雲雀從院裡飛起。麻格兒眼神一凜，示意先不要動手，快步走到窗前向前院俯瞰。

樹叢搖動，腳步零亂，似乎有許多人朝這裡靠近。

麻格兒立刻回頭，大聲呼喚手下人都進屋。他本來有七個手下，三個被張小敬殺死，一個腿部中了一箭，能動彈的只剩下三個人了。麻格兒顧不得感慨，急速用突厥語交代了幾句，三個人各自領命出去。

麻格兒掃視了張小敬和王韞秀一眼，不再管他們，也轉身離開。隔壁屋子很快傳來聞染驚慌的呼喊，看來他們只打算帶走這位「王姑娘」。

短短幾十個彈指之後，築心閣一層的大門砰的一聲，被重重撞開，一下子擁進來十幾個人。他們衝到正廳，驟然停住腳步。只見一名大腿受傷的狼衛斜靠在一尊大銅耳爐前，手裡舉著兩把手弩對準門口，地上還擱著兩把弩。

狼衛同樣也很詫異。他本以為闖入者是張小敬的同夥，起碼也應該是禁衛軍漢，可眼前這些人，個個斜披花布，肩露文身，儼然是浪蕩京中的浮浪少年。

兩邊對峙了數息，一個浮浪少年沉不住氣，大吼一聲，舉起手裡大棒衝了上去。狼衛二話不說，抬手就射，正中少年額頭。其他同伴大驚，急忙向後退去，又是三箭射來，先後命中三人。

「他沒箭了！」

不知誰喊了一句，浮浪少年們又衝了上去。這次狼衛沒辦法了，只能躺倒在地，任憑他們拳打腳踢。這些少年顯然沒有旅賁軍那麼有章法，一見狼衛被打倒，立刻一窩蜂全都鑽進正廳裡，足足有二十多人。

為首的一個小頭領在底層轉了一圈，一指樓梯，示意幾個人上二樓。很快上面傳來消息，說找到了！他連忙舉步登上竹階，跑過走廊，看到二樓一處房間綁著兩個人。男的捆在柱子上，女的癱倒在地，十七八歲的樣子。

小頭領一喜，整個建築裡就這一個女人，這回應該錯不了。

熊火幫今天綁架了一個女子，結果中途跑掉了。據追趕的小混混講，那女人被一群來歷不明的胡人帶入這座宅邸。熊火幫把整個萬年縣視為禁臠，人在自己地盤上被劫了，怎麼能忍下這口氣？於是這個小頭領糾集了一批無賴少年，打算把人劫回來。

小頭領叫了四個人把那女子帶走，別耽誤；至於那男的，不認識，不必管。

他目送著押送隊伍離開，心情忽然變得很好，這次他在熊火幫立大功了。小頭領信步踏上二樓高亭，遠眺片刻。只見遠處曲江錦繡歷歷在目，景致怡人，不由得心生感慨：「有錢人就是他娘的會享受！」賞了一會兒景，他背著手，學名士風度慢慢踱步下了樓。

走著走著，小頭領忽然覺得腳下有些異樣，一低頭，發現一道濃濃的黃褐色小河順著樓梯淌到一樓地板，味道略刺鼻。

他蹲下身子用手指一抹，判斷應該是蓖麻油，不禁大為疑惑。這宅子不是沒人住嗎？怎麼會有這東西？小頭領抬起頭，看到在閣樓的梁架四角，掛著好幾個陶罐子，罐口傾斜，正源源不斷地往樓下淌油，七八道濁流匯在一樓地板，形成很大一灘。

他猛然瞳孔一縮，急忙朝樓梯下跑，邊跑邊喊道：「快！快殺了他！」話未說完，腳下一滑，整個人踩著蓖麻油跌下樓去。浮浪少年們沒聽見警告，反而指著他的狼狽樣哈哈大笑起來。

就在這時，慘遭圍毆的受傷狼衛從懷裡摸出一個火摺子，奮力一吹，然後丟到油上。油火相逢，轟一下就燃燒起來，火苗子順著油線迅速蔓延整個一層的地板，如金蛇狂舞。

這個閣樓是竹木結構，牆壁、廊柱和樓梯轉瞬間也被引燃，大大小小的火蘑菇從木縫之間冒頭。昔日清雅散逸之地，霎時成了佛經裡的火宅。

浮浪少年們傻了眼，紛紛想要往外逃。奈何人多門窄，一下子把門口堵了個水洩不通。來勢洶洶的油火席捲而來，把未及逃出的人一一吞噬，只留下絕望狂舞的身影。

在二樓的張小敬感覺到腳下有騰騰熱氣升起，又聽到鬼哭狼嚎，知道入侵者肯定中了狼衛的圈套。

狼衛既然選了這裡做為落腳點，自然會有所準備。這棟竹樓裡懸滿了蓖麻油罐子，一旦有不可抗拒的外敵入侵，他們就會傾翻油罐，伺機點燃，然後迅速逃走。龍波之前時常過來，就是在做這種準備。

張小敬知道如果再這麼待下去，自己也會被活活燒死。他之前一直在悄悄活動手腕，繩索已經鬆了不少，只消再磨幾下就可以掙脫了。可就在這時，地板的邊緣發出一聲尖利的摩擦聲，整個閣樓微微抖了一下，隨即整個屋子的每一處連接都開始咯吱咯吱地響起來。

張小敬暗叫不好。這些狼衛果然心狠手辣，不光布置了蓖麻油，還把底樓和二樓之間的幾處榫接處和支撐梁虛接。只要大火一起，整個閣樓很快就會坍塌下去，樓裡的人就算沒被燒死，也會被砸死。

他的左手斷了一指，沒法解開手腕的繩索，只得拚命弓起身子，利用臀部的力量狠狠砸向地板。這種竹木製的閣樓用的是橋搭法，二層地板都是用竹板嵌合在木架之上，本身不算堅固。張小敬化身為一個大錘，一錘一錘敲擊著它脆弱的支撐，一定得搶在閣樓整體倒塌之前把地板弄倒，才有一線逃出去的生機。

在張小敬的臀部和下方火焰的連續夾擊下，地板很快發出一聲哀鳴，先是一頭猛然下沉，然後轟隆一聲，主體部分斜斜砸到樓下去，在大火裡闢出一條傾斜的滑臺。

可惜捆著張小敬的那根柱子沒有折斷，死死卡在中間，把他的身子懸在半空。張小敬掙扎了幾下，發現不行，急忙調整了一下姿勢，讓手腕上的繩子對準竄上來的火苗。

這條繩索是用嶺南蛇藤編成的，用油浸泡過，韌勁十足，但不耐火。火苗一燎，立刻就燒起來了。張小敬強忍著燒灼手腕的痛楚，讓繩子燒透，然後用力掙了一下，兩下，到第三下終於把它扯斷。

可他沒時間慶幸，立刻踩著尚未燃燒的傾斜地板，朝前跑去，雙肘護住臉部穿過數道火牆，衝到一處熊熊燃燒的窗口前，奮力向外一跳。燃燒的窗格十分脆弱，被張小敬硬生生撞碎而出。他甫一落地，先打了幾個滾，把自己身上的火壓滅。

在下一瞬間，閣樓的主體結構轟然倒塌，火點四濺，小閣徹底變成一個熊熊燃燒的柴堆。張小敬趴在地上，大口大口地喘息著。他的眉毛頭髮焦掉了不少，兩個手腕都被燒傷，腰上還有一道觸目驚心的長傷，那是躍出窗子時被邊框的竹刺劃的。

沒過多久，外面傳來紛亂的腳步聲。張小敬以為還有敵人，他勉強抬起脖子看了一眼，肩膀不由得一鬆。

衝入後院的，是大批身著褐甲的旅賁軍士兵，居然是靖安司的人馬趕到了。旅賁軍一看火勢如此猛烈，不待長官下令，自發地分散開來，開始在築心閣周圍清出一條防火帶，避免蔓延。

一個壯碩的身影走到張小敬身前，把他攙扶起來，口稱恕罪來遲，不過沒多少熱情在裡頭。張小敬定睛一看，是崔器。他顧不得關心自己狀況，急切地抓住崔器的胳膊：「你們進府時，看到別的人沒有？」

崔器對這位張先生並不怎麼信服，只是抬了抬下巴：「就看見幾個熊火幫的閒漢！」

「熊火幫？」張小敬一聽這名字，獨眼裡閃過一道意味深長的光芒。

崔器閃開身子，張小敬看到在院廊裡，好幾個僥倖逃生的浮浪少年正垂頭喪氣地蹲在地上，被幾把鋼刀監視著。他們大概是剛逃出去，就撞見旅賁軍。

張小敬喝道：「快！快敲九關鼓！狼衛剛離開不久，就在附近！」

崔器一聽「狼衛」二字，眼中凶光大綻，立刻對身邊的副手發出一連串急促的命令。

靖安司有一套層次分明的示警系統。望樓上九關鼓一響，不僅本坊的坊門要關閉，周圍八坊同樣都要關門封閉，同時在這九坊之間的十六個街口，都要設置拒馬與橫杆。

從熊火幫闖入宅邸到旅賁軍趕到，前後只有短短一炷香的時間。狼衛撤離時還拖著一個聞染，行進速度不會很快。九關鼓一響，一個大網會牢牢封鎖九坊之地，讓他們無所遁形。如果有必要，其他坊也會敲響九關鼓，一圈一圈封鎖。

崔器在這方面很有經驗，下令修政坊敲響九關鼓，同時還派遣了四隊旅賁騎兵，向四個方向搜索前進。布置完這些事後，崔器才蹲下來，吩咐左右拿些傷藥和布條來，替張小敬包紮。

「你怎麼會來這裡？」張小敬問崔器。

姚汝能從崔器旁邊閃出，手裡捧著傷藥，一臉愧疚：「我見您久入未出，就跑去望樓，通知崔將軍前來救援。很抱歉，我沒敢進去救您……」

他的愧疚是真心實意的。不久之前，他還義正詞嚴地質疑張小敬的動機，甚至還要動手殺人，結果現在張小敬孤身犯險差點喪命，自己反而裹足不前見死不救。在姚汝能心目中，自己簡直是個懦弱的偽君子。

「你一個人進來於事無補，及時呼喚援軍才對。你的判斷很正確，不必妄自菲薄。」張小敬淡淡地評價道，同時抬起手腕，讓他替自己敷藥。

崔器皺著眉頭問道：「張先生，這一切到底怎麼回事？」他的疑問如山一樣多，府邸明明潛藏著突厥狼衛，怎麼會有一群混混殺進來？兩邊為什麼會開火？築心閣又怎麼會燒起來的？

張小敬簡單地講述了一下自己的遭遇：先是潛入閣樓，然後被突厥人用王忠嗣的女兒脅迫，身陷敵手，然後熊火幫就莫名其妙地打進來了……崔器打斷了他的講述，臉都綠了：「你是說，王節度的女兒在突厥人手裡？」

他說話的聲音都在發顫。張小敬剛要回答，心中卻忽然閃過一絲想法。突厥人綁走的其實是聞染，但他若如實說出，接下來會怎樣？靖安司追殺突厥人時，絕不會關心聞染的生死。

但他關心這個姑娘，非常關心。

整個長安城如果只有一個人可以救的話，張小敬一定會選聞染。

他在瞬間就有了決斷。

張小敬緩緩抬起手，語氣沒有一絲波動：「沒錯，我親眼看到她被突厥狼衛帶走。」

崔器絕望地站在原地，頓覺天旋地轉。

他原來只是個隴山的軍漢，靠著些許戰功和阿兄崔六郎的努力，終於得以進駐長安。榮華富貴還沒到手，便遭受一個又一個沉重打擊。先是阿兄被殺，然後自己又放跑了突厥的重要人物，現在居然又牽扯到朝中重臣家眷遭綁架。

崔器太了解朝廷的行事風格。這麼大的亂子，朝廷一定得推出一個人接受處罰才行。李泌後臺太硬，張小敬本來就是死囚，那麼負責行動的自己，簡直就是絕好的背黑鍋人選。

他要在意的已經不是如何建功立業，也不是為哥哥報仇，而是如何保住自己一條性命。

張小敬推了他一下：「崔旅帥，他們都等著你下令呢。」崔器如夢初醒，霍然起身，氣急敗壞地衝手下吼道：「你們傻站著幹嘛？別救火了，趕緊去抓人！」張小敬又道：「通知望樓，讓靖安司派人去王節度家裡確認情況！」

「對！對！快去王節度家確認！」崔器已經失了方寸，對張小敬言聽計從。

「還有……問問這些人，到底什麼來路。」張小敬把目光投向那些浮浪少年。其實這些人到底是誰，他心裡已經有數。萬年縣就那麼幾個幫派，辨認起來很容易。不過有些事，還是讓別人去問會更好。

正好崔器胸中一股惡氣無處發洩，他氣勢洶洶地走到被俘的幾個浮浪少年跟前，用佩刀刀鞘當頭抽去，一個少年捂著頭倒在地上。崔器猶嫌不夠，狠狠又抽了幾下，直砸得血肉模糊才罷手。其他幾個少年嚇得尿了褲子，不用問，立刻全交代了。

原來他們連熊火幫都不算，只是周邊成員，跟著一個小頭目來的。那小頭目聽說有一個老大看中的女人跑掉了，就藏在這座荒宅裡，於是過來抓人。

崔器追問那女人是誰，一個少年說姓聞，是敦義坊聞記香鋪老闆的女兒。崔器怒道：「誰問這個！我問的是另外一個女人！是不是王節度的千金？」那幾個少年懵懵懂懂，哪裡答得出來。崔器揮動刀鞘，死命地抽打，把那幾個人幾乎打死，也沒問出個名堂。

一直到有士兵跑過來匯報封鎖道路事宜，崔器這才丟下這些人，心急火燎地趕去布置。

張小敬半靠在走廊，讓姚汝能為他處置傷口。他受傷不輕，腋窩被狼衛旋掉一大片皮肉，手腕和背部又被燒傷。姚汝能小心地先用井水洗滌，再抹金瘡藥粉止住血，然後拿出綾布一圈圈包裹。這傢伙的手指修長，手法嫻熟細膩，比起繡女來不遑多讓。

他的肉體遭受如此酷刑，卻仍堅持到援軍抵達，可真夠硬的。姚汝能一邊包紮一邊暗暗心想，換了自己，可未必能挺住。張小敬任由他侍弄，眼睛卻一直盯著宅邸外頭。他的獨眼裡，帶著壓抑很深的擔憂。

這個鐵石心腸的卑劣漢子，居然也會擔心別人？姚汝能暗道。

姚汝能忽然注意到，他的左手少了一根手指，上頭裹著一塊被鮮血半浸的麻布。姚汝能大奇，這是突厥狼衛幹的？不對，在那之前就有了。姚汝能又重新回想了一下，確定在自己被打暈之前，張小敬的手還是完整的。

換句話說，這個斷指之傷，發生在張小敬殺死暗樁的時候。一想到他出賣暗樁，姚汝能的怒氣又騰地上來了。他不無惡意地想，難道這指頭是葛老切下來的？

「這是印記。」張小敬忽然開口，嗓音有些沙啞。

「什麼？」

張小敬的獨眼仍舊望著外面，不像是給姚汝能解釋，更像是說給冥冥中的什麼人聽：

「小乙是我在萬年縣任上培養的最後一個暗樁。他出身寒微，但人很聰明。我還記得，他去當暗樁的前一天，縣裡發了一筆賞錢。他老娘把錢藏好不許他亂花，說以後用來娶媳婦。可小乙居然冒著被他娘打的風險，偷偷地摳出來半吊錢，給我買了一份上好的艾絨火鐮。他對我說，張頭隨身的火鐮太舊了，打不出火，也該換個新的了。他還說，只要張頭仍能打亮火光，他就一定不會迷路。」

「然而你今天親手殺了他。」姚汝能冷冷回道。

「我問你，倘若你身在一條木船之上，滿是旅人，正值風浪滔天，須殺一無辜之人以祭河神，否則一船皆沉。你會殺嗎？」張小敬突然問道。

姚汝能一愣，不由得眉頭緊皺，陷入矛盾。這問題真是刁鑽至極，殺無辜者自是不合仁道，可坐視一船傾覆，只怕會死更多的人。他越想越頭疼，一時沉默起來。

「殺一人，救百人，你到底殺不殺？」張小敬追問了一句。

姚汝能有點狼狽地反駁道：「你又該如何選擇？」他覺得這真是個狡猾的說詞。

「殺。」張小敬說得毫不猶豫，可旋即又換了個口氣，「這是應該做的事，但卻是一件錯事。應該做，所以我做了，即使重來一次，我還是會這麼做。但錯的終究是錯的。」說到這裡，他把斷指處抬了抬，「……所以我自斷一指，這是虧欠小乙的印記。等到此間事了，我自會負起責任，還掉這分殺孽。」

張小敬閉上獨眼，似在哀悼。他的面孔又多了幾條褶皺，更顯滄桑與苦澀。

姚汝能沉默著。他發現自己完全看不透這個桀驁的傢伙。他一會兒像個冷酷的凶徒，一會兒又像個仁愛的勇者，一會兒又像是言出必踐的遊俠，諸多矛盾的特色集於一身。姚汝能忽然意識到，自己從來沒想過，張小敬到底是因為什麼罪名入獄。

張小敬緩緩睜開眼睛：「我記得你來長安城有三個月了？」

姚汝能不明白他怎麼忽然把話題轉到這裡來，只得點點頭。

張小敬似笑非笑：「你再待久一點就知道。在長安城裡做捕盜之吏，幾乎每天都要面對這樣的選擇。什麼是應該做的錯事，什麼是不應該做的對事。是否堅守君子之道，你最好早點想清楚，否則……」

「否則？」

「在長安城，如果你不變成和它一樣的怪物，就會被它吞噬。」

啪嚓一下，姚汝能手裡的藥膏打翻在地，黑褐色的液體在白綾上沁成一片汙漬。

咚咚咚——咚，咚咚咚——咚，有節奏的響聲傳遍整個長安的東南角，正是來自修政坊的九關鼓。按照大唐律令，鼓聲一起，街鋪武侯就得立刻封鎖附近八坊的街道路口。

不過今日是上元節，人人都滿懷著玩樂的心思，值勤的武侯們也不免有些懈怠。他們聽到鼓聲，反應卻沒有那麼快，過了好一陣，才紛紛叫起睡懶覺或玩雙陸棋的同僚，行動略顯遲緩。

好在崔器從來沒指望過這些蠢材，他特意派遣了十幾名旅賁軍士兵手持銅腰牌，分別直奔各處街鋪，督促他們盡快行動。為策萬全，崔器還派出去五六隊精騎，在周邊街道來回巡風。就算突厥人僥倖穿過封鎖線，也會一頭撞在這堵流動的大牆上。

一時間，九坊之內一片喧騰。武侯們手忙腳亂地抬出拒馬和荊棘牆，在路口設立臨檢哨卡；精騎飛馳，無數道鷹隼般的視線反覆掃視著道路兩側的每一個角落。行人們驚訝地停下腳步，不知附近發生了什麼事，他們依舊可以通行，只是每過一個路口都要被盤查一番。

一道大網慢吞吞地籠罩在修政坊附近，可是，麻格兒一行人，卻像是就地飛仙了一樣，全無蹤影。各地紛紛回報，都是同樣的內容：「未見。」

崔器對傳令兵大聲咆哮：「怎麼可能！他們是鳥嗎？就算是鳥，也躲不過望樓的眼力！」

麻格兒等人無論是騎行、車乘還是步行，在這麼短的時間內不可能遁逃超過兩里，這是九關鼓最大的警戒範圍。那麼他們的下落，只有兩個可能：一、買通了哨卡士兵，順利脫出；二、就近躲藏在修政坊附近的某一坊內。

無論是哪種可能，都會演變成極其尷尬的局面。

恰好在這時，得到了王府的消息。王節度的女兒王韞秀得了輛新奚車，獨自出去試駕，至今未歸。與此同時，靖安司總部也轉發過來另外一個消息，靖善坊附近發生一起車禍，一輛柴車和一輛奚車相撞，但現場只找到車夫和十幾具武侯的屍體。

一定是突厥狼衛幹的，只有他們才這麼窮凶極惡。

崔器聽到消息被證實，胃袋就好似被一隻巨手狠狠捏住，難受得想吐。王忠嗣是朝中重臣，今天這事若是出了差池，將是驚天大亂。

崔器彷徨無計，只得走到正準備出發的張小敬跟前，一拱手：「張都尉，突厥狼衛失去蹤跡。而今之計，該如何是好？」

若有半點可能，崔器不願意向這個死囚示弱，可眼下卻別無選擇。這傢伙一個人單槍匹馬，兩個時辰不到就揪出突厥人的尾巴，這不是尋常人能做到的。崔器意識到，只有張小敬大發神威，把突厥狼衛逮住，自己才能逃過這一重大劫，於是連「張先生」都成了「張都尉」。

張小敬將他的心思看得通透，也無意說破，一彈手指：「先上望樓。」

兩人噔噔地爬上修政坊的望樓，舉目四望，周圍八坊的景致盡收眼底。坊外道路縱橫，坊內灰瓦高棟，一清二楚，如觀沙盤。在每一個路口，都聚集著黑壓壓一片人群，那是哨卡發揮了作用。眼力好的話，甚至可以看清行人的衣著。

在如此嚴密的監視之下，突厥人不可能悄無聲息地憑空消失。

崔器瞪大眼睛，忐忑不安地四處張望，看到任何人都覺得可疑。張小敬瞇起獨眼，緩緩掃視，然後在一個方向停住了。他抬起手臂，指向東南：「曲江池。」

崔器剛開始不明白，可他順著張小敬的手指看過去，一下子恍然大悟。

在修政坊的東南角，是長安城最繁盛的景點，曲江池。這個池子一半位於城內，占了兩坊之地；另外一半在城外，與少陵原相接。曲江池內水道蜿蜒，樓宇林立，花卉周環，柳蔭四合，小徑穿插園林之間，一年四季都是極好的去處，無論是對遊人還是對遁逃者。

曲江池有專門的尚池署管理，與諸坊街鋪不互相統屬，九關鼓指揮不動他們。突厥狼衛們很可能趁這麼一個時間差，離開修政坊後，直接越過街邊圍欄，鑽入曲江池內迷宮般的園林裡。

長安城本是縱橫平直的布局，但在東南角這裡，曲江池生生向外拱出一塊，就像是稻米袋子鼓起一角。為了保證這片橫跨城內外的水域不被隔斷，周邊並未環以城牆，只挖了數條水渠環伺。雖然馬匹和車輛無法通行，但若是三兩個行人徒步，出城卻不是什麼難事。

由此看來，當初突厥人選擇修政坊落腳，可謂是處心積慮。

崔器道：「你的意思是，他們很可能穿過曲江出城？」他心裡長吁一口氣，這未必是件壞事。只要出了城，靖安司不必綁手綁腳，可以派遣精騎往復大索。長安城附近地勢平闊，無處躲藏，逮住那幾個徒步的突厥人，就是遲早的事。

張小敬的眉宇卻並未因此舒展，他盯著煙波浩渺的曲江水面，覺得事情沒那麼簡單。突厥人既然要對長安城不利，為何要往城外跑？他們的目的到底是綁架還是焚城？張小敬展開長安坊圖，蹲下來仔細觀察，覺得這些行動之間彼此矛盾，疑點重重。

但崔器已經迫不及待地在望樓上打起旗語，向遠在光德坊的靖安司匯報，要求增派人手出城搜捕。李泌接到報告，卻沒有急著調動旅賁軍，他的眼神投向沙盤，陷入和張小敬一樣的疑惑。

草原的狼崽子們，給他們出了一道大大的謎題。

崔器有點著急，他不太明白，這麼明顯的事，張都尉就算了，為何連李司丞都遲遲不下命令。要知道，這邊每耽擱一個彈指，敵人便會遠離長安城幾分。

整張包圍網驟然靜止下來。崔器一會兒看看沉思的張小敬，一會兒遠眺附近望樓，手指煩躁地在刀鞘凸起的銅箍邊摩挲，心裡盤算如果再得不到命令，索性就先把幾個馬隊派出去。可崔器畢竟是軍人，這種先斬後奏的事，他並不習慣。崔器還在猶豫不決，張小敬忽然站起身來，抖了抖手中地圖，目光灼灼，而望樓的通信旗也恰在同時揮動。

李泌傳來的命令，和張小敬開口說出的話完全一致：

「這是疑兵之計。賊自曲江出，必自最近城門返回！」

距離曲江最近的城門，南有啟夏門，東有延興門，不過一里之遙。突厥狼衛從東南角脫出，可以從這兩個城門大搖大擺地再次進城。這麼一出一進，輕輕鬆鬆，就可以跳出九關警戒，逍遙自在。

崔器的額頭沁滿了慶幸的汗水。幸虧沒有出城，否則可真是南轅北轍了。他急忙用望樓向二門發出警告，同時就地解除九邊封鎖，火速向二門靠近。可在這之前，靖安司耽誤了太多時間在修政坊部署，驟然轉移一片混亂，執行十分緩慢。

啟夏、延興二門是緇東百姓入城觀燈的重要通道，此時正是高峰期。等二門傳回消息，狡黠的突厥人早已混在大群百姓之中，再一次進入長安城，不見蹤跡。他們晚了一步。線索就這樣斷了，可時間卻毫不留情地一刻一刻流逝。

崔器先匆匆寫了一封密報，著人快馬送去靖安司，這事太大，不敢有半點隱瞞。然後他看向張小敬：「張都尉，咱們怎麼辦？」連他自己都沒發覺，稱呼張小敬的語氣越發卑微，近乎乞求。

「等一下。」張小敬半趴在地上，身子前傾，鼻翼微微聳動，像一條獵犬。

崔器摸不清他葫蘆裡賣什麼藥，又不敢追問，只好惶恐地等在旁邊，呼吸粗重。

說來可笑。崔器在隴山之時，刀頭舔血，快意豪勇，面對生死從無顧慮；在長安的優渥生活，沒有洗去他的戰力，卻腐蝕了他的膽量。當一個人擁有太多時，將再也無法看淡生死。崔器忽然羞愧地發現，他一直叫囂著為阿兄報仇，只是為了掩蓋自己懼怕落罪。

自己的前途，就著落在這麼一個死囚身上嗎？崔器心有未甘地想。

張小敬忽然抬頭，問了一個無關的問題：「宣徽院那邊你有熟人嗎？」

崔器一愣，宣徽院屬於宮內體系，跟城防半點關係也無，張小敬忽然提它做什麼？張小敬道：「若我記得沒錯，宣徽院下屬有五坊，專為天子豢養雕、鶻、鷹、鷂、狗。若能向狗坊借來幾隻鼻子靈敏的畜生，此事還有希望。」

他抬起手，抓起一把塵土放在鼻子旁邊，深深吸了一口。

聞記香鋪的合香品質優良，可以持續數個時辰不散，馳名西京。

第五章　未正

天寶三載元月十四日，未正。

長安，地點未明。

幾輛開敞的雙轅輜車第二次駛入這一處偏僻貨棧，這一次它們裝載的不是圓木桶，而是一排排青黃色的竹竿，少說也有近千根，有如無數長矛挺立。這些竹竿都是三年湘竹，約有手臂粗細，三尺長短。竹竿的兩端都被仔細地鋸成圓形楔口，應該是用於做某種嵌合的設計。車尾的翹尾處，還堆著為數不少的涇河泥。

隨車而來的，是十幾名草原工匠。他們個個眼袋肥大，面帶疲色，走路時扶著車邊，腳步略顯虛浮。他們已經夜以繼日地幹了數日，幾乎沒闔過眼。

車隊一進貨棧，幾名狼衛立刻拿起掃把出去，把附近的車轍打掃乾淨，再將院門關閉。曹破延跳下第一輛車，指揮車子緩緩停靠在棧臺邊緣。整個長安城都因為上元節而興奮不已，這個小車隊運的又不是什麼危險物品，並未引起任何注意。

龍波嚼著薄荷葉走過來。他圍著車子轉了一圈，隨手抽出幾根竹竿審視，然後一歪頭，示意可以卸車了。棧倉大門咯吱咯吱地開啟，一股難聞刺鼻的味道從裡面飄了出來，似乎有什麼東西正架在火上熬煮。草原工匠們知道，那裡面是闕勒霍多的魂魄，他們紛紛發出興奮的呼喊，還有人當場跪拜。

最後的工序即將開始，闕勒霍多即將合二為一，誰也沒法阻止長安毀滅。

「好了，快運進去組裝。」龍波發出指示。

從棧倉裡走出幾個夥計，都用蘸了水的麻巾捂住口鼻。他們先遞給那些草原工匠同樣的麻巾，然後有條不紊地把竹竿抱下車，一捆捆地往倉房裡運。

曹破延抱胸而立，默不作聲地注視著整個過程。龍波走到他身邊，拍拍肩膀：「右殺貴人有令，你的最後一件工作，就是好好地在這裡把風，聽明白了嗎？」

龍波有意強調「最後一件」，曹破延緩緩點了一下頭。他既然被取了頂髮，就注定要犧牲在長安城內，對此他早有心理準備。

只是曹破延心中還是稍微有些不滿，這麼關鍵的場合，右殺貴人卻不親臨，反而指派一個龜茲人指手畫腳。右殺貴人說過，他還有更重要的事情要處理，可有什麼比闕勒霍多更重要？

龍波拿起一條麻巾蓋住臉，走進棧倉。在他身後，棧倉的大門吱咯吱咯地重新關閉。裡面到底發生什麼事，外人無從得知。

曹破延慢慢在棧倉門口坐下，背靠廊柱，從脖子上拿出那一串彩石項鍊，在手裡把玩。這是他女兒在斡難河旁採的鵝卵石，親手用白馬鬃搓成的繩子串起，還摻了她的三根頭髮和一口呼吸。據說這樣一來，無論兩人分隔多遠，靈魂都可以互通聲氣。曹破延的手指靈巧地滑過每一粒彩石，像中原的僧人搓動念珠一樣。石面光滑無比，已經不知被摩挲過多少回了，每次都能讓他內心變得平靜。

曹破延已經被右殺貴人割走了頂髮，按照草原薩滿們的說法，他若有背叛之心，就算是死亡，魂魄也會在地府受到煎熬。不過曹破延一點也不在乎，他真正關心的，可不是自家性命這種無聊的事，而是任務能否順利完成，大汗的意志能不能貫徹。

只要再忍受一個時辰，一切都會結束。曹破延握著項鍊，第一次露出微笑。

沒過多久，院門外傳來砰砰的敲門聲，節奏三短四長，重複了四次。曹破延把彩石項鍊重新掛回脖子上，卻沒有急著開門，而是爬上附近的一處高臺，朝門外張望。

他看到門外站著麻格兒和其他兩個人，還挾持著一個中原女子，眉頭不期然地皺了起來。他們去綁架了王忠嗣的女兒，這個曹破延知道。可是她應該被關在修政坊的萬全宅內才對，怎麼能帶來這裡？而且一共去了八個狼衛，現在怎麼只剩三個？

他迅速打開院門，讓他們進來，然後飛快關好。曹破延揪住麻格兒的衣領，凶狠地用突厥語問道：「到底怎麼回事？」

麻格兒有點慚愧地表示，他們遭到唐人探子突襲，幸虧事先有撤退的方案，這才僥倖逃脫。他為了表示沒說假話，還掏出了一枚銅腰牌和一個褡褳。腰牌上寫著「靖安策平」四字，褡褳裡裝著煙丸、牛筋縛索，還有一把擘張手弩。這都是從那個凶悍的探子身上繳獲的。

曹破延清點了一下，臉色變得凝重。這些物件和之前突襲丙六貨棧那些士兵的裝備如出一轍，可見是同一夥人。這是一個十分危險的信號，說明靖安司已經挖出那所萬全宅和狼衛之間的關聯。

曹破延可一點也不敢小覷這個對手。對方就像是一隻盤踞在長安城中的蜘蛛，在蜘蛛網上稍有觸碰，就會引來殺身之禍。

一所萬全宅並不可惜，關鍵是唐人是怎麼知道它的？其他萬全宅是否也同樣曝光了？說不定，靖安司的大軍已經在趕往這裡的路上。右殺貴人這個節外生枝的愚蠢計畫，果然惹來了麻煩，很可能會危及闕勒霍多的復活。

走。」

麻格兒見曹破延的臉色不好看，連忙討好道：「王忠嗣的女兒我們帶出來了，沒讓他們奪

曹破延問道：「我記得當時抓了兩個女人，你是怎麼判斷她的身分的？」麻格兒有點得意地回答：「我們帶她們回萬全宅後才覺察到，她身上的香氣更濃一些。」說完粗暴地捏住聞染的襦衣往兩邊一扯，露出粉紅色的中衣，聞染尖叫一聲，胳膊卻被緊緊鉗住，一股芬芳撲鼻而來。

曹破延打量了聞染一番，比了個手勢，吩咐暫時把她帶到旁邊不遠處的井亭，然後走到棧倉前。他敲了敲門。很快門縫拉開，一股刺鼻的味道先傳出來，然後龍波不耐煩地探出頭來，掀開嘴邊的麻巾。

曹破延說現在這裡恐怕已不安全，最好馬上撤走。但龍波斷然否決：「現在是裝配的關鍵時刻，不能動。你確定靖安司已經摸過來了？」

曹破延道：「修政坊的萬全宅剛剛被旅賁軍攻擊，麻格兒的人只逃出來不到一半。所以你最好想想，最近的行事有無遺漏或疏忽之處？」

龍波很不高興，他可是挽救了整個計畫的功臣，這個沒履行好職責的突厥人卻在吹毛求疵：「喂，我和右殺貴人只是合作關係，可不是你們狼衛的部屬，別這麼盤問我。」

曹破延抬起手臂擋在前面，堅持道：「你的落腳點，你接觸到的人，有沒有可能和修政坊那座宅邸有關聯？」

聽到這句話，龍波的臉色變了變。他霎時想到一種可能，但這是絕不能宣之於口的。他反問道：「那座宅邸靠近曲江，是撤離時的備用地點，你們的人現在跑去做什麼？」這問題戳到了要害，曹破延也只能保持沉默。

兩個人各有難言之隱，就這麼僵持住了。龍波抓抓腦袋，無奈道：「好啦好啦，這一處貨棧我是單獨安排的，就算他們查到修政坊，也牽不出這處。這麼說，你放心了吧？」

曹破延的手臂仍舊擋著。

龍波盯著他的眼睛，嘆了口氣：「草原的狼，疑心病都像你這麼重嗎？這樣吧，這處貨棧周邊西頭的旗亭下，有個病坊。那裡常年聚著幾十個閒散的乞兒。你僱幾個守在周圍，這樣萬一有可疑之人接近，他們能提前通知你。」

「乞兒？他們還幹這個？」

龍波道：「只要給錢，他們幹什麼都成。」然後他俯身過去，低聲對曹破延說了幾句話之後，砰的一聲把棧倉大門重新關上。闕勒霍多的事，可不等人。

曹破延不喜歡龍波，但他必須承認，龍波這個建議，確實是目前最好的選擇，解決了警戒人手不足的麻煩。曹破延滿腹心事地轉過身來，正盤算著如何去找乞兒頭目，抬眼一看，登時勃然大怒。

他看到麻格兒在井亭裡，騎在聞染身上，興奮地撕扯著她的衣服。在修政坊時，麻格兒就已欲火焚身，剛才他挾著聞染一路逃亡，肌膚相蹭，香氣入鼻，早已讓他按捺不住。聞染扭動身軀拚命掙扎，卻阻擋不了粗暴的侵襲，只能哭著喊爹爹，乞求那不可能會來的援助。

曹破延把麻格兒從女人身上拽起來，重重地摑了一耳光。這都什麼時候了，還在搞這些事！還有沒有輕重緩急？

麻格兒紅著眼睛，嗷地叫了一聲，要去抓曹破延的肩膀。曹破延身子一避，一拳砸在他咽喉處，讓他疼得說不出話來。麻格兒想起來了，加入狼衛的時候，正是曹破延教授他們搏擊之術。

「現在貨棧缺人手，你們三個都給我滾進去幹活。距離闕勒霍多只差最後一步，別給我閒在這裡惹麻煩！」

麻格兒悻悻地提起褲子，帶著兩個手下朝棧倉走去。聞染躺倒在地上喘息不已，胸口起伏，髮髻被扯得亂七八糟。曹破延俯身想要把她拽起來，聞染卻支起身子，抓起地上一塊碎石，猛然朝他的額頭砸去。曹破延沒料到在這種情況下，這女人居然還試圖反抗。他閃身躲過，飛起一腳，踢中她的手腕。碎石一下子摔到井口，撲通一聲落入水中。

聞染這次真的絕望了。眼前這傢伙的殺氣，遠比熊火幫的混混和剛才那頭豬要濃烈得多。她揉著劇痛的手腕，看著這個男人緩緩把手探入懷中，頹然地閉上眼睛。

不料曹破延拿出的不是刀，卻是一個可攜式的黃楊木盒。木盒打開後，左邊是一個熟皮墨囊，右邊嵌著一管短小的寸鋒毛筆和一卷毛邊紙。這是專為遠途商旅準備的，以盒為墊，可以在駱駝或馬背上書寫。

曹破延一言不發地把毛紙攤開，把墨囊裡的墨汁倒出來，用井水沖開，然後把毛筆遞了過去。聞染不知道他葫蘆裡賣什麼藥，不肯接。曹破延把毛筆又遞了遞，用生硬的唐話道：「妳就要死了，給自己的父親留份遺言吧，不然他一定很傷心。」

這一番話讓聞染如墜雲霧，這是什麼意思？

曹破延知道，她很快就會落到右殺貴人手裡，下場一定極其淒慘。可剛才聞染哭喊著爹爹的模樣，似乎觸動了他心中的某個部分，不是突厥狼衛的心，而是一個父親的心。

這個女人是右殺貴人的獵物，曹破延即使心中反對，也不可能違背命令把她放了。他所能做的，只是讓她留點遺言罷了。

聞染忽然反應過來，這些胡人和熊火幫根本不是一路，他們顯然是把自己誤當成了王韞秀，而且打算殺了她。聞染急忙喊叫著說：「我不是她！我不是她！我叫聞染。」

可曹破延根本就不信，他認為這姑娘只是找藉口不接受這個殘酷事實罷了。他緩緩抽出腰間的匕首，噗的一聲插進墨水匣裡，表示不要徒勞掙扎了，還不如老老實實寫下自己人生最後的話語。

聞染咬住嘴唇，握緊了毛筆，眼眶裡卻不受控制地湧出淚水。兩個時辰之內連續被綁架兩次，心力交瘁，現在又被逼至這種絕境，她已經撐不下去了。疲憊、驚駭和對死亡的恐懼同時襲來，摧垮了她的防線。

她想起去年聞家遭遇的可怕事情，那時她和現在一樣驚慌。若非恩公一力庇護，只怕她早瘋了。聞染的內心湧出了極度的委屈，我做了什麼？我只是想過正常人的生活而已啊！聞染突然把毛筆遠遠扔開，用頭去撞曹破延。曹破延的身子搖晃了一下，卻紋絲不動。聞染又拿起腰間的一個香囊朝他丟去，在他胸口綻開一團煙霧。曹破延一下把聞染的手臂抓住，將她強行按在井邊。

聞染放聲大哭起來。

曹破延沒有動怒，他覺得這是好的徵兆，表明對方的抗拒正在崩潰，就像草原上的黃羊，當牠們意識到無法擺脫狼群時，就會前腿跪地，咩咩地哀鳴。

於是他也不動怒，俯身把毛筆撿起來，重新塞到聞染手裡。這時貨棧裡傳來一聲沉重的轟隆聲，似乎是哪個大桶滾落到地上去了。

曹破延被聲音吸引，不過幾個彈指的時間，當他再度回過頭時，亭子內外空蕩蕩的，聞染的身影已經消失。

＊

十幾名武侯粗暴地掀開那一排闊口大甕的圓蓋，用手中的木杆伸進去攪上一攪。這些木杆的末端劈出幾條反向豁口，從甕裡提上來時，裂隙裡掛滿溼漉漉的褐色濁油。

這些都是新榨的胡麻油，還帶著股香味。陽光從工棚上方的空隙照射下來，棚內的七八臺榨器已經全數停工，袒著膀子的榨工們抱著雙臂站在一旁，呆呆地看著武侯們搜查，不知就裡。

在他們不遠處，數名孔目吏[1]手持油膩膩的帳簿，正在核對腳邊一堆堆菜籽餅、蕪菁籽餅、芝麻斛斗的數量。在後院的庫房裡，另外一批人在清點更多罐甕，甚至連加工熟油的灶臺都不放過。

油坊的老闆匆匆跑來，看到這混亂局面，先是勃然大怒，不料立刻被一個官吏叫過去附耳說了幾句，態度大變，連連點頭哈腰。

類似的事情，在長安城十幾處葷素油坊同時發生。無論是供應宮中的御坊還是民坊，無一例外，都被澈底搜查了一遍，還被要求出示最近一個月內的交易明細。有的坊主自恃有後臺，試圖反抗，結果被毫不客氣地鎮壓下去。

這些交易和庫存數量，都匯總到靖安司的大殿。在那裡，徐賓帶領著幾十個計吏埋頭苦算，把這些數字與城門監的油料報關紀錄相互核對，看是否有出入。

「啟稟司丞，沒有。」徐賓手捧墨跡未乾的書卷，向站在沙盤前的李泌小心翼翼地匯報。

「沒有什麼？」李泌的語氣不太好。

「一個月之內，一切大於五石的葷素雜油交易，除了宮中用度，都已追溯到實物存貨，沒有疑點。這裡是清單。」

1 唐代孔目官（吏）為地方長吏處理財計出納事宜。

「城外的貨棧呢？」

「油料報關在城門監從來都是單列一類，重點查驗，哎哎……也沒有異常。」徐賓一緊張就容易哎哎地結巴。

李泌臉色一沉，把拂塵重重甩在沙盤邊緣：「沒有異常！沒有異常！哼，等火燒起來，我看你們怎麼說！」徐賓俯身垂首，不敢搭話，也不需要搭話。他知道上司與其說是斥責，毋寧說是發洩。

其實不光是李司丞，靖安司大殿內的每一個人都有點神經兮兮。墨硯不小心碰翻，腳步在地板上一滑，若有若無的幾聲嘆息，茶蓋與書沿磕碰，紙卷失手滑落在地，種種小狀況開始頻繁出現。

徐賓知道，這是壓力太大的徵兆。從巳時開始，壞消息接連不斷，每一次都讓他們的工作量翻倍，要求完成的時間卻一次比一次短。這些書吏原來在諸部做計吏，工作都是以天或旬來計，哪像靖安司，簡直就是以時辰來計算。

如今，整個靖安司像是蹲踞火爐之上，煩躁不安，不知何時會出大問題。

可他區區一個主事，能有什麼辦法呢？徐賓轉頭看看殿外的一角天空，只能寄望他的好朋友能盡快傳回點好消息，讓這些快溺死在算籌中的書吏喘一口氣。

這時李泌的聲音再度響起，嚴厲而急躁：「繼續給我查！查完了油，就去查柴薪！查完了柴薪，再去查石炭！還有麻荄、草料、紙、竹木器、絲絹！所有能點著的東西，都給我徹查一遍！」

對於這個不切實際的要求，徐賓沒有抗議，而是恭敬地應了一聲，然後把書卷交給檀棋，躬身退下。開玩笑，現在李司丞正在氣頭上，當面頂撞無非找死，過一陣子他會自己想通的。

此時畢竟是一月天，這大殿裡雖然四角都點起了爐火，可感覺還是有些凍手。徐賓雙手籠在袖子裡，穿過一排排埋頭苦幹的書吏，耳邊充斥著嘩嘩的紙卷聲和算籌碰撞聲。看著這些疲憊的小吏，徐賓不由自主地挺直了胸膛，露出幾許感慨。

徐賓的記憶力，在整個長安城是出了名的。他能把將近終局的圍棋盤打翻，然後一枚一枚恢復原位。可惜他的仕途一直沒什麼起色，始終是個不入流的小吏。這次靖安司征辟，讓徐賓看到了一絲翻身的曙光。眼下他的頭銜是行靖安司主事，若能立下大功，把行字去了，那可是正經的官身！從八品下呢！

所以越是麻煩的局面，越容易建功！

他心中一陣激動，隨手抓起一把算籌，李泌那句近乎蠻橫的命令忽然躍入腦中：「所有能點著的東西，都給我澈查一遍！」徐賓琢磨至此，忽然眼前一亮，似乎捕捉到了什麼靈感。

徐賓停下腳步，想召集幾個書吏，重新過一遍卷宗。可話到嘴邊，又嚥回去了。現在每個人都忙得要死，讓他們為一個心血來潮的猜想投入精力，風險有點大。

說不得，只好親力親為。徐賓嘆了口氣，扯住旁邊一個傳書吏，報出一連串編號，讓他去調卷宗，然後回到自己的臺前，袖子半捲，拈起一管細毫朱筆。

我沒法像張小敬那樣衝鋒陷陣，想獲取功勛，案牘就是戰場。徐賓想到這裡，熱切的眼神不由自主地朝不遠處的李司丞望去。

可惜李泌對徐賓的舉動毫無覺察，即使覺察也不關心。他的眼裡只有長安大沙盤，彷彿只要多盯一會兒，就能發現那些突厥狼衛是如何把燃油神不知鬼不覺地運入長安。

殿角的水鐘仍在不急不緩地滴落著，距離燈會已不足三個時辰，可事情還沒有任何實質性的進展。

張小敬臨危受命，不負眾望，奇蹟般地挖出了一條線索，可轉眼間這個優勢便失去了。眼下兩個調查方向都陷入困境，讓李泌惱火不已。他本來篤信道家，講究清靜無為，可自從就任這個位子之後，整個人的心境跌宕起伏，與道家之義背道而馳。

俗世庶務果然會毀掉一個人的道心，李泌心浮氣躁地想著，可是卻毫無辦法。

就在這時，通傳衝入殿內，腳步聲踏在青石板上，所有人的動作都微微一滯。又一個消息傳進來了，它是好是壞，將決定接下來整個靖安司的氛圍。

可惜這次通傳沒有大聲通報，而是徑直走到李司丞面前，交給他一封書信。這說明事涉機密，不能通過望樓傳遞，必須以密函的形式遞送。距離他最近的檀棋惴惴不安地用眼角餘光觀察著，她看到公子撕開封條後，臉色遽變，先是漲紅，隨之鐵青，然後被一層灰濛濛的黯淡所籠罩，甚至還攥了攥拳頭。

這消息得壞到什麼地步啊？檀棋有些憂心忡忡，又有些好奇。

李泌手裡捏著的，是崔器送來的密報，上頭只有簡單的一句話：經查狼衛劫走王忠嗣之女，去向不明。

那些從修政坊逃過九關鼓的狼衛，居然還綁架了王節度的女兒？

王忠嗣可不是一般的朝廷官員，而是堂堂左金吾衛將軍、靈州都督、朔方節度使！是大唐如今聲威最盛的名將，極得聖人信賴。

這次大唐對突厥可汗用兵，正是由王忠嗣居中主持，以威名統攝草原諸部進剿。在這個節骨眼上，如果讓突厥人在長安公然掠走他的家眷，朝廷臉面澈底丟光不說，很可能還會影響漠北戰事。屆時聖人大怒，朝堂震盪，就算是深得聖眷的他，也未必能保住項上人頭，太子李亨更會遭到波及。

一想到這裡，李泌的脊梁不免一陣發涼。

看來對突厥狼衛的策略必須要立刻修正，即使發現了他們的藏身之處，也不可貿然強攻，避免傷及王女性命。靖安司本就受重重掣肘，如今又加了一重限制，無疑是雪上加霜。可是李泌沒有選擇。他這才體會到，李亨要賀知章擔任靖安令的苦心。王女被綁這事瞞不了多久，很快就會有各方面的壓力撲過來。只有賀知章這樣的老江湖，才能嫻熟地推演接下來的朝堂動向，並預先做出準備。

自己也許抓人有一套，但對付那些居心叵測的政敵，還是太稚嫩了。

李泌心想，難道我得把氣病的賀監再親自請回來？

「取些冰來！」李泌高聲下了命令，把這個令人不快的念頭趕出腦海。

檀棋怔在原地，一直到李泌再度下令，她才回過神來，不禁有些為難。如今還是正月，誰會專門在屋裡備著這玩意兒？檀棋找了一圈，才讓人從後院的水渠裡打出一桶混著冰碴的水，濾淨後泡著錦帕遞過來。

李泌粗暴地把錦帕抓起來，也不待擰乾，就帶著冰水往臉上撲了一下。尖銳的寒意如萬千細針，把整張臉刺得生疼，讓他忍不住齜牙。但本來混亂的靈臺，也因此恢復了清明。

越是這種時刻，越要鎮之以靜。

李泌重新審視這份密報，將其和之前的望樓通報相比較。他發現，綁架王女的突厥狼衛，藏匿之地恰好是竊走坊圖的龍波所提供，也就是說，這兩件事是同一批人所為。

可火焚長安和綁架王女，性質不同，一個是喪心病狂的毀滅，一個是理性的挾質威脅，兩者的意圖相差很大。一名好弓手，不會同時瞄準兩隻兔子；一個合格的策劃者，按道理不應該同時執行兩個互相干擾的目標。

恢復冷靜的李泌，從中嗅出一絲不協調的味道。

也許這是一個契機。任務目標越多，難度越大。只要繼續對突厥狼衛施加壓力，就可能逼迫他們犯更多錯誤，露出更多破綻。

李泌用冰帕又擦了一下臉，把視線投向沙盤，去尋找那枚獨一無二的灰色棋子。眼下能幫他的，只有一個人。

「張小敬現在什麼位置？他在做什麼？」李泌大聲問。

張小敬正在啟夏門內，遛狗。

這是一條河東種的長吻細犬，尖耳狹面，通體灰毛白斑，碩大的黑鼻頭有節奏地聳動著。牠四肢瘦長，跑起來矯健有力，張小敬要緊緊攥住繩子，才能勉強跟得上牠的速度。

為了「借」出這條狗，可是生出了不少波折。

宣徽院的狗坊位於東城最南端的通濟坊，專為宮中豢養玩賞犬和苑獵犬。崔器上門商借時，狗坊的掌監一口拒絕，他們屬於內侍省，根本不在乎靖安司這種外朝行署的臉色。本來崔器有點怕得罪內宦，可張小敬冷冷地說，為靖安司做事，就別顧慮其他，他也只能硬著頭皮上了。

崔器軟硬兼施，對方就是不通融。最後張小敬不耐煩地站出來，用弩箭指著掌監的腦袋，硬是搶走了一條苑獵犬。這簡單粗暴的行事風格，讓崔器只能苦笑。那個掌監已經揚言要告他們兩個劫奪宮產，上元節過後，恐怕整個靖安司都會有大麻煩。

可話又說回來，若眼下的危機不及時解決，恐怕連今天都熬不過去。為了解近渴，哪怕是鴆酒也得捏著鼻子喝下去。

這條獵犬被迅速帶到了啟夏門前，這是判明突厥人最後經過的地點。張小敬讓牠嗅了嗅聞染留下來的香氣，口中呼哨，獵犬把鼻頭貼在地上聳了幾聳，雙耳陡然一立，轉身朝著西方狂奔而去。

張小敬牽著引繩，緊隨其後，崔器、姚汝能和一干旅賁軍士兵也紛紛跟了過去，在街上構成一支奇妙的隊伍。行人紛紛駐足，以為又是哪個酒肆搞出來的上元噱頭。

獵犬放足猛跑，每過一個路口，都會停下來聞一聞，辨別方向。隨著時間推移，獵犬猶豫的次數開始增多。時至下午，觀燈的人越聚越多，味道也越來越雜。坊牆內的烤肉、路面上的馬糞、摩肩接踵的人群、駱駝的腥臭體味、酒肆裡飄出的酒香，都對獵犬造成了極大的干擾。

每次獵犬一猶豫，張小敬都會掏出一個香囊，這是特意從聞記香鋪裡取來的，可以強化牠對香味的敏銳度。可很快這一招也失靈了，聞染殘留的氣息，已經淡薄到連獵犬也難以分辨。那一根若有若無的絲線，正悄然斷開。

張小敬努力驅趕著獵犬，希望能趕在最後一絲香氣消失前，盡可能再追近一步。這隻獵犬勉強又跑起一段路，終於在一處十字路口停住了。牠昂起頭來嗅了嗅，發出一陣嗚嗚的聲音，然後煩躁地原地轉圈，用前爪刨著地上的土，卻怎麼也不肯再向前了。

張小敬嘆了口氣，知道牠已經到極限了。

此時崔器和姚汝能也紛紛趕過來。看到獵犬這副模樣，心中俱是一涼。崔器怒氣沖沖地狠踹了狗一腳，踢得牠發出嗷嗚一聲慘叫。崔器還要踢，被張小敬給攔住了。

「別攔我，這憊懶畜生不打一頓，總是偷懶！」崔器氣急敗壞地喝道。張小敬卻蹲下身子，伸手摟住獵犬脖子，盡力安撫：「狗性最誠，既不會偷懶耍滑，也不會謊言邀功。牠已做得很好，何必苛責呢？」他摸了摸獵犬的腦袋，口氣裡居然帶著點憐惜。

「有吃的嗎？」張小敬問姚汝能，姚汝能連忙從腰帶裡翻出一片豬肉脯。張小敬撕成一條條，餵獵犬吃下去。

姚汝能在一旁看著，心中納罕。這個人對待狗的態度，就像是推心置腹的好朋友，和其他人來往時，卻帶有強烈的疏離感。看來在他心目中，人類遠遠不如狗值得信賴。

本來李泌交給姚汝能的任務，只是監視張小敬有無叛逃之舉，可觀察到現在，姚汝能對這個人產生了好奇。他到底經歷過什麼？是什麼鑄就了他這樣的性格？

崔器對這些沒興趣，他只關心一件事：「張都尉，接下來怎麼辦？」張小敬沒有回答，而是環顧四周，先分辨身處的位置。

剛才獵犬從啟夏門一路向西，橫穿朱雀御道，把他們帶入西城長安縣的轄區，最終停留在光行安樂。

長安諸坊呈棋盤排列，每一個十字街口，四角各連接一坊；而每一坊的四角，都會鄰近一個十字街口。長安人習慣以東西對角坊名來代指街口，先東再西，所以每一個街口都有一個獨一無二的名字，不易混淆。這個街口東北角為光行坊、西南角為安樂坊，便稱為光行安樂。

這裡位於朱雀門街西一街南端，往南再走一坊就到城牆了。雖然獵犬無法進一步判明方位，但能引導到南城這個大區域，已足以讓張小敬判明突厥人的思路。

長安城的分布是北密南疏，越往北住戶越密集，向南的諸坊往往廣闊而荒僻。人煙冷清，坊內雜草叢生。

崔器眼睛一亮：「我馬上召集人手，把附近的住坊澈底搜一遍！不信抓不住那幾個王八蛋！」

張小敬卻搖搖頭：「這裡只是香氣中斷之地，未必是狼衛藏身之所。突厥人在這一帶的選擇太多。」他伸出手，在虛空畫了一圈，差不多囊括了整個長安城的西南角，這裡的十五六個坊都相對荒僻，突厥人藏在任何一處都不奇怪。

「現在這個形勢，不能打草驚蛇。」張小敬的語速忽然放緩，崔器聽出了他的意思。李司丞自從知道王忠嗣的女兒被綁架之後，特意傳令指示，像西市丙六貨棧那種強硬的突襲已不可行，採取任何行動，都要保證王女的安全，慎之又慎。

「若是我阿兄還在就好了……」崔器感嘆道，忽覺不妥，連忙又解釋道，「他從小在西邊長大，對整個長安都很熟悉，可不是說張都尉你不好。」

「所以突厥人才會找他去繪圖吧？」

「嗯。」崔器眼圈微微發紅，捏緊了拳頭。阿兄之死，讓他方寸大亂，失誤頻頻，他比任何人都迫切地想要揪出曹破延。

張小敬突然眉頭微皺，覺得什麼地方不對，可感覺稍現即逝。他搖搖頭，和崔器同時朝前方望去，此時日頭微微傾斜，那延伸至遠方的一道道灰白色坊牆，一眼望不到盡頭。崔器懊惱地把頭盔往地上一砸，他第一次覺得長安城簡直大得令人惱火。

那獵犬正在嚼著肉脯，被他這麼一嚇，閃身躲到張小敬腿後頭去。

姚汝能小心翼翼地建議道：「能不能把附近望樓、街鋪和坊衛的人都召集過來，看看他們是否有注意到什麼異常？」

張小敬和崔器同時嘆了口氣，不置可否。城南人少，街政鬆懈，駐防的兵丁數量少且素質低劣，指望他們有什麼發現，只怕比讓慈恩寺的和尚們開葷還難。

但這件事又不能不做，崔器當即調動了五十名旅賁軍的士兵，兩人一組，不帶武器和甲胄，只攜煙丸與號角進入附近諸坊探查，看能否找到蛛絲馬跡。

至於張小敬，他左手牽著狗，右手撣了撣眼窩裡的灰，看向附近的幾棟望樓。這已經成了他的習慣，有事沒事都會朝望樓看看，看是否有更新的消息。不過他的心情有些矛盾，自從接手此事以來，從望樓接到的幾乎都是壞消息。

「希望偶爾也有點好事……」張小敬發出一陣感慨，手指摩挲著獵犬濃密的頸毛，低聲說了一句奇怪的話。獵犬對人類的語言完全不懂，只是汪了一聲做為回應。牠不知道，這句話如果讓其他人類聽到，只怕會掀起軒然大波。

*

大寧坊在朱雀大街以東第四條街，西毗皇城延喜門，北與大明宮只有一坊之隔。所以住在此處的，以官員居多。有趣的是，雖然住戶個個身分高貴，但宅邸卻遠沒有安仁、親仁等坊那麼豪奢，多是七房三進的青脊瓦房。沒辦法，這裡距離大明宮和興慶宮太近了，只要天子登上城牆俯瞰，就能看到誰家簡樸、誰家奢靡。

今日上元節，天子與民同樂，臣僚也不能落後。於是坊裡到處張燈結彩，每十戶豎起一個燈輪架子，不過總透著一股拘束味道，花燈規模只算中等。所以觀燈的人很少，路上也不似外面那麼擁擠。

封大倫縱馬往自家宅邸奔去，不時避讓飛馳而過的大小馬車。在暗處，他是橫行萬年縣的熊火幫老大，在這裡，他卻只是一個小小的工部從九品主事，主管虞部事宜，該守的禮數一定得守。

虞部主事品級雖小，執掌的卻是整個長安城的修浚繕葺，工匠要遴選，物料要採買，營式要督管，是個肥缺。封大倫雖然出身寒門，眼界卻比尋常人高出許多。他利用職務之便，扶植起熊火幫的勢力，許多事情明裡動不了，就讓他們從暗處動手腳。這一明一暗配合起來，幾乎壟斷了半個萬年縣的工程，獲利極豐。

若不是因為去年那件案子，現在的封大倫只怕早得升遷，春風得意。不過算了，事情已經過去，讓他不痛快的傢伙，差不多都收拾乾淨了。

今天他撞見了聞染，舊怨又微微翻騰上來，她是那案子裡唯一一個未受牢獄之災的人。於是封大倫派了幾個手下，決定對她略施薄懲。懲罰過程並不重要，重要的是要讓所有人知道，任何一個得罪他的人，都要付出代價，哪怕事情早已過去。

現在，聞染這個小婊子，應該正在痛哭流涕吧？

想到這裡，封大倫眉宇略展，唇邊露出一絲陰森森的快意。他騎到自家門口，正要下馬，忽然旁邊樹後跳出一人來，瞪圓一對凸出的蝦蟆眼，扯住韁繩大喊：「封主事！封主事！」

封主事低頭一看，認出是長安縣衙的死牢節級，神色大異：「怎麼是你？」節級顯然已經等候多時，急聲道：「張閻羅，他、他離開死牢了！」

一言說出，封主事差點掉下馬來。他急忙擺正身子，臉色陰沉地問道：「怎麼逃出去的？」

節級一臉哭喪：「哪兒是逃的，是讓人給提調走的。」

「提調？」封主事飛快地在腦子裡轉過有權提調犯人的官署，大理寺？刑部？御史臺？

「不，是靖安司提走的，印牘齊全，卑職沒法拒絕。」

「靖安司……」封大倫一聽這個名字，覺得略耳熟。他回憶了一下最近半年的天寶邸報，眼神突然凝成了兩根鋒利的針。

「什麼時候？」

「兩個多時辰前，我在這兒等您半天啦。」

「靖安司提調他去做什麼？」

節級搖搖頭：「公文上只說應司務所需。但他一出獄，就把枷鎖給卸了，走的時候也沒用檻車，和靖安司的使者一人一馬，並轡而行。」

封大倫忽然雙手一抖，把馬頭掉轉，揚鞭欲走。節級急忙閃在一旁喊道：「您……這是去哪裡？」封大倫卻不理睬，朝來時的路飛馳而去。

節級待在原地，這才想起來，這位長安暗面的大人物，剛才握住韁繩的手指居然在微微發顫。

封大倫縱馬狂奔，一路向南，直趨靖恭坊。

靖恭坊在長安城最東邊，緊靠城牆。此坊在長安頗負盛名，因為裡面有一處騎馬擊鞠場，喚作油灑地，乃是當年長寧公主的駙馬楊慎交所建。除去宮中不算，長安要數這個擊鞠場最大，王公貴族，多愛來此打馬球。

他一進馬球場，先聽見遠處一陣陣歡聲傳來。穿過一片刻意修剪過的灌木林坡之後，便可以看到坡下有一個寬闊的擊鞠土場。土黃色的場地寬約一百五十步，長約四百步，四周圍欄皆纏彩綢。場邊有十餘處厚絨帷幕，依柳樹而圍，寫著家族名號的宣籍旗錯落排開，每一面旗都代表了京城裡一個赫赫有名的家族。

在土場正中，十幾名頭戴襆頭的騎士在馬上糾纏正緊。人影交錯，馬蹄紛亂，那小小的鞠丸在塵土中若隱若現，來回彈跳。忽然一名錦衣騎士殺出重圍，高擎月杆狠狠一掄，鞠丸在半空劃過一道流金弧線，直穿龍門，重重砸在雲板之上。四周帷幕裡傳出女眷的歡呼，那騎士縱馬揚杖，環場跑了一圈，姿態傲人。

這是上元節當日例辦的球賽，喚作開春賽。龍門後要立起錦雲板，鞠丸也要換成繡金福丸。誰能先馳得點，便是金龍登雲，乃是大大的好兆頭，這一年定然平順吉祥。

這時場角傳來鐺鐺幾聲鳴金，上半場時間到了。騎士們紛紛勒馬，互相施禮，然後各自回到場邊的帷幕裡去。

長安擊鞠有個禁忌。中宗之時，當今聖上曾縱馬過急，一頭撞在場邊燕臺之上，結果愛馬脖頸折斷，還傷及幾位子弟。從那之後，擊鞠場邊不設看臺，亦不立雨棚，都是臨時拉設帷幕，供女眷旁觀，以及騎手更衣休憩。

那錦衣騎士回到自己的幕圍，躍下馬背。旁邊小廝迎上來低聲說了幾句。騎士先是不耐煩地嘖了一聲，然後眼皮一翻，說：「我這馬剛跑完，一身汗，可不能等。讓他候著吧！」

封大倫知道這位殿下嗜馬如命，哪敢催促，只得垂手等在場邊。騎士替坐騎解開馬尾、緊了蹄鐵、洗刷脊背，一套保養功夫親手做完，才慢悠悠地邁著方步過來。幾名新羅婢[2]過來，替他換下騎袍，摘走襆頭。封大倫連忙躬身為禮，口稱「永王殿下」。這騎士正是天子的第十六個兒子，永王李璘。

他做下偌大的事業，自然得有後臺靠山，永王便是最粗的大腿之一。去年那案子，便是因這位十六皇子而起，所以他才匆忙跑來請示意見。

永王歪著身子斜靠在寬榻上，端起雪飲子啜了一口，懶洋洋地說：「趕緊說吧，我還有下半場呢。」他生有隱疾，脖頸有問題，看人永遠是偏著臉，讓對方捉摸不定。

封大倫看看左右，俯身過去低聲道：「啟稟殿下，張閭羅他，出獄了……」一聽這名字，永王手腕一哆嗦，差點把飲子摔在黃土地上，臉色難看，好似要嘔吐。旁邊婢女趕緊幫他揉了好一陣子，他才勉強把嘔吐感壓下去。

---

2 來自高麗的婢女。

「怎麼回事？他不是下死牢了嗎？」

封大倫把靖安司提調的事說了一下。永王聽完，拿手指揉揉太陽穴：「這個靖安司，又是個什麼情況？」

封大倫知道這位殿下對朝廷之事不甚關心，便解釋道：「這是個才立數月的新行署，主管西都賊事策防。正印是賀知章，司丞是待詔翰林李泌。」然後遞過去一卷手本。裡面寫著一些隱晦的提示，為的是讓這位殿下看明白這人事安排背後的意味。

永王側著臉掃了幾眼，古銅色的臉上浮現為難的神色：「靖安司居然是這樣的來頭……麻煩，真麻煩！」他焦躁地把雪飲子往旁邊一扔：「聞家那麼點破事，從去年拉扯到今年！還沒完！你說這個張閻羅，痛痛快快死了不就得了嘛！為何節外生枝！」

永王一提起這名字，胃部又開始痙攣。他生平最討厭麻煩，這些賤民一個一個不肯去死，讓他心裡委屈得不得了。封大倫微微一笑道：「其實殿下倒不必擔心這個，聞家之女，已經在熊火幫的手裡，想來張閻羅不敢造次。」

「哦哦，聞染啊，那女人倒不錯……」永王用手指刮刮嘴角，露出貪色的笑意，然後眉頭微皺，「本王在菩薩前立過重誓，不再追究他們。如今這麼做，豈非欺騙菩薩？不妥，不妥。」

封大倫道：「殿下您又不知情，是熊火幫出於義憤而出手，不算違誓。」

永王被這個道理說服了，心道這熊火幫果然善解人意，於是臉色大為緩和。封大倫見時機差不多了，開口道：「不過，放任張閻羅在外頭，終究是個禍害。殿下還需早點安排，把他弄回牢裡才安心。」

對付張小敬，得用官場手段，封大倫不過一個九品主事，品級太低，非得借永王的勢不可。

果然，永王的眼皮跳了一下，這句話可是說到他心裡去了：「你說怎麼安排？」

「靖安司抽走張閻羅，走的是提調手續，不是脫罪，所以他現在仍是戴罪之身。最好請幾位相熟的御史，參劾靖安司濫任囚徒，有失體面，逼著他們把張閻羅撵出來。」

永王猛一搖頭：「這個不成。御史們都是瘋狗。去找他們幫忙，只怕他們先盯上我，傳到父皇耳朵裡……嘖嘖，本王可不去觸那霉頭。」

大唐的御史們身負監察之職，可以風聞奏事。他們沒事就盯著長安大大小小的府衙署衛，哪裡有疏漏便立刻撲上去狠狠咬上一口，將事情搞得越大越好，六親不認，無論百官還是貴胄都很頭疼。

封大倫連忙又道：「在下還有一計。可以請大理寺行一道文書，以推決[3]未盡的名義索要囚犯。就算靖安司那邊推拒，咱們也能試探對方用心。」

這計乃是府衙之間正常的行文往來，不露痕跡。永王想了想道：「這個好。本王正好與大理寺裡的一個評事有舊，你去跟他說就成。」

大理評事是從八品下，負責參議刑獄，詳正科條，做這件事再合適不過了。封大倫連忙請教姓名，永王望著天空，想了好久，才開口道：「呃……好像姓元，跟曹王妃有點關係，哦，對了，叫元載，字我忘了。」

封大倫在袖口記下名字，匆匆告退。此時球場邊緣鳴鑼，新羅婢們連忙拿起騎袍、襆頭，要給永王換上。永王卻不耐煩地斥開，心緒不寧地在原地轉了幾圈，胃部那種不適感卻越發明顯。他終於抑制不住，飛快地跑到一個淨桶[4]旁邊，大口大口地吐起來。

3 審查。
4 便器。

就在這時，遠處西南方向隱約傳來一陣鼓聲，鼓點急促，每一聲都敲在呼吸之間，格外讓人心煩意亂。永王用袖子擦擦嘴角，虛弱地一揮手：

「不打了，回府！」

＊

曹破延這一驚，非同小可。

他不過轉頭了一瞬，怎麼女人就消失了？井亭距離四周牆壁都有幾十步遠，就是飛鳥也不可能這麼快飛過牆頭。

呆愣兩個彈指，他終於反應過來了，三步併兩步跑到井邊，趴在井欄邊往裡張望。果然，如曹破延所預料，這女人居然跳到井裡去了。

這口井的井底只有淺淺的一層水，聞染俯臥在水中，一動不動。曹破延喊了一聲，對方沒有反應。

這女人投井到底是因為怕受到侮辱，還是怕被利用去對付她父親？曹破延並不關心，他現在關心的是怎麼把她給弄出來。隔這麼遠，他無法判斷她到底是真摔死了還是裝暈。

這在平常，一根井繩便可解決。可對現在的曹破延來說，卻成了一個幾乎不可能克服的大問題。

之前在旅賁軍的突襲中，曹破延被崔器一弩射中手肘。雖然經過包紮已無大礙，但無法用力。單靠一條胳膊，不可能把她拽上來，而他偏偏又不能去貨棧裡找人幫忙，他們都在忙著闕勒霍多的事，一個彈指都不能浪費。

一個簡單的困境，居然把曹破延給生生難住了。

曹破延圍著井口轉了幾圈，俯身下去仔細地觀察了一下井壁，上面有一串淺淺的鑿坑，錯落有致，應該是修井工留下來的。若沒有特別的技巧，一般人很難徒手攀爬。曹破延轉念一想，為何一定要把她弄上來呢？

死了就一了百了。就算那女人沒死，也別想爬上來。只消井口蓋個蓋子，用石頭壓緊，就是一個天造地設的牢籠。如果右殺貴人想要的話，可以隨時來取。曹破延還有正經事要做，可不能在她身上浪費時間。

曹破延略覺遺憾，他難得對中原女子動了一點惻隱之心，想讓這位女兒給父親留下點什麼。可這女人寧可投井，也不肯寫下書信，看來中原女人比想像中要倔強得多。曹破延不由得想起王忠嗣，他可是草原的煞星，無情頑強，殘酷狡黠。每次他的旗幟出現在鄂爾渾河畔，都要捲走比河水還多的鮮血，讓牛羊都為之膽寒。

有其父，必有其女啊。

曹破延小時候聽祖輩說過，突厥狼旗曾經是何等風光，數次逼近長安，連大唐皇帝都為之戰慄不已。而現在的他們，卻龜縮在草原一隅，在大唐兵威下苦苦支撐。他這次前來長安，其中一個理由，就是想看看這座曾見證了祖先榮光和屈辱的大城，並親手毀掉它。

「真想堂堂正正地擊敗一次長安哪。」

帶著淡淡的遺憾，曹破延找來一塊破布，丟到井下，把聞染的身體蓋住。破布和井底顏色相近，這樣即使有人俯瞰井口，也看不出裡面有人。然後他把井口用幾塊石頭壓好，離開了貨棧。

這一處坊可比北邊荒涼多了，附近幾乎沒有人煙，只有幾排廢棄已久的破舊房屋和土地廟。不時有烏鴉飛過纏著破布的幡杆，甚至還有野狗出沒，一閃即逝。

曹破延一邊警惕地左右張望，一邊信步朝著外街走去。走過約莫兩個街口，才看到一處坊內小市，小販們以賣湯餌[5]、胡餅[6]、菜羹等廉價吃食為主，周圍還有些賣針頭線腦的雜貨攤。在不遠處的土坡上，有一處懸著個青葫蘆的小院，院牆不高，門口擺著三口大青甕。此時有幾十個衣衫襤褸的乞兒散落在院子外頭的斜坡上，橫躺豎臥，一派慵懶。

這裡應該就是龍波所說的病坊，據說此地專門收容長安城乞丐病患，還會提供診療和藥物。曹破延實在不能理解，大唐的錢難道真是沒地方花了？草原可從來不養這些廢物。

曹破延徑直走過去，聞到陣陣酸臭。乞兒們像山猴一樣互相捉著蝨子，晒著太陽，對這個闖入者毫不關心。他微皺著眉頭，搜尋戴著花羅夾襆頭的人。這並不算難，因為大部分乞兒都是裸頭散髮。

很快他就找到了目標。有一個人正靠著一棵松樹打盹，他身上裹著布袍，身下墊著脫了毛的舊氈毯，頭上歪歪戴著一頂花羅夾襆頭，在一群衣衫不整的乞兒中，顯得格外醒目。

「我需要幾個人。」曹破延走到他面前，單刀直入。

那人打了個呵欠，用沾滿眼屎的斜眼懶洋洋地打量了他一下，沒說話。曹破延從腰間解下一個曲嘴小銀壺，壺兩面各鏨刻著一匹栩栩如生的奔馬，這是他在草原騎馬時隨身攜帶的酒壺。

「如果你能做到，這件東西就歸你了。」

5　類似湯米粉。
6　類似燒餅。

第六章　申初

天寶三載元月十四日，申初。

長安，長安縣，光德坊。

徐賓一卷一卷地翻閱著紀錄，手指滑過粗糙的紙邊，墨字一行行躍入眼簾。

剛才李司丞說了一句氣話：「所有能點著的東西，都給我澈查一遍。」這給了徐賓一個新的靈感，能引起火災的，可未必只是油哇！

每天運入長安城的物資少說也有幾百種，能點著的可真不少。徐賓循著這個思路，調來了這幾天的報關資料，去查分類目錄，看是否有可疑的大宗易燃品。可是查了很久，卻一無所獲。

易燃品不是沒有，大宗交易的也很多，可徐賓仔細一琢磨，發現這些都不切實際：柴薪太占地方，紙草易燃也易滅，竹木運輸太麻煩，燭膏、布絹、絲麻成本太高。想用這些東西製造一場火災很容易，可要迅速焚盡整個長安城，太難。

靖安司之前做過物性模擬，結果發現，油，且只有油，才是迅速引發大規模火災的最佳手段。它易於隱蔽運輸、長於流動、易燃，而且火力凶猛。突厥人如果打算在今晚燒掉長安城，油是唯一的選擇。

這又回到靖安司早先得出的結論。

徐賓頹喪地把文牘推開，揉了揉痠痛的眼睛，覺得自己純粹是想升官想瘋了。他正想吩咐僕役把卷宗卸走，手肘一抬，案邊的硯臺被碰掉在地上，嘩啦一聲摔碎成數塊。墨汁飛濺，灑得到處都是。

徐賓怔怔地注視著地面，忽然一拍腦袋，猛然抓住僕役的胳膊。他急聲報出一連串編號，要僕役迅速把指定卷宗調過來。徐賓蹲下身子，但沒去撿硯臺，而是用指頭去蹭灑在地板上的墨跡，很快指尖便蹭得一片黝黑。徐賓的嘴脣不期然地翹了起來，雙目放光。

靖安司的卷宗儲存很有規則，調閱方便。沒一會兒，僕役便把他要的文卷取來。徐賓連束帶都等不及解，一把扯開，匆匆瀏覽了一番。他很快就找到了想要的東西，先是欣喜，然後是驚訝，到後來臉色變得嚴峻。

他把文卷抓在手裡，匆匆離開座位，走到沙盤前。李泌仍站在沙盤旁眉頭緊皺，那條拂塵不斷從左手換到右手，又從右手換到左手。

徐賓過去一拱手：「李司丞。」李泌頭也沒抬：「何事？」

「卑職也許……嗯，大概已經猜到……哎哎，突厥人或許打的是什麼主意。」徐賓說得有些沒自信，卻絲毫不損語氣中的興奮。

這句話終於打動了李泌，他轉過臉來：「講！」

咚咚咚咚的鼓聲，自遠方傳來，一棟棟望樓依次響起同樣的節奏，逐漸由遠及近。這鼓聲很富特色，低沉清晰，聲音遠播。這是特意從波斯進口的蜥皮鼓，專用於靖安司傳文，絕不會和節鼓、街鼓、登聞鼓之類的聲音混淆。

張小敬彷彿有感應似的，刷一下睜開獨目。有新消息進來了，而且鼓聲很長，這很不尋常。

此時崔器帶著旅賁軍的人都分散出去搜查了，留在張小敬身邊的只有姚汝能。他身兼轉譯之職，一聽到鼓聲，立刻跳起來，全神貫注地傾聽。

這一次的傳文出奇地長，姚汝能不得不一邊聽，一邊用腳在地上記錄。好在每一段消息都會重複三次，不至於遺漏。

長安望樓的傳文分成兩種：一種是定式，比如三急一緩代表「增援即至」，五急二緩代表「原地待命」等等；另外一種則是韻式，以開元二十年之後孫愐所修《唐韻》為底，以卷、韻、字依次編列，如二十六六，即卷二第十六韻第六字，一查《唐韻》便知是「天」字。

定式最快，但內容受限；韻式可以傳送稍微複雜一點的事；但如果更複雜的東西，就得派人飛騎傳書了。

片刻之後，望樓傳來一聲悠揚的號角聲，表示傳文完畢。黃土地上已經寫滿了一長串數字。姚汝能從腰間掏出《唐韻》的小冊，迅速轉譯成文字：

「有延州石脂今日報墨料入城，不知所蹤。」

張小敬一掃過去，登時面色大變。姚汝能有點不知就裡，忙問怎麼回事，石脂是什麼。

張小敬道：「我在西北當兵時，曾經見過一種水。它從岩縫裡流出來，表面浮著一層黑油，手感黏膩，跟肥肉油脂類似，所以叫石脂。當地人會用草箕把表面這層浮脂搜集起來，用於點火照明，極為明亮。」

姚汝能奇道：「它還能點著？」張小敬道：「石脂不易起火，得用祕法煉製，再拿點燃的豬油或蓖麻油去引。一旦它點著了，便不死不休。我們在西域守城，一罐石脂澆下去，一口氣可以帶走幾十條人命。那油脂能把烈火死死黏在身上，怎麼都甩不脫、弄不滅。我從未見過更凶猛的燃料。所以軍中稱之為猛火。」

以張小敬的堅忍，都為之動容，可見當日之畫面何等淒慘。姚汝能倒抽一口涼氣，旋即臉色急遽變化：「難道說，突厥人已經把這麼危險的東西弄進城了？」張小敬沉重地點點頭。若是使用大量石脂，一夜焚盡長安完全有可能。突厥人口中的闕勒霍多，很可能就是它。

「這麼危險的東西，城門衛的人怎麼能隨意放行？」姚汝能大叫。

張小敬道：「石脂只在酒泉、玉門、延州等地有產，只有當地人和駐軍了解一些。關中百姓，比如你，恐怕連名字都沒聽過。何況突厥人運進這些東西時，玩了一個花招……」他的指頭指向了「墨料」二字。

「墨料？」姚汝能不解。

「石脂燃燒起來，黑煙極濃。所以延州一帶常會用油煙來製墨，所產的延墨頗有名氣。」姚汝能熟於案牘，立刻聽明白了。石脂可以燃燒，亦可以製墨，所以狼衛進城報關時，故意把它報成「墨料」。而按照長安的規矩，原料和成品同歸為一類來入檔。於是這些石脂的入關紀錄，便堂而皇之地被歸入墨類。

靖安司拚命在追查油類和其他可燃物，可誰也想不到去查墨類，墨那玩意兒又點不著！突厥人巧妙地利用這一個盲點，瞞天過海。即使有心人想查，也很難從報關紀錄中覺察端倪。

「這些傢伙，真是太狡猾了，這種陰險的招數都想得出來。」姚汝能憤憤地感嘆道。張小敬聽到這感慨，眉頭一皺，隱隱有種不協調的感覺。他做了多年的不良帥，一向擅長察覺矛盾之處。

不過眼下不是想這些的時候，當務之急，是趕緊找到狼衛們的落腳地點。

「如您描述的，石脂應該是黑色的黏脂，如果灑落在地上，應該會很醒目吧？找找附近路上的灑落痕跡？」姚汝能提議。

張小敬搖搖頭，突厥人既然有本事把石脂運進來，對這種事肯定有防範。只要密封木桶下面墊上幾層乾草，就能保證不留痕跡。

「那……可怎麼辦？」

張小敬拍了拍身旁的獵犬：「石脂會散發出一種刺鼻的味道，燃燒時氣味更重。所以只適宜戶外火把照明，不能用在屋裡點燭或燒飯，沒辦法，太嗆。我們可以試著找找附近的異味。」

姚汝能眼前一亮，可很快又有一個疑問：「這狗得先有個參照，才能尋找。咱們上哪兒給牠找石脂？」

張小敬伸手朝西邊一指：「金光門。」

金光門在長安西側中段，東去一條街便是西市，是西來商隊的必經之路。運石脂的車隊從延州而來，肯定會從這裡入城。

「按照檢查流程，衛兵會用長矛捅入桶裡，防止藏人。這玩意兒很難洗掉，讓城門衛把那根長矛找到就夠了。」張小敬道。

金光門離這裡很遠，姚汝能一聽，立刻上馬要趕過去，卻被張小敬攔住了：「你不必去，若我猜得不錯，靖安司的飛騎應該快到了，會帶來我們想要的東西。」說完他望向空蕩蕩的街道盡頭，信心十足。

「你這麼篤定？」

「因為李司丞必須這麼做。」張小敬淡淡道。

姚汝能毫不掩飾對李泌的崇敬：「李司丞可真是天縱英才！石脂墨料這麼巧妙的圈套，都能被他識破。」

張小敬微微一笑，沒有糾正。識破石脂這事，應該是徐賓想到的。從前兩人一起吃飯，他曾說起西域軍中的一些風土人情，隨口提到過石脂這種奇物。沒想到徐賓記性這麼好，現在還記得。

他在長安的朋友不多，徐賓算是相交最久的一個。這傢伙若能借這個機會立下大功，釋褐授官，也算完成一個積年夙願。

「希望趕得及，我們耽擱太多時間了。」張小敬望著逐漸暗淡下來的天色，喃喃說道。姚汝能看到他一臉憂色，心中不由得有些觸動。他本來對這個死囚疑心重重，可經過一連串事件，他發現自己錯了，張小敬的一舉一動雖有待商榷，但絕無私心，甚至為此差點送了性命。

姚汝能猶豫片刻，忽然雙手抱拳，單膝跪地：「之前卑職對張都尉多有猜疑，自請責罰。還望張都尉不要因一人之錯而心懷怨憤，耽誤靖安大事。」

張小敬饒有興趣地看著這個漲紅臉的年輕人：「你是不是覺得，我這麼盡心竭力，不太正常，對吧？」

「是，卑職本以為張都尉言不由衷，必有所圖。」姚汝能直截了當地承認。為了長安闔城平安？這理由若是李泌說的，他信；但一個對朝廷懷有怨憤的死囚這麼說，未免太假了。

在他眼裡，張小敬追查是掩飾，伺機逃走是真，這才合乎人心常理。可現在……姚汝能覺得臉頰熱辣辣的。他想逃避這尷尬的場面，可又不能逃，如果不坦白向張小敬道歉，姚汝能恐怕一輩子也無法原諒那個愚蠢的自己。

張小敬沒有把他攙扶起來，也沒有出言諷刺，他摩挲著腳邊細犬的頂毛，緩緩仰起頭。視線越過姚汝能的肩頭，看向遠處巍峨雄偉的大雁塔，眼神一時深邃起來。

「汝能啊，你曾在穀雨[1]前後登上過大雁塔頂嗎？」

姚汝能一怔，不明白他為何突然說起這個。

「那裡有一個看塔的小沙彌，你給他半吊錢，就能偷偷攀到塔頂，看盡長安的牡丹。小沙彌攢下的錢從不亂用，總是偷偷地買河魚去餵慈恩寺邊的小貓。」張小敬慢慢說著，嘴角露出一絲笑意。

姚汝能正要開口發問，張小敬又道：「升道坊裡有一個專做畢羅[2]的回鶻老頭，他選的芝麻粒很大，所以餅剛出爐時味道極香。我從前當差，都會一早趕過去守在坊門，一開門就買幾個。」他咂了咂嘴，似乎還在回味。「還有普濟寺的雕胡飯[3]，初一、十五才能吃到，和尚們偷偷加了葷油，口感可真不錯。」

「張都尉，你這是……」

「東市的阿羅約是個馴駱駝的好手，他的畢生夢想是在安邑坊置個產業，娶妻生子，徹底紮根在長安。長興坊裡住著一個姓薛的太常樂工[4]，盧陵人，每到晴天無雲的半夜，必去天津橋上吹笛子，只為用月光洗滌笛聲，我替他遮過好幾次犯夜禁的事。還有一個住在崇仁坊的舞姬，叫李十二，雄心勃勃地想比肩當年公孫大娘。她練舞練得腳跟磨爛，不得不用紅綢裹住。哦，對了，盂蘭盆節放河燈時，滿河皆是燭光。如果你沿著龍首渠走，會看到一個瞎眼阿婆沿渠叫賣折好的紙船，說是為她孫女攢副銅簪，可我知道，她的孫女早就病死了。」

1　二十四節氣之一。國曆四月二十或二十一日。
2　類似包子。
3　菰米煮的飯。
4　掌宗廟禮儀的樂手。

說著這些全無關聯的人和事，張小敬語氣悠長，獨眼閃亮：「我在長安城當了九年不良帥，每天打交道的，都是這樣的百姓，每天聽到看到的，都是這樣的生活。對達官貴人們來說，這些人根本微不足道，這些事更是習以為常，但對我來說，這才是鮮活的、沒有被怪物吞噬的長安城。在他們身邊，我才會感覺自己活著。」

他說到這裡，語調稍微降低了些：「倘若讓突厥人得逞，最先失去性命的，就是這樣的人。為了這些微不足道的人過著習以為常的生活，我會盡己所能。我想要保護的，是這樣的長安。我這麼說，你能明白嗎？」

面對這突如其來的坦誠，姚汝能心潮起伏，無言以對。這傢伙的想法實在太獨特了，對朝廷怨憤，可又對長安百姓懷有悲憫，這忠義二字該怎麼算才好？

「您……一直是這麼想的？」

張小敬咧開嘴，似笑非笑：「十年西域兵，九年長安帥。你覺得呢？」

這時遠處馬蹄翻騰，煙塵滾滾，兩人迅速回復到任事狀態。不多時，一騎飛至，將腰間魚筒和一根木柄長矛送到他們面前。姚汝能接過長矛，矛尖果然沾著點點黑漬，湊近一聞，腥臭刺鼻。張小敬拆開魚筒，從裡面拿出一張寫滿字的紙條。

「總司已經查清楚了，負責運送的是蘇記車馬行。他們午時前後入城，但隨後不知去向，腳總、車夫和馬車沒有回牙行報到。」張小敬把紙條揉成一團，沉聲道，「我估計多半已經被滅口了。馬車也被擦去痕跡，想找也找不到了。」

姚汝能這次倒沒怎麼義憤填膺。一來他覺得幫敵人運東西的傢伙，活該去死；二來經過這幾個時辰的奔波，他對狼衛的凶殘已經麻木。

張小敬把矛尖給獵犬嗅了一下，拍拍牠的腦袋。獵犬先是打了個不悅的噴嚏，然後仰起脖子，聳動鼻子，朝著一個方向狂吠數聲。若不是張小敬牽住韁繩，牠就竄出去了。

「事不宜遲，我先走。你等崔尉集合手下跟上來，以黃煙為號。」

姚汝能環顧四周，這才意識到他們犯了一個不大不小的錯誤。崔器急於將功折罪，剛才把旅賁軍化整為零，分散到四周諸坊了。現在要先收攏部隊，得花上一段時間。

也就是說，在這之前，張小敬將處於孤立無援的境地。

「您身上有傷，又是一個人去，太危險了吧？」姚汝能有些擔心。

「每個人都得為自己的選擇負責。」

張小敬簡單地回了一句，鬆開牽繩。那獵犬嗖地一下跑了出去，他邁開大步，緊隨其後。姚汝能看著一人一狗消失在坊牆拐角，一瞬間有點恍神。

石脂的味道特別刺鼻，所以獵犬追聞起來毫不遲疑。牠在坊間鑽行拐彎，發足狂奔，張小敬必須全力奔跑，才能跟上。周圍的行人好奇地看著這一人一狗，還以為是什麼新雜耍，兩側居然還有人喝采。

獵犬一口氣跑出去兩里多，中間還耽擱了好幾次。牠只知道跟著那氣味直線前行，不懂繞行，有好幾次一頭鑽進死胡同，對著高牆狂吠。張小敬不得不把牠拽出來，重新再搜尋。

當他們好不容易追到一處坊門時，獵犬停住了，在地上來回蹭了幾圈，沮喪地嗚了幾聲。味道在這裡消失了，獵犬無法再繼續追蹤下去，畢竟時間已經過去太久。

不過這已經足夠。

張小敬連忙為牠重新套上牽繩，還把牠長長的前頜用細繩纏上，萬一這裡真是狼衛的藏身之處，狗叫聲說不定會驚動他們。

張小敬看了一眼坊門前掛的木牌，寫著「昌明坊」三字。牆根檻前隨處可見雜草叢生，門前的土路上車轍印很少，可見住戶不多，荒涼寂靜。這個坊裡，甚至連靖安司的專屬望樓都沒有。畢竟預算有限，得要優先覆蓋人口密集的北部諸坊，這種荒坊暫時顧不到。

這意味著，萬一有什麼事情發生，沒法及時通知外界。

張小敬想了想，不記得這坊裡有什麼特別的建築。如果徐賓在就好了，那傢伙什麼都記得。他放緩了腳步，慢慢走進去。坊門附近一個護衛都沒有，想必是跑出去過上元節了。昌明坊現在處於門戶大開的狀態，任何人都可以自由出入。

這可真是個絕佳的藏身之處。張小敬進了坊後，左手把牽繩半鬆，約束著獵犬朝前一點點走，同時眼睛左右觀察，右手扣住寸弩，隨時可以射擊。

如果狼衛真把石脂存放在這裡，那麼他現在應該已進入敵人的哨探圈了。不過張小敬並不太擔心，萬一真有異常，一枚煙丸擲出去，便可以標定位址。就算突厥人跑了，石脂也來不及運走。

沒了石脂，突厥狼衛不過是群窮途末路的惡徒罷了。

張小敬的前方是一處十字街。若在北部，這裡將是最熱鬧的地段，沿街必然滿是商鋪。不過昌明坊的這處十字街，只有零星幾處土屋，被一大片光禿禿的槐木林掩住。林間有一些遊動小商販，馱馬和推車橫七豎八，賣貨的倒比逛街的多。在林子右側有一處土坡，坡頂有個小院，門前懸著個大葫蘆。

與其說這裡是長安城內的住坊，倒不如說是遠郊野外。

這麼荒涼的地方，如果有大車隊進來，應該會很醒目才對。張小敬本想湊近去打聽一下，不料獵犬忽然前肢伏地，發出嗚嗚的低吼聲。他獨目一凜，注意到附近有三個人影靠攏過來。

張小敬飛快地伸手入懷，把寸弩掏出一半，渾身肌肉緊繃，蓄勢待發。等到人影靠近，他才看清，這幾人都是乞兒裝束，個個穿著破破爛爛的舊袍破襖，把手揣在袖子裡，面黃肌瘦。這一臉菜色，非得數月不食肉才能養成，斷然不是臨時偽裝。於是張小敬雙肩略微放鬆，不過手還是緊扣著弩機。這些乞兒盯著張小敬，也不靠近，也不遠離，一直保持著二十多步的距離，緊緊跟隨。

張小敬冷哼一聲，腳步加快，那些乞兒也跟了過來。他忽然停在一個賣蕨根餅的攤前，買了個餅，乞兒們連忙駐足，佯裝東張西望。張小敬扔下幾枚銅錢給小販，拐進前方一條半塌的磚牆巷子。

那些乞兒緊隨其後，打頭的一個剛拐過去，愕然發現巷子裡居然只剩一條拖著牽繩的狗。他有點疑惑地環顧四周，心想人究竟跑去哪裡了？在下一個瞬間，一陣灰粉猝然撲面，迫使他瞇起眼睛。這時候一個人影從牆頭跳了下來，手刀劈向其後脖頸，讓他一下子便趴在地上，動彈不得。

這灰，乃是草木灰，是張小敬剛才買蕨根餅時順手在攤上抓的。蕨根生吃會腹瀉，須用草木灰同煮去毒，所以賣蕨根餅的商販都會準備一些。

對付這些宵小，還用不著動弩或鋼刀。

後面兩個乞兒一見同伴遇襲，第一個反應是轉頭逃走。張小敬俯身撿起兩塊磚頭，揚臂一砸，正中兩人後腦杓，兩人先後撲倒在地。獵犬飛奔過去，惡狠狠地撕扯著他們的衣袖。乞兒們發出驚呼，徒勞地揮動手裡的竹竿。

張小敬走過去，掣出手中鋼刀，慢慢對準了其中一個人的咽喉，彷彿在等待什麼。就在這時，一個聲音急切地從林中傳來：「請刀下留人！」

張小敬脣邊露出一抹意味深長的微笑，把刀收回去三寸，側過頭去，看到一個戴著花羅夾襆頭的乞兒站在不遠處的樹下，朝這邊看過來。

「他們只是受人之託，與閣下並無仇怨。放過他們三條狗命，賈十七必有回報。」這自稱賈十七的乞丐頭倒也果決，一見苗頭不對，立刻現身阻止。

張小敬當過九年不良帥，知道這些城狐社鼠的眼線遍布全城，消息靈通，甚至有時官府都找他們打探。今天他無緣無故被乞兒跟上，必然有人在幕後主使。只要逼出這些人的首領，事情就好辦多了。

張小敬沒有撤走刀勢，也不說話，只是用獨眼冷冷盯著那人。賈十七臉色微微一變，這位一望裝束便知是公門中人，可尋常公差只要聽說有「回報」便不會糾纏，怎麼這位上來就是要命的架勢？

他本想多說一句，忽然覺得來人有些眼熟，尤其是左邊那個乾涸眼窩，透著森森的殺氣。賈十七心裡轉了一圈，陡然想起一個人來。

「你是……萬年縣的張閻羅？」

昌明坊在長安西南，隸屬長安縣，可乞丐們的耳目可不會這麼局限。萬年縣的五尊閻羅，狠毒辣拗絕，說的不是五個人，是一個人。這獨眼龍，是要盡量避開的狠角色。

「誰要你們跟蹤我的？」張小敬淡淡道。

賈十七心中急轉，風聞這人已經下了死牢，可見傳聞不實。他雙手一拱：「若早知道是張帥，我們哪會有這樣的膽子？這灘渾水我們上岸，不蹚了。」

「是誰？」

賈十七強笑道：「您懂的，這個可沒法說，江湖規矩。」

張小敬倒轉障刀，往下一插。隨著一聲慘叫，刀尖刺入一個乞兒大腿又拔出來，血花直冒。

賈十七嘴角一抽，臉色轉沉：「這三條爛命，您若能放過，全長安的乞兒，都會念您的好。」反過來說，如果他不放過，全長安的乞丐都會成為敵人。

撲哧一聲，第二刀乾淨俐落地刺入身體。張小敬是死囚，最不怕的就是這種威脅。他也不吭聲，只是一刀一刀地戳著那幾個倒楣的乞兒，慘叫聲起伏不斷，形成巨大的壓力。

偏偏那三個倒楣鬼一個都沒死，一個個扯著嗓子號得正歡。張閻羅是故意手下留情，為了讓林外的其他乞兒聽見。

這讓賈十七十分為難。乞兒之間，最看重團結，可以瘐死凍死被富戶打死，但不能被自己人害死。賈十七若見死不救，只怕以後會人心盡失。這個張閻羅看似蠻橫，實則深諳乞兒內情。

沒掙扎多久，賈十七便做出了抉擇。區區一個銀酒壺的代價，還不值得讓乞兒豁出命去保密。何況他注意到，有一把黑色手弩掛在張閻羅腰間，這是軍中才用的武具，背後恐怕還有更厲害的勢力。

「好，好，我說！」

賈十七不再隱瞞，舉著手從林子裡走過來。他告訴張小敬，有個胡人給了一個銀酒壺，要他們在坊門看著，若有可疑的人入坊，就去日南王宅通知他。

「日南王宅？」

「對，就在本坊的東南角。貞觀年間有個日南王來朝，在這裡建了一片大宅子，後來他回國，宅子遂荒，不過占地可不小。」

這個描述很符合突厥人藏身之處的要求：偏僻，寬闊，而且有足夠的房間。張小敬又問了幾句來人相貌穿著，賈十七索性盡數吐露，與曹破延非常符合。張小敬聽完，一拍他的肩膀，示意前面帶路。

賈十七知道抗議也沒用，只好讓那三個倒楣乞兒互相攙扶著先回病坊，然後自己帶著張小敬和獵犬朝日南王廢園走去。

昌明坊裡著實荒僻，內街兩側房屋寥寥，多是坑坑窪窪的土坡和林地，居然還有那麼幾塊莊稼地和水池。正因為地不值錢，它的占地面積起碼比北坊大出一半，所以雖然是在坊內行走，也頗費腳程。

走到半路，張小敬忽然問道：「你今天有沒有看到大量馬車入坊？」

「您說笑了，這裡鳥不拉屎，一天都未必有一輛。」賈十七看他臉色又開始不對，趕緊改口道，「今天肯定沒看到過，坊門那裡有什麼動靜，可逃不過我們兄弟的眼線。」

張小敬眉頭一蹙，沒再說什麼。

兩人一狗走了小一刻，才到了日南王的廢園前。這裡斷垣殘壁，荒草叢生。不過內院大門大致尚在，兩扇黑漆剝落的門板緊緊閉著，門楣上的牡丹石雕紋路精細，依稀可見往日豪奢氣象。

賈十七說，那胡人的要求是，一旦發現坊外有可疑之人進來，盡快前來這裡通報。不必敲門，直接推門直入便是。

張小敬閃身藏在門旁，牽住細犬，拽出手弩。賈十七壯著膽子站到院門前，按事先的約定雙手去推門板。門上沒鎖，輕輕便能推開，隨即只聽得啪嗒一聲，似乎門內有什麼東西落地。賈十七還沒顧上看，一道黃煙已騰空而起。

張小敬大驚，一把拽開賈十七，先闖了進去。他一低頭，看到一個煙丸在地上兀自冒著濃煙，上頭還拴著一截細繩。他急忙把煙丸丟到附近一處雨塘，可先前冒起的黃煙已飄飄搖搖飄上天際，在晴空之下格外醒目。

張小敬回過頭厲聲問道：「他回日南王廢園，是你親眼見到，還是他自己說的？」賈十七說那人親自去病坊發的委託，然後就離開了，並未親見其返回廢園。

張小敬嘿了一聲，這些狼衛，果然狡黠！曹破延從一開始就沒信任過這些乞兒，他故意報了一個假位址，這樣一來，即使靖安司追查到這裡，也只會被乞兒引導到錯誤的方向去。

那一枚煙丸，應該是突厥人從張小敬身上搜走的。它被綁在門板背後，一經推開便自行發煙。這樣一來，躲在真正藏身之處的狼衛，能立刻得到警告，爭取到撤離時間。

一個小小設置，一石二鳥，既誤導了靖安司，又向狼衛示警。曹破延把這個煙丸真是用到了極致。

現在黃煙已起，那些突厥人恐怕已經開始準備跑了，而靖安司的部隊，還遲遲收攏不起來。張小敬狠狠抓住賈十七雙肩，急聲道：「這坊裡哪裡還有大園子或者大宅？要離日南王廢園最遠的。」

賈十七略作思忖：「這裡是東南角，距離最遠的是西北角一處磚瓦窯，不過停工已久。」張小敬獨眼厲芒一閃，要賈十七大略勾畫了一下路線，走出去兩步，忽然回過頭來：「你現在馬上回到坊門口，見到有公差或旅賁軍過來，把他們截住，指去磚瓦窯！」

賈十七抄手笑道：「張帥，皇上不差餓……」話未說完，張小敬冷笑道：「讓你們放風的是突厥人，他們要在長安作亂。」

一聽見這句話，賈十七臉色刷地白了，這才知道自己惹了多大禍事。一個「裡通外賊」的罪名砸下來，昌明坊的乞兒一個也別想活。無論是刑部還是大理寺，都不會認真調查是不是冤枉，他們需要的是抓一批犯人好「有個交代」。

他抓著張小敬的胳膊哀聲道：「我一人死不足惜，可那班兄弟卻是無辜的，恩公請救命！」張小敬看了他一眼，嘆道：「你等下就說是見賊心疑，向我出首，也許能救你一命。」然後又低聲交代了一句，猛然把他推開，牽著狗大步疾奔而去。

賈十七把花羅夾襆頭摘下來，頭上已浸滿汗水。張小敬這麼說，是願意替他圓這個謊，至於成不成，就全看造化了。他怔怔望著遠方的背影，忽然如夢初醒，把花羅夾襆頭隨意扣在頭上，撒腿往坊門狂跑。

張小敬跑了十幾步，把牽狗的繩索鬆開了。現在已不必顧慮打草驚蛇，得靠獵犬嗅覺指引。那獵犬早已焦躁不安，一解開繩子，脫韁一般衝了出去，直直衝西北而去。

人或許還聞不出，可對狗鼻子來說，此間石脂的氣味已十分強烈，尤以西北為甚，不啻暗夜明燈。

他們一路斜跑，穿過大半個內坊，遙遙可看到遠處豎著一根磚製煙囪，這是窯爐的典型標誌。再湊近點，能看到一道高大的曲牆擋住了去路，牆磚隱隱發黑，是常年靠近高溫爐子的特徵。

這裡應該就是賈十七說的磚瓦窯了。一條平整的黃土小路蜿蜒伸向一座木門，兩側樹木瘋長，不成格局。

張小敬放緩腳步，把獵犬也喚回來，稍作喘息。眼下等靖安司的人聚攏過來，恐怕還得一段時間。這裡如果囤積石脂的話，守衛一定不少，他必須謹慎。

他試探著朝前又移動了幾步，大半個身子已經站在黃土路上。按道理，這裡當有一個周邊觀察哨，早該發現他的動作了。可圍牆那邊毫無動靜，仍是一片靜悄悄。

不對，守衛人數應該不多，張小敬改變了想法。

如果人手充裕，狼衛根本不會僱用乞兒放風，更不會在日南王廢園搞什麼機關。他們如此處心積慮，恰好暴露出狼衛捉襟見肘的窘境。

張小敬心算了一下。今天上午旅賁軍在西市的突襲，幹掉了十五個人，他在祆教祠前殺死一人，修政坊一共幹掉了五個，加在一起是二十一名。這個數字，至少是混入長安城突厥狼衛的半數。突厥人太窮了，沒能力再投入更多資源。

要靠剩下的人控制這麼大一個窯場，還要兼顧石脂的卸運，實在太勉強了。

張小敬深吸了一口氣，決定在援軍來之前，獨自去闖一闖。此舉至少能打亂敵人的部署，爭取足夠的時間。更重要的理由是，他得趕在靖安司援軍抵達前，先找到聞染。

他小心地把獵犬拴在旁邊，親暱地揉了揉牠的頸毛，再度站起身來。在西域錘鍊出的凶悍殺氣，自他身上猛烈勃發。張小敬挽起袖子，最後檢查了一下手弩。他左邊的小臂露出一截刺青，這刺青是一把斷刀，刀脊中折，筆觸拙樸而剛硬。

「聞無忌啊，咱們第八團又要跟突厥人打了。你在天有靈，得好好保佑你女兒哪。」

張小敬的聲音既似嘆息，又像祈禱。那一隻獨眼，光芒益盛。他從腰間兜袋裡掏出兩枚煙丸，雙臂一振，丟了出去。

兩道黃煙扶搖直上。

在距離張小敬只有三十餘步的曲牆內側，曹破延正手搭涼棚，朝東南方向望去。那裡有數縷黃煙，尚未被北風吹散。

看來靖安司的人已經進入昌明坊了。對此曹破延早有心理準備，甚至覺得他們來得比想像中還要慢一點。他已把這個情況通知貨棧裡面，龍波表示，這邊的工作也差不多完成了。

時機真是剛剛好。接下來，就按計畫執行吧。

曹破延把貨棧的大門從這邊鎖死，然後將那把繳獲的手弩拿出來，用食指沿著弩槽邊緣捋了一遍。其實他不喜歡這種武器，既陰險又小氣，相比之下，還是草原的騎弓更合胃口。可惜他的手臂受了傷，現在就算有弓在手也拉不動了。

真想在草原上再射一次黃羊哪……曹破延瞇起眼睛，端詳了一番自己虎口上的老舊繭子。這雙手，恐怕再沒有機會握弓了。

騰騰兩聲，兩道黃煙在曲牆另外一側升騰而起，這說明敵人已近在咫尺。

他收起感慨，眼神轉為冰冷，就像一頭冬天的狼。

他已是削去頂髮之人，無權逃走，注定只能死守在這裡，用生命為貨棧爭取時間。曹破延用手摸了摸項鍊，似乎想從中汲取力量，迎來他人生中的最後一次戰鬥。

大門依然沒有動靜，牆頭上突然冒出一個人頭。曹破延抬手射出一弩，同時身子一歪，向旁邊閃去。弩箭正中人頭，卻發出刺入草團的聲音。與此同時，一枝弩箭從另外一側飛射過來，恰好釘在曹破延腳邊的土地上。張小敬的身影躍入院內，一個迅速的翻滾，落在離曹破延三十步開外的開闊地帶。

兩人調整了一下姿勢，四目相對，意識到犯了同一個錯誤。他們都認為自己以寡敵眾，可一交手才發現，對方居然只有一個人。

「曹破延？」張小敬喊出他的假名字。這個讓長安為之不安的凶徒，終於被靖安司再度追上。「放下武器，還有活命的機會！」

曹破延沒有回答，扔開空弩，抽出腰間的匕首。長安城對武器的管制太嚴格，除了幾把劣質短弩，狼衛一直用來戰鬥的只有匕首。張小敬也迅速把空弩扔掉，在勁敵面前，不可能有重裝的餘裕，還不如直接進入白刃戰。

他手裡的障刀雖然輕短，但比匕首還是長了許多，略占優勢。

張小敬使的是大唐軍中的刀法，直來直去，樸實剛猛。按理說在這樣的情況下，曹破延應該彎身搶攻，可是他卻不急不忙地遊鬥起來。這個策略固然暫時不會為敵所傷，但也休想傷到對方。

兩人交手了數個回合，張小敬忽然意識到，對方並不是怕死，而是在拖延時間！他的獨眼朝曹破延身後瞄了一下，看到一個很大的木製貨棧，大門緊閉，外頭懸著鐵鎖。

不好，他是在替同夥拖延時間撤退！

張小敬一念及此，手裡的障刀攻得更加猛烈。曹破延緊握匕首，奮力抵擋，鏘鏘的互擊聲充斥整個院落。張小敬畢竟是屍山血海裡殺出來的，經驗豐富，他很快發現，對手的左手肘似乎受了傷，無論怎麼移動都保持著一個奇怪的角度。

於是他有意識地針對左邊攻擊，這一下子正中曹破延的要害。後者左支右絀，很快便身中數刀。雖然並非致命傷，可此消彼長，在高手對決中很快露出敗象。

就在這時，院子外面傳來紛亂的腳步聲，隨即大門砰的一聲被狠狠撞開。門外站著的是崔器，他親自扛著一根撞門圓木，如同怒目金剛，幾十個旅賁軍士兵從他兩側蜂擁而入。

看來賈十七及時把消息傳了過去。

這個突如其來的變化，讓曹破延的動作一瞬間微微沉滯。張小敬障刀一揮，劃向他的咽喉。曹破延反應極快，身子向後疾退，堪堪避過。可他脖子上那串彩石項鍊卻猛然彈起來，正好迎上刀刃。

刀刃過處，繫繩斷開，繩上的小石頭紛紛散開墜落。這時曹破延做了一個出乎意料的動作，他腳下反向一蹬，整個身子再度前傾，試圖伸手去抓那些彩石。只聽見噗哧一聲，張小敬的刀尖正好在其腹部刺穿一個洞。

可曹破延的動作並未停頓。他仍奮力擺動著手臂，努力想接住，哪怕一枚。可惜彩石已掉落在地，滾得到處都是。他頭顱一揚，口中發出一個意義不明的突厥語，似乎是什麼人的名字，可惜沒人能聽明白。

曹破延就這麼頂著障刀，慢慢垂下頭去。

張小敬一驚，曹破延可不能死，有太多事情需要解答。他不敢把刀抽出來，只能一手握住刀柄，一手扳住曹破延的肩膀，湊近耳邊急切喝道：「你們抓來的女人，在哪裡？」可對方全無回應。張小敬忽然注意到，這狼衛的頭頂被削去了一片頭髮，露出頭皮。

突厥習俗，被削去頂髮的人，等於被提前收走魂魄。難怪曹破延存了死志，他早就是個死人了。

張小敬憤怒地搖晃他的肩膀，試圖把他喚醒，可狼衛的身子軟軟地向下癱倒。

在兩人身旁，大批旅賁軍士兵衝過去，直奔貨棧而去。

「破門！」

一個中氣十足的聲音從院子裡響起。崔器此時已經恢復了精神，在他看來，曹破延只是個小嘍囉，生死無所謂，真正的大菜，在眼前的貨棧裡。

這個貨棧是用磚瓦窯的庫房改裝的，門戶皆用脆梨木，根本沒辦法據險而守。十幾名旅賁軍飛速撲過去，帶頭的士兵推了一下大門，發現門從裡面閂住了，外頭還有鎖。他們根本不等撞門木抬來，手起刀落，順著門縫狠狠劈下去。大刀去勢猛烈，先劈斷了鎖頭，又把門內橫架的木門閂斬斷了一多半，但這把百煉鋼刀也硬生生折斷。

另外一名士兵上腳猛踹，匡噹一聲，把大門生生踹開。兩人一組，並肩持弩突進，十幾個人魚貫進入貨棧。

一進去，氣味極其嗆鼻，把人薰得一陣暈眩。士兵們先定一下心神，才觀察裡面的動靜。這是一間空蕩蕩的寬敞庫房，中央擺著兩口大甕，甕頂壓著石蓋，底下用石塊和柴薪架起簡單的燒灶，火勢正旺。甕上、灶上都是一滴滴的黑色汙漬，地面上還有許多細碎竹屑。

在庫房的盡頭是另外兩扇敞開的大門，門口是一個高出地面四尺的卸貨平臺，空蕩蕩的空無一人。士兵們互相看了一眼，都是一臉狐疑，手裡的弩機保持平端，謹慎地朝前挪動腳步。

院外拴著的獵犬突然沒來由地大叫起來，張小敬聳了聳鼻子，連忙放開曹破延的屍身，朝崔器狂吼道：「快叫你的人撤出來！快！」崔器莫名其妙：「張都尉，莫急，我看這次……」

話音未落，貨棧裡忽然傳來劇烈的爆炸聲，震耳欲聾。這屋子在一瞬間突然膨脹了一下，熾灼的火焰從大門與窗口咆哮而出，霎時熱浪四溢，宛如太上老君的煉丹爐。貨棧外頭站得近的士兵猝不及防，紛紛被震翻在地，遠處的人也感覺面孔隱隱有灼傷之感，痛苦不堪。

整個院子的人被這突如其來的變故嚇傻了，足足十個彈指，竟沒人做出反應，大家都像木俑一樣僵在原地，耳朵嗡嗡作響。直到崔器近乎絕望的怒吼在院子上空響起，眾人才如夢初醒，七手八腳去救傷患。

崔器惶然看向張小敬，爆炸前他喊了快撤，一定知道這是怎麼回事。張小敬的臉色像被漠北朔風吹過，嘴唇顫抖著吐出三個字：

「猛火雷。」

早在高宗朝時，大唐的煉丹道士們便發現，把硝石、硫黃與皂角燒成的黑炭混雜在一起，可起亮焰，謂之「猛火」。在西域的艱苦戰事中，唐軍中的某位工匠別出心裁，將石脂用特別的祕法調製後，與碎木屑、白磷攪拌，加熱後灌入一個密封陶罐，封口處揑製一團猛火，再把一截蓖麻油浸泡過的乾藤順罐口引到外側。

使用時，先把乾藤點燃，燒至陶罐口便會引出猛火。猛火極熾熱，與摻了易燃物的調製石脂一碰，勢成龍虎相鬥之勢，威力驚人。因為爆裂時聲若驚雷，因此得名「猛火雷」。

尋常石脂根本無法引爆，非得是這祕法調製後的石脂，方有此威力。懂得這種調製手藝的匠師極少，工藝太複雜，而且猛火雷又極易誤炸，因此西域唐軍用得也不多。誰又能想到，只知弓馬的草原蠻子，不知從哪裡找來會猛火的匠師，居然在長安城的腹心造出這等危險的東西。幸虧張小敬在西域經驗豐富，一聞到那股熟悉的硫黃味，立刻反應，否則傷亡會更慘烈。

看這爆炸的聲勢，貨棧裡的猛火雷存量著實不小。他們應該早算準了會被靖安司偷襲，所以預備了這一個殺招。守在前面的曹破延，一開始就是為猛火雷當幌子的犧牲品。

在靖安司眾目睽睽之下，整個貨棧瘋狂地燃燒起來，就像一枝冒著濃煙的明亮火炬。它的結構暫時還沒垮塌，順著視窗和敞開的大門往裡看，可以看到貨棧內已成業火地獄。那十幾個先衝入屋子的旅賁軍士兵，下場之淒慘不必多說。

這副景象太過震撼，饒是這些勇悍的士兵也只能把頭轉過去，個個面色淒然。崔器鐵青著臉，顫聲問道：「難道……這是一個誘我們入伏的圈套？」

張小敬搖搖頭：「不是，殺傷我們沒有意義。他們搞這個，是為了阻止我們追擊，方便他們盡快轉移加工好的猛火雷。」

崔器倒抽一口涼氣，兩枚猛火雷就已經有如此大威力，若是這樣的東西有幾十枚……他急道：「可我們入坊之後，就直奔這裡，並沒看到他們的蹤跡啊！」

張小敬抬手一指。在熊熊燃燒的貨棧盡頭，濃煙彌漫，但可以隱約看到對面有另外一個出口，連卸貨平臺的輪廓都能看見。

這裡本是磚瓦窯，生產量大，車子進出頻繁。走昌明坊坊門的話，極不便利，所以窯主應該奏請過虞部，破例從正對著窯場的坊牆上開一道門，這樣運貨車可以很方便地直接上街。突厥人的馬車進出也是透過那裡，昌明坊的乞兒自然看不到。

先前張小敬問過賈十七，後者表示今天沒看到有大量馬車入坊，當時他就懷疑另有出口。如今果然證實了他的猜想。

這不能怪任何人。磚瓦窯倒閉很久了，哪裡還會有人記得這些陳年細節。

突厥狼衛讓曹破延擋在前頭，然後從這裡偷偷溜了出去。可惜這個出口被大火所阻，徹底熄滅之前誰也休想靠近。靖安司就差一步，沒料到又讓突厥人跑掉了。

崔器面如死灰，這玩意兒一旦在長安爆炸，他的性命基本上就到頭了。

「不，還有機會！」張小敬的獨眼中銳光一閃，「猛火雷這種東西，無法提前製備，必須現熱現用。他們肯定剛走沒多遠！運送石脂的馬車速度不會很快，現在追，應該還追得上。」

崔器一聽這話，眼底又恢復了一點生氣，站起身來沉聲道：「我去通知望樓，發九關鼓！」

「嗯，這裡交給你了！」

張小敬轉過頭去，朝附近的坊牆根跑去。崔器迷惑不解，不知他想幹什麼。張小敬到了牆根下，輕舒猿臂，交替踩著幾處土垣，乾淨俐落地翻上坊牆的牆頭，然後回過頭來喊道：

「通知李司丞，讓周遭所有隊伍看我煙號行事！」

交代完這句，張小敬打了一個呼哨。過不多時，牆外街上一匹棗紅色的駿馬飛馳而至，張小敬翻身躍下，穩穩地坐在鞍子上。他不做停頓，一抖轡繩，飛快地朝前馳去。姚汝能騎著另外一匹馬緊隨其後。

原來張小敬剛才讓賈十七給姚汝能帶了一句話，要他牽著兩匹馬沿牆根外側朝西北角走。

如今時間比金玉還貴重，沒時間從坊門繞行，翻牆而出最快不過。

此時街上已經有點亂了套。進城的民眾越來越多，看到昌明坊突然冒起黑煙，都紛紛駐足觀看。一時間騾馬車駱駝人都擠在一處，議論紛紛。張小敬策馬猛衝，幾次險些撞到客商。有個駝隊夥計罵罵咧咧，不肯讓路，張小敬毫不客氣地一鞭子抽中其脊梁，疼得那人原地跳起來。周圍的人這才嚇得往兩邊躲。

他們追擊到敦義歸義，即東敦義坊、西歸義坊的十字街口，不得不停了下來。張小敬朝四個方向眺望一圈，看不到任何可疑的蹤跡。他焦躁地扯動轡繩，馬匹因遲遲不走而不耐煩地打著響鼻。

時間在彈指之間過去，遁逃的突厥人卻如同消失在大海中一樣。這些傢伙現在帶著極度危險的猛火雷，又可能挾持了王韞秀，無論去哪裡都是大麻煩。

這時姚汝能一指地上：「張都尉！看這裡！」張小敬低頭去看，看到黃土地面上有幾滴如墨黑點。姚汝能已翻身下馬，蹲下身子細細看了一回，昂頭道：「這墨點並非垂滴渾圓，圓頭向西，帚尾向東，應當是車子向西疾馳時，頂風[5]滴下，故有此形。」

突厥人撤離得比較倉促，顧不得重新密封，這些石脂滴落下來，成了最好的指示。

張小敬衝他做了個讚許的手勢，這年頭肯仔細觀察的年輕人可真是不多了。姚汝能得了誇讚，雙頰浮起兩片淡淡的紅暈，可心裡一想兩人之前的齟齬，頓時興奮感就淡了幾分。

「走！」

張小敬並不關心姚汝能那點小心思，掉轉馬頭，疾馳而去。姚汝能也連忙上馬跟上去，當

5 逆風。

前要務是把突厥人抓住，其他事情容後再說。

他們跑過一個路口，姚汝能再檢查了一下石脂痕跡，發現突厥人在永安通規這個路口轉向，一路奔北而去。判明了方向後，張小敬和姚汝能同時倒抽一口涼氣。

突厥人走的這條路，是朱雀門街以西第三街，南北朝向。從這裡一路向北，沿途兩排諸坊，俱是富庶繁盛之地，向北一直到延壽坊，便是西京一等一的豪奢去處。而延壽坊西側的對街，則是「天下寶貨匯聚之處」的西市。

這裡平時就人滿為患，今天又是上元燈會首日。申時已到，日頭西移，不知會有多少燈輪、燈樹、燈架挑起，多少民眾和商販聚集。

區區兩甕石脂，就已經讓旅賁軍損失慘重。倘若讓狼衛帶著更多猛火雷闖入這個區域，恐怕整個長安西城的菁華都要毀於一旦。

情況已到了最危急的關頭，不容片刻猶豫。

張小敬一勒韁繩，側頭對姚汝能道：「聽著，接下來我要的是絕對服從，哪怕殺的是婦孺，也不許有半點遲疑。能做到，就跟我來，做不到就滾！」說完他雙腿一夾，朝北疾馳。姚汝能知道情勢糟糕到了什麼地步，咬了咬牙，從懷裡扔出一枚煙丸，也緊隨而去。

四周望樓看到煙丸騰起，鼓聲咚咚不斷，紛紛把消息回報靖安司。與此同時，崔器的報告也傳了回去。大殿之內，文書交錯，氣氛霎時緊張到讓人窒息。

「崔器和張小敬幹什麼吃的！這都能讓他們逃掉！」

李泌把清靜拂塵丟到一邊，迅速走到沙盤前。靖安司中各部主事也都聚攏過來，十幾雙眼睛一起死死盯著。檀棋把象徵狼衛的黑俑擱到永安通規，人頭向北，這樣局勢一目了然。

李泌從檀棋手裡搶過月杆，在精緻的黏土沙盤上畫了一條深深的線，口氣斬釘截鐵：「必須在光德懷遠以南截住他們，這是絕不能逾越的死線！」

這個路口以北，皆是京城要地。北邊光德坊，乃是靖安司的總司駐地，還是京兆府的衙署，再往北則是西市、延壽坊等繁華之地，還有皇城。若要讓人把亂子鬧過這裡，李泌這個靖安司丞也不必幹了。

一名主事道：「從永安通規到光德懷遠，只有四里遠近，得盡快設卡阻攔。」另一名主事反駁道：「這附近是觀燈最盛之處，現在設卡，只會徒增混亂。你忘了賀監怎麼叮囑的？」第一位主事道：「等到猛火雷一炸，蹂躪數十坊，難道就不混亂了嗎？」第三位主事提醒道：「別忘了，王節度的女兒還在他們手裡呢！」

李泌聽著這些人爭論不休，覺得心煩意亂。他默念道家清淨訣，先把心定下，然後把手一揮：「先把衛隊調去附近所有路口，但不要明裡設卡。」

這個命令曖昧不清，因為李泌自己也不知道該如何應付，只能走一步算一步。通傳抄錄下命令，朝外走去，冷不防李泌在背後一聲斷喝：「用跑的！」嚇得他差點摔倒，跌跌撞撞跑了出去。

強大的壓力之下，李泌也顧不得淡泊心性鎮之以靜。這時徐賓湊過來，還是那一副畏畏縮縮的模樣：「李司丞……哎哎……」

「講！」一說完以後，李泌看到是徐賓，態度稍微和藹了點。這位主事剛剛立了一個大功，識破了突厥人運入石脂的伎倆。

徐賓似乎下了一個很大的決心，深吸一口氣方才說道：「如今事態危如累卵，司丞何不考慮假節望樓給張都尉？」李泌一聽這四個字，雙目霎時綻出兩道利芒，徐賓雙肩哆嗦了一下子，可終究硬頂著沒把頭垂下去。

假者，借也；節者，權也。「假節」本是漢晉之時天子授權給臣子的說法，靖安司用此古稱，意義卻有不同。「假節望樓」是指所有望樓不再向靖安司總司通報，轉而聽假節者的安排。徐賓這個建議，等於是讓張小敬接管整個靖安司，成為第二個中樞。

「你知道你在說什麼嗎？」李泌冷冷道。這個人剛立了個小功，就狂妄到這地步。

徐賓鼓起勇氣道：「望樓傳至總司，總司再傳至張都尉，周轉時間太長。我們能等，突厥人可不能等。事急從權啊！」

「你對張小敬倒真有信心。」

徐賓急切道：「這傢伙是我見過最執著也最值得信賴的人，假節給他，一定如虎……哎哎，添翼。」這話本來說得氣壯山河，可被結巴打斷了氣勢。李泌縱然滿腹心事，也忍不住笑了一下：

「我若不信他的能耐，也不會用他。只是假節一事，非同兒戲，他可還是個死囚哪。」

「您在賀監面前，可不是這麼說的！」徐賓話一出口，意識到自己太莽撞了，額頭沁出汗水，連忙收斂口吻，「哎哎，在下的意思是，張都尉就在現場，他對局勢的判斷，總比躲在殿裡看文書的我們要準確些。」

李泌心道，難怪這人一輩子不能轉官，實在是太不會說話了。他揮手讓徐賓退下，回過頭盯著沙盤：「張小敬、崔器在什麼位置？」

檀棋連忙接過月杆，把代表崔器的赤俑擱在南邊昌明坊，把張小敬的灰俑推到永安通規的位置。可以看到，靖安司的主力分散在南北兩端，緊隨在突厥狼衛身後的，只有一個張小敬。那灰俑立在沙盤中，看起來無比重要，卻又無比孤獨。

李泌只沉吟了三息，便發出了一道命令：「第三街所有望樓，給我盯住附近車馬，三十息一回報！」他猶豫了一下，補充道，「先報給張小敬，現在一切消息，確保他最先知道。」

周圍的主事都愣住了，看著李泌，可李泌壓根沒打算解釋。

徐賓口才欠佳，但他有句話確實沒說錯：我們能等，突厥人可不能等。

姚汝能一路追著張小敬向北疾馳，忽然聽見不遠處的望樓有鼓聲響起，是定式傳文！他緊抓韁繩，在馬上側耳傾聽。這個定式太罕見了，他要努力想一下，才能回憶起冊子裡對應的暗號。

「假節望樓？」姚汝能幾乎不敢相信自己的耳朵，這會讓這個死囚瞬間變成全長安最有權勢的人之一。

可他不敢耽擱，連忙驅動坐騎和張小敬並排，把這個新任命說給他聽。張小敬臉上毫無興奮，只是單單地評論了一句：「李司丞到底是明白人。你現在就跟望樓說，讓他們盯牢寬尾的馬車！」

這些突厥人搶的是蘇記車馬行的馬車，這些車是用來長途運貨，車尾的木軫[6]寬厚耐用，而在長安城內行走的車子，尾軫普遍尖窄如燕尾，以方便走街串巷。這兩者之間的區別，車馬行外的人，一般還真不知道。

讓望樓上的武侯分辨這麼細微的差別，有點強人所難，可這是目前唯一能快速分辨狼衛馬車的辦法。

姚汝能從馬背上挺起身子，手執兩面紅、黃小旗，略帶滑稽地開始比畫。等到他把命令傳

6　車箱底部的橫木。

出去，兩人已過了延福永平的路口。

這條街越向北，街上的人就越多，過節的氣氛越發濃厚起來。在街坊兩側，許多皂衣小工爬在竹架上，正忙著用竹竿挑起一盞盞彩燈，上元春絹一條條垂下來。下面東一群、西一簇的百姓靠在樹下，一邊仰頭觀瞧，一邊指指點點。耍繩子的西域藝人在唱唱跳跳，賣蒸餅、石榴水的小販行走其間，各處食肆也紛紛出攤賣起魚酢、羊酪和烤駱駝蹄子。甚至還有一群少年手持月杖，就地在街角打起了鞠球，塵土飛揚，每入一球，幾個旁觀的羯鼓手就拍動鼓點，比天子打球還神氣。

這一派昇平熱鬧的景象，看在張小敬和姚汝能眼中，卻是格外沉重。如果不盡快抓到突厥狼衛，這一切都將墜入地獄。

唯一的好消息是，大街被這些人擠得只剩中間一條狹窄的路，騎馬而過尚且不易，更別說車馬了。突厥狼衛若是繼續向北，只會越來越堵，別想加快速度。

這時一陣低沉的蜥皮鼓聲響起，穿過這一片喧鬧聲，清晰地傳入兩人耳中。兩人精神俱振，姚汝能飛快地分辨一下方向，朝東側望樓看去。

「前方崇賢坊南，馬車兩輛！北行！」

這時就體現出假節的好處了。若等望樓傳回靖安司，再傳過來，目標早就移動到不知哪裡去了。

姚汝能大聲喊著：「靖安司辦事，讓開讓開！」兩人一抖轡繩，撞開幾個跳參軍戲[7]的俳優，置一路叱罵和尖叫於不顧，迅速衝了過去。他們很快就看到了那兩輛馬車，正不徐不疾地

---

7 一種中國古代流行的戲劇，以兩人對答，互相嘲弄為戲。

走著。姚汝能有心表現，一馬當先擋在前頭，喝令車夫停下，亮出靖安司的腰牌。可很快他就傻眼了，這是一個來自洛陽的小樂隊，馬車上堆的全是樂器和舞衣，是為了某家貴人的生辰表演而來。

就在這時，另外一通傳文響起：「長壽待賢，寬尾車三輛，西行。」

長壽坊和待賢坊在朱雀門街西第四街，按理說不在他們預估的第三街路線上。姚汝能這次不敢擅專，看向張小敬。

張小敬一揮手：「追過去看看！」

現在第三街非常擁堵。突厥狼衛非常有可能先向西稍微繞一下，再從懷遠坊折回來。兩人扔下驚慌的戲班子，橫著向西狂奔而去。

東西向的街道，比南北向街道相對暢通一點。馬蹄翻飛，在大路上留下一長串匆忙的蹄印。他們很快就抵達了長壽待賢街口，附近望樓及時把最新動態通報過來：「三車剛轉向北邊。」

這和張小敬的估計完全一樣。他面色一凜，抄出手弩，讓姚汝能把煙丸握在手裡。他們向北又跑了大概一百步，姚汝能忽然叫道：「是那個！」

在不遠處的街口，有三輛馬車正停在路口，馬頭斜斜向東。它們都是一樣造型，輪輻[8]長大，尾軫寬厚，車廂裡裝著幾個大桶，上頭用草簾子苫住。他們沒有前進，因為一隊從北邊過來的廂車，正笨拙地朿轉。

街口太小，若是兩隊馬車對向而來，轉往同一個方向，就必須依次通過。這隊廂車四角掛

8 車輪的輻射狀直木。

著六角鑾鈴，彩板紗幕，旁邊還有幾個高頭大馬的護衛，想必是幾家貴胄女眷結伴在西市買完東西，回返東城。

按照《儀制令》的交通規矩，賤避貴、去避來。那三輛馬車什麼旗都沒掛，身分低下，只能乖乖讓行。

張小敬抽打馬臀提速，迅速接近。這三輛馬車是斜向而停，所以從後方能看清車夫的側影，獨眼裡很快映出一張熟悉的面孔。

正是這個人，在修政坊用刀旋掉了他的肉，然後挾持著聞染逃掉了！

就像是有感應似的，張小敬一接近，他也鬼使神差地轉過頭來，兩人恰好三目相對。麻格兒先是陷入一瞬間的驚愕，旋即大喊一聲。三輛車裡鑽出五六個狼衛，用水瓢和木盆潑出一大片漆黑的石脂油，然後一個人把松枝火把丟下去，地面登時燃燒起來，形成一道不算太高的火牆。

看來他們對靖安司的追擊已經有了準備。

張小敬並不畏懼，可是馬匹卻發出一聲驚恐的叫聲，前蹄高抬，怎麼也不肯躍過去。趁著這個空隙，三輛馬車猛然啟動，不顧前方廂車還在轉向，惡狠狠地撞了上去。

以正面撞擊脆弱的側面，廂車立刻轟隆一聲翻倒在地。一時間，車內女眷的尖叫和轅馬嘶鳴混雜在一起。周圍的護衛全傻了，長安城裡何曾見過這等窮凶極惡的車夫？

有護衛要扯住轡繩理論，麻格兒殺性大發，掏出匕首，狠狠地捅死三名護衛和一個女眷，然後讓馬車後退幾步，朝前再撞。

張小敬一看坐騎已不堪用，翻身下馬，雙手護住臉部衝火牆穿了過去。身後的姚汝能一看判明了敵蹤，毫不猶豫地扔出煙丸，然後抽刀撲了上去。黑色和黃色的煙霧糾纏一處，直上天際。

張小敬穿過火牆後，眉毛頭髮都燎著了，皮膚生疼。他顧不得拍滅，勉強睜開獨眼，看到麻格兒那輛車已經撞開了側翻的廂車，向東邊移動。後面兩輛車也相繼加速，準備逃離。

他緊跑兩步，跳上那輛側翻的廂車頂上。車內的女眷正要從裡面鑽出來，卻被張小敬一腳踏到腦袋上，慘叫一聲又縮回去了。護衛們紛紛發出怒吼，可有前車之鑑，都不敢過來。張小敬站在車廂上，利用高度向前高高躍起，恰好落到第三輛車的車尾處。那寬大的尾軫提供了一個絕佳的落腳之處。

車上一個狼衛探出頭來，用一根短木矛衝他捅過來。張小敬用腋窩一夾矛杆，左手執弩頂著他太陽穴發射，直接射了個腦漿四濺。這時另外一個狼衛也撲過來，張小敬把弩扔開，俯身把停車時用來固定的三角軔石拿起來，狠狠楔入他的眼窩裡。那狼衛慘叫一聲，被他一腳踢下飛馳的馬車。

張小敬毫不停留，踩住車廂狹窄的邊緣，手扶著那幾個大桶朝車前挪去。前方的車夫感覺大事不妙，回頭正要反抗，一把鋒利的障刀已經從後面劃過，幾乎切開了他半個脖頸。

這一連串動作如電光石火，間不容髮。張小敬掃了一眼，發現車上沒別人了，手起刀落，把前方轅馬的繩索全部斬斷，然後跳上馬背，去追第二輛車。

這輛車沒了動力，緩緩停了下來。後面姚汝能趕到，可又不敢離開。車上裝了好幾桶猛火雷，隨時可能爆發。他只好先放了一枚煙丸，呼叫崔器的部隊及時跟上，然後朝前方看去，張小敬已經和第二輛車平齊了，高抬胳膊，蹺起大拇指。

這不是稱讚，而是一個事先約定好的暗號。張小敬要他立刻通知靖安司，在前方光德懷遠街口拉起封鎖線，疏散民眾。事到如今，張小敬沒辦法保證截下每一輛馬車，必須要做最壞的打算。

馬匹畢竟比馬車要快許多，張小敬很快就追近了第二輛車側面。狼衛們這次沒用長矛，而是扯下苫布，改用石脂潑澆。黑色黏稠的液體從馬車上飛灑而下，這玩意兒只要扔個火把就會出事。張小敬不敢太過靠近，只能緊隨不捨。

他可以看到馬車上裝著五桶猛火雷，占了車板一半空間。這五桶若是爆開，只怕這一條街都沒了。

這兩輛發狂的馬車毫無減速的意思，前方傳來一連串民眾驚呼聲，攤販和行人紛紛被撞翻在地。他們已經接近西城最繁盛之地，距離李泌畫出的那條死線不遠了。

張小敬一咬牙，用障刀狠狠刺了一下馬背，轅馬一聲悲鳴，朝前一躍。

第二輛車的狼衛立刻又拚命潑石脂過來，卻發現那馬匹突然側橫，馬背上的人卻不見了。原來張小敬拚命把馬頭掉轉，自己憑借高明騎術吊在另外一側，用巨大的馬身為盾牌擋住石脂。借助敵人這一瞬間的失神，張小敬身手矯健地翻過馬背，朝馬車上跳去。

可是這一次他卻沒有上一次幸運，尾軫上正好站了一個狼衛，兩人重重撞在一起，身體一起倒向車廂中部，一時間撞得那幾個大木桶東倒西歪。車夫看來經驗豐富，立刻讓轅馬向左邊來一個急轉。張小敬一下子失去平衡，身子歪斜著朝外倒去。其他兩個狼衛撲過來，對著他胸口狠狠推了一下。

就在身子摔下車的一瞬間，張小敬急中生智，手裡一抖，一條如蛇長影飛了出去。

那是牛筋做的縛索，乃是京城不良人捕盜用的裝備。老資格的不良人扔出縛索如臂使指，連龜茲雜耍都自嘆弗如。張小敬身為不良帥，手藝自然更是高明。

這縛索平時纏在右手手腕，需要時，只要手臂一抖，即可飛出。張小敬落地的瞬間，縛索那頭已經死死纏在了馬車側面的吊柱。馬車依然馳騁著，他抓緊索柄，死死不鬆手，整個人背部貼地，被馬車硬生生拖著往前跑去，留下一長條觸目驚心的拖痕。

車上的狼衛掏出匕首，拚命要割斷縛索，可惜這繩索太過柔韌，一時半會兒根本切不斷。

車上的人甩不開他，但他也沒辦法再次爬上馬車。拖曳了三四十步，張小敬衣衫背部已經磨破，背脊一片血肉模糊。他忽然用另外一隻手在地上一撈，抓住了半塊青磚，順勢勾手一砸。那磚頭畫了一條漂亮的弧線，正中前方右側轅馬的眼睛。

那馬猝然受驚，拚命向右邊靠去，另外一匹也跟著躁動起來。車夫如何拉扯叫喊都控制不住，整個車子不自主地向右偏轉。

此時他們正在懷遠坊和西市南牆之間的橫向大街上，前方街道右側坐落著一個巨大的燈輪。燈輪高達六丈，底部搭了一個鎮石木臺，上部是一個呈輪輻狀的碩大竹架，外面糊著繡紙和春勝圖案。幾個皂衣小廝攀在上頭，用竹竿小心地把一個個大燈籠挑上去。

馬車收不住勢，以極高的速度一頭撞到燈輪的底部。這一撞極為猛烈，兩匹轅馬撞得腦漿迸裂。區區木製燈輪哪裡支撐得住這種力度，只聽得嘩啦一聲，整個架子轟然倒塌，上頭的小廝和十來個碩大的魚龍燈、福壽燈、七寶燈劈里啪啦地砸落，全都落在了馬車上。

車上幾個狼衛被燈輪架子死死壓住，動彈不得。在劇烈的衝撞下，車後的幾個大木桶骨碌全都滾了出來。

張小敬在馬車碰撞之前，及時鬆開了手，沒被馬車拖入這次碰撞中。他躺在地面上，手掌一片血肉模糊，背部也鑽心地疼。還沒等他爬起來，一股熟悉的味道飄入鼻中。

不好！張小敬面色大變，俯身拖起一個昏迷的皂衣小廝往外拖，一邊拚命對聚攏過來的老百姓大喊：「退開！退開！退開！」

猛火並不是一個可靠的引火物，稍有碰撞摩擦便可能起火。那幾個木桶經過剛才那一連串追逐碰撞，本來就危如累卵，如今被這麼狠狠一撞，桶口猛火已醒，隨時可能引燃石脂。要知道，這幾個大桶，比剛才那貨棧裡的量多了何止五倍……

那些老百姓不知利害，還圍著看熱鬧。張小敬見警告無效，情急之下從腰帶上解下一枚煙丸，狠狠朝人群裡丟過去。煙丸一爆，可讓那些民眾嚇壞了，眾人不知是什麼妖邪作祟，驚呼著朝後頭避去。

張小敬聽得身後似有動靜，立刻撲倒在地。與此同時，一聲轟鳴從身後傳來，熱風大起。不過這轟鳴不似在貨棧裡那樣炸裂，反而接近於火上澆油後火苗子上竄的呼呼聲。

張小敬手肘支地，小心地轉過頭去，看到眼前五個大桶變成了五團耀眼的火團，五道熊熊烈焰舔舐著碩大的燈輪，紙燈籠和紙皮最先化為飛灰，然後整個大竹架子、馬車和附近的幾根榆樹也燃燒起來，不時有劈劈啪啪的竹子爆裂聲，像是新年驅邪的爆竹。那冒著黑煙的火焰直竄上天，比坊牆還高，牆外一側已被染成一片觸目驚心的黑色。

至於壓在燈輪下的人，除了被他奮力拖出來的一個小廝外，其他肯定是沒救了。

但這已經是不幸中的萬幸。

猛火雷的一大問題是，即使有猛火為引，爆炸的成功率仍舊不高。更多時候，不是引發石脂爆炸，而是簡單地將之點燃。狼衛放在車上的，一共有五桶石脂，大概是因為密封不夠好，所以才會一路滴滴答答地灑落。如今居然一個都沒爆開，全都自行燃燒了。

這樣一來，雖然火勢依舊凶猛，但呈現的是蔓延之勢，威力大減，否則張小敬和這半條街的人都完蛋了。

他伸開痠疼的手臂，躺在地上大口大口喘息。剛才那一番追擊雖然短暫，可耗盡了他全部的體力。最後一輛麻格兒的馬車越跑越遠，肯定是追不上了，只能寄望靖安司在前方及時布下封鎖線。

火勢如此之大，很快就驚動了懷遠坊的武侯鋪。二十幾個身披火浣布[9]的武侯急急忙忙趕了過來，手持濺筒和麻搭[10]，還有人扛著水囊。今天上元燈會，諸坊武侯鋪都接到命令，隨時要應付火警，準備萬全。

可這些兵卒一看火勢如此之大，便知不可能撲滅，只能先畫出一條隔離帶，防止蔓延，再等它自行熄滅。

其中幾個人看到躺在火勢邊緣的張小敬和小廝，七手八腳拽起來，嘴裡罵罵咧咧，顯然把他們當成縱火元凶。張小敬的腰牌遺失後，一直還顧不上補，沒辦法證明身分。幸虧這時姚汝能從後面趕至，掏出自己的腰牌，喝退眾人，把張小敬攙扶到牆角坐定。

張小敬跟旁邊賣水的小販討來一瓢甘梅水，咕嚕咕嚕一飲而盡，呼哧呼哧喘息不已。姚汝能注意到，張小敬在逃離爆炸區域時，居然還不忘拖出一個素不相識的皂衣小廝。一個出賣同僚換取情報的卑劣之徒、一個經驗老道狠戾冷酷的前不良帥、一個放言保護微不足道百姓的聖人、一個對朝廷不滿卻又拚命辦事的幹員。種種彼此矛盾的形象，讓姚汝能陷入認知混亂。

他想起張小敬之前說的那一席話，突然有一股強烈的衝動，想去詢問張小敬，你的死罪罪名到底是什麼？可是眼下這場合有點唐突，姚汝能猶豫了一下，還是把嘴閉上了。

9　石綿織成，可防火。
10　古時的滅火器。

現實沒有給他後悔的機會。下一個瞬間，望樓的鼓聲又一次咚咚響起，鼓聲急促，同時遠處起碼有十道黃煙騰空而起。這代表有極其重大的變故發生，所有靖安司的屬員必須放下手中的一切，趕去集合。

張小敬在第一聲鼓聲響起後，就睜開了眼睛。他看到黃煙騰空，口中喃喃道：「光德懷遠……」

光德懷遠，是李泌親自畫定的死線，絕對不容向北逾越。什麼樣的事態，能讓這個敏感之地連連升起十道黃煙？那輛滿載猛火雷的漏網馬車到底怎麼樣了？

姚汝能有點擔心地說：「張都尉您負傷了，還是我先過去看看究竟吧？」張小敬卻一把按住他的肩膀，手裡一壓，整個人齜牙咧嘴地站了起來。

「一起走。」他啞著嗓子說，姚汝能也只得從命。

他們所在的位置是西市和懷遠坊之間的大路，距離街口不過兩里多遠。張小敬和姚汝能立即起身，朝東邊趕去。跑出去幾步，張小敬忽然停下腳步，扯過一個正在滅火的武侯，把他身上的火浣布斗篷搶下來。

火浣布經火不壞，是救火的利器。張小敬這麼幹，說明他已認定前方將有絕大的危險。姚汝能遲疑片刻，也叫住一個武侯，用靖安司的腰牌半強迫地徵用了另外一件斗篷，披在身上。

他們一路跑到路口，遙遙看到旅賁軍的士兵正把數道荊棘籬笆拖過來，橫在路中間。許多百姓和達官貴人都被堵在一邊，人聲鼎沸。

封鎖道路，尤其是封鎖這麼重要的道路，是靖安司最不希望採取的行動。李泌既然下達了這個命令，說明事態已經到了幾乎無可挽回的地步。

姚汝能要旅賁軍的士兵讓開一條路，讓兩人進去。他們很快看到街口四邊，已經嚴嚴實實地被拒馬和荊棘籬笆攔住，南、東、西三面是崔器的旅賁軍，北面則站滿了手持大盾的士兵。這些不是靖安司的直屬，而是隸屬於右驍衛[11]的豹騎精銳。

光德坊北是延壽坊，延壽坊斜向東北，與皇城、宮城只有一街之隔。狼衛已衝到了這麼近的距離，南衙十六衛就是再遲鈍，也該有反應了，豹騎是最先集結而來的。

不過軍方一介入，恐怕靖安司的日子不會好過了。

此時的光德懷遠路口空蕩蕩的，只有兩個糊到一半的燈架矗立在街側，一輛雙轅馬車停在街心。苫布已經被扯掉，露出裡面五個深色大桶。麻格兒站在木桶之間，手裡高舉著一隻燃燒的火炬。在馬車不遠處，三具屍體俯臥在地上，每一具背心都插著數十枝羽箭。

很顯然，麻格兒駕馬車衝到了街口，正好被嚴陣以待的靖安司攔住。一番交戰之後，其他狼衛全數陣亡，但他們爭取到足夠的時間，讓麻格兒點起火炬，送到木桶口。

這一手震懾住了所有人，沒人敢讓這五桶猛火雷在如此敏感的地段爆炸。麻格兒一臉猙獰，把火炬擱在距離桶口只有數寸的位置，徐徐讓轅馬朝前走去。附近的弓箭手一籌莫展，誰能保證一箭將此獠斃命？誰又能保證他死後，這火炬不會正好掉落在桶口？

姚汝能朝前望去，看到在光德坊的西南角，李泌等人正站在一處高亭，死死盯著街口。大火燒到家門口，他也沒辦法在殿內安坐。

麻格兒是最後一個狼衛，知道自己必死無疑，卻是毫無懼色。這麼多唐人為之陪葬，這是多難得的際遇！他哈哈大笑，用一隻手握緊火炬，另外一隻手輕輕抖著轡繩。轅馬不知氣氛緊張，只低著頭朝前走去。他們依然朝著北方，朝著最繁盛最熱鬧的街區。

11　掌宮禁宿衛，十六衛中的騎射部隊（豹騎）。

姚汝能道：「不行！我得去告訴李司丞，猛火雷點燃了，也未必會炸！」張小敬卻攔住了他：「可也未必不炸。這裡是長安，沒有十成把握，李司丞也不敢冒險。」

姚汝能急道：「這怎麼辦？就這麼乾瞪眼看著他往北去？」張小敬沒有回答，他瞇起獨眼，把火浣布斗篷裹得更緊。

街口的局勢已經緊張到了極點，簡直不用猛火雷就能隨時爆炸。麻格兒的馬車旁若無人地緩緩移動著，最終抵達了北邊的封鎖線邊緣。轅馬撞開荊棘牆，兩個前蹄踢到一排盾牌的正面。周圍的士兵明明一擊就可以把這個突厥狼衛幹掉，可誰也不能動他分毫。那五個褐色的大桶，就是五個沉默的索命無常。在這種奇妙的對峙中，豹騎精銳不斷後退、分散，生生被馬車擠開一條路。帶頭的將領陰沉著臉，不敢輕舉妄動。

李泌站在坊角的高臺上，閉上了雙眼。一過死線，整個事件的性質就全變了，必須做個決斷。他沉聲道：「備火箭！」

立刻有二十名精銳弓手登上高臺，旁邊二十名輔兵將事先準備好的圓棉箭頭蘸上松脂油，點燃，遞給弓手。隨著隊正[12]一聲令下，弓手迅速上箭、拉圓，對準了坊外那輛馬車。

再坐視狼衛接近皇城與宮城，就是靖安司拿天子和文武百官的安危不當回事。兩害相權，李泌寧可讓它把半個光德坊和自己的臉面炸上天，也不容它再向北了。

耳邊是弓弦絞緊的咯吱咯吱聲，他知道，只要自己嘴裡吐出一個字，整個事件就結束了。二十枝火箭，在這個距離不可能偏離目標，但接下來會發生什麼，只能聽天由命了。

「公子，這裡太危險，還是先……那是什麼？」檀棋本來想勸李泌先下去，避免被爆炸波

12　府兵中最基層的軍官。

及，可她忽然看到街口異動，不由得驚呼起來。

所有人都順著她的玉手所指，向街口望去。

一個身影以前所未有的高速衝向馬車，義無反顧。他身上披了一塊顏色古怪的斗篷，看不清面貌。麻格兒的注意力全集中在前方的封鎖線上，一時未曾察覺。身影趁機躍上車廂，手中的長索一抖，纏住了麻格兒的手腕。

「是小敬！」居然是徐賓這個近視眼最先認出了那道身影。

靖安司的人聽到這名字，俱是精神一振。這個死囚在過去幾個時辰裡，屢次創造奇蹟。無論多絕望的局面，他總能頑強地找出破局之法。上到主事，下到小吏，無不心悅誠服。

張小敬在這時悍然出手，讓他們心目中的英雄形象更臻至完美。若不是恪守禮法，他們簡直要歡呼起來。只有李泌不動聲色，負手而望，二十枝火箭依舊對準了馬車。

張小敬顧不上去關心靖安司有什麼反應，他的全副心思都放在眼前這個突厥悍匪身上。只要稍有閃失，整輛馬車就可能會被炸上天。

他剛才披著斗篷，在圍觀人群遮蔽下，不動聲色地靠近十字街北口。恰好封鎖陣內的一個士兵承受不住巨大壓力，手中長矛舉高了一分，暫時吸引了麻格兒的注意。他抓住這個稍現即逝的機會，狂奔二十步，敏捷地振足一衝，從後面跳上馬車。

麻格兒立刻認出這個屢次給他們找麻煩的人，他用突厥語吼了一句：「早該殺了你！」張小敬冷冷一笑，什麼都沒說，但那孤狼一般的凶悍獨眼，讓麻格兒一陣心悸。

兩個人在馬車上不要命地鬥起來。張小敬只要把麻格兒拉開半尺，就足以讓其他士兵上來助陣；麻格兒只要能爭取半個彈指的時間，就能把火炬深入木桶。兩個人就像是站在深崖之間的繩子上，一點點不慎，就會粉身碎骨。

這次交鋒只經過了短短的幾個瞬間。先是張小敬的拳頭狠狠地砸在麻格兒的右眼上，指縫裡夾著碎鐵片，直接戳瞎了狼衛的眼睛，然後麻格兒用額頭撞向張小敬的鼻梁，致其鮮血迸流。兩個人打得全無章法，卻又無比凶狠，如同兩隻嗜血的傷狼。

麻格兒的手腕被縛索纏住，行動受限，張小敬趁機猛攻他的頭部。不料麻格兒不閃不避，強忍著頭部重擊的劇痛，伸出手指摳在張小敬腋下的傷口。這個傷口，恰恰是麻格兒在修政坊給張小敬留下的。這一下疼得張小敬眼前一黑，動作為之一僵。

麻格兒沒有乘勝追擊，這毫無意義。他飛快地拿起火炬，掃了一眼從四面爬上來的士兵，喃喃了一句突厥語，然後把火炬丟進木桶。張小敬大叫一聲，撲過去把麻格兒一腳踹下車去，可已經太晚了。

桶口迅速冒出硫黃味道，輕煙嫋嫋。

本來像螞蟻一樣攀上來的士兵，又嚇得紛紛潮水般退開。高臺上的李泌沮喪地閉上眼睛，終究還是不成嗎？

「公子，快看！」檀棋驚道。李泌刷地又睜開眼睛，眼前的一切，讓他失態地朝前走了兩步，差點從高臺上掉下去。

只見張小敬跳到車夫的位子上，抽打轅馬，還向前方士兵拚命做手勢讓開，向北駛去。

「張都尉這是何意？」靖安司的一個主事叫道。

「莫非他想要把馬車趕到安全地帶？這哪裡來得及？」

「就算來得及，方向也不對，這還是向北啊！」

「那和突厥人要幹的事不是一樣嗎？」

張小敬現在如果選擇退開，沒有人會指責他。可他卻冒著被烈焰吞噬的危險，把馬車向北方趕去。那邊皆是繁華之地，可沒有任何能讓這五桶猛火雷安全引爆的空地啊！

在七嘴八舌的議論中，一個奇怪的猜想浮現大家心中。這個人，可是曾經公然表示對朝廷不滿，他不會是想順水推舟，駕著馬車去宮城報復吧？

弓箭隊的隊正忍不住叫了一聲：「李司丞，馬車就快離開射程了！」李泌眼神閃動，終於發出一個命令：「撤箭。」隊正瞪圓了眼睛，以為自己聽錯，李泌又重複了一次：「撤箭。」語氣不容置疑。

二十名弓手只得放下弓，莫名其妙。主事們一起看向李泌，李司丞一貫以大膽決斷著稱，可這一次未免太大膽了。

此時李泌的內心也在激烈交戰著。他想起張小敬對他說的那句話：「人是你選的，路是我挑的，咱們都得對自己的選擇負責。」既然在這個死囚身上押了巨注，乾脆就一賭到底。

他相信張小敬那麼做，一定有他的道理。可是以李泌的聰明，也想不出這一局該如何破解。

張小敬駕著馬車，在西市和光德坊之間的寬闊街道瘋狂馳騁。身後木桶正冒出黑煙。猛火雷並沒有在第一時間響起，這是不幸中的萬幸，但火頭已起，石脂起燃，隨時有可能爆發。

張小敬忽然彎下腰，用縛索抽了一下轅馬的左耳，整個馬車開始向左偏移、轉向。

「輪距！」李泌突然反應過來，隨即徐賓也叫起來：「輪距！」他看其他主事茫然未解，多說了兩個字：「西市，輪距！」

西市一共有兩個出入口，一東一西，分別設置了一道過龍檻。過龍檻是橫在門下的一道石製門檻，門檻上有兩個槽口，兩槽之間相距五尺三寸。換句話說，只有輪距五尺三寸的馬車，才能進入西市。過寬，過窄，都進不去。而長安城其他諸坊的過龍檻，兩個缺口之間相距則為四尺，只容窄車通行。

這樣一來，運送大宗貨物的寬距馬車，只能進入東、西市，去不了其他坊市；而長安城內日常所用的窄距小車，可以在諸坊之間通行無阻，卻唯獨進不得東西兩市。大車小車、貨客分流，既避免擁堵，又方便市署和京兆府管理。

蘇記車馬行一向只運送大宗貨物，自然也會按照五尺三寸的標準來製備車輛。張小敬如果想讓馬車盡快脫離主街，進入西市是唯一的選擇。

西市的東門，恰好位於馬車左前方大約六十步，以馬車的速度瞬息可至。可是！西市也是長安重鎮，裡面商家無數、貨貲山積，還有各國雲集而來的豪商使者。若在那裡面炸了，一樣損失慘重。

張小敬的葫蘆裡到底賣什麼藥，李泌完全不知道。但他現在沒什麼可以做的，只能用目光跟隨那死囚，一條路走到底。

在眾目睽睽之下，張小敬展現出極高明的馭車之術。他以縛索替代馬鞭，讓轅馬向西一點點地轉向，車輪在黃土路上壓出兩條近乎完美的弧線。當車身向西完全掉轉過來時，兩匹轅馬的蹄子恰好越過西市東門的過龍檻。

那兩個飛轉的木車輪，準確地切入過龍檻上的兩個槽口，嚴絲合縫。整輛馬車的速度，絲毫未因轉向而受到影響，呼嘯而入西市。

他一進西市，並沒有沿著大路前行到十字街，而是一頭栽進旁邊的民居院子裡。先嘩啦一聲撞開十幾個堆疊一處的燒酒大甕，然後又踏倒數道籬笆和半座木屋，順著一個傾斜的土坡直衝而下。

那五個木桶是什麼狀況，張小敬不用回頭也知道。經過這麼多次碰撞，那硫黃味越發濃郁，已經接近極限。事實上，猛火雷能堅持到現在沒炸，已經是滿天神佛保佑的奇蹟了。

死亡臨近，可他的獨眼裡並沒顯出驚慌或絕望，只有沉靜，那種如石般的沉靜。

土坡的底部，是一條寬約六丈的水渠，渠面結著一層厚厚的冰。這條叫廣通渠，從金光門入城，沿居德、群賢二坊流入西市。為了方便秦嶺木材的漕運，廣通渠在天寶二載剛剛拓寬過一次，渠深水寬，可行五百石的大船。

三個時辰之前，曹破延就是在這裡跳河，甩脫追捕。冰面上還有一片開裂的窟窿，正是崔器落水砸出的痕跡。

張小敬面無表情地把斗篷裹緊，最後一次用力抽打轅馬。那道斜坡帶來的衝力，加上轅馬負痛瘋狂地奔跑，讓馬車達到極高的速度。它刷地掠過黃土夯成的梯狀渠堤，義無反顧地朝寬闊的冰面落去。

沉重的馬車在半空飛過，重重砸向薄冰。隨著一聲巨大的聲響，冰面毫無意外地碎裂開來，冰冷的浪花化為無數隻手把馬車拽入深深的水底。與此同時，車廂中的猛火雷終於爆裂開來，一連串火雲半在水面，半在水下，發出悶響，圈圈漣漪向外面急速擴張。

廣通渠如同一條受了驚的巨蛇，陡然瘋狂地翻滾起來。水花與火花同時綻放，無數細碎的冰塊高高濺起，伴隨著濃煙直沖天際。若此時遊走於京城的詩人們站在岸邊看到這一奇景，一定會吟出不少名句吧。

爆炸過後沒多久，靖安司和右驍衛的大批精銳衝到渠堤兩岸。此時這一段的冰面已全部崩碎，水面上只浮著半個殘缺不全的車輪，通體焦黑。

整件事情從這裡的冰面開始，也從這裡的水下結束，彷彿是佛家的輪迴具現。

經過初步清點，這一帶的渠堤被震出了一道大裂隙，水門歪斜，臨渠的一個城隍小廟被震塌了半邊，還有一些臨近的岸邊樹木與小舟被毀，幾個扛夫斷了腿；這就是全部損失。

那五桶猛火雷到底爆炸了幾個，已經無可查證。但有一點很清楚，如果沒有張小敬把馬車送入廣通渠裡以水克火，無論它們在哪裡引爆，損失都將是現在的幾十倍。

危機終於順利解除，所有人心裡都長長鬆了一口氣。到現在，他們才明白張小敬的用心。在那種危急情況之下，西市的廣通渠是唯一的解決之道，真難為他能想到這個辦法，更難為他竟敢去親身實行。

靖安司的人陸陸續續趕到，準備著手清理現場。徐賓比所有人都跑得快，他一馬當先衝到渠旁，焦慮地望向河面，努力尋找好友的蹤跡。他來回搜尋了幾遍沒看到人影，嘴唇不由得哆嗦起來。是他把張小敬引薦到靖安司來的，若因此反害了他的性命，那真是要愧疚一輩子。

徐賓急得一把抓住旁邊姚汝能的胳膊：「我眼睛不太好，你看得準，找到他了沒有？對了，西市署在廣通渠內配有六艘蚱蜢舟，趕緊調過來去河心找找！」

姚汝能此刻百感交集，這位死囚已經讓他徹底折服。原來張小敬沒有吹牛，他真的為了這座城市出生入死。現在回想起來，除了殺小乙之外，張小敬在這幾個時辰內的作為真是無可指摘。姚汝能更加羞愧，他居然一直在懷疑這樣一位英雄。

在那麼劇烈的爆炸下，不太可能會有倖存者。姚汝能不忍心告訴徐賓這個判斷，於是一直站在河邊保持沉默，凝目肅立。

如果張小敬就這麼死了，他和他的那些經歷，將成為一個永久的謎。

一陣腳步聲傳來，他回頭一看，發現李司丞也親自趕來了，遠遠站在土坡上觀望，看不清表情。那個美貌侍女就站在旁邊，鵝黃色的錦襖分外醒目。姚汝能心想，當初李司丞力排眾議任用張小敬，甚至為此和賀監鬧翻，不知他現在面對這個結局，會是什麼心情。

就在這時，河渠對面的岸上，有不良人揮舞著手，激動地大叫起來。姚汝能連忙收起思緒，和徐賓同時朝那邊看去。

他們看到幾個不良人正攙扶著一個身影從河邊往岸上走。那身影披著一件斗篷，看起來十分虛弱，但至少還能動。在他們身後，是一尊高大的蓮瓣九層石經幢[13]。大唐信佛蔚然成風，廣通渠這樣的要地，自然也會立起經幢，請菩薩伽藍加持，兼有測定渠水深淺的功效。剛才那身影應該正好躺倒在石經幢下面，所以沒有被第一拔搜尋的人發現。

徐賓激動地跳起來，差點想直接游過去了。他催促姚汝能，連聲問是不是張小敬。姚汝能強抑住狂跳的心臟，極目遠眺。他的目力極好，一眼就看到那件灰褐色的斗篷，上頭有好幾個漆黑的大洞。

沒錯，那是火浣布斗篷。

這麼說，張小敬還活著？

估計他是趕在爆炸前的一瞬間主動跳了車，然後被爆炸的衝擊波拋到石經幢這邊。斗篷助他避開了烈焰的第一波燒灼，而石經幢的八棱造型適合攀抓，讓他不至於沉入水底。這還真是神佛保佑！

徐賓和姚汝能像孩子一樣歡呼起來，喜色溢於言表。姚汝能大大地吁了一口氣，這樣的結局再完滿不過了。他在心裡開始構思一會兒見面的說詞，是先祝賀他赦免死刑好呢，還是再道一次歉更好。

張小敬並不知道河對岸有兩個人為他的生還歡呼。他現在頭還是暈的，身子虛弱得很，被

---

13 刻有佛名或佛經的石柱。

攙著走了幾步就不得不原地坐下。剛才雖然極其幸運地避開了爆炸，可先被火燒又被冰泡的滋味可真不好受。斷指、腋下和背部的傷口，又開始滲出血來。

幾個不良人殷勤地為他把溼漉漉的破斗篷和外袍脫下，為他披了一件乾燥的厚襖。「張都尉，託您的福，如今已是一切平安啦。」其中一個不良人討好地說道，遞過去一條布巾。

張小敬接過布巾，將眼窩裡的水漬擦了擦，交還給不良人，臉色卻絲毫沒有大事底定的輕鬆。狼衛確實是死光了，可他總覺得整件事還沒結束。猛火雷的數量不是太多，而是太少了，區區十五桶，最多炸掉幾個坊，距離焚盡長安還遠遠不夠。突厥人寄予厚望的「闕勒霍多」真的會這麼簡單嗎？

真這麼簡單，直接駕車衝撞便是，要什麼坊圖指引啊。

更何況聞染的下落目前還是不明，無論是貨棧還是剛才那三輛馬車裡，都沒見到任何女子的蹤跡。

這件事的疑問太多。張小敬正想著如何跟李泌說這事，忽然聽到鏗鏘的腳步聲由遠及近，抬眼一看，原來是崔器。崔器負責河渠這邊的搜索，所以最先趕到。

「崔旅帥，事情還沒結束，立刻帶我去見李司丞。」張小敬高聲說道。

可是崔器卻僵著一張臉，毫無笑意。他走到張小敬面前，一抬手，兩個旅賁軍士兵如狼似虎地撲過去，死死按住張小敬的雙臂。

「帶走。」崔器壓根不去接觸他的視線。

第七章　申正

天寶三載元月十四日，申正。

長安，長安縣，西市。

突如其來的變化，讓所有人猝不及防。

兩名旅賁軍士兵粗暴地把張小敬按在地上，用牛筋縛索捆住他的手腕，然後塞了一個麻核在他口中，讓張小敬徹底失去反抗能力，連聲音都發不出來。整個過程中，崔器的右手始終握在刀柄上，緊緊盯著張小敬的動作，蓄勢待發。似乎只要他有一絲反抗跡象，就要當場格斃。

數刻之前，這個人還處於崩潰的邊緣，可憐兮兮地指望張小敬救命，現在卻完全變了一張臉。張小敬口不能言，脖子還能轉動。他抬頭用獨眼瞪向崔器。崔器把臉轉開，嘴角卻微微有些抽搐。他的內心，並不似他努力扮演的那般平靜。

幾個不良人還保持著諂媚的笑容，茫然地僵在原地。他們不明白這到底是怎麼了，這位爺不是大功臣嗎？怎麼轉瞬就成了囚犯？

張小敬不是沒想過靖安司的人會卸磨殺驢，他沒想到的是，他們竟一刻都等不得。

河對岸的人也被這一齣搞糊塗了，河面太寬，看不太清楚發生了什麼事。他們只看到張小敬遠遠被人扶上岸，然後被按住。徐賓視力不好，急得直拽姚汝能袖子，叫他再看仔細一點。

姚汝能努力睜圓了雙眼，勉強看到兩名士兵押著張小敬離開，一名將領緊隨其後。這個小隊伍轉過一片棧木，便從河對岸的視野裡消失了。

「是旅賁軍……」

姚汝能喃喃道。他們的肩甲旁有兩條白條，絕不會看錯。

徐賓一聽是旅賁軍，眼神大惑：「不可能！他們抓自己人幹什麼？這裡面是不是有什麼誤會？」他在河堤上焦慮地轉了幾圈，想過去問個究竟，誰知腳下一滑，差點滾落水中。幸虧他一把抓住姚汝能的胳膊，才勉強站住。

姚汝能的內心此時跌宕起伏。這個年輕人雖然單純耿直，可並不蠢。靖安司對張小敬的態度一直非常曖昧，既欽服於他的辦事能力，又對他死囚的身分存有戒心。別說賀知章，就連一力推動此事的李泌，對張小敬也有防範，不然不會派姚汝能去監視。

旅賁軍是靖安司的直轄部隊，崔器只聽命於李泌。姚汝能猜測，大概是上頭不願讓外界知道，整個靖安司要靠一個死囚才辦成事，所以第一時間試圖消滅痕跡。可這樣實在太無恥了！張小敬剛剛可是拚了命拯救了半個長安城，怎麼能如此對待一位英雄？

姚汝能一抖袍角，朝旁邊的土坡一步步走去。李泌和他的那個侍女正站在坡頂，同樣眺望著河對岸。他深吸一口氣，打算去找李泌問個究竟。

公開質疑上司，這是一個瘋狂的舉動，也許他從此無法在長安立足。可姚汝能如鯁在喉，胸口有一團火在燒灼。徐賓注意到他的動作，猶豫了一下，也跟了上去。

李泌聽到腳步聲，嚴厲的視線朝這邊掃過來。徐賓趕緊原地站住，又拽了姚汝能一把。可姚汝能已經往前邁出了大大的一步，一臉的氣憤藏都藏不住。

「李……李司丞。」徐賓決定先緩和一下氣氛。

李泌打量了他們兩個一番，冷冷道：「如果你是問張小敬的事，我也想知道，到底是誰給崔器下的命令。」

姚汝能和徐賓一下愣住了，原來這不是李泌下的命令？

那會是誰？整個靖安司有資格給崔器下令的，只有司丞和靖安令，可賀監已經返回宅子去調養，絕不可能趕上這邊的瞬息萬變。要說崔器自作主張，他哪有這種膽子？

李泌陰沉著臉一揮手：「這裡不是談話之地，先回靖安司。」

此時西市的居民和客商們正從四面八方聚攏過來，對著河渠議論紛紛。剛才一連串騷動太大，把這些觀燈的人都招過來了。西市署的吏員拚命維持秩序，可杯水車薪。這種場合，實在不宜談話。

靖安司與西市只有一街之隔。李泌一行人走過街口，看到一大群僕役正在清理那幾具狼衛的屍體。麻格兒肥碩的身軀如山豬一樣躺在平板車上，眼睛瞪得很大。幾個平民朝他厭惡地吐著唾沫，卻不敢靠近，遠遠拿柳枝在周圍拋撒著鹽末。

這些草原上的精銳，如今就這麼躺在長安街頭，如同垃圾一樣被人厭棄。姚汝能對他們沒什麼同情，可他心想，幹掉這些突厥人的英雄，如果也是同樣的下場，那可真是太諷刺了。

張小敬對他說的那句話，不期然又在耳邊響起：「在長安城，如果你不變成和它一樣的怪物，就會被它吞噬。」

一行人回到靖安司大殿，殿內之前彌漫十幾個時辰的緊繃氣氛已然舒緩。大敵已滅，無論是疲憊的書吏還是啞著嗓門的通傳，都露出如釋重負的神情。不少人開始悄悄收拾書卷用具，打算早點回家，帶家人去賞燈。畢竟這可是一年之中最熱鬧的上元節啊。

李泌怫然不悅：「王節度的女兒至今下落不明，這般懈怠，讓外人看到成什麼樣子！」

狼衛覆沒以後，王韞秀綁架案成為靖安司最急需解決的事件。王忠嗣是朝中重臣，他的家眷若有閃失，將對太子造成極大的打擊。李泌絕不能容許這種事發生。

徐賓趕緊過去，踢著案角催促他們都打起精神來。這些小吏只好重新攤開挎袋，坐了回去，但很多人內心不以為然。大家都覺得，她一定是死於昌明坊的爆炸，屍骨無存，沒必要再折騰了。

李泌沒再去管這些人，他心事重重地走過長安城的碩大沙盤，徑直來到自己的案几前。他的案几上有七八個質地不一的文匣子，裡面分別擱著各處傳來的訊報、檢錄、文牘等。其中最華貴的，是一個紫紋錦匣，專盛官署行文。它一直都是空的，可現在裡面卻多了一份銀邊書狀。檀棋確信，他們出發之前，這匣子還是空的。她拈起旁邊的簽收紙條，果然剛送來不久。

李泌拆開文書掃了一眼，不由得冷笑道：「我還沒找，他們倒先把答案送過來了。」然後把它往徐賓手裡一丟。徐賓接過去略看了看，這書狀來自右驍衛，裡面說鑑於皇城有被賊襲擾之憂，臨時提調旅賁軍崔器，拘拿相關人等澈查，特知會靖安司云云。

外人看來，這只是簡單的一封知會，可在熟知官場的人眼裡，卻大有深意。

靖安司負責長安城內外，而右驍衛負責皇城的周邊安全，兩者的職責並不重疊，也沒有統屬關係。突厥人這事鬧得再大，也是靖安司的權責範圍。

但狼衛跨過了光德懷遠這一條死線，讓一切都變得不一樣了。

一過死線，他們對皇城構成直接威脅，性質立刻成了「驚擾聖駕」的大案，右驍衛便有權介入調查。他們打著查案這塊金字招牌，想提調誰就提調誰，哪個敢不配合辦案，就是「謀逆」。所以若右驍衛要求崔器逮捕張小敬，行為雖屬越權，可他一個小小的將佐，根本扛不住壓力。

不過崔器在這件事上並不清白，他明明可以提前告知靖安司，讓李泌有所準備。可他卻默不作聲地搞了個突襲，還抓了張小敬直接送去右驍衛，此舉無異於背叛。

姚汝能對崔器的背叛並不意外。從西市放走曹破延開始，一連串的重大失誤讓崔器如驚弓之鳥，極度惶恐不安。狼衛越過死線，是駱駝背上的最後一根稻草。崔器自認為待在靖安司已是死路一條，還不如去抱右驍衛的大腿，好歹會有投效之功。

李泌對崔器的去向不感興趣，他用指頭磕了磕案面：「為什麼右驍衛要捉張小敬？」這才是最核心的疑問。右驍衛甘冒與靖安司衝突的風險，強行越權捉人，有什麼好處？

沒有人回答。事涉朝爭，姚汝能級別太低，徐賓渾渾噩噩，這兩個人都給不出什麼有價值的建議。檀棋安靜地站在一旁，指尖抵住下巴，一雙美眸怔怔注視著沙盤。她忽然輕輕咳嗽了一聲，伸出修長的指頭，似是無意中指向沙盤中的平康坊。

李泌眼前倏然一亮。

檀棋是家生婢，這種場合不敢開口，但她的暗示夠明確了。平康坊裡可不只有青樓，還住著一位大人物，右相李林甫。

本朝最著名的政治景觀之一，就是李林甫與東宮對峙。這位權傾天下的宰相，對東宮一直懷有敵意，只是沒有公開。他在暗處，一直盯著靖安司的錯漏，好以此攻訐東宮，是太子在朝堂上最危險的敵人。

從右驍衛出動到張小敬被捕，只有短短的間隙。敵人能迅速抓住破綻，一口咬準七寸，這驚人的眼光和執行力，絕非右驍衛那些軍漢能琢磨出來，必然有一位老手在後頭操弄。能這麼幹且有能力這麼幹的，只有右相。

順著這個思路一琢磨，整個動機陡然變得清晰。

倘若張小敬落到李林甫的手裡，光是他的身分，就足以做出好大一篇文章：你為什麼堅持要任用一個死囚？你憑什麼認為他值得信任？狼衛都殺到皇城邊上了，是他辦事不力還是有心放縱？如果啟用另外一位忠君的幹員，這些騷亂是不是可以避免？沒有十成把握，你竟然冒險，你有沒有把聖上的安危當一回事？

李泌在腦海裡想像李林甫各種質疑的嘴臉，不由得嘿了一聲。正如李亨此前在淨土院提醒的那樣，賀知章是遮擋風雨的亭頂，他這一去，明槍暗箭立刻就撲了上來。

這次突厥狼衛事件的結局很曖昧。說成功也算成功，因為凶徒全數擊斃；說失敗也算失敗，因為這些草原蠻子一度逼近皇城，驚擾御座，靖安司未能防患於未然，也是失職。

換句話說，靖安司究竟是「擎天保駕」還是「怠忽職守」，全看朝堂上哪邊的實力比較大。張小敬在右相手裡，東宮可就屈居下風了。

難怪李相出手這麼迅速。

姚汝能、徐賓站在原地，大氣不敢出。他們雖不如李泌看得透澈，但光看上司的臉色，就知道這事有多麻煩。

李泌簡單地解釋了一下，徐賓臉色一黯，垂下頭去。姚汝能惱怒地咬咬嘴脣，他不明白，這件事情怎麼會這麼複雜？只因為官員之間互相傾軋，就可以把一個拯救了長安的英雄任意抓捕？這可不是什麼盛世氣象！

「你來長安還太短。這樣的事……哎哎。」徐賓搖搖頭。姚汝能卻看向李泌，大聲道：「李司丞，我們不能放棄張都尉，這不對！」

李泌示意他少安毋躁，右手習慣性地想要抓住什麼東西，卻發現抓了個空。檀棋把拂塵從旁邊取來，放在他手裡。李泌拂塵一握，沉聲道：「我們不會放棄張小敬。突厥人的事情，可還沒完呢！」

三人聞言俱是一怔，狼衛不是已經全死了嗎？

徐賓以為李泌指的是王韞秀的調查進展，連忙轉身捧起一卷報告：「旅賁軍此時正在對懷遠坊的龍波住所、修政坊空宅、昌明坊貨棧等地進行……哎哎……澈底搜索，但目前還沒有發現任何王韞秀的蹤跡。」

可是李泌卻搖搖頭：「我說的不是王韞秀，是突厥人的事。」

徐賓奇道：「那個？司丞還有什麼顧慮？」李泌看了他一眼：「徐主事記性不差，可記得蘇記車馬行進城時，冒充墨料報關的延州石脂是多少桶？」

這些數字徐賓熟諳於心，脫口而出：「三百桶，分裝在三十輛大板車。」

「三百桶石脂，便是三百桶猛火雷。剛才那三輛馬車，一共只裝了十五桶。換句話說，還有二百八十五桶和二十七輛板車下落不明。」

李泌淡淡提醒了一句，周圍的人都悚然一驚。

對啊，狼衛帶去的僅僅只是一小部分。光是那五桶的威力，已經把西市攪得天翻地覆，還有二百多桶不知去向，這長安城，天哪……他們心中同時浮現四個字：闕勒霍多。

這時姚汝能插口道：「可突厥人死傷這麼慘重，縱有漏網之魚，應該也不夠人手來運送這兩百多桶吧？」

李泌似笑非笑：「誰說做這件事的，非得是突厥人不可？」

姚汝能呆了呆，然後驚出一身冷汗。張小敬也罷，李泌也罷，他們總是不憚用最黑暗的思路去揣測事態，彷彿這世間一個好人也無。更可怕的是，他們很可能是對的。

李泌道：「所以我們還需要張小敬，這件事除了他，誰也做不到。」

眾人不約而同地瞥了一眼沙盤。長安城上迷霧繚繞，在所有人歡慶勝利之時，真正的怪獸還蟄伏在暗處，剛剛露出獠牙。只有張小敬，才有可能劈開迷霧，把那怪物拖到陽光下，而他此時卻身陷自己人編織的牢獄。

姚汝能遲疑片刻，向前一站：「卑職願去右驍衛交涉。」徐賓在一旁急得直搓手：「……哎哎，糊塗！你什麼身分？右驍衛碾死你眼皮都不會動一下。」

「那我也得去試試！實在不行，我就……我就……」姚汝能說到這兒，把腰牌解下來，「我就去劫獄！請司丞放心，我會辭去差使，白身前往，斷不會牽連靖安司。」

「少安毋躁，還沒到那個地步。」

李泌示意他別那麼激動，姚汝能卻捕捉到了他的言外之意。還沒到那地步，意思是說，如果真到了那地步，劫獄也未嘗不可？

李泌把拂塵重重擱在案几上，眼神裡射出銳光：「這件事，我會親自去處理。其他人等給我嚴守崗位，繼續搜索王韞秀，不許有分毫懈怠！」

殿內響起一陣埋怨和失望的聲音，不過在李泌的瞪視下，無人造次。小吏們打著呵欠把書架鋪開，僕役們彎著腰把壓滅的暖爐重新吹著。通傳飛跑出殿外，把這個不幸的消息通告各處望樓。

李泌讓徐賓、姚汝能和其他幾個主事督促搜索事宜，然後轉身去了後堂。在那裡，檀棋已經把他的外袍和算袋都準備好了。

「公子，你真的要去闖右驍衛嗎？」檀棋擔心地小聲問道。

「不，那樣正中李相下懷，他正盼著我跟南衙的人撕起來呢。」李泌直視檀棋，「要去的人不是我，是妳。」

「我？」檀棋突然有些慌亂，「為、為什麼是我？」

李泌附在檀棋耳邊，輕輕說了幾句。檀棋驚愕地看了一眼公子，以為他在開玩笑。李泌卻堅定地點了一下頭，表示自己沒瘋。

「妳是個聰慧的姑娘，在這裡端茶送水擺擺沙盤，對妳來說，實在太屈才了。」突如其來的褒獎，讓檀棋一下子面紅耳赤，連忙垂下頭去。李泌笑著拍了拍她的肩膀：「我身邊值得信任的人並不多，做這件事，非妳莫屬啊。」

「那公子你去哪裡？」檀棋問道。

李泌披上外袍，掛上算袋，把銀魚袋的位置在腰帶上調了調，這才回答道：「只有一個人能打破如今的僵局，我現在去找他。」

「誰？」

「賀監。」

李泌口氣平淡，可檀棋知道，這是公子最艱難的一個決定。

＊

封大倫有兩個愛好，一是在移香閣裡飲酒，二是移香閣本身。

這間小閣寬長皆十五步，地方不大，卻有一樁妙處：四壁的牆中，摻有于闐國特產的芸輝香草、麝香和乳香碎末。倘若有日光移入閣中，室內便會泛起一股幽幽異香，歷久彌香，讓人如居蘭室。

此時日頭雖已西下，可香味猶存。封大倫笑咪咪地舉起手中銅爵，朗聲道：「見聖人。」以清酒為聖人，以濁酒為賢人，這是士林裡戲謔的說法。主人既起了興，對首的客人也拿起酒爵，回了一句「同見」，然後大袖一拂，一飲而盡。

對首跪坐的，是一個叫元載的年輕人。這人生得儒雅端方，額頭平闊如臺，望之儼然。他正是永王推薦的那個大理寺評事，論起官階，比封大倫還要高出一頭。

元載飲罷放下銅爵，脫口而出：「好酒，這是蝦蟆陵的郎官清？」

封大倫豎起拇指：「元評事好舌頭，正是常樂坊的蝦蟆陵所出。」他拿起酒勺，又給對方舀滿，慢條斯理道：「說到這個名字，還有一樁趣事。常樂坊裡有一座古塚，就在坊內街東。相傳是漢賢董仲舒之墓，儒家門人到此，要下馬以示尊敬，所以又叫下馬陵。村夫俗子不知名教，以訛傳訛，居然成了蝦蟆陵，也真是可笑。」

他久做營造，關於長安坊名古蹟的掌故熟極而流。元載哈哈一笑：「在下初到長安之時，就好奇怎麼會有這麼個古怪地名，今日聽了封兄解說，才算恍然大悟。」他捏著銅爵，環顧四周，忽然感慨道：「封兄可真是會享受，這移香閣處處都有心思，在長安也算是一處奇景啊。」

封大倫敏銳地注意到，元載目光所掃，皆是沉香木屋梁、水晶壓簾、紫紅綃帳等奢靡之飾，眼神熾熱，但稍現即逝。他閱人無數，知道這個人內心有著勃勃貪欲，卻能隱忍克制，將來一定是個狠角色。

這時閣外傳來敲門聲，一個浮浪少年站在門檻，將一張紙條遞進來。封大倫展開看了一眼，右眉一挑，隨手揣在懷裡，對元載道：「今日請元評事來，是有一件小事。長安縣獄有個死囚，勞煩行一道文書，把他提調走。」

「哦？」元載歪了歪頭，「提調到哪裡？大理寺獄？」

「隨便什麼理由，只消把他留在那裡三五日，再原樣發回縣獄便成。」封大倫盡量輕描淡寫。

元載聽到這個請求，頗覺意外。不是因為困難，而是因為太容易。他本以為是某家貴胄要撈人，不料卻是這麼一個古怪要求。他眼珠一轉，不由得笑道：「這個人，只怕如今並不在縣獄裡頭吧？」

若是犯人還在押，獄方可以直接上解，不必這麼大費周章。只有犯人被其他府司所控制，才需要大理寺下發正式的提調文書給縣獄，縣獄再拿著這份文書去要人。

封大倫沒想到元載反應這麼快，略為尷尬地咳了一聲：「沒錯，此人今天被別人提走了，永王希望他能老老實實回去待著。」

「他被哪個府司提走了？」元載問。

封大倫面孔一板：「區區小事一樁，元評事只管發文書便是，不必節外生枝。」

元載注視著封大倫。他很喜歡觀察別人，並從中讀出隱藏的真實情緒。這位試圖裝出淡定的樣子，可語調裡卻透著焦灼。他反覆強調這是一件區區小事，正說明這絕非一件小事。若換作別人，只管發出文書收下賄賂，其他事情才不關心，但元載可不會。

「封主事你可以更坦誠一些。」他說。

封大倫微微變了臉色：「你什麼意思？」

元載哈哈一笑，把身子湊前一點：「永王親自過問，這人的身分應該不簡單……」

「這不是你該問的事情。」封大倫終於有點裝不下去了。

元載卻毫不生氣，他食指輕輕搖動，眼神真誠：「您不妨說說來龍去脈，若在下多知道些，也許能幫上更多忙。」

封大倫這才明白，為何元載年紀輕輕，就已官居八品。這小子對機會的嗅覺實在太敏銳了，才幾句交談，他就嗅出了這裡頭的深意，想把一個小人情做大。封大倫本想拒絕，可轉念一想，靖安司是個強勢的怪胎，一封文書未必奏效，倒不如聽聽這小子的意見。

貪婪而懂得克制的人往往都聰明絕頂。

「你想知道什麼？」封大倫問。

元載笑了：「比如說，這人到底是誰？為何入獄？」

封大倫遲疑片刻，開口道：「要提調的人叫張小敬，原來是在西域當兵的，敘功擢為萬年縣的不良帥。天寶二載十月，朝廷要為小勃律來使興建賓館，徵調敦義坊的地皮。有個叫聞記的鋪子不肯搬遷，虞部的人去交涉，不料店主聞無忌竟莫名其妙死了。這個張小敬是店主的老戰友，堅持說店主為奸人所害，一定要查到底，最後和上司萬年縣尉發生齟齬。這傢伙將上司殺死，遂扭送入獄。」

元載聽著，面上的微笑不變。封大倫的敘述不盡不實，比如「興建賓館，徵調地皮」，裡頭就藏著不知多少利益；虞部跟聞記鋪老闆的「交涉」，恐怕也不會那麼溫柔。至於永王在裡頭扮演的角色，封大倫一字未提……

不過……這都無所謂，元載對真相一點都不關心，關鍵是永王想要什麼。

他用指甲敲了下銅爵邊角：「去年十月判的死罪，按理說同年冬天就該行決了，怎麼他現在還活著？」

「這不是複奏未完嘛，所以一直羈押在獄裡。」封大倫頗為無奈。

元載理解地點了點頭。自太宗朝起，朝廷提倡慎刑恤罰，京師死刑案子，須得五次複奏。一個案子去年拖到今年執行，並不罕見。

封大倫繼續道：「今天在萬年縣獄，張小敬被靖安司的人帶走，公然除去枷鎖，行走於市坊之間，形同赦免！」說這話時，他不由自主地捏緊了酒勺。元載注意到，他的情緒更緊張了。

「靖安司……」元載咀嚼著這個陌生的名字，「他們找張小敬幹什麼？」

「不知道。但無論如何得把他弄回縣獄。」封大倫略帶緊張地說。去年那案子，費了多少周折才把那閻羅弄進獄裡，絕不能讓他恢復自由。

元載已隱隱猜到這件事的前因後果。張小敬那個「齟齬」，怕是讓永王、封大倫這些人十分忌憚，生怕他恢復自由之身。想通了這個要害，其他細節便無關宏旨。元載拿起銅爵，美美地又品了一口郎官清，整理了一下思路。

「那靖安司能去縣獄撈人，權柄必定不低。光是大理寺出面，怕是會被擋回。」

「那依閣下之見……？」

「不如動用御史，讓他們去彈劾……」

「不可，不可。」封大倫連忙勸阻，「永王說了，不想招惹蘭臺那些瘋狗。」

御史臺的那些人，本職工作就是找碴，誰的碴都找。指望拿他們當刀，得留神先傷了自己。「你託我去找別人麻煩？嗯？說明你也有問題，我也得查查！」御史們全是這樣的思路。說好聽點叫「求全責備」，說難聽點就是瘋狗一群。

看到封大倫尷尬的表情，元載大笑：「封兄精熟營造，對訟獄可就外行了。我們大理寺經手的案子，都得去御史臺司報備。所以咱們只消尋個理由，讓大理寺接了案子，在下於報備文書裡略做手腳，自有那閒不住的御史，會替咱們去找靖安司的麻煩……」

封大倫聽得不住點頭。這麼操作確實不露痕跡，誰也攀不到永王那邊去。他略一沉思，又問道：「什麼理由好呢？」

這個理由得夠大，才有資格讓大理寺和御史臺受理，但又不能把自己和永王牽扯進去。

元載用指頭蘸著清酒，在案几上寫了幾個字：「身犯怙惡悖義之罪，豈有不赦而出之理」。封大倫大喜，連聲說好。這幾個字避開拆遷，單說張小敬殺縣尉事，又暗示有人徇私枉法，公然袒護。尤其是「不赦而出」四個字，御史們見了，必如群蠅看見腥血。

區區十六個字，數層意思，面面俱到，不愧是老於案牘的刀筆吏。

御史們一出動，不怕靖安司不交人。至於張小敬是被抓回縣獄、大理寺獄還是御史臺的臺獄，都無所謂。

元載笑咪咪地拍了拍手：「待過了上元節，在下便立刻去辦。」封大倫一聽就急了：「這個，最好能今日辦妥……」元載沒想到他急成這樣子，可如今已是申時，大理寺的大小官吏，早就回家準備觀燈了，哪還有人值守。

封大倫雙手一拱：「事成之後，必有重謝。」把尾音二字咬得很重。張小敬一日不除，他便一日寢食難安。

元載思忖再三，嘆了口氣：「事起倉促，若想今日把張小敬抓回去，尚欠一味藥引。」

「藥引？」

「唆使張小敬行凶的，是聞記香鋪吧？若他們家有人肯主動投案，有了名分，大理寺才好破例當日受理。」

封大倫拊掌大笑：「這可真是無巧不成書！聞記鋪子店主的女兒，恰好被我手下請回來，就在隔壁。我還沒顧上去招呼，不妨一起去看看？」

元載知道他有一重身分是熊火幫的頭領。熊火幫不敢跟靖安司對抗，欺負老百姓卻是家常便飯。他也不說破，欣然應承。

兩人起身離開移香閣，穿過庭院，來到一處低矮的柴房前。幾個熊火幫的浮浪少年正守在門口。封大倫見他們個個灰頭土臉，眉頭一皺，問不過是抓個女人，怎麼搞成這樣？浮浪少年們面面相覷，你一言，我一語，半天說不清所以然。

元載趁他們交談的當下，先把柴房的門推開。裡面一個胡袍女子被捆縛在地上，雲鬢散亂，神色惶然，嘴裡塞著麻核，只能發出嗚嗚聲。

元載與她四目相對，忽然注意到這女人腮邊有數點絞銀翠鈿，盤髻上還插著一枝鳳尾楠木簪，神色不禁一動。

他站在原地，眼神閃爍，忽然做了一個奇怪的動作：回身把門關上。

＊

這世界上的事情非常奇妙，一飲一啄，莫非前定。

就在不久前，李泌不露痕跡地把賀知章氣病回家，現在卻又不得不硬著頭皮去請他出山。右驍衛扣押張小敬這件事，就像是懸在繩子上的一顆雞蛋，十分微妙。無論李泌還是太子出面，都會立刻打破脆弱的平衡，讓雞蛋跌破。賀知章聲望既隆，聖眷未衰，卻已公開退隱，是能取下雞蛋而不破的唯一人選。

如果有半分可能，心高氣傲的李泌都不想向那位老人低頭。可他內心有一股強烈的預感，長安仍舊處於極度的危險中，一定還有一個大危機正悄然積蓄。

時勢逼人，他只能把個人的榮辱好惡擱到一旁。

賀知章的住宅位於萬年縣的宣平坊中，距離靖安司不算近，要向東過六個路口，再向南三個路口。此時街道人潮洶湧，若非他的馬匹有通行特權，只怕半夜也未必能到。

李泌捏緊轡繩，騎馬在大街上疾馳。此時還沒到上燈放夜的時辰，但長安城的居民扶老攜幼，早早擁上街頭，和蒙著彩緞的牛車、騾車擠成一團。諸坊的燈架還在做最後的準備工作，而燈下的百戲已經迫不及待先開始表演了。一路上丸劍角抵[1]、戲馬鬥雞，熱鬧非凡。空氣中

---

1 角抵即摔跤。

浮著一層油膩膩的烤羊香氣，伴隨著胡樂班的春調子飄向遠方，與歌女們遙遙傳來的踏歌聲相應和。

這只是一處小小的街區，在更遠處，一個接一個的坊市也都陸續熱鬧起來。

長安城像是一匹被丟進染缸的素綾，喧騰的染料漫過縱橫交錯的街道，像是漫過一層層經緯絲線。只見整個布面慢慢濡溼、浸透，彩色的暈輪逐漸擴散，很快每一根絲線都沾染上那股歡騰氣息。整匹素綾變了顏色，透出沖天的喜慶。

在這一片喜色中，只有李泌像是一個不合時宜的頑固斑點，抿緊嘴唇，逆著人流的方向前進。他撥弄著馬頭，極力要在這一片混亂中衝撞出一條路來。

看著這一張張帶著喜色和興奮的臉，看著那一片片熱鬧繁盛的坊街，李泌知道自己別無選擇。為了闔城百姓，為了太子未來的江山，他只能放下臉面，做一件自己極度不情願的事。這既是責任，也是承諾。

「權當是紅塵歷練，砥礪道心吧。」李泌疲憊地想，馬蹄一直向前奔去。

宣平坊地勢很高，坡度緩緩抬升，遠遠望去就像是在城中憑空隆起一片平頭山丘。這片山丘叫樂游原，上有宣平、新昌、升平、升道四坊，可以俯瞰整個城區。灰白色的坊牆沿山坡逶迤而展，牆角遍植玫瑰、苜蓿，更有滿原的綠柳，春夏之時極為爛漫，景致絕佳。

樂游原和曲江池並稱「山水」，是長安人不必出城即能享受到的野景。原上樂坊、戲場、酒肆遍地皆是，又有慈恩寺、青龍寺、崇真觀等大廟，附近靖恭坊內還有一個馬球場，是長安城為數不多可以公開觀看的地方，乃是城中最佳的玩樂去處之一。

賀知章住的宣平坊，正在樂游原東北角。他選擇這裡，一方面是因為柳樹甚多，那是老人最喜歡的樹木；另外一方面則是因為在南邊的升平坊中，設有一處東宮藥園。太子對這位耆老格外尊崇，特許東宮藥園隨時為其供藥。

賀知章致仕之後，把京城房產全都賣掉了，只剩下這一座，可見非常喜歡。

李泌驅馬登原，沿著一條平闊的黃土大路直驅而上，景色逐次抬升。原上柳樹極繁，甚至有別稱叫柳京。冬季剛過，枯枝太多，官府嚴令不得放燈，所以無論坊內還是路邊都沒有彩燈高架。不過這裡地勢高隆，登高一眺，全城華燈盡收眼底，所以不少官宦家眷早早登原，前來占個好位置。這一路上車馬喧騰，歌聲連綿，不輸別處。

李泌勉強殺出重圍，來到宣平坊的東南隅。這裡宅院不多，但門楣上全都釘著四個門簪[2]，可見宅主個個出身不凡。賀知章家很好認，門前栽種了一大片柳樹。他徑直走到綠林後的一處宅院，敲開角門。裡面僕役認出他的身分，不敢怠慢，一路引到後院去。

賀知章的兒子正在院中盤點藥材。他是個木訥的中年人，名叫賀東，他並非賀知章的親嗣，而是養子，身上只有一個虞部員外郎的頭銜。不過賀東名聲很好，在賀知章親子賀曾參軍之後，他留在賀府，一心侍奉養父，外界都讚其純孝。

賀東認出是李泌，他不知父親和李泌之間的齟齬，熱情地迎了上去。李泌略帶尷尬地詢問病情，賀東面色微變，露出擔憂神色，說父親神志尚算清醒，只是暈眩未消，只得臥床休養，言語上有些艱難。看賀東的態度，賀知章應該沒有把靖安司的事跟家裡人說。

「在下有要事欲拜見賀監，不知可否？」李泌又追加了一句，「是朝廷之事。」

賀東猶豫了一下，點了點頭，在前頭帶路。兩人一直走到賀知章的寢屋前，賀東先進去詢問了一句，然後出來點點頭，請李泌進去。

2 門簪的數量代表宅主的地位高低，普通人家是兩個，地主富商為四個，皇家王府則可能更多。

李泌踏進寢屋，定了定神，深施一揖：「李泌拜見賀監。」他看到老人在榻上慵慵斜靠著一塊獸皮描金的圓枕，白眉低垂，不由得升起一股愧疚之意。

賀知章雙目渾濁，勉強抬手比了個手勢。賀東彎腰告退，還把內門關緊。待屋子裡只剩兩個人，賀知章開口，從喉嚨裡吐出一串含混的痰音，李泌好不容易才聽明白：

「長源，如何？」

賀知章苦於暈眩，只能言簡意賅。李泌連忙把情況約略一說，賀知章靜靜地聽完，卻未予置評。李泌摸不清他到底什麼想法，趨前至榻邊：「賀監，如今局勢不靖，只好請您強起病軀，去與右驍衛交涉救出張小敬，否則長安不靖，太子難安。」

賀知章的雙眼擠在一層層的皺紋裡，連是不是睡著了都不知道。李泌等了許久，不見回應，伸手過去搖搖他身子。賀知章這才蠕動嘴唇，又輕輕吐出幾個字：「不可，右相。」然後手掌在榻框上一磕。

李泌大急。賀知章這個回答，還是朝爭的思路，怕救張小敬會給李林甫更多攻擊的口實，要靖安司與這個死囚切割。繞了一圈，還是回到兩人原先的矛盾：李泌要做事，得不擇手段掃平障礙；賀知章要防人，須滴水不漏和光同塵。

外面的水漏一滴一滴地落在桶中。李泌不由得提高聲調，強調如今時辰已所剩無幾，尚有大量猛火雷下落不明，長安危如累卵。可賀知章卻不為所動，仍是一下一下用手掌磕著榻邊。

他的意思很明確，事情要做，但不可用張小敬。

李泌在來之前，就預料到事情不會輕易解決。他沒有半分猶豫，一撩襴袍，半跪在地上：「賀監若耿耿於懷，在下願……負荊請罪，任憑處置。但時不待我，還望賀監……以大局為重。」

他借焦遂之死，故意氣退賀知章，確實有錯在前。為了能讓賀知章重新出山，這點臉面李泌可以不要。他保持著卑微的認罪姿態，長眉緊皺，白皙的面孔微微漲紅。這種屈辱的難堪，幾乎讓李泌喘不過氣，可他一直咬牙堅持著。

賀知章垂著白眉，置若罔聞，仍是一下下磕著手掌。肉掌撞擊木榻的啪啪聲，在室內迴盪。這是諒解的姿態，也是拒絕的手勢。老人不會挾私怨報復，但你的辦法不好，不能通融。

見到這個回應，李泌嘴角微微抽搐了一下，心中一陣冰涼。若只是利益之爭，他可以讓利；若只是私人恩怨，他可以低頭。可賀知章純粹出於公心，只是兩人理念不同，這讓他怎麼退讓？

啪，手掌又一下狠拍木榻。這次勁道十足，態度堅決，絕無轉圜餘地。

李泌偏過頭去，看了一眼窗外已開始變暗的天色，呼吸急促起來。明明路就在前方，可老人的執拗，如一塊巨岩橫亙在李泌面前，把路堵得密不透風。

他遽然起身。不能再拖了，必須當機立斷！

華山從來只有一條路，縱然粉身碎骨也只能走下去。

*

右驍衛的官署位於皇城之內，坐落於承天門和朱雀門之間，由十八間懸山頂屋殿組成。皇城內的其他官署都是大門外敞，右驍衛卻與眾不同，在屋殿四周多修了一圈灰紅色的尖脊牆垣。從外頭看過去，只能勉強看到屋頂和幾杆旗幡，顯得頗為神祕。

這是因為右驍衛負責把守皇城南側諸門，常年駐屯著大批豹騎。兵者，凶器，所以要用一道牆垣擋住煞氣，以免影響到皇城的祥和氣氛。

檀棋站在右驍衛重門前的立馬柵欄旁，保持著優雅的站姿。她頭戴帷帽，帽簷有一圈薄絹垂下，擋住了她的表情。一旁的姚汝能很焦躁，不時轉動脖頸，朝著皇城之外的一個方向看去。

他們已在此等候多時，卻還沒有進去，似乎還在等著什麼。

此時夕陽西沉，再過一個時辰，長安一年中最熱鬧的上元燈會就要開始舉燭了。皇城諸多官署的人已經走了大半，偶爾有幾個輪值晚走的，也是步履匆匆，生怕耽誤了遊玩。這兩個人閒立在御道之上，顯得十分突兀。

忽然，遠處傳來一陣鼓聲。姚汝能連忙打起精神，借著夕陽餘暉去看旗語。這次的旗語不長，只傳來一個字。姚汝能面色沉重，轉頭對檀棋道：「乙！」

帷帽輕輕晃動了一下。這一個字，意味著公子在樂游原的努力已經失敗，必須啟用備選的乙號計畫。

檀棋默默地把所有的細節都檢查了一遍，深吸一口氣，心臟依然跳得厲害。這是一個大膽、危險而且後患無窮的計畫，只有徹底走投無路時才會這麼做。只要有一步不慎，所有人都會萬劫不復。不過她並不後悔，因為這是公子的要求。

如果說公子一心為太子的話，那麼她一心只為了公子。她願意為他去做任何事，包括去死。

「檀棋姑娘，照計畫執行？」姚汝能問道。

「你再仔細想想，確實沒什麼疏漏了嗎？」檀棋不太放心。這個計畫是李泌首肯，但具體策劃卻是姚汝能。對這個二愣子，檀棋並不像對公子那麼有信心。

姚汝能一拍胸膛，表示不必擔心。

「好，我們走吧。」檀棋強壓下不安，在姚汝能的伴隨下，走入右驍衛的重門。

守衛沒想到這會兒還有訪客，警惕地斜過長戟。姚汝能上前一步，手裡的腰牌一揚：「我們是來衛裡辦事的。」就要往裡邁。守衛連忙持戟擋住：「本署關防緊要，無交魚袋者不得入內，還請恕罪。」那腰牌銀光閃閃，守衛不明底細，所以說話很客氣。

姚汝能道：「我們已經與趙參軍約好了，有要事相談。」

「請問貴客名諱？」

「居平康。」

守衛回身去翻檢廊下掛著的一串門籍竹片，嘩啦嘩啦找了一遍，回覆道：「這裡沒有貴客的門籍。」姚汝能面露困惑：「不會吧，趙參軍明明已經跟我們約好，你再找找？」守衛耐著性子又翻了一遍，還是沒有。

姚汝能臉色一沉：「這麼重要的事，怎麼連門籍都沒事先準備好？你是怎麼做事的！」守衛有些緊張：「這裡只負責關防，每日更換門籍是倉曹的人。」姚汝能怒道：「我不管你們右驍衛內部什麼負責什麼，別耽誤我們的時間！」說完就要往裡硬闖。

幾名守衛一下緊張起來，橫戟的橫戟，拔刀的拔刀。檀棋忽然發聲道：「莫亂來。」姚汝能這才悻悻停住腳步，退到重門之外，扔過來一片名刺：「好，我們不進去，你把趙參軍叫出來。」

守衛暗自鬆了口氣，倉曹的黑鍋他們可不願意背。對方肯鬆口再好不過，趕緊把話傳進去別給自己惹事。於是他撿起名刺，跑進去回稟，過不多時，匆匆趕出來一位胖胖的青衫官員。這位官員一臉莫名其妙，不知哪兒來了這麼兩位客人。不過他到了重門口這麼一打量，連忙拱手唱一個喏，態度客客氣氣。

前面這個年輕護衛也就罷了，他身後那個女人，帷帽薄紗，還披著一件寬大的玄色錦袍。雖然如今天氣還穿這麼厚的錦袍有些怪異，但這身裝扮價值可不菲。

趙參軍想得很明白，有資格進這皇城的人非富即貴；敢站在右驍衛門口點名要參軍出迎的人，更是神通廣大。他區區一個八品官，可不能輕易得罪權貴。

「華燈將上，兩位到此有何貴幹？」

檀棋沒有揭開帷帽，而是直接遞過去一塊玉佩。趙參軍先是一愣，趕緊接住。這玉佩有巴掌大小，雕成一簇李花形狀。李花色白，白玉剔透，兩者結合得渾然天成，簡直巧奪天工。玉質上乘，更難得的是這手藝。趙參軍握著這李花玉佩，一時不知所措。檀棋道：「趙七郎，我家主人想來接走一個人。」

趙參軍聽這個年輕女人居然一口叫出自己排行，再低頭看那塊李花玉佩和「居平康」的名刺，眼神忽然激動起來：「尊駕……莫非來自平康坊？」帷帽上的薄紗一顫，卻未作聲。趙參軍登時會意，把玉佩還回去，然後畢恭畢敬地把兩人迎入署內。

守衛正要遞上門簿做登記，趙參軍大手一揮，把他趕開。

他們穿過長長的廊道，來到一處待客用的靜室。趙參軍把門關好，方才回身笑道：「沒想到下官賤名，也能入尊主人法眼。」

「呵呵，主人說過，趙七郎的《棠棣集》中有風骨，惜乎不顯。」

趙參軍的臉上都樂出花了，他曾經附庸風雅，刊了一本詩集，不過只有親友之間送送，沒想到那一位居然也讀過。他受寵若驚，連忙振作精神：「不知右相……」

「嗯？」

薄紗後的檀棋發出一聲不滿，趙參軍連忙改口：「尊主，尊主。不知尊主此番遣貴使到此，要接誰走？」檀棋道：「張小敬。」趙參軍一怔，姚汝能補充道：「就是半個時辰前你們抓來的那個人。」

西市那一場混亂，趙參軍聽說了，也知道抓回來一個人。可他沒想到，這事居然連右相也驚動了。

「這，可是朝廷要犯呀……」趙參軍雖不明白背後的複雜情勢，可至少知道這人干係重大。檀棋道：「此人叫張小敬，本就是我家主人與你們右驍衛安排的。要不然，怎麼會給靖安司的知會文牘上連名字也不留？」

她的語氣從容，平淡中卻帶著一絲高門上府的矜持與自傲。

趙參軍一聽這話，思忖片刻，右手輕輕一捶左手手心，表情恍然：「原來……竟是如此！」

檀棋和姚汝能兩人心中同時一鬆，暗想：「成了。」

這個乙計畫是讓檀棋冒充李林甫的家生婢，混入右驍衛接走張小敬。整個計畫的核心，乃是在那一封右驍衛發給靖安司的文書。

拘捕張小敬，是李林甫暗中授意右驍衛所為，所以文書中只說「拘拿相關人等澈查」等字眼，不寫名字。這樣李相可以不露痕跡地把人帶走，靖安司想上門討要，右驍衛隨便換另外一個人便可搪塞過去。只消說我們只拘拿了相關人等，可從來沒說過拘拿的是你找的那一位。

李泌深諳這些文牘上的文字遊戲，便反過來設法利用。既然你們只能偷偷提人，不欲聲張，我就先行一步，冒充你們把人劫走。

那一塊玉佩，其實是李亨送給李泌的禮物。李花寓意宗室李姓。恰好這三個人都姓李，用來冒充李林甫的信物全無破綻，實得瞞天過海之妙。

所以檀棋一亮出李花玉佩和「居平康」的化名，趙參軍便先入為主，認為來人是李相所遣。再加上對方一口道出靖安司的文書細節，趙參軍更不疑有他，立刻「想通」了：哦，原來李相和本衛祕密合作，這是來提人啦。

這一連串暗示看似僥倖，實則是靖安司「大案牘術」殫精竭慮的成果。

檀棋見時機成熟，便催促道：「眼看燈會將至，還請參軍盡快帶我們去提人。」趙參軍一想到能和李相搭上關係，身子骨都飄了，忙不迭地答應。

趙參軍帶著兩人往衛署深處走。這裡廂廊、內室、廳庫之間環環相套，四通八達，若沒人帶一定會迷路。走過一個轉角，迎面走來一隊軍士。趙參軍突然停住腳步，輕輕哎了一聲。檀棋和姚汝能的心跳登時漏跳半拍，以為出了什麼紕漏。姚汝能把手探向腰間，那裡藏著一把鐵尺。

不料趙參軍諂媚道：「再往前頭走，路暗簷低，怕貴使的帷帽有妨礙，還請多加小心。」檀棋鬆了一口氣，隔著一層薄紗，在這麼窄的通道裡走路確實不方便。她把帷帽的薄紗掀起，露出一張絕色容顏。

趙參軍驚訝於她的容貌，又不敢多看，連忙轉過身去。傳說李相耽溺聲色，姬侍盈房，連一個家生的奴婢都如此漂亮。他心中既存了來人是李相使者的定見，什麼細節都會往上連想，越發篤定無疑。

他們一直走到一處小院，方才停住。這裡說是院子，其實和室內差不多，四周皆被臨近大屋的寬簷所遮，顯得逼仄昏暗。在院子盡頭是兩扇箍鐵大門，五六名守衛站在院子入口處。

據趙參軍介紹，右驍衛並無專門的監牢，這箍鐵大門後頭是個庫房，平時儲物，此時安排了守衛，顯然是臨時充作牢房，用來羈押要犯。

趙參軍先走過去，隔著柵欄跟衛兵嘀咕了幾句，還不時回頭朝這邊看過來。

姚汝能注意到檀棋的袖口微微發抖，讓一個弱女子來劫獄，畢竟還是太勉強了。這個計畫到底是倉促之間急就章，中間尚有許多不確定環節，要靠一點運氣。

「被發現也不打緊。大不了直接打進去，把張都尉搶出來。」姚汝能眼望前方，手握鐵尺，語氣裡多了一分張小敬式的凶狠。

檀棋為了擺脫緊張，壓低聲音問道：「你為何對那個登徒子如此上心？」

檀棋對張小敬並無好感，來這裡純粹是因為公子，所以她不太理解，姚汝能為何主動請纓蹈此險地。姚汝能道：「他是英雄，不該被如此對待。劫獄這件事違反法度，但這是一件正確的事。」

「他真的是為闔城百姓著想？沒打算趁機逃走？」檀棋好奇地反問。

姚汝能似是受到侮辱般皺起眉頭：「張都尉若想脫走，這長安城裡可沒人能攔住他。」

檀棋嘆道：「公子也是，初次跟他見面，就敢委以重任。我真不明白，明明是一個殺了自己上司的暴徒，你們怎麼就這麼信賴？」姚汝能一直對張小敬的罪名很好奇，一聽這話，連忙追問道：「姑娘知道他是因何入獄的？」

「公子略微提過，說是他殺了自己上司。」

姚汝能一驚，張小敬的上司是縣尉，可是從八品下的官員，以下犯上，難怪是死罪。他又追問為什麼殺上司，檀棋搖頭說不知道。姚汝能大為奇怪。根據他的觀察，張小敬這個人心思深沉，不像是那種衝動性子。退一萬步講，就算張小敬有心殺縣尉，憑他的手段，怎麼會被人抓個正著？

「不，不會這麼簡單，這背後一定有別的事。」姚汝能搖頭。

「哼，他一個無聊的登徒子，能有什麼事？」檀棋一直記恨著他看自己的放肆眼神。

就在這時，趙參軍回來了，兩人連忙斂起聲息。趙參軍一臉無奈道：「這事有點難辦哪。」檀棋清眉一皺：「怎麼回事？」

趙參軍道：「若是尋常人犯，我做主就成。但這個人犯乃是甘將軍親自下令拘拿，還用了大印，按規矩，得有他的簽押准許……這件事，尊主人應該交代過貴使吧？」說到這裡，他雙眼透出一絲疑惑。

按理說李相派使者來提人，應該先跟甘將軍知會，讓他出具文書或信物。這兩位只有一塊意味不明的李花白玉，於是趙參軍有點起疑。

檀棋反應極快，昂起下巴，擺出一臉不悅：「此事涉及朝廷機密，主人不欲聲張。你落到簽押文書裡，是唯恐天下人都不知道嗎？」

這一頂大帽子扣下來，趙參軍嚇得一哆嗦：「豈敢，豈敢，可右驍衛行的是軍法，在下也無權提人哪。」他見檀棋面露不快，眼珠一轉：「將軍如今正在外面巡城，不如兩位把貴主人的信物給我，我派個腿快的親信出去，不出半個時辰，定能從他那裡討來簽押。」

趙參軍這麼說，既是緩和，也是試探。如果真的是李相使者，應該不會畏懼與將軍對質。

檀棋哪敢去找將軍，連忙提高了聲調：「我家主人要此人有急用，片刻耽擱不得。誤了大事，你可願負這個責任？」她故意不說右驍衛，只盯著趙參軍追打，把壓力全壓在他身上。

趙參軍汗如雨下，可就是不肯鬆口。

局面一下僵住了，檀棋心中開始焦灼。她一直保持著姿態高壓，是怕趙參軍回過神來會看出破綻。眼看情況朝最惡劣的方向發展，檀棋悄悄用指甲掐了一下自己的手，讓劇痛鎮定心神，方才開口道：「這樣好了，你帶我們進去看看，主人有幾句話要問他。」

這是一個兩全其美的方案，既不違背軍令，也能對使者有個交代。趙參軍沒許可權帶人出來，但帶人進去看還是可以的。於是他鬆了口氣，跟看守交代了幾句，打開庫房大門。

檀棋在進入前，輕輕咳了一聲。姚汝能瞥了一眼，看到她舉起右手，從左臂的臂釧之間抽出一方手帕來，擦了擦嘴邊。這個平淡無奇的動作，讓姚汝能的動作微微一僵，旋即眼神淩厲起來。

這個動作表示，乙計畫也不能用了，必須採用丙計畫。這個計畫，不是出自李泌或姚汝能之手，而是檀棋自己提出來的。

三人跟著守衛邁入庫房，先聞到一股陳腐的稻草霉味。屋內昏暗，幾乎看不見光線。地上散亂地擺著一大堆竹席和甲冑散件，角落擱著幾個破舊箱子，沿牆角一字排開七八個木製的縛人架。

幾條交錯的烏頭鐵鍊，把一個人牢牢縛在其中一具木架子上，正是張小敬。

張小敬還是爬出水渠時的樣子，髮髻溼散，衣襟上猶帶水痕和焦痕。看來右驍衛把他抓進來以後，還沒空嚴刑拷打。他聽到腳步聲抬起頭，發現來的人居然是檀棋和姚汝能，獨眼精光一閃。

「喏，就是這人。」趙參軍說。

檀棋道：「我要代主人問他幾句話，不知方便否？」趙參軍會意，立刻吩咐守衛都出去，本來自己也要離開，檀棋卻說：「趙參軍是自己人，不必避開。」這話聽得他心中竊喜，把門從裡面閂住。

牢房大門一關，屋子裡立刻變得更黑。這裡本來是庫房，只有一個小小的透氣窗，門上也沒有觀察孔，只要門一關，連外頭的衛兵都沒辦法看到裡面的動靜。

趙參軍嫌這裡太黑，俯身去摸旁邊的燭臺。姚汝能湊過去說我來打火吧。趙參軍沒多想，把燭臺遞了過去。沒想到姚汝能沒摸出火鐮，反而拔出一把鐵尺，對著他後腦杓狠狠敲去。

趙參軍悶哼一聲，撲倒在地。那燭臺被姚汝能一手接住，沒發出任何響動。

姚汝能在趙參軍嘴裡塞了麻核，然後把耳朵貼在門上謹慎地聽外頭動靜。過了好一會兒，他才比了個手勢，表示衛兵沒被驚動。

檀棋快走幾步到張小敬面前，低聲道：「公子讓我來救你。」張小敬咧開嘴笑道：「我知道他一定會來救我的，還不到藏弓烹狗的時候嘛。」

檀棋沒理會他的譏諷，開始解胸前的袍扣。張小敬一呆：「這是什麼意思？要給我留種？」檀棋面色漲紅，恨恨地低聲啐了他一口：「登徒子！狗嘴吐不出象牙！」一跺腳，轉身去了角落。

姚汝能趕緊走過來：「張都尉，你太唐突了，檀棋姑娘也是冒了大風險才混進來的。」他一邊埋怨，一邊抽出汗巾裹在鐵鍊銜接處，悄無聲息地把張小敬從縛人架上解下來。

張小敬活動了一下手腕和脖頸，內心頗為感慨。要知道，擅闖皇城內衛還劫走囚犯，這在平時可是驚天大案。

李泌為了救他，居然做到這個地步？

然而張小敬並沒多少感激之情。那位年輕的司丞大人這麼做，絕非出於道義，只怕是局勢又發生變化，急需借重張小敬的幫助。

不過當務之急是如何出去。

這兩個雛兒顯然是冒充了什麼人的身分，混了進來，但關鍵在於，他們打算怎麼把自己從右驍衛弄出去。

張小敬轉過頭去，看到那邊檀棋已經把錦袍脫下，擱在旁邊的箱頂，正把帷帽周圍一圈的薄紗拆下來。那句輕佻的話真把她氣著了，於是張小敬知趣地沒有湊過去，耐心在原地等待。

檀棋氣鼓鼓地把帷帽處置完，然後和錦袍一起扔給張小敬，冷冷道：「穿上。」張小敬一摸帷帽，發現裡面換了一圈厚紗。它和原來的薄紗顏色一樣，可支數更加稠密。戴上這個，只要把面紗垂下來，外面的人根本看不清臉。

張小敬立刻明白了他們的打算。

自己和檀棋個頭相差不多，披上錦袍和帷帽，大搖大擺離開，外人根本想不到袍子裡的人已經調包了。

張小敬手捏帽簷，瞇眼看向檀棋：「好一個李代桃僵之計。可這樣一來，豈不是要把妳獨自扔在這虎穴裡？」這個計畫最重要的一點，就是檀棋必須代替張小敬留下來。因為離開牢房的人數必須對得上，守衛才不會起疑心。

檀棋看也不看他：「這不需要你操心，公子自會來救我。」

張小敬搖搖頭，伸手把帷帽重新戴到檀棋頭上。這個放肆的動作讓檀棋嚇了一跳，差點喊出來。她下意識要躲，張小敬卻抓住她的胳膊，咧嘴笑道：「不成，這個計畫不合我的口味。」

檀棋有點氣惱，想甩開他的手，可那隻手好似火鉗一樣，根本掙脫不開。她只能壓低嗓子用氣聲吼道：「你想讓公子的努力白費嗎？」

「不，只是不習慣讓女人代我送死罷了。」張小敬一臉認真。

檀棋放棄了掙扎，不甘心地瞪著張小敬：「好個君子，那你打算怎麼離開？」張小敬豎起指頭晃了晃，笑了：「正好我有一個讓所有人都安全離開的辦法。」

牢房外頭的衛兵們有一搭沒一搭地聊著天，他們很羨慕有機會參加首日燈會的同僚。不過上元燈會將足足持續三天，今天輪值完，明天就能出去樂一下了。守衛們正聊到興頭上，忽然一個人聳了聳鼻子：「哪裡在燒飯？煙都飄到這裡來了。」

很快周圍一圈的人都聞到了，大家循味道低頭一看，赫然發現濃煙是從牢房大門間的縫隙湧出來的。他們連忙敲門，想弄清楚裡面究竟發生了什麼事。

可門是趙參軍親手從裡面閂住的，除非有撞木，否則從外面沒法開。眼看煙火越發濃厚，甚至隱隱能看到火苗，衛兵們登時急了。右驍衛的屋殿坐落很密集，又都是木製建築，只要有點明火，就可能蔓延一片。

牢房前一片混亂，有人說趕緊去提水，有人說應該想辦法開門，還有的說最好先稟報上峰，然後被人吼說上峰不就在裡頭嗎！每個人都不知所措。

好在沒過多久，大門從裡面被猛然推開。先是一團濃煙撲出，隨即趙參軍和其他三個人灰頭土臉地跑了出來，狼狽不堪……等等！三個？衛兵們再仔細一看，那個囚犯居然也在其中，身上鎖鍊五花大綁，被趙參軍牽在身後。只是黑煙彌漫，看不太清楚細節。

趙參軍一出來，就氣急敗壞地嚷道：「裡頭燭盞碰燃了稻草，快叫人來救火，不能讓火勢蔓延開來！」他是在場職銜最高者，他一發話，衛兵們立刻穩定了軍心。趙參軍一扯那囚犯，邊往外走邊喊：「這個重要人犯我先轉移到安全地方，你們趕緊鳴鑼示警！」

話音剛落，牢房裡的火光驟然一亮。那熊熊的火焰，洶湧地撲向兩側廂房。衛兵們沒料到這次火勢如此凶猛，再顧不得其他，四處找撲火的器械。不少人心裡都在稱讚參軍英明，及時把人犯弄出來，萬一真燒死在裡頭，把門的人都要倒楣。

很快走水鑼響起，一撥撥的士兵往裡面跑去，腳步紛亂。而那火勢越發凶猛，灰煙四處彌漫，所有人都摀住口鼻，咳嗽著低頭前行。趙參軍一行逆著人流朝外走去，煙氣繚繞中，完全沒人留意他們。

趙參軍走在前面，面色僵硬鐵青。那囚犯雖然身上掛著鎖鍊，右手卻沒受到束縛，緊握著什麼東西，始終沒離開趙參軍的背心。檀棋和姚汝能在後面緊跟著，心中又驚又佩。

他們萬萬沒想到，張小敬居然一把火把整個牢房給點了。

他們兩個想的主意，都是如何遮掩身形低調行事；而張小敬卻截然相反，身形藏不住，不要緊，鬧出一個更大的事轉移視線。

這辦法簡單粗暴，卻偏偏以力破巧。別說檀棋和姚汝能，就是李泌也沒這麼狠辣的魄力，為了救一個人，居然燒了整個右驍衛。

「只是這麼一鬧，公子接下來的麻煩，只怕會更多。」

檀棋暗自嘆息了一聲，對前頭那傢伙卻沒多少怨憤。畢竟他是為了不讓自己犧牲，才會選擇這種方式。這登徒子到底是個什麼樣的人？檀棋抬眼看向張小敬，可他的背影卻在黑煙遮掩下模糊不清。

很快這一行人回到趙參軍的房間。進了門，趙參軍一屁股坐到茵毯上，臉色鐵青。張小敬抖落身上的鎖鍊，笑道：「閣下配合得不錯。接下來，還得幫我找一身衣服。」趙參軍知道多說無益，沉默著起身打開櫃子，翻出一套備用的八品常服。

張小敬也不避人，大剌剌地把衣服換好，正欲出門。趙參軍忽然把他叫住：「你就這麼走啦？」三人回頭，不知他什麼意思。趙參軍一歪腦袋，指指自己脖頸：「行行好，往這兒來一下吧，我能少擔點責任。」張小敬大笑：「誠如遵命。」然後立起手掌用力敲了一記，趙參軍登時心滿意足地暈厥過去。

三人沒敢多逗留，離開房間後直奔外面。此時火勢越來越大，整個右驍衛的留守人員都被驚動，四處都能聽見有人喊：「走水！走水！」在這混亂中，根本沒人理會這幾個人。他們大搖大擺沿著走廊前行，一路順順當當走到重門。

只要過了重門，就算是逃出生天。姚汝能和檀棋不由得長長吁了一口氣，剛才那段時間不長，可實在太煎熬了，他們迫不及待要喘息一下。

就在這時，一個披甲男子從走廊另外一端迎面跑過來，可能也是急著趕去救火。右驍衛的走廊狹窄，只能容兩人並肩而行。三人只好提前側身避讓。光線昏暗，看不清對方的臉龐，姚汝能在轉身時無意瞥到那男子的肩甲旁有兩條白條，急忙想對其他兩人示警，可已經晚了。

那男子與張小敬身子交錯時，恰好四目相對，頓時兩個人都愣了一下。

是崔器。

這事說來也巧。崔器把張小敬抓來右驍衛之後，一直沒走。他知道自己在靖安司肯定待不下去了，急於跟右驍衛的長官談談安置和待遇。可幾位長官都外出，他只好忐忑不安地等在房間裡。剛才走水的銅鑼響起，他覺得不能乾坐著，想出來表現一下，沒想到一出門居然碰到熟人。

崔器這個人雖然怯懦，反應卻是一流，第一時間就明白發生了什麼事。他毫不猶豫地疾退三步，抽刀的同時，扯起喉嚨大喊：「重犯逃脫！」

張小敬的反應也不慢，他向前一躍，直接用手肘猛擊崔器的小腹。電光石火之間，兩人過了數招。他們都是用軍中打法，剛猛直接，一時間打了個旗鼓相當。可惜張小敬能壓制崔器的動作，卻無暇去封他的嘴。

崔器從未想過要迅速擊倒張小敬，只需要拖時間。他一邊打一邊大喊，沒過一會兒，重門的衛兵就被驚動，朝這邊衝過來。這一隊足有十幾個人，個個全副武裝，就是張小敬有三頭六臂也解決不了。

姚汝能和檀棋痛苦地閉上眼睛，眼看克服了重重困難，居然壞在最後一步，真是功敗垂成。

崔器覺得對方差不多要束手就擒，動作緩了下來。他突然注意到張小敬的脣邊，居然露出一抹獰笑，心知不好。這傢伙一露出這樣的笑容，必然有事發生。崔器急忙後退，以防他暴起發難。

誰知張小敬壓根沒要追擊，而是站在原地，用更大的嗓門吼道：「旅賁軍劫獄！」

崔器臉色刷地變了。他身披旅賁軍甲，而張小敬穿的是右驍衛的常服，那些右驍衛士兵第一反應會幫誰，根本不用想。

崔器急忙回頭，要開口解釋，可整件事太複雜，兩三句話講不清楚。那些士兵哪管這些，上來三四個人就把崔器按住了。張小敬三人趁機越過他們，朝重門跑去。

崔器不敢反抗，只能反覆嚷著那個人是冒充的。終於有士兵聽出不對，想攔住張小敬問個究竟，誰知張小敬右手一揚，一大片白石灰粉漫天飛舞，附近幾個士兵痛苦不堪地捂住眼睛蹲了下去。

這是在庫房牆角刮下來的石灰粉，張小敬臨走前弄了一包揣在懷裡，果然派上了用場。姚汝能站在一旁看著，覺得張小敬簡直是妖人，每到絕境，總能從匪夷所思的角度突破。他甚至懷疑，就算不用他和檀棋冒險進來，這傢伙一樣有辦法脫逃。

趁著這個難得的空隙，三人硬生生突破重圍，發足狂奔。檀棋跑在最前，她感覺自己從來沒這麼用力跑過，肺幾乎要炸開來。前方重門已經在望，門上懸掛的弓矢也看得清楚。

不過十幾步距離，再無任何阻礙。她使出全部力氣，第一個衝出重門，可在下一個瞬間，卻呆立在原地。後面姚汝能和張小敬煞不住腳，差點撞到她背上。

兩人沒有問她為何突然停步，因為眼前已經有了答案。

衛署外面，幾十騎豹騎飛馳而至，黑壓壓的一片如同陰雲席捲，密集低沉的馬蹄聲敲擊著地面。他們三個衝出重門的瞬間，豹騎也剛好衝過來。這些訓練有素的騎兵迅速勒住韁繩，把重門圍成一個半圓。馬腿林立，長刀高擎，還有拉緊弓弦的聲音從後排傳來。

他們三個背靠重門而立，不知道該怎麼辦才好。就算張小敬是天王轉世，面對這種陣容也沒任何辦法。

檀棋渾身發抖，雙腿幾乎站不住。她不懼犧牲，可在距離成功最近的地方死去，卻超出了她的承受能力。張小敬伸出一隻手，按在她的肩膀上。這次檀棋沒有躲閃，他的手掌十分熾熱，熱力一直透入檀棋的身體，把恐懼一點點化掉。

「剛才在牢房裡，在下說話唐突，還請姑娘恕罪。」大敵當前，張小敬卻說了這麼一件無關緊要的事。

挑這麼一個時機道歉，檀棋一時不知該原諒他，還是罵回去。

在他們身後，崔器和守衛們從衛署裡氣急敗壞地趕出來，一看豹騎把張小敬堵在門口，大喜過望。他最怕的，就是這個危險的傢伙重獲自由。現在豹騎雲集，說明將軍親至，那傢伙肯定跑不了了。他拿著一副縛索，心裡琢磨著怎麼把張小敬牢牢按住，可轉念一想，這會不會搶了將軍的風頭？又猶豫著把縛索放下，看看形勢再說。

就在這時，半圓中間的騎兵刷地分開兩側，一位身材高大、器宇軒昂的方臉將軍緩緩騎馬走了過來，他一手挽著轡繩，一手拿著馬鞭，不急不慢地一直走到重門前才停住。姚汝能認出來，這是右驍衛將軍甘守誠。

甘守誠的坐騎是來自西域的神駿，他居高臨下地俯視這三個甕中獵物，並沒有立刻下令拘捕。他玩著手裡的鞭梢，雙眼從這幾個人的臉部掃到腳，再掃到重門，眼神裡透著幾絲遺憾；那種讓獵物在開弓前的一瞬間跑掉的遺憾。

衛署後頭的黑煙越發濃重，甘守誠卻在馬上沉思起來。

重門前陷入短暫的沉默，沒人知道這位被燒了衛署的將軍，會如何處置這些凶徒，大家都在等待。終於，甘守誠緩緩抬起右手，面無表情。豹騎們知道將軍要發布命令了，馬蹄一陣躁動。

甘守誠的手沒有用力揮下，而是向兩側快速地搧動。這是一個明白無誤的命令：讓路。騎兵們不解其意，但軍令如山，他們立刻讓出了一條向外的通道。

無論是張小敬等三人還是崔器，都不知將軍葫蘆裡賣什麼藥。不過甘守誠無意解釋，他再一次重複了手勢，然後把目光轉向皇城外的一個方向，冷冷地哼了一聲。

姚汝能最先反應過來，那是靖安司距離皇城最近的一處望樓。

如夢初醒的張小敬攙扶起癱軟的檀棋，和姚汝能一起離開。兩邊的騎兵虎視眈眈，只要主帥一下令，他們就會把這三個凶徒撕成碎片。可惜一直到他們澈底離開視線，將軍都沒做任何表示。

崔器簡直不敢相信自己的眼睛，他揮舞著手臂，以為將軍的命令發錯了。可任憑他如何催促，右驍衛的士兵都無動於衷。崔器一屁股坐在地上，面如死灰。他從今天早上開始，就一直在做錯誤的決定。

甘守誠的目光在這個可憐蟲身上停留片刻，淡淡地下了一道命令。崔器一陣錯愕，臉上浮現說不出是欣喜還是震驚的表情。

*

王韞秀覺得這一天簡直糟透了。

她先遭遇了一場車禍，然後被人挾持著到處跑，還有個凶惡的傢伙試圖要殺自己。如今她像垃圾一樣被扔在這骯髒的柴房之中，雙手緊縛，嘴裡還被無禮地塞進一個麻核。

王韞秀在心裡詛咒了無數次，這些天殺的蟲狗到底是誰？他們不知道我是王忠嗣的女兒嗎？

不幸的是，看起來他們確實不知道。柴房裡一直沒人來，她也喊不出聲音，只能這麼孤零零地躺在地上。地板很涼，王韞秀的身子很快就凍得瑟瑟發抖，細嫩的手腕被繩子磨得生疼，車禍的後遺症讓腦袋暈沉沉的。她從未受過這種委屈，掙扎了一陣，筋疲力盡，轉而默默流淚，很快眼淚也流乾了，只好一臉呆滯地望著房梁，祈望噩夢快快醒來。

就在王韞秀覺得自己油盡燈枯時，門板一響，有人走進了柴房。

她勉強抬起頭，眼前是一張陌生的方臉，額頭很大，面白鬚短，穿著一襲官樣青袍。王韞秀記得在自己家裡，經常見到這樣穿著的人來往，每一個都對父親畢恭畢敬。

這樣的下等人也敢對我無禮？一團怒氣在王韞秀的胸中蓄積。她認定眼前這傢伙就是始作俑者，怒氣沖沖地想要開口怒罵，可麻核卻牢牢地阻擋在口中，無數話語，都化為嗚嗚的雜音。

這人沒有靠近，只是盯著王韞秀端詳了一陣，然後做了個奇怪的舉動：轉身把門給關上了。王韞秀心裡咯噔一聲，他想做什麼？

元載把門關好，回過身來，把視線再度放在眼前這女子身上，腦子飛速運轉著。

他對奢侈品有天生的直覺，一進門就注意到這個女人臉頰上貼的是絞銀翠鈿。花鈿本身的材質並不算貴重，但能把細銀絞出翠鳥羽毛的質感，這手藝起碼值幾十匹細綾布；而她頭上那鳳尾楠木簪，造型雖樸素，但那木質紋理如一根根黃金絲線，勻稱緊湊，一望便知是上品金絲楠木。

這兩樣東西落在凡夫俗子眼中，或許只是「值錢」二字。可在元載這樣的內行人眼中，卻能從細處品出上品門第的氣度。

一個香鋪老闆的女兒穿金戴銀有可能，但絕不可能擁有這樣的飾品。

元載趨身過去，伸出右手拇指和食指，說聲：「告罪。」輕輕啟開王韞秀的雙脣，溫柔地把麻核取出來。下一個瞬間，憤怒至極的聲音從她的喉嚨裡滾出：

「狗奴才！我讓我爹把你們的狗頭都砍下來！」

「果然……」元載在心裡暗道，這等頤指氣使的口吻，哪裡是平民百姓家養出來的。他不急不躁地問道：「敢問令尊名諱？」

王韞秀冷笑：「雲麾將軍的名字，你的耳朵也配聽？」

一聽這個，元載倒抽一口涼氣。雲麾將軍是武階散官裡的從三品，四位大將軍之下最高的位階。整個長安，不，整個大唐能有這頭銜的人不超過二十人，個個不是重臣就是顯貴。

封大倫的手下肯定是抓錯人了。不光是抓錯，而且還抓回一個燙手山芋。估計封大倫自己還沒查看過，不然早該發現這個致命的錯誤。

雲麾將軍的家眷也敢綁架，十個熊火幫都不夠死！

元載不禁對封大倫有些怨恨。他犯下大錯，怎麼把我也牽扯進來！這女人已經認定自己與熊火幫合謀。看她的脾氣，不太會聽解釋，一旦放回去，只怕會瘋狂報復。我他媽的可是什麼都沒幹啊！真是無妄之災！

幸虧元載剛才當機立斷，一發現身分有疑，先把門關上，留下一絲轉圜的餘地。

按照常理，元載應該趕緊告訴封大倫，讓他立刻放人，賠禮道歉……可元載意識到，這對自己不利。他的腦子飛速盤算著，怎樣從這個險惡的局面脫身，甚至說，有沒有可能反手榨出點好處來？

元載出身寒微，他篤信一句箴言：功名苦後顯，富貴險中求。局面越險，富貴越多，全看有無膽識去搏。他靠著對機遇的極度敏感和執著，一步步走到今天。

這些思緒說來冗長，其實只在元載腦子裡轉了一瞬。他思忖既定，俯身對王韞秀臉色一沉，低聲喝道：「閉嘴！」

王韞秀不由得怔住。從小到大，可從來沒人敢對她這麼講話。她正要發作，元載強橫地伸出手，摀住她的嘴：「妳想不想活著出去？想不想再見令尊？」王韞秀的眼神一愣，趕緊點頭。元載這才鬆開手，語氣嚴厲：「妳如今身陷極度險境，只有我能救妳出去！聽懂了嗎？重複一遍！」

王韞秀哪裡肯聽，拚命搖頭。元載嘿嘿冷笑，起身作勢要走。她嚇得連忙喊道：「我說，我說！」元載回來，冷冷望著她不吭聲。王韞秀生怕這最後的機會溜走，勉強小聲地重複了一遍：「只有你能救我出去……」最後一個音微微上挑，帶著疑惑。

元載暗自鬆了一口氣。王韞秀是個驕縱的大小姐，只能用更強硬的口氣頂回去。她肯複述自己的話，說明這個策略已經初步奏效。

他用指頭夾住麻核，重新塞回她嘴裡：「聽著，接下來我要的是絕對服從。如果妳有一次違背，我就立刻離開。如果妳同意，就點點頭。」

王韞秀別無選擇，只好同意。

「放心吧，妳今日遇到我元載，便不會再受到任何傷害。」元載斬釘截鐵地說道。

王韞秀的身子停止發抖，經歷了這麼多折磨之後，她的精神幾近崩潰，陡然聽到這樣的話，不啻天籟。恍惚中，她感覺這人說話的口吻好似父親一般，全是命令語式，無比強硬，卻又帶著深深的關切。

安撫好了王韞秀，元載起身重新拉開門，而封大倫正要往門裡頭邁步。元載陰沉著臉攔住他：「封主事，你我的禍事來了。」

封大倫一愣，不知他何出此言。元載側過半個身子：「你看看，這是聞染嗎？」封大倫探頭一看，臉色一變。屋子裡躺倒的那個女人，和聞染居然半分不像。元載又道：「你再仔細看看。」

封大倫也是個見慣奢華的人，掃過幾眼，立刻認出那銀花鈿和楠木簪子的不凡之處，臉色登時鐵青。元載打了個手勢，讓他出來說話。封大倫趕緊倒退出來，把門關好。

幾個小混混湊過來，卻被封大倫一人一腳狠狠踹倒。這些遭瘟的蠢材，肯定是中途弄丟了聞染，不知綁來了誰家女眷充數！他正要喝問詳情，元載在一旁冷冷道：「封主事，先別管這些，得想想該怎麼補救才是。」

封大倫的額頭沁出汗水，忙不迭地解釋：「我現在就去問清楚，趕緊把她放走……」

「如果你真這麼做，可就大禍臨頭了。」

封大倫也是聰明人，只消元載一點，立刻明白其中利害。長安城裡那些貴人家眷可從來不懂什麼仁恕之道。前腳放回去，後腳私兵就趕圍過來。永王生性涼薄，可不會對他施以援手。前有張小敬逍遙法外，後有貴人虎視眈眈，封大倫覺得今天真是糟透了。

「要不……滅口？」封大倫忽然想到這個可能，脫口而出。元載同情地看了他一眼，這黑幫老大好歹也是九品官印在腰，怎麼考慮事情全是盜匪的路數？

他拍拍封大倫肩膀：「封兄莫要魯莽，滅口是斷然不能的。在下想到一個一石二鳥之計，既能收拾掉那個張小敬，遂了你的心願，也能把這個燙手山芋順順當當送出去，全無後患。」說完之後，他瞇起眼睛，一副高深莫測的樣子。

元載已經盤算清楚了，要牢牢把握住這次機會，玩一局大的。玩得好，這將成為他仕途上最大的一次機遇。

封大倫抓住一根救命稻草，大喜過望：「元老弟，敢以教我！」元載道：「若行此計，你須把去年張小敬那案子如實告訴我，一五一十，不得有半點隱瞞。」

「呃……那元老弟能保證萬無一失？」

「絕不會失望。」元載笑了，笑聲裡充滿自信。

封大倫沒留意到，元載並沒說主語是誰。

*

張小敬、檀棋、姚汝能三人離開皇城之後，立刻趕回光德坊。每個人都是滿腹疑惑，一路上沒有交談。

此時臨近燈會，街上的氣氛已十分濃烈。在光德懷遠街口，剛才衝突的現場已經打掃乾淨，現在被幾個龜茲戲子占據，箜篌調高，琵琶聲亮，周圍聚攏了一大群看熱鬧的民眾，載歌載舞。不久前的騷亂只是短暫地打斷了一下居民們的興致，就像一個落入水中的墨點，一下子便稀釋無形，了無痕跡。

他們穿過人群，走到光德坊的坊門口，發現徐賓正斜靠在坊門旁的旗杆，朝這邊張望。徐賓一看到張小敬，驚喜莫名，衝過去攙住他的胳膊，激動得臉上褶皺都快抖下來了。

他們離開皇城的動靜，顯然已被望樓傳回靖安司。徐賓第一時間跑出來迎接老友。

張小敬雙手用力拍了一下好朋友的肩膀：「老徐，你在司中等候便是，何必在坊門迎候？」徐賓豎起食指，在脣邊比了一個手勢：「噓，我是專門來等你們的，哎哎，隨我來。」看他那神神祕祕的樣子，似乎有機密之事要商談。姚汝能道：「那我先攙檀棋姑娘回司中，你們私談。」徐賓晃了晃腦袋：「你們兩個也一起去……哎哎！」他意識到自己說錯話了，一拍腦袋，趕緊閉嘴，催促著快走吧。

在半路上，張小敬扯住他的袖子：「友德，你先告訴我，王韞秀找到了嗎？」他一直惦記著聞染，她陰錯陽差被突厥人當成王韞秀挾持走，至今下落不明。徐賓搖搖頭，說李司丞把它列為第一要務，靖安司發動大批幹員去搜尋，可至今還沒任何好消息。

「不過也沒任何壞消息，沒人找到屍體。」徐賓只能如此寬慰道。

光德坊內除了京兆府的公廨之外，還有慈悲寺、常法寺、勝光寺等廟宇，分布在坊中四角，可謂是佛法繚繞。徐賓帶著他們七繞八轉，最後繞到了位於十字街東北的慈悲寺。

這個慈悲寺頗有來歷。在隋末，有一個叫曇獻的西域僧侶每日在此救濟窮人。後來高祖定鼎[3]，感於善行，為他立下此寺，以「慈悲」為名。所以慈悲寺的大門常年敞開，逢年過節都會施粥賜食，門口常聚集破落窮困的百姓。

今日上元節，慈悲寺門前例行分發素油餅子。這是上元節長安必備的小食，用溼麵搓成球，入油煎炸，香味十足。許多居民早早等候在這裡，幾個知客僧[4]站在臺階上維持秩序，暫時不允許遊人入寺。為首的僧人看到徐賓，口宣一聲佛號，什麼都沒問直接放行。張小敬心中一動，看來徐賓早有準備，不像是臨時起意。

他們穿過寺門，越過鐘樓鼓樓，從大雄寶殿的西邊繞至側院。在與漕渠相連的蓮花放生池旁邊，立著一處簡陋的禪院草廬。草廬後頭槐樹林立，頗為幽靜，槐樹林後隱約可見一道青磚

3 登基。
4 寺院執事僧之一，為負責接待賓客的僧人。

矮牆。

張小敬計算了一下方位，發現這牆的另外一側，應該就是靖安司的大殿所在。靖安司使用的是孫思邈的舊宅，恰好與慈悲寺一牆之隔。

這可真是奇怪，徐賓繞這麼一個圈子，到底是要做什麼？

徐賓沒做解釋，只是弓著腰，一直催促走快些。待他們走近草廬，看到一個人站在放生池邊，負手而立。

「公子。」

最先叫出聲的是檀棋。她懷著滿腔委屈，眼睛溼潤起來。可她很快收住眼淚，驚訝地發現，短短半個時辰沒見，李泌像是變了一個人，面色蒼白，雙目血絲密布，眉間的皺紋又多了幾道，像是用刀刻上去的，既深且長。

這副模樣，大概只有一夜愁白頭的伍子胥可比。檀棋知道公子壓力大，可究竟什麼樣的壓力，能讓他迅速變成這樣？她心中一痛，正要開口，李泌一抬手，示意她先不要作聲，把視線轉向張小敬：

「甘守誠怎麼放你們走的？」

張小敬把現場情況描述了一下，李泌瞇起眼睛：「張都尉你不愧是五尊閻羅，連右驍衛都敢一把火燒掉。」

張小敬笑了笑：「未能報答朝廷對在下的恩情萬一。」

檀棋臉色一變，這登徒子的話近乎謀反了。她看向公子，李泌卻沒有任何反應，一揮手，示意幾人進入草廬。檀棋感覺公子的鋒芒似乎有些渙散，有氣無力，彷彿剛剛經歷了一件極為艱難的磨難。

草廬裡只有一個坐榻和幾個蒲團，藤架上擱著幾本佛典。在草廬正中的位置，擺著一臺三階水漏，一看就是剛搬過來的，正好擋住後頭的一尊盧舍那佛法像。

幾人跪定，都不說話，每個人都等著李泌的解釋。

李泌負手站在窗外，有意讓自己的臉避開其他人的視線：「我適才找到了甘守誠，跟他打了一個賭。若他趕回衛署時，你們還在重門之內，就任憑他處置；若你們已出重門，哪怕只邁出一步，他也不得追究。」

張小敬聽得明白，這還是和那封拘押文書有關。文書裡既然沒提人犯的明確姓名，便成了一柄雙刃劍。右驍衛捉了人，可以不認；但如果人跑了，他們也沒法去追。這其中的分界線，恰好就在右驍衛的重門。重門之內，衛署為大；重門之外，便與衛署無關了。

可是甘守誠並不是好相與的，他既然要討好李林甫，又怎麼願意跟靖安司打這麼一個賭呢？

「你是怎麼說服他的？」張小敬問。

李泌看著窗外，長長嘆息一聲：「不是我，是賀監。」

張小敬獨眼一瞇：「咦？他居然肯答應幫忙？」

李泌道：「我剛才去拜見賀監。賀監聽說右驍衛私自扣留功臣，氣得病症發作，當場不省人事。我和他的養子賀東，去找甘守誠討個說法。」

他簡單地講述了一下之前與賀監的會面過程，在場的人俱是一驚。賀監已八十六歲，這麼一氣，只怕八成性命不保。

可再仔細一想，雖然這麼說有些不恭，但賀知章病發，比他本身出面更有效果。要知道，天子十天前還專門為老人設帳送行，聖眷深重。若天子聽說賀知章被甘守誠的魯莽活活氣死，發下雷霆之怒，一個區區右驍衛將軍可扛不住。

甘守誠和張小敬沒有深仇大恨，只是賣李相一個人情罷了。為了這點利益，他可不願意去扛害死賀知章的黑鍋。所以在李泌咄咄逼人的氣勢下，外加賀知章的兒子在旁邊相助，甘守誠終於不情願地讓步。

此事說來簡單，其中鉤心鬥角之處，也是極耗心神。

李泌的手指捏緊衣角，喃喃說了一句突兀的話：「自古華山，只有一條路。」

檀棋、姚汝能聽到這裡，無不撫膺嘆息。他們冒著風險潛入衛署，已做好了孤立無援的準備，原來李泌也一直在外頭奔走，從未放棄。兩邊拚盡全力，才奇蹟般地把張小敬撈了出來。可張小敬為何不能回靖安司呢？

李泌嘖了一聲，露出一臉不屑：「甘守誠吃了這個癟，不太甘心。他放話出去，不許張小敬公開出現在靖安司，否則他會以欽犯之名再次將你拘押。真是小家子氣。所以我只能找慈悲寺住持，尋了個與靖安司一牆之隔的草廬，徐賓會暫時負責兩邊連絡。」

「反正張都尉沒什麼機會留在草廬裡，權當哄甘將軍消氣了。」姚汝能摩挲著蒲團，諷刺地說。

一想到堂堂右驍衛將軍為了挽回顏面，像小孩子一樣耍無賴，眾人都笑起來，氣氛總算輕鬆了一點。

張小敬沒有笑，他以肘支膝，手托著下巴陷入沉思。

他不是在想突厥人，而是在想李泌。

張小敬當不良帥時，經手了太多案子，聽了太多供詞。李泌這一番敘述，其中矛盾牴觸之處甚多。

賀知章一直反對用張小敬，怎麼會因為這件事而氣得暈厥呢？當時在屋子裡的只有李泌與賀知章，賀知章突然病發，然後李泌出來宣稱是右驍衛氣壞了老人，從頭到尾，只有李泌一個人的說詞。

賀知章真正病發的原因是什麼？在那間屋子裡到底發生了什麼？

自古華山一條路，如果想上去，就得有覺悟排除一切障礙。這是什麼意思？

張小敬盯著李泌充滿血絲的雙眼，突然意識到自己並不是在辦案，有些事不必弄得太明白。於是張小敬雙手抱拳：「李司丞曾言，不惜一切代價阻止突厥人，果然是言出必踐。」

李泌聽出了他的弦外之音，沒多做解釋，淡淡反問道：「不知張都尉是否也仍像當初承諾的那樣？」

「自然，否則也不會回來了。」張小敬道，「朝廷是朝廷，百姓是百姓。」

兩人對視一眼，從對方眼神裡都看到一些東西，心照不宣。禪院之外，忽然有鳥鳴響起，兩人同時呵呵苦笑起來。

「好了，閒聊到此為止。我們已經浪費半個時辰在蠢材身上，說正事吧。」李泌敲敲榻邊，其他幾個人連忙把身子挺直。

他把關於猛火雷數量的疑問，盡數說與張小敬。張小敬點點頭：「英雄所見略同。我從河裡爬出來時，本來就想提醒李司丞這一點。從貨棧規模來看，突厥人掌握的猛火雷數量不是太多，而是太少。他們一定還有更大的計畫要實行。」

李泌看了眼徐賓，徐賓連忙起身道：「哎哎，今天街上的人實在太多，光是東、西二市附近就有幾百輛畜力和人力車，全城街道的車子數量不下萬輛。光靠望樓，根本不可能追蹤到突厥人運送猛火雷的板車。如今又被……哎，被右驍衛耽擱了半個多時辰，只怕，只怕已經運到了他們想要的地方。」

「我有一個想法，不知李司丞可曾覺察？」張小敬的聲音變得凝重，「我總有一種感覺，突厥狼衛背後，還有其他人。」

「這不是理所當然嗎？草原上的可汗，還用你說！」草廬裡人少，檀棋也變得大膽起來。

張小敬卻搖搖頭：「不，我是說在這長安城內。」他用指頭在蒲團前的灰塵裡畫了幾道：「你們想想，突厥狼衛找崔六郎要長安坊圖，是因為他們對長安不熟悉，對不對？」

李泌沉著臉，沒說話，可手卻一下下拍著榻邊。

「可咱們回想一下這一路的追查。突厥狼衛之前已潛伏大量人手，既有萬全宅，也有集結用的貨棧，還能連絡到外地的貨運腳行。別的不說，單是昌明坊那個廢棄貨棧的選擇，就極有眼光。位置隱密，距離鬧市不遠，且有兩個出入口，便於掩人耳目運送大宗貨物。有這種眼光的人，對長安一定非常熟悉，還用得著再去找坊圖嗎？」

姚汝能試探著猜道：「也許他們是想讓計畫執行得更精確一些？」

「如果突厥狼衛是想讓猛火雷在城中引發混亂，長安繁華之地就那麼十幾坊，哪裡需要什麼坊圖，駕著馬車往北衢就是了。」張小敬端起一杯清水，一飲而盡。

姚汝能想了一下，確實如此。猛火雷的威力太大，不需要精確地放到什麼地方，隨便扔過去就是一片。

「突厥狼衛的計畫，給我一種強烈的感覺，它似乎是由風格截然不同的兩組人進行：一組人對長安城十分熟悉，人脈頗廣，甚至能在懷遠坊的祆祠提前半年安插內線；還有一組人對長安城十分陌生，不得不臨時求助於坊圖，還搞了一次倉促的突擊。」

稍微停頓了一下，張小敬豎起了一根指頭：「簡單來說，就是一句話：突厥不過是一個草原上的破落戶，哪有能力獨立跨越千里跑來長安，搞如此精密的襲擊？」

聽到這裡，李泌的眼神陡然尖銳起來，循著張小敬的思路，他的腦海裡浮現一個可怕的推論：「那張都尉你的結論是，有人在幫他們？」

張小敬把杯子重重擱在地面上，苦笑道：「恐怕……除了狼衛，我們要面對一個更強大的敵人，這個敵人對長安非常熟悉，突厥狼衛只是他們的一把刀、一枚棋子。」

這句話說出來，草廬裡陷入可怕的沉默，每個人的呼吸聲都變得粗重。突厥狼衛居然只是一個開始？還有更強大的敵人？這個消息足以讓所有人眼前一黑。

此前李泌雖然有所覺察，可沒有張小敬想得這麼遠。他越想越覺得合理，但越合理就越發心驚。究竟是什麼敵人，要假手突厥人來毀滅長安城？大唐的敵人很多，可這麼凶殘又這麼狡黠的，實在是鳳毛麟角。

李泌的腦海裡甚至閃過一絲悔意。如果賀監還在的話，以他的朝堂經驗，說不定能看出更多東西。他自嘲地擺了擺頭，把這些亂七八糟的思緒趕開：「徐賓，現在有什麼進展嗎？」

徐賓糾結了半天，最後只吐出兩個字：「沒有……」

突厥狼衛覆沒之後，大部分人覺得大事已定。除了王韞秀之外，其他調查都是例行公事收尾，調查人員不會太上心，更不可能發現什麼有價值的線索。

李泌欲下令督促他們重新檢查，張小敬卻攔住了他：「沒用的。如果是那個神祕敵人，不會給我們留下任何可追查的線索。」

李泌有些氣惱地站起身來，在草廬裡踱來踱去。好不容易幹掉突厥狼衛，卻又冒出一個神祕敵手。現在明知他身潛在長安腹心，卻全無痕跡，就像是一條蜥蜴，甩掉了狼衛這根尾巴，直接遁入深深的迷霧之中。

「沒有線索，那就逼出線索！叫所有人使勁查！之前突厥狼衛在西市跑了，後來不也找出一條路嗎？」李泌對徐賓喝道，他付出這麼大代價，可不能在這裡放棄。

徐賓擦擦額頭的汗水，又一次翻檢手邊的文書，試圖在裡面找到稍微好一點的消息。他看了半天，勉強抬起頭來：「只有一個……哎哎，勉強算是線索吧……我們抓到了曹破延。」

旁邊張小敬一愣。他記得在昌明坊衝突中，自己親手刺死了曹破延，怎麼他又復活了？

李泌先是大喜，這曹破延可是狼衛的重要人物，一定知道些消息；隨後又很生氣，抓了這麼重要的人物，徐賓為何不早稟報？徐賓把眼睛湊近文書，看了幾次，抬起頭苦笑道：「哎哎，之所以沒稟報，是因為我們發現他時，他已是重傷彌留，沒有問話的價值。」

指望一個狼衛自願開口，實在是太難了。何況曹破延奄奄一息，沒法動用嚴刑拷打。也難怪靖安司沒把這個當成一件有價值的事。

「要不，讓我去問一次話吧。」張小敬活動了一下指頭，任由殺氣散發出來。李泌疑惑道：「他現在可受不住你五尊閻羅的手段。」

「撬開一個人的嘴，並不一定得用強。」張小敬的獨眼瞇起來，「何況這是我們唯一的機會。時間，已經不多了。」

他的話音剛落，一聲清脆的響聲，從圍牆隔壁的靖安司大殿水漏傳來。旋即慈悲寺的大鐘也訇然響起，由近及遠，諸坊的鼓聲和鐘聲次第響起，恢宏深遠，響徹整個長安城。萬千盞燈籠同時舉燭，行將黯然的天空重新變亮，光彩明耀，火樹銀花。

酉時已到，長安城一年一度最盛大的上元燈會開始了。

第八章　酉初

天寶三載元月十四日，酉初。

長安，長安縣，光德坊。

外面的長安城已經熱鬧到快融化了，在光德坊的這一處屋子裡卻依然冰冷陰森。

這是一棟低矮的磚屋，上頭沒有瓦，只覆了兩層發黑的茅草。它恰好位於京兆府公廨、慈悲寺之間，旁邊即是永安水渠。這裡本來是京兆府的停屍房，專供仵作檢驗之用。旁有水渠，可走汙穢；側立寺廟，可渡陰魂。據民間傳言，當年孫思邈選擇光德坊居住，正是為了方便隨時勘驗屍身，磨礪醫術。

曹破延躺在一張粗糙的榆木板條上，胸口微微起伏，腹部的鮮血慢慢滲入板條，讓暗紅色的木材紋理變得更加猙獰。他現在還不算屍體，不過很快就會是了。這屋子陰氣很重，他能感覺到，冰冷飛快地侵蝕著所剩無幾的生命。

曹破延在昌明坊被張小敬的刀尖刺穿了腹部之後，撲倒在地。多年的狼衛生涯，讓他的體格非常強悍，即使受到了致命傷，一時半會兒還不會斷氣。當旅賁軍的士兵清掃現場時，發現曹破延還有一口氣在，立刻送回了靖安司。

當時麻格兒等人正駕車狂奔，靖安司的注意力全在那邊。所以接收人只是草草地檢查了一下曹破延的身體狀況，判定沒有拷問價值，便直接丟來這個停屍房。幸虧一個旅賁軍士兵此前參與了西市圍捕，認出曹破延的身分並錄入文書，否則徐賓未必知道有這件事。

木門吱呀一聲推開，張小敬一個人走進停屍房。他一步一步踏在凹凸不平的青石地面上，左手高高提著一盞白燈籠，右手拎著一個光漆食盒。燈籠裡的燭光搖曳，光影變幻，映得那張獨眼面孔格外猙獰，有如閻羅臨世。

受到光芒刺激，曹破延的眼珠轉動了一下。

蠟燭易招魂，所以停屍房裡從來不置燭臺，都用松明火炬。張小敬一言不發地把牆上的四個火炬逐一點燃，讓屋子裡更加明亮一些，然後把燈籠吹滅，從提盒裡拿出一碗黃褐色的吊命湯。

曹破延的上半身被扶起來，背部塞入墊木撐住。張小敬拿起一柄仵作鉤，粗暴地鉤開他的嘴，再用力一旋，撬開牙關，把那碗湯硬灌了下去。

熱湯入體，曹破延的面色似乎緩和了一些。

張小敬轉到他的頭部方向，俯下身子，嗓音低沉：「我們又見面了。」

曹破延閉著眼睛，一動不動，但臉頰肌肉卻有那麼一瞬間抽動，暴露出他確實聽見而且聽懂了。人在瀕臨死亡的時候，對身體的掌控大不如前。

張小敬呵呵笑了一聲，轉用流利的突厥語說起來：「草原上的狼衛，我殺過不少，你是最難纏的一個，是個好對手。」

曹破延還是悄無聲息。

「我了解你們狼衛。忠誠是你們的血液，榮譽是你們的魂魄。你們的生命，只為可汗口中的話而活。」張小敬慢慢圍著條板床踱步，似乎一點也不著急進入正題。他伸出手，摸了摸曹破延頭頂那一塊禿皮。「我很好奇，你這樣一位忠誠到無懼死亡的狼衛，為何會被剃去頂髮？」

剃去頂髮，意味著靈魂被提前收取，這是極其不名譽的待遇。果然，張小敬一提這件事，曹破延的呼吸陡然粗重起來，帶著一絲屈辱，還有不甘。

「原因我大概能猜出來。你一入長安便被靖安司伏擊，傷亡慘重，所以你被剃去頂髮做為懲罰。哦，對了，忘了說，你們的計畫已經失敗，不然我也不會站在這裡。」

張小敬的聲音低沉緩慢，像是與一位老友聊天：「有資格懲罰狼衛的，只有阿史那家的貴人。也就是說，在你之上，至少還有一位主事人，主持整個狼衛的行動。你躺在這裡奄奄一息，他卻還逍遙法外。」

曹破延輕蔑地轉動幾下眼球，似乎在譏笑張小敬的挑撥手段太拙劣。誰知張小敬晃了晃手指，嘖嘖道：「不，我不是在誘惑你背叛啊，我知道這對狼衛沒用。我只想跟你分享一些事情，讓你臨死前不那麼寂寞罷了。」

張小敬靠在旁邊的柱子上，從自己被靖安司征辟開始說起，把整個追查過程詳細地講述了一遍。他的語氣很輕鬆，就好似眼前躺著的是多年的好友，兩人正篩著紅泥爐上的綠蟻酒，邊喝邊聊。

他講得很坦誠，很細緻，中間還夾雜著一些「在門內掛煙丸很有想像力」、「大唐朝廷可比你蠢多了」之類的尖刻評論。只不過在這些描述裡，張小敬有意無意地忽略一些細節，渲染另外一些細節。這是一場不公平的決鬥，他必須極其謹慎地處理每一句話，繞著圈子接近目標，而對手只消閉上嘴死去就贏了。

「……綁架王韞秀是一個失誤。沒錯，她是王忠嗣的女兒，可一個女人，能對軍政大局有多少影響？你們既然要毀滅長安，應該把所有資源都集中在一個目標上。」

「你們為什麼不一開始就從胡商那裡取得坊圖？那明明比崔六郎更穩妥。」

「萬全宅和貨棧都能找得到，為何到了行動當日，才匆匆讓你們入城？」

張小敬像一個狡猾的獵人，透過不斷提出反問，慢慢把話題引誘到他預設的戰場。這些疑問注定不會得到答案，但可以控制談話的節奏。他審過太多犯人，知道何時給予最致命的一擊。

整個過程曹破延都緊閉雙目，只有起伏的胸膛表示他還活著。

「……你們突厥狼衛很可能被另外一夥人利用了，用來吸引靖安司的視線。而那一夥人則趁機運走猛火雷，別有目的。你們付出這麼多犧牲，只是為他人做了嫁衣。」

這是第一次發起攻擊，張小敬拋出自己的猜想，然後他閉上嘴，讓曹破延自己消化這些事情。

曹破延睜開眼睛，看著天花板的茅草。茅草很稀疏，可以看到外面天空的光線變化。他保持著沉默，但張小敬能讀出他的意思：「那又如何，只要長安毀滅就好。」

無論是突厥狼衛做這件事，還是其他什麼人做，曹破延並不在乎。張小敬意識到從這個角度進攻是不行的，於是他及時轉換了攻勢。

「沒錯，那又如何？」張小敬咧開嘴笑道，「大唐的疆域那麼遼闊，長安沒了，還有洛陽，還有揚州、江陵、成都，天下有十五道統領府三百餘州，炸得完嗎？可你們突厥才多少人？只要大唐的怒氣燃燒到草原，你的部族將被連根拔起，你的親友以及可汗將淪為最下賤的牧奴。」

曹破延用力攥緊拳頭，以致腹部又滲出鮮血。張小敬不失時機地揮出鋒銳的言語陌刀：

「你看，這個計畫就算成功，一定也會招致大唐全力報復，受害最深的其實是突厥人。自己出力最多、下場最慘，得利卻最少，烏蘇米施可汗在籌劃這次襲擊時，到底有沒有認真考慮過後果？他是為了圖一時之快，還是……被人蠱惑？」

說到這裡，張小敬注意到曹破延的手指猛然抖了一下。他知道，這次對準榫頭了。

「這件事，恐怕一開始就是有心人哄騙你們大汗，把突厥推到前頭來冒險。這可真是好算計，大唐傷亡慘重，突厥闔族覆亡，而那一夥人呢？毫髮無傷，還賺得盆滿鉢滿。」

曹破延還是沒作聲，但他的表情和剛才已經不同了。

「想要利用突厥，那夥人必須在突厥內部找到一位內應。這個內應得有足夠的影響力去遊說大汗，有足夠的權柄去調動狼衛，而且他還得在長安城內親自掌控局勢……」

張小敬語速放緩，曹破延的胸膛開始快速起伏。

「這一切，只有你那位尊貴的主事人才能做到吧？他背叛了烏蘇米施可汗，出賣了所有突厥狼衛，讓草原陷入萬劫不復。你們的一切努力和犧牲，都成了他投靠新主子的禮物。而這個背叛者，卻削掉了忠誠之士的頂髮。」

話音未落，曹破延猛然昂起頭，發出像狼嚎一樣的叫喊：「右殺！！！」屋頂茅草為這突如其來的高喊震得顫動了幾下。張小敬敏銳地捕捉到了這個詞，心中頗驚，突厥居然派了身分這麼高的貴族來長安。

他把手按在曹破延的胸口，安撫似地拍了拍：「每個人都得為他自己的選擇負責。你被一個背叛者剃掉頂髮的屈辱，只有殺掉他，才能恢復狼衛榮譽……」

張小敬還未說完，曹破延再度對著屋頂吼道：「右殺！！！」

這兩下怒吼似乎耗盡了他殘存的生命力，曹破延全身開始劇烈痙攣。張小敬不得不按住他的肩膀，又灌了一口吊命湯。可這次並沒有出現轉機，褐色的藥汁從嘴角流出去，曹破延臉上的光澤迅速黯淡下去。

張小敬急忙俯近身子，在他耳邊大吼道：「快說！右殺在哪裡！」

可曹破延並沒有回應，他現在整個人被絕望和狂怒所充斥。狼衛從不畏懼死亡，可狼衛畏懼死無所值。當他發現為之奮鬥的一切全是謊言時，內心的崩潰足以摧垮生機。

張小敬沒料到他的反應這麼大，他拚命拍打曹破延的臉頰，如果這傢伙就此死去，恐怕最後的線索就徹底斷掉了。他眼看對方的眼神迅速黯淡，急忙從懷裡掏出一串彩石項鍊，在他眼前晃了晃。

在李泌的調教下，旅賁軍養成了一個好習慣：他們把昌明坊貨棧的可疑物品全搜集回來，無論是木桶破片還是散碎竹頭，鉅細靡遺，悉收不漏，統統存放在左偏殿旁的儲物間裡。張小敬在檢查時發現了幾塊散落的彩石，立刻回憶起來，這是曹破延脖子上戴的，被一刀挑斷。於是他請檀棋將其重新串起，帶進停屍房。

說也奇怪，一看到這彩石項鍊，曹破延的眼神恢復了一點色彩。他平靜下來，發出意味不明的叫聲，似乎在念著一個名字。張小敬把項鍊塞進他的手掌，趴在他耳畔道：「我張小敬對天起誓，會把這串項鍊和你的魂魄一起送返草原。」

曹破延的頂髮為右殺所削，意味著只有右殺死去，他的魂魄才能真正重獲自由。

曹破延側過臉去，第一次主動看向張小敬。張小敬抓住他的肩膀，再一次問道：「右殺在哪裡？為了你的名譽，為了你們突厥大汗，為了做這串項鍊的人能平安長大，回答我，右殺在哪裡？」

曹破延張了張嘴，發出幾個模糊的音節。張小敬側耳仔細傾聽，勉強分辨出他說的是「十字蓮花」。

「十字蓮花？這是什麼意思？」

張小敬還要繼續追問，可曹破延從口中吐出最後一口氣，然後閉上眼睛，軟軟倒下去。他的神態不再扭曲，冷峻的眉眼第一次變得安詳，那串項鍊被他緊緊握在手裡。

張小敬正要把曹破延的屍身鬆開，可他突然鼻翼抖動，獨眼一眯，做出一個奇怪的舉動：他再度扳住死者肩膀，保持著半起狀態，然後把頭貼近逐漸冰冷的胸膛，久久不離。

夜風從屋頂茅漏處吹入，松明火炬一陣搖曳，把兩個人映成一團極其詭異的影子。持續了十多個彈指，張小敬才將死者緩緩放平，臉上露出欣喜的神情。

有甘守誠的禁令在，張小敬沒辦法返回靖安司大殿，只得繼續去慈悲寺的草廬裡。所幸徐賓派來幾個手腳勤快的小吏，在草廬和大殿之間的圍牆上搭了兩個木梯子，往返方便多了。這回他可真成了檀棋口中那個翻牆的登徒子。

「十字蓮花？」

聽完張小敬的匯報，李泌皺起了眉頭。他努力想這是個什麼東西，又和潛伏在長安的右殺有什麼關係。可他一時半會兒想不出頭緒，於是一揮手，把這個消息傳到了靖安司大殿，交給徐賓底下那一批老文吏。

在大案牘術面前，李泌相信這不是什麼大問題。

張小敬又道：「對了，我可能知道王韞秀的下落了。」李泌眉頭一挑，這王忠嗣之女的安危，是僅次於尋找右殺貴人的第二優先，可惜一直沒任何線索，張小敬居然連這個都審出來了？

「曹破延也招供了這個？」

「沒，他說完十字蓮花就死了。」張小敬解釋道，「可是我在放平屍身的時候，在他的胸口聞到了一種香味，是降神芸香，這是王家小姐常用的薰香。」

李泌嗯了一聲，讓他繼續說。張小敬道：「突厥狼衛從修政坊撤往昌明坊時，帶上了一個女人，而曹破延一直等候在昌明坊，他身上有降神芸香的味道，說明王韞秀最後一個落腳點，一定在昌明坊。必須盡快去看看才行。」

分析完以後，他不由自主地抿了一下嘴脣。

在這件事上，張小敬藏有私心。他壓根不關心王韞秀下場如何，只想把聞染救出來。他知道，只有誤導靖安司，讓他們以為突厥人擄走的是王韞秀，這些人才會出力氣去調查。

這個謊言並不會妨礙主要調查方向，但張小敬不確定能否瞞得過李泌，這傢伙的眼光實在太過毒辣，可不會那麼好騙。

「你怎麼會知道這是王韞秀常用的薰香？」李泌狐疑地反問。他果然一下就抓到了關鍵，幸虧張小敬已經盤算好了說詞：「我一個朋友是開香鋪的，一直給王府供應這種訂製香料。」

李泌抖了抖手裡的報告：「可是旅賁軍已經仔細搜查過昌明坊，並無發現。」

「我可以帶上細犬再去一次。」張小敬堅持道，語氣居然多了一絲絲微弱的懇求。這讓李泌頗感意外，不由得多看了他一眼。這傢伙為什麼對王韞秀這麼上心？

他沉思片刻，批准了這個請求。畢竟這是王忠嗣的女兒，哪怕是給王家做個樣子，也得去搜一下。不過李泌不允許張小敬親自去。最關鍵的力量要放在最重要的事情上，現在靖安司的重點不是王韞秀，而是右殺貴人。

姚汝能見狀，連忙自告奮勇。他之前見過張小敬遛狗，算是有點經驗。李泌點頭准許。臨出發前，張小敬抓住姚汝能的胳膊，叮囑了幾句如何利用細犬嗅覺的細節，當真是諄諄教導。這下連姚汝能都覺出不對勁了，心想之前張小敬做不良帥時，難道和這位王韞秀發生過什麼？

姚汝能走後，草廬裡很快只剩下李泌、張小敬和檀棋。此時徐賓還在靖安司內運轉大案牘，結果還沒出來。難得的空閒，這三個人面面相覷，一時間居然不知該說什麼才好。

李泌一擺拂塵：「咱們再來複盤一下突厥狼衛的行蹤……」張小敬卻伸手抓住拂塵，一臉認真：「李司丞多久沒休息了？」

「不過兩日罷了。本官常年辟穀[1]，還熬得住。」

李泌想把拂塵抽回來，沒想到張小敬手勁很大，一下子居然抽不動。他覺得這麼拉扯有失體面，冷哼一聲，索性鬆手。張小敬把拂塵奪過來，丟在一旁：「李司丞，我建議你去打個瞌睡。你這樣一直緊繃著，早晚會垮掉。」

檀棋感激地看了張小敬一眼，走前幾步，順勢要去攙扶公子。李泌卻擺了擺手，自嘲道：「不成，根本睡不著。這些天來，我一閉眼，就害怕睡著後有大事發生，不及處理。」張小敬毫不客氣地批評道：「這等患得患失的心態，也能修道？」

李泌發出一聲長長嘆息：「道心孤絕，講究萬事不縈於懷。可這幾十萬條性命，操之我手，又豈能真的置之不理？天地不仁，以萬物為芻狗，可我修不到這個境界。」

「那還修什麼道，踏踏實實當宰相不好嗎？」張小敬反問。

李泌撇撇嘴，露出「你這種粗人懂什麼」的眼神。他不願就這個話題糾纏，反問道：「你手上的傷是怎麼來的？」

張小敬這一路摸爬滾打，被麻格兒嚴刑拷問，與曹破延殊死搏鬥，又經歷了水火夾攻與右驍衛的折磨，可謂是傷痕累累。不過他最顯眼的傷，乃是左手那一根斷指。李泌一看便知，這斷指與其他傷勢迥然不同，定有緣由。

1 一種道術，指不吃五穀以求成仙。

張小敬也沒什麼好隱瞞的，把葛老的事約略一說。此前李泌已聽過姚汝能的報告，只是許多細節尚不清楚，這會兒才知道在平康坊窩棚裡到底發生了什麼事。

檀棋面色變了數變，她可從來不知道，這個桀驁不馴、不講任何規矩的漢子，居然還這麼重然諾。李泌十指交疊，卻沒什麼反應。在他看來，出賣暗樁於小節有虧，但為了大局著想，也是沒辦法的事。他和張小敬本質是同一類人，都會毫不猶豫地殺掉一個無辜者，以阻止大船傾覆。

可張小敬竟自斷一指贖罪，大大出乎李泌的意料。

「矯情。」李泌冷酷地評論了兩個字，「若是本官碰到這種事，你儘管動手就是，不必猶豫覺得有罪什麼的。大局為重，何罪之有？」

張小敬閉上了嘴，瞇起眼睛，顯然不願在這個話題上過多停留。

兩人都是說一藏十的性子，誰也沒打算分享自己的人生，談話的氣氛就這麼煙消雲散了。草廬裡一時陷入難堪的沉默，他們對視良久，都有點後悔，早知道還是談工作好了。

這兩個人或許是最好的搭檔，可肯定成不了朋友。

檀棋左看看公子，右看看登徒子，嗅到了濃濃的尷尬味道。她妙目一轉，轉身出去，一會兒功夫，端回一盤慈悲寺的油餅子，底下還墊著幾張麵餅。餅子是素油炸的，十分經餓。這兩個人從中午開始到現在，一直沒吃任何東西，接下來還不知要挨多久，得趁這點餘暇多吃點才是。

有了食物解圍，場面總算沒那麼尷尬了。李泌和張小敬各自拖了一個蒲團，來到草廬外的臺階上。檀棋把盤子擱在兩人中間。

李泌不肯潦草蹲踞，一絲不苟地正襟跪坐；張小敬卻把身子斜靠在廬邊木柱，大剌剌地伸直雙腿。他們一邊伸手從盤子裡拿起油餅子，就著清冽的井水下肚，一邊朝外面看去。

慈悲寺地勢低窪，從這個角度，看不到任何一處花燈。可那被映紅了半邊的夜幕，昭示著整個長安已陷入快樂的狂歡。兩相映襯，更顯出這裡的清冷。

這兩個孤獨的守護者就這麼待在黑暗中，吃著冷食涼水，沉默地眺望著良辰美景。

留給他們休息的時間並不長，盤中的油餅子剛吃了一半，徐賓已經從靖安司大殿傳來消息，他們找出了十字蓮花的出處：波斯景教。

景教和摩尼、祆教並稱三夷教。該教其實來自大秦，早在貞觀年間便傳入中土。在官方文書裡被稱為波斯寺。它的規模略小於祆教，只在西城低調傳播，所以連張小敬也不知道十字蓮花的出處。

恰好靖安司裡就有一個景教徒，一聽「十字蓮花」四字，立刻指出在景寺之中，最顯著的標記便是上懸十字，下托蓮花。

景者大光明，蓮花大潔淨，十字大救贖；這教義也算別具一格。

曹破延既然說出十字蓮花，顯然這位右殺貴人是藏身於景寺之內。此前龍波是混跡於祆教祠，看來突厥人很喜歡利用無辜教眾做為掩護。

可張小敬和李泌卻沒什麼欣喜之色。長安城內，上規模的景寺有十幾座，景僧超過千人。僅憑這麼一句話去找右殺，無異於大海撈針。

「能不能像之前查祆教那樣，查一下景寺的度牒？」張小敬問。

李泌搖搖頭。之前調查祆教祠，不過局限懷遠一坊而已，現在要查整個長安的景教度牒，時間根本不允許。

檀棋在一旁輕輕咳嗽了一下，李泌還未說什麼，張小敬先抬頭笑道：「姑娘似乎有想法？」檀棋本來想偷偷暗示公子，結果卻被這個登徒子揪到明處，不禁羞惱地瞪了他一眼。

李泌卻顧不得這些細枝末節：「這裡沒有雜人，檀棋妳不必顧忌，有話直接說。」

檀棋這才大膽說道：「我是想起一件舊事。咱們靖安司草創之時，地點幾經改易，最終定在了光德坊。這裡同坊有京兆府，便於案牘調閱；西鄰西市，可以監控胡商；北接皇城，時刻連絡宮中；東連朱雀大街，易於調動兵力。只有在這裡坐鎮，公子方能掌握全域，指揮機宜……我想那右殺，應該也是一樣的想法吧？」

她說得委婉，李泌眼睛卻是一亮，從蒲團上站起身來，用麵餅擦掉手上的油膩：「拿坊圖來！」

這裡沒有沙盤，不過靖安司的畫匠趕製了一幅竹紙地圖。雖然筆觸潦草，可該有的標記都有。檀棋立刻回身取來，攤開在地上，李泌和張小敬俯身湊過去研究。

檀棋果然敏銳，她一下就找到了絕妙的切入點。那個右殺貴人來長安不是度假，而是指揮協調。一方面他得控制狼衛，一方面還得隨時連絡那個收買他的神祕勢力，對連絡要求極高。可他沒有望樓系統，必須選擇一個四通八達的地方駐留。

張小敬取來一枝小狼毫，在圖上畫出一條黑線，從金光門延至西市，又延至昌明坊，復折回光德坊。中間還分出一條虛線，連接到東邊的修政坊。狼衛在長安城的行蹤，很快便一目了然。旁邊李泌也拿起一管小狼毫，蘸的卻是朱砂，他點出的，是這條黑線附近兩坊之內所有的景寺。

長安諸教都由祠部管理，徐賓做事極認真，剛才向草廬傳遞消息時，特意從祠部調來了景寺名錄，以備查詢。

兩人勾勾點點，黑線紅點，一會兒功夫，地圖上便一片狼藉。外人看好似兒童塗鴉，可在他們眼中，卻是一片逐漸縮小範圍的羅網。隨著一處處位置被否定，敵人的藏身之處越發清晰起來。

最終，他們的視線匯聚到了地圖上的一處，同時抬頭，相視一笑。

這裡叫義寧坊，位於長安城最西側北端，就在開遠門旁邊。貞觀九年，景僧阿羅本自波斯來到長安，太宗皇帝准許他在義寧坊中立下一座波斯胡寺，算得上景教在中土的祖廟。祠部名錄顯示，寺中景僧約有兩百人。

表面上看來，這裡位於長安城西北，地處偏僻。可再仔細一看，它西北有開遠門，西南有金光門，正南是西市，皆是胡商出入要地，有什麼風吹草動，登高可窺；坊北正面一條橫路，乃是長安六街之一，直掠皇城而過，與朱雀大街恰成縱貫長安的十字，交通極為便利。

無論從藏身還是連絡的角度判斷，義寧坊景寺都是右殺必然的選擇。

「我這就親自去查。」張小敬迅速起身。李泌攔住他道：「即使你進得了寺裡，面對數百僧人，怎麼找？」

張小敬道：「右殺在突厥的身分高貴，不可能一直潛伏在長安。只要問問哪個景僧是新近來的，大體應該不差。」李泌覺得這個篩選方式還是太粗糙，可眼下情報太少，只能姑且如此。細節只能靠張小敬在現場隨機應變了。

這一切都是該死的時辰的錯，實在是太倉促了。李泌心想。

張小敬又補充了一句：「這個範圍內，還有布政、延康幾處坊裡有景寺，還是得派幾隊人去查訪，不能有疏漏。」

「這個我已經準備好了。」

這時，張小敬提出一個出乎意料的要求：「檀棋姑娘能不能借給我？」

面對這個突兀甚至可以說是無禮的請求，李泌和檀棋都十分意外。張小敬道：「景寺人員眾多，形勢很複雜。檀棋姑娘眼光敏銳，心細如髮，遠強於男子，我想一定能幫上忙。現在可容不得任何失誤。」

最後這一句稍微打動了李泌。李泌捏著下巴想了想：「我不能代檀棋拿主意，你自去問她。」張小敬走到檀棋面前，微一拱手：「時辰不等人。」

檀棋本以為他會長篇大論，沒想到就這麼五個字，硬邦邦的，全無商量餘地。她求助似地看向公子，李泌卻打定主意不吭聲。檀棋咬著嘴唇，垂頭不語。張小敬正色道：「不必擔心。別人或許垂涎姑娘美貌，我要借重的，只是姑娘的頭腦罷了。」

「你……」檀棋一時間不知道該氣惱還是該高興。她再看向公子，注意到他額頭皺紋又深了許多，心中不禁一軟。為了公子，命都可以不要，何況這個！

她抬起頭，勇敢地迎向登徒子的眼光：「我去。可有一件事先說好，我自己會判斷局勢，你無權命令。」張小敬把右手高舉著伸過來。

「幹嘛？」

「擊掌為誓。」

檀棋勉為其難地跟他拍了一下手，感覺這男人的手掌可真粗糙，一層厚繭，讓她的掌心微微刺痛。她忽然想到，在右驍衛的門前，似乎就是這隻手按在自己肩膀上。

時辰確實極其緊迫，容不得檀棋琢磨她的小心思。兩人略為準備，便匆匆離開草廬。

正當張小敬要邁出門檻時，李泌忽然開口道：「張都尉，此番你不必再有顧慮，儘管放手施為。本官絕不疑你。」張小敬停住腳步，在門檻前回過頭。他背對外頭微弱的燈光，臉部一片黑暗，可那隻獨眼，卻閃著異樣的光芒：「我從不疑李司丞，不過靖安司裡的敵人則另當別論。」

說完之後，他大步離開草廬。李泌突然嘆息了一聲。檀棋狐疑地看了公子一眼，總覺得他的嘆息裡有些說不清道不明的東西。

張小敬和檀棋很快離開，李泌一個人待在草廬中也沒意義，便直接返回靖安司大殿。在慈悲寺的圍牆旁邊，早早架好了一具木梯，為了怕長官摔著，徐賓還貼心地用繩索把梯子頂部捆住。

翻牆畢竟不雅。考慮到李泌的面子，在對面只有徐賓一人提著燈籠迎候。一下梯子，徐賓正要轉身帶路，李泌卻忽然把他叫住：「稍等，我有幾句話想與你交代。」

徐賓不明白為何不去靖安司正殿內說。他連忙停下腳步，一臉疑惑。李泌再次環顧四周，確認沒人旁聽，才開口道：「你覺不覺得哪裡不對？」

徐賓有點迷糊。突厥狼衛的事，不是已經討論得很充分了嗎？李司丞還有什麼疑點？再說，就算有疑點，也該和張小敬說，為何專挑在牆根跟我說？

李泌見他懵懵懂懂，也不解釋，自顧道：「你是否還記得，午初之時，張小敬和姚汝能分赴西府店和遠來商棧查案？」

「記得，哎哎，記得。」徐賓的記憶力沒話說。在那次行動裡，遠來商棧的火盆把馬廄飼草引燃，結果引發混亂。姚汝能慌忙放煙，張小敬只得離開西府店，前往救援，然後覺得不對勁，才又中途折回，正撞見狼衛殺人離開。

李泌冷笑道：「那商棧做慣了馬匹生意，怎麼會犯把火盆擱在飼料旁邊這種錯誤？張小敬才進西府店查探，遠來商棧就出了問題，若非這麼一攪和，只怕張小敬早拿下那個突厥狼衛了。」

徐賓不太明白，李泌糾結於這個細節做什麼。李泌又道：「張小敬申初抵達昌明坊，申正便被崔器擒拿。前後不過半個時辰，李相又如何在這麼短的時間內掌握動向，說服崔器的呢？」

「您的意思是……？」遲鈍如徐賓也捉摸出來了，可他根本不敢說出口。

李泌立在牆下，雙目寒光一閃：「張小敬倒是早看出來了，這靖安司裡，居然出了內奸啊。」

*

一團麻紙在鈞爐裡扭曲、蜷縮，火舌從紙背後透出來，很快就把它變成一堆灰燼。

右殺拍了拍手，如釋重負地站起身來。這是最後一份他與王庭之間的祕要文書，從此以後，誰也沒辦法把他與突厥連繫在一起，至少沒人能證明這一點。

接下來，他環顧四周，從櫃上拿起一只自己曾經最珍愛的鎏金酒樽。這酒樽是可汗賜予他的，樽柄彎曲，外壁上有一匹飛馳的駿馬和一頭盤羊，具有濃郁的草原風格。右殺惋惜地嘖了一聲，把酒樽丟在地上，用腳使勁踩癟，直到看不出原來的模樣。

他還從屋子裡找出來一副羊皮斜囊、幾盒馬油膏、兩條虎頭銀鍊和一頂密織防風燈罩，這些都或多或少帶著突厥風格，有可能會洩露右殺的身分。它們或被銷毀，或被遠遠丟棄。

其實這些物品並不能說明什麼，大唐頗為崇尚胡風，此類器具比比皆是。不過右殺覺得在這種時候，再怎麼小心都不為過。

忙碌了許久，右殺的額頭也微微沁出汗水。他想從腰帶上摘下一條汗巾擦擦，卻無意中碰到腰帶上纏著的一團人髮。右殺皺皺眉頭，想起來這是從曹破延頭上割下的頂髮，不屑地冷哼一聲，用力扯下，也丟進鈞爐，那頭髮很快化為灰燼。

「嘿嘿，這群傻瓜。」右殺直起腰來，看向窗外，忍不住冷笑道。這些愚昧的狼衛，還以為自己是幾十年前那個能跟大唐不分軒輊的突厥？真是糊塗蛋！

他身居高位，對局勢看得再明白不過。如今的突厥，只是一個在草原上苟延殘喘的部落，空有可汗的頭銜，卻連周圍的小部族都難以壓制。一頭衰老的病狼，早晚會被狼群裡的其他壯年狼取代。這種局勢之下，可汗居然還異想天開，想要在長安挑釁大唐，在右殺看來，這簡直就是自取滅亡。不過他並沒有費心勸解，反而主動請纓來到長安指揮。

反正突厥遲早會滅亡，不如趁機賣個好價錢。這些狼衛，就是最好的籌碼。

右殺最初的想法是投靠大唐。不過朝廷的態度捉摸不定，右殺不敢冒險。很快他就連絡到了一個更好的買主，得到了一個絕對令他滿意的價格和一個驚人的計畫。

那個計畫到底是什麼，右殺並不關心。他只是按照對方要求，驅使著手下執行每一個步驟。這是一件天大的便宜，突厥會付出成本以及承受代價，而所有的利益，都將是他自己得到。那些可悲的狼衛，恐怕到死也不知道他們到底在幹什麼。沒辦法，誰讓他們是狼衛，自己是右殺呢？漢地有句話怎麼說來著，勞心者治人，勞力者治於人。真是至理名言。

想到這裡，右殺咧開嘴，在空無一人的臥室裡發出一陣呵呵的乾笑聲。現在約定已經完成，右殺把最後一份從狼衛那裡傳來的文書焚毀，扔掉了一切和突厥有關的東西。全部都準備妥當了，接下來只等對方上門交割。然後他就可以去任何想去的地方，過任何想過的生活。

右殺把鈞爐扔在角落裡，回到臥室，重新坐回案几前。案几上除了經書、燭臺和那把割去曹破延頂髮的短刀之外，還有一個陶製的摩羯形酒壺和配套的琉璃杯。它們不算典型的突厥風格，因此得以倖免。

右殺替自己斟滿了一杯鮮紅若血的西域葡萄酒，微微晃動。借著外面的燈火，他能看到杯中那波光粼粼的琥珀色。

老人舉起杯子，喃喃自語，覺得應該為自己未來的美好生活乾一杯。

*

細犬聳著鼻子，在昌明坊已成廢墟的瓦礫中來回搜尋。姚汝能心神不寧地牽著牠，不時朝外頭望去。

牆那頭有裂帛般的踏歌聲傳來，伴隨著陣陣喝采，此起彼伏。光是這嘹亮的聲浪便已充滿誘惑，倘若能攀到牆頭看過去，只怕畫面還要精采數倍。

但姚汝能顧不上這些，他此時心中全是焦慮。一是搜尋遲遲不見結果，有負張都尉所託；二是不知靖安司那邊查得如何，突厥餘孽一時沒落網，長安一時不靖。

細犬忽然仰起脖子，放聲吠起來。

姚汝能苦笑著蹲下身子，揉揉細犬的脖頸毛，牠已經是第三次衝著那口井叫了。旅賁軍在搜查現場時，早已注意到那口井上蓋著石頭，搬開之後往裡面看過，卻什麼都沒有。這次姚汝能牽著狗來，也反覆探頭進去看，沒什麼異狀。

為何這狗一直糾纏不放呢？頑固脾氣可真像張都尉啊。

這個不敬的念頭冒出來，姚汝能呵呵笑了一聲，心想可別讓張都尉知道。他起身拍拍身上的土，既然搜尋無果，不如早點回去。張都尉說不定已經有了新方向，他不想錯過。

可就在這一瞬間，狗趁機掙脫韁繩，飛箭一般地撲到井亭邊緣。姚汝能頗為無奈，走過去要把牠拽走，可一靠近，忽然發現狗嘴裡似乎咬著什麼東西。姚汝能眉頭一皺，伸手摳出來，發現是一小塊布料。

這是隨處可見的粗麻布料，黯黑色，細長條，是被石井臺的裂隙扯下來的。

姚汝能看看布料顏色，又看看漆黑的井底，忽然心中一動。他招呼附近的不良人過來，用繩子繫住自己的腰，另一頭捆在亭柱上，然後雙腳踏著井邊凹進去的一串小坑，一點一點爬下去。

此時天色已晚，井裡稍微下去一點就漆黑一片。姚汝能讓不良人點起一盞燈籠，慢慢垂吊下來，與自己同時下降。中途他有好幾次踩空，幸虧有繩子才不致掉下去。好不容易到了井底，姚汝能伸手拿過燈籠一照，頓時大吃一驚。

井底的土地上，蓋著一層黯黑色的麻布，高高隆起一個人形。有這塊黑布遮蓋，加上天光已收，難怪在井口看不出有什麼異樣。這些突厥人倒真是會藏人！

姚汝能扯開麻布，露出一個昏迷女子。他俯身下去，一手探她的鼻息，一手去托肩膀。誰知輕輕一碰，女子便醒轉過來，第一時間抄起碎石砸他的頭。姚汝能猝不及防，被一下砸到腦門，疼得直齜牙。

好在這女子力氣有限，不至於將人砸暈。姚汝能一手抓住她手腕，一邊高聲解釋道：「我們是靖安司的，你現在已經安全了。」然後忙不迭地亮出腰間的腰牌。

女子愣住了，姚汝能忍痛擠出一個笑臉：「沒錯，我們是官府的人。」

女子哇的一聲哭起來，伸出雙臂緊緊抱住姚汝能。姚汝能冷汗直冒，這若是被王府的人看見，只怕自己要被怪罪。可她估計是嚇壞了，無論如何也不肯撒手。姚汝能只得任由她摟著，喊井口的人加條繩子，把井底兩個人拽上去。

上頭七手八腳，費了很大一番周折，總算把兩人有驚無險地拽出井口。姚汝能見她除了驚嚇過度之外，沒什麼明顯傷勢，不由得鬆了口氣。

「王韞秀小姐，請先跟我們回靖安司吧。」姚汝能恭敬地說道。

女子茫然地抬起頭，似乎還沒回過神來。姚汝能又重複了一遍，女子才如夢初醒，急忙道：「啊？你們弄錯了吧？我不是王小姐。我叫聞染。」

姚汝能的臉色刷地變得雪白。

＊

一出光德坊，張小敬和檀棋立刻被外面的喧鬧所淹沒。

這裡靠近西市，豪商眾多，各家商號為了宣傳，都卯足了勁較量。你三丈，我就三丈五；你紮了一條燈龍蟠柱，我就放一隻火鳳展翅；東家往燈架上掛起十色重錦，色彩斑斕，西家便要山棚處處垂下五縷金銀墜子，飄然如仙。每年這裡鬥燈鬥得最凶，百姓也聚得最多。

此時放眼望去，光德、西市中間的大道兩側坊牆，支起了形態各異的燈輪、燈樹、燈山等竹製巨架，架上諸多商號的旗幡招展，綿延數里。數十萬枝象牙白蠟燭在半空搖曳生光，無處不照，叫人目眩神馳。

這些蠟燭皆有二尺餘長，小孩胳膊粗細，放在防風的八角紙籠中，竟夜不熄。燭裡摻有香料，底座盛著香油，所以在燈火最盛之處，往往瀰漫著一股豐腴油膩的燭香之氣。夜風一吹，滿城薰然。

無數百姓簇擁在燈架之下，人人仰起頭來，眼觀燈，鼻聞香，舌下還要壓一粒粗鹽。這是長安城流行已久的習俗。鹽者，延也；燭者，壽也。吸足一根蠟燭的香氣，便可延上一年壽數，討個吉利，名目喚作「吸燭壽」。

正因為有這麼個傳統，長安的上元燈會一開始並不擁堵。大部分人會先駐足燈架之下，吸一會兒燭壽，然後才開始四處閒逛。不著急，這個良夜還長著呢，每個觀燈的人都是這般心思。

張小敬知道這個習慣，催促檀棋趁這個空檔快走，再晚點可就真堵在路上了。

檀棋的騎術不錯，她挑釁似地瞥了張小敬一眼：「我可不受你管。」說完她一夾馬肚，坐騎登時朝前一躍，一人一馬，巧妙地從兩輛騾車之間鑽了過去，揚長而去。那背影英姿颯爽，絲毫不輸男性。

張小敬也不惱，一抖轡繩緊緊跟上去，其他旅賁軍士兵緊隨其後。從光德坊到義寧坊，需要向北走三個路口，再向西走兩個路口。沿途皆是繁華之地，人擠人，車挨馬，一行人幾乎連個轉身的機會都沒有。他們走走停停，好一陣才抵達義寧坊。

義寧坊靠近西邊的開遠門，大部分進不了西市的胡商都會選擇這裡落腳，所以胡籍密度比西市還高。坊內諸教廟宇林立，造型各異，也算是長安一景。頂如焰形、牆色朱赤的是祆教祠；屋脊豎起兩根幡杆的是摩尼廟；而在東十字街西北角，有一座上懸十字的石構圓頂大殿，正是景寺所在。

義寧坊裡此時也四處張燈結彩，熱鬧非凡。趕著上元燈會的熱潮，這些廟宇紛紛打開中門，發放善食，宣講法道。遊人們也趁機入內參觀，看看平日看不到的異域奇景。

張小敬等人來到景寺門前，門口正站著十幾個身著白袍的景僧，個個笑容可掬，向路過的人贈送小小的木製十字架和手抄小軸經卷。

張小敬悄悄吩咐手下的人，把景寺的幾個出入口摸清楚，一處至少分出兩人把守。

檀棋問他道：「要去找主教查度牒嗎？」她之前做了點功課，知道景教在長安主事者叫大主教，地位與祆教大薩寶相似。但張小敬搖搖頭：「這和祆教情勢不同，我們不知道右殺什麼身分，貿然去查，容易打草驚蛇。我另有打算，需要姑娘妳配合一下。」

檀棋正要問什麼打算，這時一個白袍景僧迎了過來。他掏出兩串十字架：「兩位善士，可願佩我十字，聽我講經？」

他高鼻深目，一看就不是中原人士，漢話也不甚流利。張小敬接過一串，隨手給檀棋戴上，然後笑道：「我夫人昨夜夢到一位金甲神人，胸帶十字，足踏蓮花，說一位有緣大德蒞臨長安，叮囑我等好生供奉。我們今天來波斯寺裡，是為尋師的。」

檀棋大驚，這登徒子怎麼又胡說八道！可她又不能當面說破，僵在原地，臉色紅一陣白一陣。這時張小敬托起她的手：「夫人，妳蒙十字庇佑良多，這次可得好好感謝才是。」檀棋注意到，張小敬眼中沒有挑逗，只有凜凜的寒光。

她猛然警醒，這不是調戲，是在做事，連忙斂起羞惱，朝景僧嫣然一笑。

景僧頗為欣喜，難得唐人裡有誠心向教的，想來是被這位有西域血統的夫人感化吧。這可比供奉幾匹絹、幾件金器更難得。他殷勤地問道：「可知道那位大德的名字？」

這次不用張小敬提點，檀棋自己迅速進入狀況：「金甲神人只說他非中原人士，近幾個月才到長安。」

他們之前與李泌討論過，右殺這等貴人不可能潛伏太久。若他在這座景寺裡化身景僧，時間應該不超過三個月。

景僧皺眉說：「我教的信眾既有大秦、苫國[2]、波斯等地人氏，也有來自西域乃至北方草原的，這『非中原人士』未免太籠統了。」

檀棋連忙又說：「或是粟特人氏？」

曹破延就是用粟特商人的身分進入長安，非常方便，右殺貴人沒理由不用。

景僧想了一陣，滿懷歉意：「寺中僧人太多，一時不易找到。不如兩位先隨我進來，我去問問其他同修。」

---

2 今日的敘利亞大馬士革。

這個提議正中下懷。張小敬和檀棋並肩而行，跟著這位景僧進了寺中。

入寺之後，迎面先看到一尊高逾三丈的八稜石幢，每一面上都刻著一個十字花紋，其下蓮座，這應該就是曹破延所說的「十字蓮花」了。石幢後頭，是一個不大的方形廣場，地面皆是青石鋪就，掃得一塵不染。廣場兩側各有一排波斯風石像，盡頭便是一座古樸大殿，前凸而頂尖，上頭高高豎起一個十字。

比起中土廟觀，這裡的建築略無修飾，簡樸素淨，左右連鐘樓和鼓樓都沒有。景僧帶著他們倆往裡走了一段，迎面看到一人，不由得高聲叫道：「伊斯執事，這裡看來。」

那人年紀和李泌差不多大，典型的波斯人相貌，碧眼紫髯，鬚髮捲翹，只是五官稍顯柔媚，頗似女相。他的白袍左肩別著一枚橄欖枝形狀的長扣，職銜應該比景僧高一些。

值得一提的是他的雙眸，瞳孔既大且圓，呈極純粹的碧色，像是鑲嵌了兩枚寶石。

「這是伊斯執事，寺內庶務都是他掌管。大小事情你們儘管問他好了。」景僧熱情地向張小敬介紹道。伊斯雖是道地胡人，唐音卻極其標準。他含笑向這對夫妻祝頌上元，聲音醇厚，風度翩翩，讓人禁不住心生好感。

檀棋把尋找大德的話重新說了一遍，伊斯拊掌笑道：「如此說來，確實有一位西域來的長老，新到寺中不久，與尊夫人夢中所聞庶幾近之。」

他說的唐話很流利，不過用字遣詞總偏書面，應該是從經卷古籍學來的。

張小敬和檀棋對視一眼，同時開口：「我等慕道若渴，可否請執事引薦？」伊斯在胸口畫了一個十字，溫和一笑：「誠如遵命。不過，這裡叫大秦寺，可不是波斯寺喲。」

於是景僧返回門口，伊斯親自為這一對夫妻帶路，一路往大殿裡走去。

這景寺殿中的格局與中土廟宇大不相同，上有穹頂，四角直柱，正中供奉的乃是一尊十字架，上掛一人頭戴棘冠，面色哀苦。

「我景尊彌施訶[3]憐憫世人之苦，降世傳法，導人向善，為大秦州官所殺。屍身懸於十字架上，後三日復生，堪為不朽神蹟。」伊斯邊走邊說，隨口談起教義典故，聲音在穹頂上嗡嗡迴響。

張小敬疑道：「一介州官就能殺掉，這個景尊怎麼如此不濟？」伊斯笑意不改：「好教兩位知：一切籌謀，莫非天定。景尊早知有此一劫，欲身代大眾之罪，以求救贖，乃是大慈大悲的真法。」

檀棋聽得有趣，也開口問道：「地藏菩薩發大願渡一切惡鬼，地獄不空，誓不成佛，是不是類似這個意思？」

「他教之事，在下不敢妄言。」

他們一邊聊著一邊繞行，不知不覺繞過大殿，來到殿角一處別室。這房間低矮狹窄，被一道暗紅色的木壁隔成兩塊，壁上有一個硯臺大小的視窗，用木板覆住，不知有何功用。

伊斯道：「此是寺中告解之室。若信士做了錯事，心懷惡念，便來這裡懺悔，請大德開解破妄。此處不接天地，不傳六耳，盡可暢所欲言，沒有洩露之虞。」說到這裡，伊斯深施一禮：「賢伉儷既然想與大德相認，自然是來做一場告解囉？」

「這是自然。」

伊斯擺了個請的手勢：「那請賢伉儷在告解室中稍坐片刻，我這就叫他來。」

告解室並不大，是個和馬車車廂差不多大小的屋子。兩人走進去，還沒來得及欣賞內壁紋

3 唐代景教稱耶穌為「彌施訶」。

飾，只聽砰的一聲，房門居然被關上了，屋子裡霎時一片漆黑。

張小敬急忙伸手去推，卻聽到鎖頭鏗鏘，伊斯竟在外頭把門牢牢鎖住了。

張小敬奮力推了幾下，門板匡匡作響。這時壁上那小窗刷地被拉開，一縷光線投進來。伊斯的聲音從外頭傳入，還是那麼溫和從容：「兩位不妨就此懺悔一下罪行吧。」

張小敬怒道：「你們這些妖僧！我夫妻誠心慕道，怎麼敢囚禁我們！」

一隻寶石般的碧瞳在小窗前閃過，帶著濃濃的嘲諷：「目不相接，肩不兩並，我看你們既不是夫妻，也從不慕道，只怕是哪裡來的冒名賊子，竊窺我寺，圖謀不軌吧。這點毫末小技，休想蒙混過我伊斯的雙眼。」

說完他把小窗重新拉上，整個告解室澈底陷入黑暗。

＊

徐賓站在靖安司的殿前，看著依然忙碌的人群，心情如同在樂游原跑馬一樣起伏不定。

李泌此時站在沙盤前，和其他幾名主事輕聲交談，面上不見任何異色。可他在牆角交代徐賓的話，言猶在耳：「內奸一時不除，靖安司一時不安。但司中沒有第三個人可以澈底信任，只能由你本人親自調查。」

徐賓實在沒想到，靖安司裡頭居然出了內鬼！

靖安司的人員都是從各部各署抽調來的，構成很複雜，但每個人的注色都是賀監與李泌親自看過的。徐賓不敢相信，那些草原蠻子哪兒來的本事，可以滲透層層審查，侵蝕到內部。要是出自李相的指使，那就更可怕了。

要說可疑，最可疑的是檀棋。她是漢胡混血，母親是小勃律人，鼻梁高挺，瞳孔還是淡淡的琥珀色。好在檀棋是李泌的家生婢，從小在李家長大，沒人會蠢到去懷疑她，可別人就未必會有這樣的待遇了。

大唐從來不以血統分尊卑，非中原出身的文武官員多得是。靖安司的屬吏裡，胡人數量不少，漢胡比例約為五一。若此時傳出有內奸的消息，只怕胡吏人人自危，這種寬鬆氛圍只怕將不復存在。徐賓大概能理解，李司丞為何只能在牆下對自己說了。

沒有幫手，不能商量，不能公開，但必須要盡快把內奸挖出來。這可真是給徐賓出了一道苛刻的難題。想到這裡，徐賓苦惱地嘆了口氣，背著手在大殿裡走動，不時偏過頭去，觀察大殿上的每一個人。

偏偏他的視力不好，不自覺地會盡量湊近。往往他還沒看清楚，人家已經覺察到了，滿臉詫異地望回這位舉止古怪的主事。徐賓這麼漫無目的地在大殿上轉了幾圈，忽然發現殿角的蟠龍水漏旁邊站著一個人。他眯著眼睛想看清楚，不知不覺湊得很近，猛一抬頭，四目相對。

「哎哎？」

這個人，居然是崔器！

這個靖安司的叛徒，居然又厚著臉皮回來了？

崔器的臉色很尷尬，沒等徐賓開口詢問，先亮出自己的新腰牌：「奉甘將軍之命，在此巡督靖安事務。」

根據李泌和甘守誠之前達成的協議，右驍衛不再追捕張小敬，但不允許他出現在靖安司。右驍衛為了保證協議效力，自然會派遣人來靖安司監督。可甘守誠將軍居然派崔器過來，顯然是為了故意惹李泌不快，至於崔器自己會不會覺得噁心，根本不在甘守誠考慮之列。

崔器重返靖安司後，就一直待在角落裡，完全不吭聲。反正只要張小敬不出現，其他的事就跟自己沒關係。徐賓一直到現在，才發現他的存在。無論於公於私，徐賓對崔器都沒有一點好感。他冷冷看了叛徒一眼，也不施禮，就這麼轉頭走掉了。

崔器嘴角抽搐一下，這傢伙只是個未入流的老吏，竟然敢對堂堂一位宣節副尉如此無禮。若在平時，他早用刀鞘抽飛了，可是現在，整個靖安司都是自己的敵人……明明今日起床時，自己還意氣風發，打算要和阿兄立下一樁大功勞，怎麼會走到如今這一步？

「阿兄，也許你不該把我從隴山弄過來。」

崔器看著燈火通明的大殿，深深嘆了口氣，後退一步，繼續把自己隱在黑暗中。

這是他選擇的路，必然要為此承擔後果。

徐賓不知道也不關心崔器的煩惱，他正像沒頭蒼蠅一樣在大殿裡轉圈，心亂如麻。這內奸怎麼找，可真把他給難住了。數字背誦對徐賓而言毫無難度，可這人心猜測就難多了。徐賓負手回到自己書案前，忽然看到面前擱著一把用來裁紙卷的小竹刀。他忽然醒悟到，光是這麼一個個看，得看到哪年才算完？自己真是太笨了，工欲善其事，必先利其器，得有一個「方法」才行。

徐賓索性回到自己的座位，把案几上的文房四寶一樣樣整理好。這是徐賓的習慣，可以借此來整理思路。等到案子上的每一樣東西都各歸其類，井井有條，徐賓果然有了一個想法。他搖動銅鈴，讓僕役立刻找來一份靖安司的細圖，然後拿起一枚水晶片對著圖，仔細研究起來。

整個司署分為三部分：正殿、左右偏殿和後殿。正殿辦公，偏殿存放卷宗文牘，後殿是關押犯人的監牢。在整個建築後頭，還有一個大花園，占地頗廣，其間散落著一些獨棟小屋，諸如退室、望樓、伙房、茅廁、井臺、鴿架、水渠之類。在最周邊是一圈高大的院牆，上植荊棘。

整個靖安司只有兩個出口，正殿正門，通往坊內十字街；還有一個朝東開的角門，可以直接連通旁邊的京兆尹公廨。哦，對了，現在還多了一個通往慈悲寺草廬的牆梯。徐賓的想法很簡單，無論這個內奸是誰，都必然要面臨一個問題：如何把情報傳出去。而且從那幾次情報洩露的速度來看，這條管道必定特別快。從地圖上看，只有兩門可選。

還有情報來源的問題。

靖安司的消息，哪些可以公之於眾，哪些只通知各位主事，哪些只能司丞與靖安令拆閱，都有明確的規定。比如狼衛在西市的行蹤，對全體人員都是公開的；而王韞秀被綁架的消息，一開始只有李泌知道。靖安司兩次情報洩露，一次西府店，一次昌明坊，級別都不算高。可見這位內奸，不能觸及更高層面的事情。

很快徐賓便勾畫出這位內奸的基本情況：一、他能在正門和角門通行無礙；二、他能接觸到靖安司的最新動態，但只到中級。這樣便能篩掉一大批小書吏，只剩一些主事、錄事級的人。

徐賓想到這裡，抬頭又看了眼殿角。崔器刻意把自己的身形隱在黑暗中，不易被發現。諷刺的是，眼下他是這大殿內唯一一個確定不是內奸的人。

等一下，崔器或許知道內奸是誰？畢竟他的背叛，得有一個接頭人才行。但很快徐賓又否定了這個猜測。拉攏崔器叛變的，一定是李相在明面上的人，這樣才有說服力。接頭人負責拉攏，內奸負責傳遞情報，這是兩條彼此獨立的線。再說了，就算崔器知道，也不可能告訴靖安司。看來還得從別處想辦法。

徐賓又掃了一眼細圖，忽然有了一個絕妙的主意。可這個主意還欠缺一個契機，他只好暫時耐心等待。

水漏還未過去一刻，大殿外頭忽然傳來一陣騷動。隨著急促的腳步聲，姚汝能攙扶著聞染走了進來。聞染身上披著一件輕毯，對陌生的環境有些警惕，任憑身旁的男子推著前進。

絕大部分書吏都抬起頭來看著她，眼神複雜。這應該是王忠嗣的女兒吧？總算是找回來了！就是這個女人，讓他們加班到現在不能參加燈會。

姚汝能把聞染帶到李泌跟前，李泌還未開口，姚汝能搶先一步過去，低聲道：「這位姑娘不是王韞秀，叫聞染。」

李泌聞言一怔，他本以為這件事總算有所交代，怎麼又節外生枝。他冷著臉道：「聞染是誰？」

姚汝能道：「路上已經問清楚了，她是敦義坊聞記香鋪的鋪主。據她自己說，她遭到熊火幫的襲擊，去找王韞秀求助，同乘奚車出行，然後被賊人襲擊，一路挾持到了昌明坊。所以可能……呃，我們從一開始就搞錯了。」

這是一個可悲的誤會。原來被狼衛劫持的，一直是聞染。

「那王韞秀呢？」李泌瞪著她。

聞染覺得這男人很凶，趕緊縮回姚汝能身後，搖了搖頭。從出車禍開始，她身邊的事情一件比一件詭異，完全跟不上狀況，更別說留意王韞秀的蹤跡了。

李泌對她失去了興趣，他讓姚汝能把這女人留下問問話，如果沒什麼疑問就放走。姚汝能攙著聞染正要走，李泌忽然想起什麼，又把他們叫住：「妳是否認識張小敬？」

聞染聽到熟悉的名字，眼神透出一絲喜色：「那是我恩公。」

李泌眼神裡露出恍然之色，他把拂塵一擺，對徐賓冷笑道：「難怪張小敬堅持要再次搜查，原來他要找的不是王韞秀，而是這個聞染！」

剛才張小敬執著於再次搜查昌明坊，讓李泌一直覺得很奇怪。現在一看找到的是聞染，李泌立刻敏銳地捕捉到其中的微妙連繫。現在回頭去想，修政坊中張小敬一口咬定劫走的是王韞秀，恐怕從一開始就有意要誤導。

李泌又是惱怒，又是失望。不錯，張小敬為阻止突厥人確實不顧性命，而這個誤導也沒耽誤正事。可這個小動作，把李泌無條件的信任破壞掉了：他還有沒有其他隱瞞的行為？未來是否還會有類似行為？這會產生一連串問題和隱患。

「把她給我拘押到後殿牢房裡去，審問清楚和張小敬什麼關係！」

李泌嚴厲地修改了命令。姚汝能以為自己聽錯了，留下和拘押，可是兩個性質截然不同的用詞。

李泌見他有所遲疑，把拂塵重重頓在案几之上，發出咚的一聲。姚汝能只得拽住聞染，略帶歉疚地往後頭拽。

聞染不知就裡，只得牢牢地抓住姚汝能的胳膊，這是整個大殿裡唯一讓她覺得安心的人。

他們離開之後，李泌閉上眼睛，心中已經打定了主意。一俟義寧坊景寺那邊有了進展，就立刻召回張小敬。在接下來的行動中，他不確定是否還能繼續信任那個人。

在一旁的徐賓，並不知道長官對合作者的態度發生了微妙改變，他正心無旁騖，奮筆疾書。因為他一直等待的契機來了。

靖安司通往外界一共有兩道門，一處正門，一處角門，都有旅賁軍的士兵把守。出入這裡的人，都必須出示竹籍，無籍闌入，視同闖入宮禁，士兵可以當場將其格殺。

從今天巳時開始，這兩個門不斷有大量人等進進出出，都是刻不容緩的急事。這種忙碌情況一直持續到申時，明燭高懸，士兵們早已疲憊不堪，查驗竹籍的態度也敷衍起來。

一個長臉官員從靖安司的角門走出來，手持竹籍。守門士兵一看臉，認出是龐錄事。他經常通過這個角門往返京兆府公廨和靖安司之間，負責調閱各類卷宗。光是今天，他就跑了不下十幾趟。於是士兵懶得核對竹籍，略微過了一下手，便揮手放行。

龐錄事邁過門檻，進入京兆府。他左右看了看，卻沒徑直前往司錄參軍的衙門，而是拐了個彎，鑽進正廳與圍牆之間的馬蹄夾道。這條夾道很窄，只容一匹馬落蹄，故稱馬蹄夾道。這裡堆積著各類雜物，平時少有人來。

他走到馬蹄夾道中段，彎下腰，從懷裡掏出一團紙卷。突然一聲鑼響，圍牆上亮出一排燈籠，整條夾道霎時燈火通明。徐賓負手站在夾道的另一端，惋惜地看著他。

「老龐，我沒想到，居然是你……」

龐錄事驚慌道：「我、我是過來解個手嘛。」徐賓苦笑著搖搖頭：「哎哎，莫誆我了，靖安司的茅廁，難道坑位不夠嗎？」他走過去，從龐錄事手裡奪過紙卷，打開一看，裡面居然是一份伙食清單。

龐錄事陪笑道：「老徐你也了解我，靖安司那裡的茅廁太髒了，所以來這裡方便一下。這紙卷擦屁股，比廁籌[4]舒服啊。有《惜字令》在，這事不得不背著人嘛。」

朝廷頒布《惜字令》，要求敬紙惜字，嚴禁用寫過字的紙如廁。龐錄事用伙食清單擦屁股，嚴格來說也是要挨板子的。

徐賓道：「哎哎，老龐你多慮了，法嚴人情在，怎麼會因為一張破紙就抓人呢？」然後把紙卷遞還給他。龐錄事鬆了一口氣，正要拍肩表示親熱，徐賓卻輕輕閃開，面色轉為嚴肅：「要抓，也是因為洩、洩露軍情之事。」

4 木或竹削成的小片，上完廁所後用來代替紙張擦拭。

他為人老實，說起這種咄咄逼人的話，一結巴，威勢全無。龐錄事一聽，臉色不悅：「老徐，你可不能這麼汙衊同僚。我用紙來方便是有錯，可你這個指控太過分了吧？」

徐賓畏縮了一下，旋即嘆了口氣，發現自己的氣場實在不適合刺奸。他讓開身子，亮出後面的一個人。龐錄事就著燭光一看，原來是看守角門的守衛，已被五花大綁，於是身子開始顫抖起來。

夾道裡靜悄悄的，與外頭的喧囂恰成反比。只有徐賓的聲音弱弱地響起：

「我知道司裡出了奸細，可我得等一個契機。剛才王韞秀回到殿中，卻發現是另外一名女子。我故意把這條消息抄送給所有官吏。它太重要了，內奸一定會盡快送出去。這個時候離開席位外出的，呃，一定最有嫌疑。」

徐賓誠懇地解說自己設下的陷阱，唯恐龐錄事聽不明白。

「我一直在想，靖安司的內奸該怎麼通過正門或角門，哎哎，然後發現我陷入一個盲點。這個人並不一定是穿門之人，也可能是……嗯，守門之人。」徐賓說到這裡，鼓起一口氣，聲調變得更為自信，「剛才我已經看到了，你走過角門，趁檢查竹籍時把消息交給守門士兵，清清白白離開；守門士兵再傳遞給外頭一個人，繼續清清白白守門。這辦法好得很，單查你們任何一個人，都是清白的。非得合在一塊，才能看出名堂。」

龐錄事咕咚一聲，癱坐在夾道裡。徐賓吩咐左右不良人過去拿他，龐錄事連忙抬起臉，乞求著說道：「我、我是給鳳閣那邊辦事……」

鳳閣就是中書省。他主動坦承是李相的人，指望徐賓能手下留情。可縱然遲鈍如徐賓，也知道李相絕不可能承認有此事，更不可能保他，龐錄事的仕途已經完蛋了。

龐錄事也意識到這一點，扯住徐賓袖子：「我要見李司丞！我只是傳消息，可從來沒耽擱過靖安司的事！」

徐賓聽到這個，有點火了：「哎！又不承認，若不是你與鳳閣暗通款曲，遠來商棧的火災能起嗎？崔器能叛變？」龐錄事聞言愕然，隨後大叫：「崔尉之事，是我傳給鳳閣不假，可遠來商棧我可沒傳過！」

「嗯？」

「給突厥人辦事，那是要殺頭的！又沒好處。」龐錄事義憤填膺。

經他這麼一提醒，徐賓發現這兩次洩密，其實性質截然不同。遠來商棧意外起火，得益的是在西府店竊圖的突厥狼衛；針對崔器的拉攏叛變，得益的是李相。

龐錄事再無恥，也不至於通吃兩家。

「難道說……其實有兩個內奸？」徐賓站在夾道裡，禁不住一哆嗦。靖安司什麼時候成了篩子？什麼泥沙都能滲進來。

他死死盯著龐錄事，盯得後者直發毛。不過龐錄事很快發現，徐賓的近視眼，盯的其實是那卷用來解手的紙卷。他小心翼翼地遞過去：「你要是想用的話……」

徐賓突然跳起來，轉身朝夾道外頭跑去。難為他已過中年，腿腳還這麼靈活，一下功夫就消失在夾道盡頭，扔下龐錄事、守門衛兵和幾個押住他們的不良人面面相覷。

徐賓喘著粗氣，腦子裡卻快要炸開了。他剛剛想到，這靖安司裡，還有另外一條更好的傳輸通道！

光德坊附近的四條街道，俱是燈火耀眼。那些巨大的燈架放射出萬千道金黃色的光芒，把半個天空都照亮了。

這對遊人來說，是難得一見的壯景，但對靖安司安置在諸坊的望樓，卻是最頭疼的干擾。燃燭萬千，喧聲徹夜，望樓無論擊鼓還是舉火，都近乎失效。

為此，望樓上的武侯不得不在燈籠上罩上兩層紫色的紙，以區別於那些巨大的燈火。倘若有仙人俯瞰長安城的話，會看到城區上空籠罩著一片閃動的金黃色光海，要仔細分辨，才能看出裡面夾雜著許多微弱的紫點，就像一個小氣的店主在畢羅餅上撒了一點點小芝麻粒。

就在這時，光德坊附近一處望樓上的紫光倏然熄滅。可是，跟這些燦爛如日月的彩燈相比，這一點點腐螢之光實在是太不起眼了，根本沒人留意。

很快第二處望樓的燈光也熄滅。第三處、第四處、第五處……在幾十個彈指之內，圍繞光德坊一圈的望樓紫點，全都黯淡下去，就像一圈黑暗的索帶，逐漸套攏在光德坊的脖子上。

姚汝能把聞染關在後殿的監牢裡，走出來站在院中，長長吁了一口氣。聞染不肯重新回到陰冷黑暗的環境，一直問姚汝能這是怎麼回事。他好說歹說，才安撫好她的情緒。

這個普通的女孩子，今天經歷了這麼多折磨，實在太可憐了。李司丞剛才要求把她像囚犯一樣關起來，這讓姚汝能有點不平。他跟看守牢房的獄卒交代了一聲，在牢房裡多放了一盞燭臺和盛滿清水的銅盆。聞染的髮髻和臉已經髒得不成樣子，需要好好梳洗一下。

這樣安排，等到張都尉回來，好歹對他能有個交代吧。姚汝能心想。

這女子喊張小敬為恩公，這兩個人之間不知有何故事。姚汝能現在對張小敬的生活充滿好奇，他迫切地想看清這個人，聞染應該是個絕好的了解途徑。

姚汝能讓聞染自己清洗一下，他趁這個時間到院子裡透透氣，釐清思路，再回去審問聞染，嗯，不是審問，是詢問，他糾正了一下自己的用詞。

靖安司的後院監牢連接的是左偏殿，兩處中途有一個小院，原來的主人在此安放了一座爬滿藤蘿的假山，儼然一派通幽山景。姚汝能溜達到這小院裡，正低頭沉思，忽然看到在假山後頭，似乎有人影晃動。姚汝能雙眼一瞇，警惕地按住腰間鐵尺：「誰？」

「是我，崔器。」

人影走了出來，姚汝能雙眼一瞪，這可真是出乎意料。

「哦，這不是右驍衛的崔將軍嗎？」姚汝能滿是譏諷地強調了「將軍」二字。他以為這輩子再也不必看到這張臉了，想不到他居然厚著臉皮回到靖安司。

崔器黑著一張臉，死氣沉沉：「我找你有事。」姚汝能繼續嘲諷道：「把我抓回去？可惜甘將軍只限制了張都尉，可沒提到我這無名小卒。」

崔器咬著牙沉聲道：「不是這件事，我跟你說，靖安司可能會有危險！」

姚汝能簡直想笑，這傢伙說話比跳參軍戲的俳優還滑稽。靖安司策防京城，它有危險？它的工作就是找出危險！

「不是，你聽我說。我現在沒什麼證據，但有種強烈的預感，有些事不對勁。」

崔器的語氣有些急躁。他在隴山當過兵，對危險有天生的直覺。從剛才開始，他就覺得坐立不安。殿中人的腳步聲、風的流動、外面的喧囂、通傳的頻率，總覺得哪裡不對，可又說不出來。

「你當然盼著靖安司出事了。」姚汝能撇撇嘴。

「你個兔崽子，怎麼說話呢？」崔器大怒，伸出手掌猛拍了一下假山，「是！我是叛徒！我趨炎附勢，可我編造這種謊言有什麼好處？」

姚汝能看著他的臉，神色慢慢嚴肅起來。這個人可能很怯懦，很卑劣，但並不擅長偽裝。

他現在似乎是真急了。

「既然你這麼好心，為何不直接去跟李司丞、徐主事他們說？」姚汝能狐疑道。

「叛徒的話，他們不會相信的。」崔器苦笑著回答，「但小姚你去發出警告，就不一樣了。聽著，我不是為靖安司，我是為我自己。如果靖安司真出了事，我也無法倖免。」

這是真心話。如果有可能，他早跑了，可有甘守誠的軍令，他只能守在原地。

姚汝能道：「那你總得說清楚要出什麼事，光是感覺可不成，你讓靖安司怎麼防備？」

崔器急道：「先調幾隊旅賁軍來，總沒錯！」

話音剛落，兩人同時聽到急切的腳步聲。他們循聲望去，發現聲音來自更遠處的後花園。

徐賓一口氣從京兆府跑回靖安司，又從靖安司跑到院子後頭。這裡是一個很大的花園，地方空闊，只有一些退室、茅廁、鵲架什麼的，靖安司的望樓也設置在花園中央，周圍是一圈高聳的山牆。

按道理這裡是死路，絕無出口。但徐賓忽然想起來，其實這花園裡有另外一條通道。水渠。

光德坊的位置為何如此重要？因為靠長安西邊的三條管道：廣通渠、清明渠、永安渠，恰好就在這裡匯聚，再流入皇城。

三渠入坊，讓光德坊內部的水路既寬且深。靖安司的這個後花園，在東西兩面牆各有一處水門。自東牆引入主渠之水，中間彎成一條弓形，恰好半繞李泌的退室，自西牆再排入主渠。這樣一來，花園就有了一條活水，只要三渠有一條不枯，這裡永遠有清水流轉，風水上佳。

徐賓看到龐錄事手裡的紙卷，一下子想到，那內奸根本不必從二門出入，只要藉口上茅廁跑來後花園，把塗了油的紙丟入水渠，然後安排人在西牆外用笊籬[5]撈起便是。水流會完成情報傳遞，既可靠，又迅速，且極為安全。

這個手法說破了一文不值，可它比龐錄事的辦法更實用。徐賓故意放出王韞秀是聞染的消息，對另外一個內奸來說，也是要立刻送出去的情報。換句話說，徐賓急急忙忙跑過來，說不定能在水渠旁堵到他。再不濟，也能抓到西牆旁邊撈情報的人，堵死這條路。

他身後跟著五個不良人。徐賓讓其中兩個體格最好的，盡快從另外一側翻牆過去，先堵另外一側，他和另外三個跑成一個扇形，朝水渠靠攏。

徐賓很久沒這麼運動過了。他的胸部火辣辣地疼，大口大口喘著粗氣，可腳下卻絲毫不敢停歇。龐錄事被捕之後，那個內奸說不定會就此隱伏，眼下是唯一可能逮住他的機會。

他們跑進後花園，沿著碎石小路迅速前行，很快便看到退室矗立在黑暗中的影子。這裡沒有燈，所以沒辦法看得更清楚了，只能聽到水渠裡嘩嘩的水聲。

咦？怎麼會沒有燈？

靖安司的大望樓就設在附近，它要接收來自長安四面八方的消息，所以規模比別的望樓要大一倍，上頭可站八名武侯。入夜之後，上頭應該懸有一十六盞紫燈。

徐賓抬起頭來，發現大望樓上一片漆黑，什麼燈都沒有。

不好！

一個極為不祥的預感，像陰影中彈起的毒蛇，狠狠咬住徐賓的心臟。

5 長柄，類似篩子，是從水裡撈東西的器具。

牆的另外一邊傳來兩聲慘叫，是剛翻過去的兩個不良人。徐賓面色陡變，急忙探脖子去看，可視力在黑暗中無能為力，腳下一絆，整個人登時摔趴在地上。

與此同時，一個影子從水渠裡站起來，不良人們一驚，紛紛抽出腰間鐵尺。這時陸陸續續又有十幾個影子紛紛冒出頭，爬上渠岸，簡直像是從水中湧現的惡鬼。

他們身穿黑色水靠[6]，手持短弩站成一排，保持著可怕的安靜。在不遠處的西牆底下，水柵已經被拆毀，這些人應該就是從那裡游過來的。一個黑影站在西牆邊緣，淡然地望向這邊，玩弄著手裡的直柄馬牙銼[7]。

剩下的三個不良人膽怯地停住腳步，想往回跑。數把短弩一動，登時幹掉了兩個人。最後一人急忙要高喊示警，頭頂卻突然飛來一枝弩箭，從他的天靈蓋刺了進去。

一個黑影從大望樓上探出頭來，確認目標死亡，然後比了個手勢。

黑影們脫下水靠，替短弩重新上弦，然後分成數隊，迅速朝著靖安司大殿撲過去……

---

6 古代的潛水衣，用魚皮、海蛟皮或鯊魚皮製成。

7 木工的打磨工具。

第九章　酉正

天寶三載元月十四日，酉正。

長安，長安縣，義寧坊。

告解室裡的空間既狹且黑，一個人待久了會覺得喘不過氣，何況現在裡面塞了兩個人。

檀棋和張小敬困在黑暗裡，幾乎貼面而立，幾無騰挪的空間，連對方的呼吸都能感受到。

張小敬保持著這個尷尬的姿勢，又喊了幾聲，外面完全沒有動靜，那個伊斯執事居然就這麼離開了？

別說檀棋了，連張小敬都沒想到，這談吐儒雅的景僧，說翻臉就翻臉。他也算閱人無數，偏偏沒看穿這個叫伊斯的僧人。那相貌和氣質，實在太會騙人了。

張小敬用拳頭狠狠捶了幾下，小門紋絲不動。這木屋看似薄弱，材質卻是柏木，木質緊實，非人力所能撼動。

「檀棋姑娘，得罪了。」

張小敬抬起上半身，朝檀棋的臉前貼去，他是想給腰部騰出空間，好抽出障刀。檀棋知道他的意圖，可心中還是狂跳不已。她從未這麼近距離與男子接觸，感覺那粗重的呼吸直鑽鼻孔，嚇得一動都不敢動。

張小敬慢慢把刀抽了出來，小心地把刀尖對準門隙，往下滑動。薄薄的刀刃能敲到外頭鎖鍊，可是這小屋子太狹窄了，完全使不上力氣，更別說劈開了。唯一的辦法，就是用刀頭去削磨小門的門樞，但這要耗費的時間太長了。

檀棋覺得整件事太荒唐。闕勒霍多去向不明，長安危如累卵，他們卻被一個不知所謂的景僧執事，用不知所謂的理由關在這個不知所謂的鬼地方。

她看向張小敬，這傢伙應該很快就能想出脫身的辦法吧。就像在右驍衛一樣，他總有主意。張小敬那隻獨眼在微光下努力睜大，嘴唇緊抿，像一隻困在箱籠裡的猛獸。這一次，似乎連他也一籌莫展。

檀棋忽然警醒，自己什麼時候開始把他當靠山了？登徒子說過，這次借她來，是為了借重她的智慧。如果什麼都不做，光等著他拿主意，豈不是給公子丟人！檀棋想到這裡，也努力轉動脖頸，看是否能有一線機會。

兩人同時動作，一不留神，臉和臉碰到一起。那粗糙的面孔，刮得檀棋的臉頰一陣生疼。檀棋騰地從臉蛋紅到了脖頸，偏偏躲都沒法躲。

就在這時，外面傳來腳步聲，兩人動作同時一僵。

伊斯的聲音在外面得意揚揚地響起：「兩位一定正在心中詈罵，說我是口蜜腹劍吧……哦，恕罪恕罪，我忘了口蜜腹劍這詞是被禁的，還是用巧言令色吧，畢竟令色這兩個字我還擔得起，呵呵。」

這傢伙不知何時又回來了，或者根本沒離開過。檀棋見過的男子也算多了，對自己容貌津津樂道的，這還是第一個。

「你們冒充夫妻，闖入敝寺，究竟意欲何為？」伊斯問道，他的口氣與其說是憤怒，毋寧說是興奮。

檀棋正要開口相識，張小敬卻攔住她，把腰牌從身上解下來，在門板上磕了磕，語氣急切：「我是靖安司的都尉張小敬，正在追查一件事關長安城安危的大案。你必須立刻釋放我們。這是靖安司的腰牌，你可以向官府查證。」

「靖安司？沒聽過，不會是信口開河吧？」伊斯隔著小窗看了眼腰牌，「容在下明日去訪訪祠部，屆時必能明白。」

「那就來不及了！現在放我們走！」張小敬身子猛地一頂，連帶著整個木屋都晃了晃。

伊斯伸出纖細修長的手指，嘖嘖地擺動了幾下：「在下忝為景教執事，身荷護寺之重，既然有奸人冒良入寺，不查個清楚，在下豈不成了尸位素餐之輩？」

他說話文縐縐的，可此時聽在檀棋和張小敬耳朵裡，格外煩人。

張小敬沉聲道：「聽著，現在這座波斯寺裡藏著一個極度危險的人物，他牽連著數十萬條人命。若是耽擱了朝廷的大事，你們要承擔一切後果！」

數十萬人命？極度危險？這兩個詞讓伊斯眼前一亮：「首先，我們叫大秦寺，不叫波斯寺。其次，若真有這麼一個危險人物，也該由本寺執事前往處理。你們想找的那位大德，就是他？」

「是的，他是突厥的右殺貴人，在三個月內來到長安。靖安司認為他假冒景僧，就藏在這座波斯寺裡。」張小敬的語速非常快，他不能被這個愛賣弄的波斯人掌握談話節奏。

「都說了是大秦寺……嗯。」伊斯似乎被這番話打動，他眼珠一轉，俊俏的臉上現出一絲興奮的笑容，「爾等先在這裡懺悔，容在下去查探，看看所言是虛是實。」

張小敬這回可真急了，扯著嗓子喊出來：「這個突厥人背後勢力很強大，不可貿然試探。

請你立刻開門，交給專事捕盜的熟手來處理。」

「哦？你說的是那兩個被我關在告解室裡的熟手？」伊斯哈哈一笑，用兩隻食指點了點自己的眼睛，「我伊斯雙眼曾受秋水所洗，你們能識破的，我自然更能看穿。」然後他不顧身後張小敬的叫嚷，轉身離開。

伊斯大步走在走廊裡，表情還是那麼平靜，可白袍一角高高飄起，暴露出主人內心的雀躍。景僧寺崇尚苦修謙沖，一年到頭連吵嘴都沒幾回。伊斯自負熟讀中土經典，身懷絕學，卻一直沒機會展示，引以為憾。這次好不容易逮到一次機會，他絕不會輕易放過。

若那個男人所言非虛，這將是一個絕好的機會。伊斯恰好走到正殿，看到十字架高高在上，虔誠地合掌禱告道：「我主在上。這次建功有望，必得朝廷青睞，可以正我景教本名。」

他禱告完畢，直奔正殿旁的一幢宅子而去。那裡有一片菜畦，裡頭種些瓜果青菜。景僧不分品級上下，都提倡親力親耕，所以宅子也修在菜畦旁邊，且一律都是平頂二層小石樓。

伊斯身為執事，對景寺人員變動知之甚詳。一個月前，這裡確實來了一位僧侶，名叫普遮，粟特雜胡，所持度牒來自康國景寺，身分是長老。普遮長老來到義寧坊景寺之後，行事頗為低調，平日不怎麼與人交往，只是外出的次數多了些。寺裡只當長老熱心弘法，也不去管他。聽張小敬的描述，這普遮長老是唯一符合條件的人。

他年過六十，寺裡特意分給他一處二樓偏角的獨屋。伊斯叫了一個管宅子的景僧，一起拾級而上。他走到門口敲了敲門，喚了聲「普遮長老」，沒人回應。伊斯手一推，門是虛掩的，吱呀一聲居然開了。

這小廳裡的陳設與其他教士並無二致。窗下擺有一尊鎏金十字架，兩側各擱著一口拱頂方巾箱，地上鋪著一層厚厚的駱駝毛氈毯。

伊斯一眼注意到，那氈毯正中翻倒了一把摩羯執壺，壺口流出赤紅色的葡萄酒，將毯子浸溼了好大一片。他立刻警惕起來，先把袍角提起，掖在腰帶裡，然後腳步放緩，朝寢間走去。

伊斯一踏進去，首先映入眼簾的是普遮長老瞪圓的雙眼，表情驚駭莫名。他頭擱在門檻上，仰面倒在地上，胸口還插著一把利刃，血肉模糊。長老的手臂還在微微顫抖，不知是一息尚存，還是死後怨念未了。

伊斯大吃一驚，這……這不是個極度危險的賊人嗎？怎麼反被人殺了？

身後那個景僧跟過來，看到這血腥一幕，叫了一聲：「嗎呀！」癱坐在地上。伊斯眼珠一轉，沒有急著俯身去檢查，也沒忙著進屋，而是急速掃視了屋子一圈。

就這麼安靜了幾個彈指，他突然抄起手邊一個銅燭臺，狠狠砸向屋角。

屋角那裡擺放著兩扇竹製小屏風，平日用來遮擋溺桶。它本身很輕薄，被沉重的銅燭臺一砸，嘩啦一聲，應聲倒地，從後頭跳出一個蒙面的漢子。

「這點毫末伎倆，還想逃過我伊斯的雙眼？」伊斯半是興奮、半是壯膽地喝道。

這裡的窗戶面朝正北，又是二樓，正好對著御道的光彩燈影。伊斯剛才就注意到了，燈光照射進屋角，兩扇竹屏風的影子之間應有一道光隙，可有那麼一瞬間，兩扇影子卻連在了一起，這說明屏風後面藏著人。

想必是這凶手殺人之後，還沒來得及離開，就聽見敲門聲，只能暫時藏在屏風後頭，沒想到被伊斯識破了。

既然暴露，蒙面漢子也不廢話，抄刀向伊斯撲過來。伊斯略帶驚慌地後退，可已經來不及了。他腦子裡飛快閃過一個念頭：剛才應該佯裝無事，退下報官。

可是後悔已經晚了，蒙面漢子的刀鋒迅猛逼近。伊斯不顧體面，整個人一下子趴在地上，勉強躲過這一刀。還沒等那漢子收刀再刺，他用手抄起床榻邊一個暖腳的鈞爐，劈頭蓋臉地潑過去。

這暖腳鈞爐是鐵簸箕的樣式，內盛炭火，夜裡用來取暖。伊斯拿起鈞爐，往外一送，鈞爐裡大概曾經燒過什麼東西，細碎的灰末甩了出來，斗室之內登時煙霧彌漫。伊斯趁這個機會爬了幾步，脫離蒙面漢子的攻擊範圍，起身把鈞爐握在手裡。

他忽然聽到一聲慘叫，竟是那跟隨而來的管宅景僧發出來的。不用說，蒙面漢子一擊伊斯不中，直接把身後那景僧給殺了。

伊斯大怒。這些傢伙闖入景寺，還連殺兩位僧人，這簡直是對執事最大的侮辱。他把鈞爐裡最後一點炭灰拚命往外撒去，然後跳到了床榻上。

長老級別的僧人，榻邊必然掛著一根手杖。木料用的是苫國的無花果樹，那裡是景尊興起之地，持之以不忘根本。蒙面漢子兵器犀利，但伊斯對屋子裡的陳設更加熟悉。

伊斯從牆上取下手杖，心中稍定。他不需要贏，只要堅持多一點時間，自然有護寺景僧趕到。他倚仗著手杖的長度優勢，把蒙面漢子壓制在屋子一角。

那蒙面漢子很快意識到對方在拖時間，於是沒再糾纏，一轉身，居然從窗口跳了出去。

伊斯疾步跑到窗臺往地面上看，卻沒看到對方蹤影。他一抬頭，發現那蒙面漢子居然借著涼臺凸面，翻上了屋頂。

真以為我們景僧都是文弱之輩嗎？

伊斯冷笑一聲，用口咬住手杖，雙手反手攀出窗臺上緣，身子一擺，也迅速翻到屋頂。

景寺的屋頂平闊，極適合奔跑。兩人你追我趕，一個個屋頂躍過去，腳下片刻不停。蒙面漢子固然身手矯健，伊斯也不讓分毫，甚至更為靈巧。

伊斯自幼生長在西域沙漠中，平日最喜歡的活動，就是在各處石窟沙窟之間鑽來跑去，久而久之，練出一身攀緣翻越的輕身功夫，任何高險之地，皆能如履平地；他自稱跑窟。

刺客這麼逃，正好搔到了他的癢處。

眼見伊斯越追越近，蒙面漢子又一次躍過兩個屋頂之間的空隙，猛一轉身，用刀刺向半空。身後的伊斯已經高高躍起，向刀刃撞去。他半空中無法避讓，情急之下把白袍前襬往前一撩，等刀刺穿袍子的一剎那，猛然扯動，把刀尖拽偏了幾分，堪堪從肩頭刺過去，劃開一道血痕。

伊斯借這個勢，一頭撞到蒙面漢子懷裡，把他撲倒在地。兩人在屋頂滾了幾滾，扭成一團。伊斯握住手杖，一邊砸他的頭一邊恨恨喝道：「我好歹也是波斯王子出身，豈容你在這裡賣弄！」

他正砸著，忽然一枝弩箭破空飛來，正釘在伊斯的木杖頭上。若再偏個半分，只怕這箭就刺入伊斯咽喉了。趁他失神的片刻，蒙面漢子一把將他推開，縱身跳下兩層樓去。

伊斯沒想到這個刺客原來還有同夥，他幾步跑到屋頂邊緣，看到遠遠有一人手舉弩機，正對著自己。他連忙一低頭，又是一箭擦著頭皮飛過。

趁這個機會，那蒙面漢子已經從地上爬起來，一瘸一拐地跑去與那個弩手會合。弩手把弩機一丟，兩人越過八棱石幢，徑直奔景寺大門而去。

此時再追過去，已經來不及了。伊斯只得大聲呼叫，指望門口的那些僧侶能聽見。那些景僧正忙著向遊人分發禮品，周遭喧鬧得很，哪會想到有兩個刺客從身後跑出來。

但在門口的，並非只有他們。

那一批旅賁軍士兵遵照張小敬的命令，早守在門口，一看到這兩個人殺氣騰騰，紛紛抽出利刃，排成一個扇形圍過去。

兩個殺手反應極快，立刻從懷裡掏出一把銅錢，刷地朝天上拋去，落下如天女散花。周圍的遊人紛紛喊道：「散花錢啦！」

散花錢乃是長安的一個習俗，賞燈時拋撒銅錢，任人撿拾，散得越多，福報越厚。但這個陋習屢屢出事，被官府所禁。遊人聽到有人居然公然散花錢，無不驚喜，一傳十，十傳百，頓時無數民眾朝這邊湧過來，男女老少哄搶成一片，場面登時大亂。

等到錢撿得差不多了，那兩個殺手早已遁去無蹤，剩下十幾個旅賁士兵站在原地，四處張望。這時伊斯已經翻下屋頂，趕到門口。看到這一幕，連忙問道：「你們是不是有個都尉叫張小敬？皺臉瞽目？」

士兵茫然地看著他不說話。

「呃，就是臉上全是皺紋，還瞎了一隻眼睛。」

「哦，那沒錯，是張都尉。」士兵這才恍然大悟。

伊斯摸摸腦袋，俊俏的臉上露出為難神色。饒是他口才了得，也不知該怎麼跟這位軍官解釋，這位張都尉被自己關了起來。

＊

光德坊，靖安司。

最先遭遇襲擊的，是一個傳送文書的小吏。他正捧著一封文書朝大望樓走，突然看到十幾個黑影撲過來。他剛瞪大了眼睛，就被一把短脊刀刺穿了咽喉。

然後遇襲的是兩名守衛。他們負責把守後花園與前面大殿的連接處，正有一搭沒一搭地閒聊著，忽然兩人身子同時一僵，倒在地上，脖頸處分別插著一枝弩箭。

為首的黑影走到這裡，暫時停住了腳步。他就是剛才爬上大望樓的人，也是這一隊人的領袖。他俯身把弩箭從兩名守衛身上拔出來，重新裝回弩機，然後做了個安全的手勢。

五個黑影立刻向前，分別搶占了高處和側翼幾個地點，將弩機對準了通往後花園的那條路。然後另外幾個人折回水渠的缺口，拖過來幾個沉重的麻布袋。他們打開袋子，每人從裡面拿出一具簡易的唧筒和幾個小陶罐。

這種唧筒是竹圓筒，前有孔竅，後有水杆，水杆的一頭裹著壓實的棉絮，塞入筒內。這樣一來，只消一拉，便可從竅口吸水入內，再一推便能噴出去。原本用於滅火，但極易損壞，送出的水量聊勝於無，所以不怎麼普及。

若是只用一次，倒是相當順手。

他們有條不紊地用唧筒從陶罐裡吸水。首領站在原地，看著遠處靖安司大殿的簷角，身上充滿了殺戮前的興奮。他忽然抬起手，把面罩摘下來，往嘴裡扔進一捲薄荷葉，面無表情地咀嚼起來。

龍波那只鷹鉤大鼻，在夜空下分外猙獰。

在這期間，陸陸續續又有兩三個如廁的靖安司小吏走過來，無一例外全被瞬間殺死，屍體全數丟在旁邊的溝渠裡。

等到所有人都裝好了唧筒，挎在身上。龍波用粟特語發出指示：「分成三隊。正殿一隊，左右偏殿各一隊，另外負責左偏殿的，兼顧後殿。突擊開始後，對守衛用弩，對文吏用刀，對物品用唧筒，務求第一時間控制局勢。」

他又強調道：「所有行動必須在一刻之內完成。」

眾人同時點了點頭。龍波把嚼爛的薄荷葉吐在地上，重新把頭罩戴好：「走，給靖安司的諸位長官送燈去。」

＊

告解室的小門匡噹一聲打開，久違的光線重新進入眼簾。檀棋和張小敬同時瞇了一下眼睛，有點不適應。

伊斯倒是沒有遮掩，主動上前致歉，佶屈聱牙的話說了一大串，又是「永思厥咎」，又是「痛自刻責」，幾乎把前朝罪己詔都背過一遍。

檀棋毫不客氣地打斷他的話，問剛才到底發生了什麼。伊斯自知理虧，把剛才的事情複述了一遍，張小敬聽得臉罩寒霜，顧不得跟他計較，說立刻帶我去看。

重傷的普遮長老已經被抬到一處靜祈室中，由寺中的醫師搶救。他的胸口中刀，傷口很深，人早已昏迷不醒。

張小敬走近仔細端詳，這是一張滿是皴裂的狹長馬臉，鼻闊眼裂，絕非中土面相，不過要說是突厥臉，也無法確定。

這件事很麻煩。普遮長老到底是不是右殺，目前無法證實。而靖安司必須要十成確認，才好開展下一步工作。

他的寢居已經被搜查了一遍，除了那一份度牒，沒有其他和身分有關的東西。而且那份度牒的價值也不大，突厥人完全可以偽造一份，甚至抓了真正的普遮長老，殺掉人，把文書留下便是。

張小敬沉思片刻，俯身去扯普遮長老的長袍。伊斯忙道：「唐突法體，不太妥當吧？」檀棋冷冷道：「若他是突厥右殺，還談什麼法體不法體？」她剛才被關了一肚子怨氣，對這個自作聰明的蠢執事切齒痛恨。

張小敬把醫師趕開，撕開袍子，一具蒼老的肉體露出。在其小腹右下方，有一條觸目驚心的長疤痕，如蛇踞側腹，兩邊肉皮翻捲。張小敬伸手摸了一回，抬頭說這是陌刀的傷疤。

陌刀柄長四尺，刃長三尺，是唐軍專用於馬戰的精銳裝備。看疤痕的長度和位置，應該是在馬上被橫切的陌刀斬中半刀，居然沒死，真是命大。

張小敬再把他的下胯扯開，大腿裡側有厚厚的磨痕，應是常年騎馬的痕跡。而兩邊的腰外，則隆起兩塊弧形繭子。如果一個人總是身穿甲冑走動，擺動的裙甲下緣會摩擦皮膚，造成這樣的痕跡；而且還得是品級很高的甲冑。

常年騎馬，常年披掛，還被唐軍的陌刀所傷，這位與世無爭的普遮長老，真實身分昭然若揭。

「我知道為什麼突厥狼衛要綁架王忠嗣的女兒了，果然是右殺貴人的私心。」張小敬起身拍了拍手。

草原素有怨報傳統，被仇人弄出的傷口，須得仇人子嗣的生血，方能撫平。右殺貴人恐怕當年跟王忠嗣有過衝突，並且受了重傷，隱疾未去。這次來長安，他除了主持闕勒霍多之外，還想順便綁架王忠嗣女兒，為自己治病。

話說回來，若不是他懷了這個私心，恐怕靖安司還真追查不到狼衛。

檀棋疑道：「可是，會是誰殺了右殺呢？」

張小敬道：「當然是那些利用突厥狼衛的傢伙。石脂既然入手，右殺便沒有利用價值了。為了防止咱們順藤摸瓜，必須斬斷一切連繫。這位處心積慮出賣自己部族，想換得後半生的榮華富貴，嘿，想不到上門的卻是煞星。」

他說到這裡，憂心轉重。這個神祕組織行事風格狠辣果決，除了右殺，恐怕其他潛在的線索也正被一一斬斷，他們查起來會益加困難。而且他們突然開始掃平痕跡，說明大事將至，而靖安司對此還茫然無知。

右殺昏迷不醒，什麼也問不出來，他的房間裡也沒任何有價值的線索。張小敬的腦子拚命轉動，卻想不出什麼辦法能盡快破局。一陣沒來由的疲憊湧上心頭，讓他突然覺得有些絕望。

按道理，他不是這麼輕易認輸的人。也許確實是太累了，也許是因為長久以來的壓力積累所致。張小敬背靠著靜祈室牆壁，閉上獨眼，連灰都懶得撣一下。

就在這時，榻上的右殺突然大聲咳嗽，似乎要醒過來，唾沫裡帶著斑斑血色，整個人猛烈地痙攣起來。醫師撲過去按住他的四肢，滿頭大汗：「得送醫館，不然來不及了！」

噹——噹——噹——

波斯寺正殿上頭的大鐘忽然敲響，景僧們紛紛駐足，不知發生了什麼。兩個漢子一前一後，抬著一個臨時的木擔架從住宅區出來，上頭蓋著一塊駱駝毛毯子，朝寺外而去。

四周的僧人們都指指點點，聽說是一位大德遇刺，正要送去醫館，於是紛紛虔誠為這位弟兄祈禱。

好在今天是上元節燈會，各坊醫館都嚴陣以待，徹夜不閉。在大門之外，一輛油幢牛車剛剛趕到。這種車以牛為挽獸，既慢且穩，上有捲席篷頂，兩側垂遮帷簾，正適合運送重傷病人。

兩個漢子小心把長老抬入車廂。車內早有一個醫館學徒等在那兒，幫忙放平病人，餵入一丸人參續命丹。因為車廂狹窄，所以兩個漢子沒法在車上待著，學徒讓他們先去醫館等候，然後把一枚藍白相間的離喪鈴懸在車外，喝令車夫發軔。

牛車一動，離喪鈴搖擺晃動起來。這鈴鐺裡灌了鉛，聲音與尋常鈴鐺迥異。周圍的遊人一聽，知道有人要送急醫，紛紛避開一條路來，免得沾染晦氣。

牛車緩緩開拔，在鈴聲中穿過繁華的街道和人群，朝醫館駛去。車行出去約莫半里，離開了波斯寺的視線，忽然駛離人潮洶湧的大道，拐到一條小巷子裡。這裡沒有放燈，所以漆黑一片。

車夫把牛車停住，咳嗽了一聲。在車廂裡的醫館學徒從腰間摸出一把匕首，朝擔架上的病人刺去。擔架的毯子下突然伸出一隻大手，快如閃電，一下子鉗住學徒的手腕。毯子一掀，一個獨眼猙獰的漢子從擔架上直起身來，咧嘴笑道：「醫者父母心，怎麼下手這麼狠？」

那醫館學徒情知中計，臉色一變，連忙反手一刺。匕首刺在對方身上，卻發出噹的一聲。早穿好了鎖子甲的張小敬亮出一柄烏黑小鐵錘，朝他腿骨敲去。在狹窄的車廂裡，這錘子可謂是絕大殺器，避不能避，擋也擋不住，一擊便敲碎了他的膝蓋。

學徒發出一聲慘號，整個人朝後倒去，腮幫子猝然一動。張小敬見狀，立刻又是一錘敲在太陽穴，登時把他敲昏。然後張小敬右手一捏學徒的下頷，從他嘴裡滾出一枚烏黑的毒丸。

車夫聽到車廂裡的動靜，覺得不妙，正要回身查看。巷子盡頭嗖嗖飛來兩枝飛箭，釘住了他的一手一腳，整個人直直倒下車來。

站在巷口的狙擊弓手把大弓放下，他身旁的旅賁軍士兵撲過去，把牛車團團圍住，可惜那個車夫落地之後，情知無法倖免，已吞下毒丸，黑著臉死去。

在弓手身旁的檀棋，長長吁了一口氣。

她剛才仔細詢問伊斯，得知刺客離開時，普遮長老還沒斷氣。她判斷這些刺客一定會回來確認生死。張小敬這才將計就計，設下這麼一個局。

雖然只有一個活口留下來，總比束手無策好。

張小敬把昏迷的醫館學徒扶下車，交給身旁的士兵。他把鎖子甲解下來，摸了摸下肋，剛才那一刀雖然沒入骨，還是捅出了一個烏青塊。張小敬苦笑著揉了揉，這應該是今天最輕的傷了。

旅賁軍在巷口舉起幾盞大燈籠，照亮了半邊視野。張小敬靠在牛車旁，一邊按住傷口，一邊朝燈火望去。燭光之下，人影散亂，就屬那個站在巷口的曼妙身影最為醒目。

這次多虧了檀棋的判斷，才能抓到活口，不愧是李泌調教出來的人。

這姑娘有點意思。張小敬獨眼的渾濁瞳孔裡，第一次把檀棋的影子映得深了些。

檀棋並不知道暗處的張小敬在想什麼，她正忙著對付一個惱人的傢伙。

伊斯從寺裡匆匆趕來，他看到設局成功，不由得鬆了一口氣。若真是被那兩個刺客逃了，波斯寺，不，是大秦寺，丟了面子不說，還可能會惹上「裡通賊匪」的罪名。景教在中土傳播不易，可不堪再生波折。

檀棋瞪向伊斯：「你不是自詡眼睛亮嗎？過來認認，這兩個是跟你交手過的刺客嗎？」伊斯剛要開口，檀棋喝道：「只許說是或不是。」

伊斯只好吞下一大堆話，走過去端詳，很快辨認出車夫是殺死右殺的刺客，學徒是在外面接應的。他抬起頭：「呃，是……」

「你確定嗎？」檀棋不是很信任這個傢伙。

「在下這一雙眼，明察秋毫，予若觀火。」伊斯得意地伸出兩根指頭，在自己那對碧眼前比畫了一下。這兩句話一出《孟子》，一出《尚書》，可謂文詞雅馴，用典貼切。

可惜檀棋聽了只是哦了一聲，讓他一番心血全白費了。

現在刺客身分也確認了，還保住了一個活口。檀棋對身旁士兵說：「回報靖安司吧！讓他們準備審訊。」

通信兵提起專用的紫燈籠，向義寧坊望樓發信。燈籠幾次提起，又幾次落下，通信兵眉頭輕輕皺了一下，覺得哪裡不對。遠處的義寧坊望樓紫燈閃爍，似乎在傳送一段很長的話。

紫光終於消失。通信兵這才回過頭來，用驚訝的語氣對檀棋說：

「望樓回報，大望樓通信中斷，無法連絡靖安司。」

＊

此時的靖安司大殿和外面一樣，燈火通明，人來人往。不過燭是簡燭，人是忙人，和外頭閒適優遊、奢靡油膩的觀燈氣氛大相逕庭。

李泌待在自己的書案前，拿起一卷《登真隱訣》讀了幾行，可是心浮氣躁，那些幽微精深的文字根本讀不進去。他索性拿起拂塵在手，慢慢用指尖捋那細滑的馬尾鬚子。

張小敬他們去了義寧坊，遲遲未有回報。各地望樓，也有一小會兒沒有任何消息進來了。他派了通傳去發文催促，暫時也沒有回應。就連徐賓，也不知道跑到哪裡去了。

李泌很不喜歡這種感覺，讓他覺得整個事態脫離了自己掌控。

突厥狼衛的事、闕勒霍多的事、靖安司內奸的事、張小敬欺瞞的事、李相和太子的事，沒有一件事塵埃落定、蓋印封存。無數關係交錯在一起，構成一張極為複雜的羅網，勒在李泌的胸口。

殿角的銅漏又敲過一刻，還是沒有義寧坊的消息傳回來。李泌決定再派通傳去催一下，這一次的語氣要更嚴厲一點。他吩咐完後，又瞥了一眼銅漏，發現崔器已經不站在那兒了。

這是怎麼回事？李泌忽然覺得不太對勁。

從殿外傳來一陣急促的腳步聲，先有喝斥聲響起，然後變成驚呼，驚呼旋即又變成慘叫。

李泌捋鬚子的手指一下子緋緊，雙眼迸出銳利的光芒，看向大殿入口。

數十個黑衣蒙面人凶狠地躍過殿門，十幾把弩機同時發射，準確地射倒殿內的十幾個戎裝衛兵和不良人。然後其中一半人重新上箭，另外一半人則抽出刀，朝最近的書吏砍去。那些文弱書吏猝不及防，哪有反抗的餘力，頓時血花四濺。

這些凶徒就像是一陣強橫的暴風吹入殿內。

這個變故實在太快了，大殿內的人沒有任何反應，呆呆地望著這一切發生。只有一名躲過第一波突襲的不良人拔出鐵尺，悍然反衝過去。噗的一聲，一枝弩箭射入他的眼窩，柔軟的眼球霎時爆開，血漿和白液噴濺旁邊的小雜役一身。小雜役拚命用手去抹衣服，瘋狂地大聲尖叫，然後叫聲戛然而止，咽喉也嵌了一枚烏黑的弩箭。

龍波邁進殿口門檻，嚼著薄荷葉，神態輕鬆地把兩把空弩機扔到一邊。

到了這時，靖安司的人們才如夢初醒。尖叫聲陡然四起，人們或彎腰躲藏，或朝殿外奔去，桌案之間彼此碰撞，局面登時混亂不堪。可所有的殿門都已經被控制住了，誰往外跑，不是被刀砍回去，就是被弩射死。

「噤聲伏低者，不殺！」龍波尖利的嗓音在大殿響起。這句話帶著濃濃的嘲諷意味，因為這正是旅賁軍執行任務時常用的句子，現在卻用到了靖安司頭上。

這裡大部分人都是文吏，對殘暴武力沒有任何反抗之力。被龍波這麼一喊，嚇破了膽的人一個個蹲下去，大氣都不敢出一聲，整個殿內只有一個人還站著。

局勢被壓制住之後，龍波從殿口往殿中一步步走過來，一邊走一邊饒有興趣地環顧四周。這就是傳說中的靖安司，長安城防的心臟樞紐，能指揮長安城除禁軍之外所有的衛戍力量。可惜，它和心臟一樣，本身只是柔軟孱弱的一團肉，根本不堪一擊。

龍波走過一排排木案几，牛皮靴子毫不留情地把掉落在地的卷軸踩斷，發出竹料破裂的聲響。他在那一片大沙盤前停留了片刻，還好奇地掰下一截坊牆，送到眼前觀察，嘖嘖稱讚：「真精緻，突厥人若看到這個，只怕要羨慕死了。」

一個老吏抬頭看了一眼，發出惋惜的嘆息。龍波看看他：「心疼了？這還只是沙盤，若整個長安變成這樣，你豈不是更難受？」他惋惜地嘆了口氣，手裡滑出一把細刃，在老吏脖子上一抹。老頭子撲倒在沙盤上，長安街道被染成一片血紅。

眾人又是一陣驚恐，被蒙面人喝令噤聲。龍波大聲道：「好教各位知道，我等乃是蚍蜉，今日到此，是想撼一撼靖安司這棵大樹。」

人們面面相覷，從來沒聽過有這麼個組織。

龍波踱步走到沙盤後方，這裡有一排屏風圍住一個半獨立小空間，底層用木板墊高，可以俯瞰全殿。上面站著一個綠袍年輕人，手執拂塵，眸子盯著龍波，神情無比平靜。

「李司丞，久仰。」龍波裝模作樣地作了一揖，一步步踏上臺子。

「你們是誰？想做什麼？」李泌根本不屑跟他浪費口舌，那毫無意義。

「蚍蜉，不是跟您說了嘛。」

「我問的是真名。」

「很可惜，現在做主的，可不是您。」龍波從李泌手裡奪過拂塵，一折兩斷，鷹勾鼻幾乎刺到他的臉頰。

臺下的文吏們都發出低低的驚呼，為長官擔心。李泌卻沒有表現出任何畏怯，劍眉皺到了極致。

「靖安司每時每刻都有訊息進出，你以為能瞞多久？」

李泌沒有恐嚇，他說的是實話。靖安司和外界連繫非常緊密，不消一刻，外頭的守軍便會覺察不對。京兆府就在隔壁，旅賁軍主力駐紮在南邊不遠的嘉會坊，只要一個警告發出去，就會有源源不斷的援軍趕過來。這幾個人縱然精銳，也不可能抵擋得住。甚至連劫持人質都不可能。唐律有明確規定，持質者，與人質同擊，根本不顧忌人質生死。

「不勞司丞費心。我們蚍蜉辦事，用不了那麼長的時間。」

龍波舉手，手下把唧筒取下來，開始到處噴灑。從唧筒噴出來的，不是水，而是黏稠的如墨液體，還有刺鼻的味道。他們噴灑時根本不分人、物，一股腦兒澆過去。書吏們被噴得渾身漆黑，只能瑟瑟發抖。那具沙盤更是主要目標，整個長安幾乎被黑墨覆滿。

「延州石脂。」李泌牙縫裡擠出四個字，眼角幾乎裂開。

「提純剩下的邊角料，希望李司丞別嫌棄。」龍波微笑著說，從腰間摸出火鐮，在手裡一扔一扔。殿內眾人膽顫心驚地看著這東西，心跳隨之忽高忽低。

一個蒙面人匆匆入殿，舉起右手，表示右偏殿已經完成壓制。

龍波看看殿角的水漏，對這個速度很滿意。現在只差左偏殿的消息了。

蒙面人對左偏殿的突擊非常順利，這裡存放著大量卷宗，幾乎沒什麼守衛。他們一個活口也沒留，十幾具書吏的屍體橫七豎八地躺在地上。

帶隊的人比了幾個手勢，帶人用唧筒開始潑澆，然後讓副隊長帶人朝後殿走去，他們還差一個後殿監牢沒清理。

副隊長帶上五個人，沿著左偏殿旁的走廊，朝後殿走去。

從左偏殿到後殿要穿過一道小月門，後頭是處小園景，再沿一段山牆拐彎，即是後殿監牢所在，沒有岔路。

前期的突襲太順利了，大名鼎鼎的靖安司簡直毫無還手之力。他們每個人的姿態都很放鬆，這個後殿只有幾間監牢，用不了幾個彈指就能掃平。

他們穿過月門，眼前忽然一闊。原來的主人在這處小院中間放了一座嶙峋假山，刻名為蓬萊，其上小亭、草廬、棧道、青松綠柏一應俱全。山腹婉轉處還有一處山洞，匾額題曰神仙洞，可謂是方寸之間，取盡山勢，在黑暗中別有一番景致。

副隊長沒有鑑賞的雅興，一行人排成長隊，從假山側面依序通過。

正當隊尾最後一人走過假山時，從假山的神仙洞中忽然伸出一把障刀，刺中一人胸口。那人驚呼一聲，跌倒在地。其他五人急忙回身，二話不說抬弩即射，把假山瞬間鑽成刺蝟。射完之後，他們過來查看，發現這神仙洞是兩頭通暢的，襲擊者早從另外一側跑出去，退回到後殿去了。

這可真是個意外變故。副隊長氣惱地把手掌往下一壓，命令接下來要謹慎前行。於是剩下的四個人排成一個三角隊形，一人在前，三人在後，曲臂架弩，弓著腿，謹慎地貼著山牆根朝後殿走去。

在這一段山牆的盡頭是個大拐角，彎過拐角，是一條直直的過道，盡頭即是監牢。崔器和姚汝能此時背貼過道牆壁，冷汗涔涔，眼神裡皆是驚恐。

剛才崔器藏身在神仙洞裡，本想探聽一下外面的動靜，恰好趕上那五個人通過。崔器試探了一下虛實，沒想到對方的反擊如此果斷犀利，若是慢上半拍，就被射成篩子了。

這些傢伙的反應速度，比百煉成精的旅賁軍還強悍；他們裝備的弩機，威力大到可以射進山石。

「這都是從哪兒來的妖孽……」崔器舔了舔乾涸的嘴脣，心驚不已。姚汝能從牆邊稍稍探頭出去，一枝弩箭立刻破風而來。崔器趕緊一把將他拽回來，箭鏃在年輕人的臉頰擦出一道長長的血痕。

死裡逃生的姚汝能臉色慘白，雙腿不由自主地顫抖起來。他沒想到在黑暗中，對方的射擊仍這麼精準。

「笨蛋！他們現在是搜索前進隊形，弩機都綳著呢，貿然探頭就是找死！」崔器像訓斥新兵一樣罵了一句。姚汝能顧不上反嘴：「接下來怎麼辦？」

崔器沉思了一下：「這條直道沒有任何遮掩，等他們拐過彎來，我們就完蛋了。先退回監牢，憑門抵擋吧。」

大敵當前，崔器那在隴山培養出來的大將氣度似乎又回來了。

姚汝能重新打起精神：「好！只要堅持到大殿派人來支援就好了！這些劫獄的奸賊一個也跑不了。」崔器一陣苦笑，欲言又止，他可沒有那麼樂觀。

劫獄？那高高在上的大望樓都熄燈了，那可是靖安司的通信中樞，誰家劫獄會這麼囂張？看對方的人數和精良程度，崔器覺得大殿那邊也凶多吉少。他太了解靖安司的內部安保了，就四個字：外強中弱。

大家普遍覺得，這是在長安腹心，又是掌管捕盜的官署，誰敢來太歲頭上動土？所以連李泌那麼精明的人，都沒在這上面花太多心思。結果還真有人動了，還動了個大土。

如果有可能的話，他一點也不想為靖安司殉葬，可眼下沒有地方可逃。崔器不得不打起精神來，看如何度過這一劫。

「媽的，老子已經不是靖安司的人了，可不能死在這裡！」他在心裡恨恨地罵道，覺得自己運氣真是太差了。

兩人掉頭跑回監牢。這處監牢其實是由柴房改的羈押室，只有狹窄的三個隔間，外頭窗櫺都是木製的，正門沒做任何加固，那兩個短小的銅門樞，只要一腳踹上去便會壞掉。

崔器把三個獄卒叫過來，簡單地說明了一下當前情況。獄卒都是旅賁軍士兵出身，雖然知道崔器背叛，可眼下聽舊長官是最好的選擇。他們五個人立刻動手，把木櫃、條案和竹箱挪到門後頂住，再用鎖鍊捆在一起。崔器還把獄卒偷藏的一壇酒拿出來，潑灑在窗口的木欄條上。

姚汝能掏出一枚煙丸，丟出去。這東西在夜裡的效果欠佳，但有總比沒有好。

敵人近在咫尺，倉促之間，也只能這樣了。

姚汝能忙完這一切，打開身後監牢。聞染正坐在稻草裡，她已經用水洗過臉，頭髮也簡單地梳了一下，盤在頭上，精神比剛才稍微好一點。姚汝能帶著歉意道：「要稍微晚點才能找妳問話了，現在有點麻煩……」

聞染對姚汝能很信任，她抬起臉來：「麻煩？和我恩公有關係嗎？」姚汝能一時不知該怎麼說，只得搖搖頭，說我不知道。聞染的視線越過他的肩頭，看到外面的人正忙著堵門。「你的聲音在發抖，我以為靖安司很安全……」聞染經過了半天的折磨，多少也變得敏銳一些了，知道這情形有點糟糕。

姚汝能苦笑著安慰道：「別多想了，一會兒妳往牢裡面挪挪，別太靠外面。這個給妳。」然後交給她一把精巧的牛角柄匕首。這是他家裡傳下來的，一直貼身攜帶。

聞染猶豫了一下，把匕首收下。她常拿小刀切香料，對這玩意兒並不陌生。外面崔器喊了一聲，姚汝能趕緊起身過去。

「啊，那個，你……」聞染不知道他叫什麼名字，只能喊你。姚汝能回過頭來，聞染道：

「我能幫你們嗎？」

「啊？」

「多一個人總是好的吧？如果你們出事，我也不會倖免。」聞染把匕首在手中轉了轉，語氣堅定，「恩公說過，命都是自己掙出來的。」

「哎，靖安司要靠女人上陣，成什麼話。妳放心好了，大殿很快就會派援軍了。」姚汝能握緊拳頭，不知是在安慰她還是在安慰自己。

聞染失望地閉上嘴，姚汝能顧不上繼續寬慰，轉身來到門口。

崔器從門縫往外看去，外面黑漆漆的，勉強能看清遠遠有幾個人正朝這邊移動。一個在前，三個在後，後面似乎還有一個人跟著。

所有的弩箭都對準了前方，沒人負責後面。這個破綻讓崔器心裡一沉。因為這不是破綻，而是他們沒有後顧之憂，左偏殿說不定已經被占領了。

這些人的圖謀似乎比想像中還要大啊。

「該死，如果有把寸弩，至少能打亂他們的部署。」崔器恨恨地想道。他的弩機在進入靖安司的時候被收繳了，監視任務不需要這玩意兒。

姚汝能抬起頭，卻被崔器按了下去：「他們突襲前，會對視窗放一輪弩箭，你找死嗎！」姚汝能趴回之後，低聲道：「崔尉……呃，多謝。」

「我是在救自己。」崔器盯著門縫，面無表情。姚汝能知道他說的是實話，可這會兒已經沒那麼怨恨了。他掏啊掏啊，從懷裡掏出一塊玉獬豸[1]：「如果我死了，能把這個送回我家裡

1 古代傳說中的異獸。

嗎？」

「玉獬豸？這個可不多見。一般不都是弄個貔貅[2]、麒麟之類的嗎？」旁邊一個獄卒好奇地問道。

「獬豸能分辨曲直，角觸不法。不愧是公門世家，這神物都和別家不同。」崔器一眼就看出淵源，然後把它推了回去，自嘲道，「別給我，我是個叛徒，怕牠拿角頂我。」

黑暗中看不清崔器的臉色。姚汝能還要說什麼，崔器一聲低喝：「來了！」

敵人已經接近到足以射弩的範圍。為首的尖鋒就地一滾，迅速貼到門前。後面四個人對準了監牢這面的視窗。如果有人膽敢探頭，直接就會被射穿。

尖鋒推了推門，沒有推動，這在意料之中。身後的四個人同時向視窗射了一箭，然後一起衝到門前。躲在門後的姚汝能和崔器很快聞到一股刺鼻的味道，這味道他們都很熟悉，是差點在長安惹下大亂子的延州石脂。

「糟糕！他們壓根沒打算破門！」崔器面色一變，「他們是打算把這裡全燒光！」

這玩意兒一燒起來，不把整個柴房燒光是不會甘休的。敵人這麼幹，就是想逼守軍自行開門。姚汝能和崔器對視一眼，沒別的辦法，只能硬攻出去了。

他們和獄卒重新挪開障礙物，大門從外面突然被匡的一聲踹開。前頭的一個黑衣人如狼似虎般地突入，堵門的獄卒和姚汝能登時被撞翻在地。黑衣人放下弩機，要拔出刀來。武器切換只有一瞬間的空隙，而經驗老到的崔器一直在等著這個機會，他像一頭猛虎撲了過去。手中的障刀早已挺直，一下子把那黑衣人捅穿，還不忘轉了轉刀柄。這時第二個人衝了上來，崔器沒

2　古代的一種瑞獸。

有拔刀的餘裕，直接用頭去撞他。黑衣人被崔器這不要命的打法嚇到了，不得不後退了一步。

崔器毫不遲疑，欺身跟進，揮拳便打。拳術沒有章法，可拳拳到肉。在極度壓力之下，他的身手撇去了在長安的重重顧慮，找回了當年在隴山的豪勇快意。

「隴山崔器！隴山崔器！」他開始還低聲喃喃，越打聲音越大，到最後竟是吼了出來，勢如瘋虎。第二個人招架不住，生生被打倒在地。他猛力一跺，喀嚓一聲，用腳踏碎了對方胸膛。

這時第三個黑衣人衝過來，崔器死死把他糾纏在大門前。監牢的門很窄，這樣一擋，後面的黑衣人沒法越過同伴，攻擊崔器。

姚汝能和其他三個獄卒趁機爬起來，協助圍攻，短暫造成了以四打一的局面。

這時噗的一聲，弩機響動。倒下的不是監牢這邊的人，而是站在門口的黑衣人。站在外面的副隊長看到他遲遲攻不進去，也不肯退出來，直接開了弩。這一箭，連他的同伴帶崔器，一起射穿。

誰也沒想到他們對自己同伴也下這麼狠的手，完全沒來得及反應。崔器怒吼一聲，和黑衣人一起倒在地上。

這下子，在獄卒、姚汝能和外面的黑衣人之間，沒有任何遮蔽。副隊長和另一名黑衣人立刻後退，拉開距離。倒地的崔器急忙抬頭，大呼：「小心，那是連弩！」

可是已經晚了。

沒有了監牢做遮蔽，一拉開距離，他們再多一倍也頂不住敵人的裝備。弩箭飛射，三名獄卒紛紛中箭倒地。姚汝能咬緊牙關想要搶攻，被一箭釘在左肩，斜斜倒在門檻邊上。崔器雖然負傷，上半身還能動。他咬著牙撿起地上的刀，奮力一扔。副隊長用弩機把刀擋開，然後一腳把他踢飛。

監牢的反擊到此為止。三死兩傷，完全失去了戰鬥力。

副隊長面罩下的臉色很不好看。不過是個小破監牢，卻讓他損失了三員精銳戰力。他讓僅存的一名手下把姚汝能和崔器拖進屋子，丟在監牢前頭，然後抽出了刀。

「你們會後悔剛才為什麼沒有戰死。」副隊長惡狠狠地說。

噗。

鋼刀入肉的聲音。

副隊長很奇怪，他還沒有動手呢，怎麼會有這個聲音。他再看姚汝能和崔器，兩人並沒什麼異常。副隊長一驚，急忙側過頭去，卻看到僅剩的那名手下站在原地，渾身顫抖，一把帶血的刀尖從胸膛露出了頭。

副隊長這才發現，這名手下背對著監牢站立，而他們沒顧上檢查裡頭是否有人。刀尖又緩緩退了出去，黑衣人咕咚一聲，軟軟地跪倒在地上，露出身後不知所措的聞染。她隔著欄杆，手裡正握著姚汝能家傳的小刀。

這個襲擊誰都沒想到。姚汝能瞳孔一縮，大叫要她快往後退。

可是已經晚了，副隊長大步衝過去，死死捏住聞染的手腕。聞染疼得發出一聲慘叫，小刀噹啷一聲落在石板地上。姚汝能忍住劇痛，咬著牙要衝上去，副隊長一腳將其踹翻在地，怒喝道：「別著急，你們一個也別想好死！」

副隊長從腰間抽出一根皮帶，把聞染綁在監牢欄杆上，然後俯身從同伴的屍身上取來一把唧筒。吧嗒吧嗒幾下輕推，他們三個身上都被噴滿了黏糊糊的石脂。

一切準備妥當後，副隊長獰笑著拿出火鐮，在手裡嚓嚓地打起火來。

姚汝能知道即將發生什麼慘事，可是他無力阻止。他絕望地看向聞染，她還茫然無知；他又看向崔器，崔器滿臉血汙，看不出表情。

姚汝能仰天呆看片刻，眼神一毅，側過身子對崔器小聲道：「崔尉，等會兒一起火，我會撲上前抱住他，你抓緊時間走。」

崔器睜開眼睛，看著他。

「你不是靖安司的人，沒必要為靖安司喪命。不過希望你把這個姑娘帶出去，她是無辜的。」

崔器從鼻孔裡發出一聲嗤笑。姚汝能不知道他是在笑什麼，可也沒有開口詢問。這個決心赴死的年輕人強忍著肩膀的劇痛，把左腿弓起來，以期能在烈火焚身的一瞬間，有力量彈出去。

他的手在抖，牙關也在抖，眼角有液體不受控制地流出來。崔器伸出一條胳膊，搭在姚汝能的肩上：「你的雙腿尚好，還有機會跑出去，何至於此？」

「每個人都得為他的選擇負責。」姚汝能頭也不回。崔器聞言，肩膀微微一顫。

這時副隊長終於打著了火，他手裡的一團焦艾絨，已經亮起了一團青亮的小火苗。他掃視那三個黑乎乎的獵物，怨毒而殘忍地說：

「來跳一段火中的胡旋舞吧，反正你們得死上很久。」

為免被火勢波及，副隊長往後退了幾步，背靠另外一間牢房。他算算距離已足夠安全，然後抬起手臂，就要把艾絨扔出去。

一隻修長的手，忽然從他身後的監牢欄杆之間伸出來，輕輕搶過艾絨，丟進了唧筒的水簸中。

唧筒裡還有大半筒石脂，燃燒的艾絨一丟進去，只聽轟一聲，耀眼的火苗從唧筒裡湧出來，瞬間籠罩副隊長全身。

副隊長化為一把火炬，把原本黑暗的監牢映得一片光明。他淒厲地叫喊著，可灼熱很快燙熟了聲帶，只剩下兩條腿還在絕望地踢動，好似跳胡旋舞一般。沒過多久，副隊長撲通一聲栽倒在地，身子化為焦炭，火焰依然熊熊燃燒著。

「你們是不是都把我仙州岑參給忘了？」

一個年輕人在監牢裡怒氣沖沖地喊道。

姚汝能這才想起來，監牢裡還有一個犯人。這個叫岑參的傢伙，因為在遠懷坊破壞了靖安司的計畫，被抓回來關到現在，幾乎都快被遺忘了。他一直縮在監牢最深處，加上天色黑暗，包括副隊長在內，都沒有人覺察到還有這麼一號人在。

沒想到最後救人的，居然是這個倒楣鬼。

至此五個入侵者都被幹掉了。死裡逃生的姚汝能大大地吁了一口氣，回頭對崔器喜道：「崔尉，這邊暫時安全了，我們趕快去大殿吧！」

「大殿那邊恐怕凶多吉少，我就不去了。」崔器冷漠地說。姚汝能有點生氣，他剛才還跟自己並肩作戰，怎麼這會兒又故態復萌了？

「若您是怕尷尬，我會向司丞說明，您並沒有畏縮避戰。」姚汝能道。

崔器卻沒有答話，只是微微苦笑了一下。他的手從小腹挪開，露出一枝只剩尾部的弩箭箭杆，鮮血已經濡溼了整片下襟。

第十章　戌初

天寶三載元月十四日，戌初。

長安，長安縣，義寧坊。

「連絡不上？怎麼可能？」

檀棋看著通信兵，難以置信。望樓系統是公子親自規劃設計的，它並非單線傳遞消息，只要是武侯視野之內的望樓，都可以直接交流。這樣就算一處望樓反應不及，也有其他線路可以傳輸。除非全長安幾百個望樓全垮了，否則不可能出現連絡不上的情形。

通信兵道：「失聯的是大望樓。」

檀棋更奇怪了。大望樓？那是靖安司的主連絡樓，就設在大殿後的花園。它身兼二職，既要隨時接收全城消息，也要隨時向全城任何一處發送指令。如果它失聯，靖安司就變成一個半身不遂的瞎子。

這麼重要的地方，公子怎麼會放任它失靈呢？檀棋又伸長脖頸，朝光德坊方向望去，可惜夜色沉沉，光燭耀眼，不可能看到那麼遠的地方。

「應該很快就會恢復，公子最討厭消息延誤了。」她這樣對自己說。

與此同時，張小敬在巷子裡清點戰果。剛才他打暈醫館學徒時，摳出了一粒毒丸。張小敬把毒丸放在鼻子下嗅了嗅，判斷應該是野葛與烏頭的混合物，不過卻沒什麼異味。

這毒丸，可不是尋常人能炮製出來的，可見對方背後的實力相當可怕。

這時檀棋匆匆走過來，把大望樓失聯的事告訴張小敬。張小敬也皺起眉頭，這可真是有點蹊蹺。檀棋道：「既然連繫不上，不如我們直接把刺客送回光德坊吧。」

「不行。」張小敬斷然否決，「現在已是戌時，街上擠滿了人。把他們運過去，不知要花多少時辰。我們可沒那個餘裕。」

「那怎麼辦？」

「運去波斯寺，就地審問。」張小敬做了決定。檀棋還想爭取，可他獨眼一掃，淡淡道：「姑娘的行動不必與我商量，但這裡是我做主。」

檀棋撇撇嘴，只好閉上嘴。可她還是不放心，便派一個人，回去光德坊報告。

旅賁軍的士兵把醫館學徒和牛車夫重新裝回車裡，在沿街遊人的驚訝注視下，再次駕回波斯寺。這麼大的動靜，連寺裡的主教都驚動了，一個執事被派來詢問。

「現在有外道奸賊圖謀不軌，朝廷需要借重上帝威光，震懾邪魔，所以求助於在下，在寺內推鞫詳刑。」伊斯執事這樣對同僚說，他們雖然聽不懂什麼叫「推鞫」，什麼叫「詳刑」，但知道這是朝廷對上神的接納，紛紛表示與有榮焉。

拘押醫館學徒的地方，恰好就是之前關押張小敬和檀棋的告解室。伊斯解釋說，這是寺裡最安靜的地方，用來審問最合適不過。他現在殷勤得很，只怕張小敬遷怒景寺。

醫館學徒被五花大綁塞進狹窄的小屋裡，然後被一桶冰水潑醒。

「接下來你最好回避一下。」張小敬對伊斯道，獨眼裡閃動著殘忍的光芒。伊斯猶豫了一下，卻沒挪動腳步：「他在敝寺行凶，敝寺理應與聞審訊，以示公義。」

「隨便你。」

張小敬拉開小窗，往裡看去。那個人垂著頭沒動，頭髮一縷縷滴著水，但微微顫動的肩膀說明他已經清醒了。

這傢伙是中原人，瘦臉短鬚，身上肌肉不多但很勻稱，耳下隱約能看到兩根青筋連到脖頸下，應是常年鍛鍊的殺手。張小敬什麼都沒說，就這麼冷冷地看著。

「殺了我。」殺手虛弱地說。

「我來告訴你接下來會發生什麼事。」張小敬的聲音傳入告解室，「神龍朝時，有一個御史叫周利貞，受武三思之命，去殺桓彥範。周利貞特意砍伐了一片竹林，留下凸出的尖竹樁，然後把桓彥範在地上拖來拖去。他的肌膚一片片被竹尖刮開、撕裂、磨爛，露出筋腱和骨頭。足足拖了一天，他才嚥氣，死時骨肉已幾乎全部分離，竹樁皆紅；這喚作晚霞映竹。」

張小敬說得津津有味，描摹細節，彷彿親身見到一般。旁邊的伊斯卻發起抖來，他忍不住去想像那「晚霞映竹」的血腥場面，立刻覺得胃裡一陣翻騰。在告解室裡的囚犯聽到這些，不知道是什麼心情。

張小敬繼續道：「不過我現在沒有一整天時間，所以會換一種方法。這是當年周興用來對付郝象賢的法子，叫飛石引仙。」他說起這些殘忍的事，居然也引經據典，讓伊斯哭笑不得。

「我會在你的肛門裡塞進一根鐵鉤，掛住腸頭。鉤子的一端拴在一根橫木杆上，木杆的另外一端綁著石塊。將這根橫木杆掛在木架上，你和石頭分置兩邊，就像是秤一樣。秤你用過吧。然後我會在這邊把石塊往下拉，木杆翹起，那鉤子就會把你的腸子慢慢扯出屁眼，每一寸挪動，你都能清楚地感受到。如果我拉得快一點，你的腸子就會被一下子扯出來，拋飛在空中。

「當然，把鐵鉤換成竹尖，靠竹竿的彈力把整個人挑上去，再穿下來，也不錯。」

然後張小敬呵呵笑了，笑得還很得意。如果那個犯人抬起頭，看到那隻在小窗閃過的獨眼，就知道他是認真的。

檀棋在一旁聽著，她明知張小敬是在逼迫犯人，卻仍感到不寒而慄。張小敬散發出來的那種氣勢，讓她幾乎喘不過氣，不得不挪動腳步，站遠了幾步。

她一直以來都把張小敬當成好色的登徒子、盡職的靖安司都尉和可靠的同伴，這時她終於想起來，這個人的真面目，可是萬年縣的五尊閻羅。

哪五尊？狠、毒、辣、拗、絕。

九年長安不良帥，不知這手法他用過多少次，折磨過多少人。

她拚命把這個念頭甩出腦子，和伊斯交換了一下眼神，都在對方眼中看出了悔意。早知道不該過來旁聽，在走廊等著結果就好了。伊斯為難地抓了抓腦袋，如果張小敬真要動刑，他攔還是不攔，這畢竟是神聖之所啊……

「殺了我。」殺手低低地重複著這一句。

張小敬咧開嘴，語調陰森：「你不必懷疑效果，我可以告訴你，周利貞也罷、周興也罷，還有我們刑吏的種種刑求手段，都傳承自同一人：來俊臣。來氏八法，可是很有名氣的。」

「來俊臣」三個字說出來，屋子裡的溫度立刻降了下去。那可是長安居民永恆的噩夢，儘管這個人已經死去許多年了，仍可以用來阻止小兒夜啼。這個名字，有時候比他發明的各種嚴刑還有效果。

「呸！」犯人想吐一口唾沫，卻發現沒吐出去，因為嘴脣一直在抖。

這一切，都被張小敬看在眼裡。

如果是突厥狼衛，張小敬沒有信心撬開他們的嘴，但這些人不同。他們隨身攜帶毒丸，說明雖不怕死，但畢竟也怕嚴刑拷打。現在他在發抖，這是個好兆頭。

張小敬刷地把小窗關上，讓恐怖慢慢發酵。在漆黑封閉的空間裡，囚犯會在內心把剛才那些場景一遍一遍地想像，停都停不下來。外界的任何聲響，腳步響起，木几挪動，都會被當成臨刑信號，有些人就這麼被活活嚇死了。

張小敬故意沒有問任何問題，讓囚犯在心理上產生錯覺，以為拷問方無求於自己。這樣才會讓他越加惶恐，越加急切地想證明自己的價值。刑求這門藝術，和房事一樣，精髓在於前戲。

安排好之後，張小敬轉身離開告解室，檀棋和伊斯遠遠站在門口，看他的眼神都有些畏懼。張小敬揮了揮眼窩，沒有解釋。這兩個人生活的世界太美好了，根本不知道真正底層的世界是什麼模樣。

伊斯猶豫了半天，還是湊了過來：「張都尉可是查了不少典籍呀，我看那刺客真的是嚇到了。」

「我可不是從書本上學到的。」張小敬笑了笑。伊斯只覺一股涼氣從腳心升到頭頂，原本白皙的皮膚更不見血色。

「你們在這裡盯著，一旦囚犯開口，盡快告訴我。我去外面看看地形。」

「地形？」伊斯不明白。

「飛石引仙，最好是在平地，架子才紮得穩。」

「喂，這、這不合仁道吧……」伊斯這次真嚇壞了，這傢伙真打算要在景寺之內當場虐人啊！這以後讓景僧們如何處之？

張小敬沒理睬他，走出告解室，開始在院子裡勘察地形，時不時舉起兩根指頭丈量一下，或者用腳踏一踏泥土，看看鬆軟程度，像是個最敬業的營造匠。

過不多時，伊斯撩著袍子，跌跌撞撞從殿裡跑出來：「張都尉！別架了！招了，招了！」他情急之下，連雅詞都不說了，直接說大白話。

「哦？他都說了？」

「對，都說了！」

這個囚犯招供的契機，還得歸功於伊斯。張小敬離開以後，伊斯左想不對，右想心慌，於是鑽到告解室的另外一側，像是平日裡給信士們告解一樣，苦口婆心地勸說起刺客來。

不知是伊斯的言語裡確實存在感召的力量，還是張小敬之前營造的氣氛太過恐怖，囚犯終於放棄抵抗。伊斯趕緊跑過來攔張小敬。

從刑訊角度來說，一軟一硬，一打一拉，確實可以讓人更快開口。

快到告解室時，伊斯拽住張小敬：「他答應會知無不言，但你們得赦免他的罪狀。這個人已答應皈依我主，從此靜心修行，不出寺門一步。」

「這個你去跟靖安司丞談，我只負責問話。」張小敬甩開他的手。這個執事未免越俎代庖，干涉起朝廷的事情來了。

囚犯仍舊被綁在告解室內，不過木門敞開，讓他能看到光亮。檀棋坐在對面主問，張小敬則在旁邊一直盯著他的表情，一是施加無形的壓力，二是觀察刺客的細緻動作，若有半分假話，立刻就會覺察。

刺客緩緩開了口，自稱他是守捉郎。這個名字讓張小敬不期然地皺起粗眉。

「守捉」一詞，本指大唐邊境的屯兵小城。這些小城不在地理要衝，規模都非常小，朝廷基本上不怎麼過問。它們平時自治，戰時自保，久而久之，每一座守捉城都變成一片唐律和帝澤觸及不到的法外之地，魚龍混雜。

從開元年間起，大唐府兵日漸廢弛，折衝府幾無上番之兵。在這時，一個叫守捉郎的組織悄然出現，專門為各地官府、節度使以及豪商提供傭兵服務。它的成員組成十分複雜，有逃亡的罪犯、退役的老戍兵、流徙邊地的農夫子女，還有大量來歷不明的西域胡人。這些成員只有一個共同點，皆出身於各地的守捉城。

守捉郎的兵員精悍，辦事俐落，十幾年光景，便成為大唐疆域內一股舉足輕重的勢力。

這兩個刺客，居然來自守捉郎，事情更加蹊蹺了。

張小敬跟守捉郎打過幾次交道，他們歸根究柢是生意人，行事低調謹慎。他們的主要服務對象是大唐，怎麼會勾結突厥人，為害長安？不想活了？

他轉念一想，很有可能守捉郎只是接了個刺殺的委託，並不知道被刺殺者背後的事情。於是他悄悄告訴檀棋，朝這個方向問。果然，檀棋再問下去，刺客承認並不認識這個普遮長老。他只是接到命令，潛伏在波斯寺裡，隨時盯著長老的動靜。一旦接到信號，就立刻出手殺人，然後撤離。

張小敬追問是什麼人發的信號，刺客說沒有人，用的是波斯寺裡一棵槐樹頂上的老鴰巢。什麼時候老鴰巢消失了，便意味可以動手了。

這樣一來，兩邊不用見面，也就降低了洩密的可能。這是很常見的做法，只是可憐了那一窩老鴰。

「那麼你的命令是誰發放的？」張小敬又問。這個刺客不知道委託人的虛實，一定知道他的上級。

刺客不吭聲了，這觸及他們最大的忌諱。這些守捉郎都有家小生活在守捉城裡，自己若是身死，組織會照顧撫恤；若是背叛，家中親人可就不知什麼下場了。

張小敬冷聲道：「你既然已開口交代，就已經背叛了守捉郎，還不如全交代了，也許朝廷還能優待一二。」刺客聽出張小敬的威脅意味，露出絕望神情，懇求地看向檀棋和伊斯。

伊斯看著不忍，開口道：「他既有心向主，不宜逼迫太……」張小敬突然手指門口，一聲怒喝：

「滾！」

這突如其來的霹靂，讓屋子裡所有人都一陣哆嗦。伊斯張口結舌，簡直不敢相信。自他來到長安，可從來沒人對他這麼聲色俱厲。

「在下只是……」

張小敬大罵道：「你以為你是刑部尚書還是大理寺卿？在這裡兀自聒噪，指手畫腳！」

「你們這個波斯寺窩藏要犯，為害長安；你阻撓靖安司辦案，幾令刺客逃脫。光憑這兩條罪名，就足夠把你的寺連根拔起！你還覺得自己有功？」

「可是……」

「滾出去！」

伊斯被罵得面如死灰，半晌才鼓起勇氣，畫一十字道：「我乃是上帝之僕，只以神眷為顧念。」然後深鞠一躬，轉身離開，腳步踉踉蹌蹌，似乎深受打擊。

檀棋望著他的背影離開，輕輕嘆了一聲。她有點同情這個自戀天真的景僧，可事態嚴重，由不得菩薩心腸，只好金剛怒目了。

見張小敬對伊斯發洩了這麼一陣，那刺客也有點嚇到了。張小敬一拍桌子：「我告訴你，你們殺的這人乃是突厥的右殺，他替一夥凶徒籌劃，要在今晚毀掉整個長安城。你們接的委託，正是替那些凶徒滅口。」

刺客瞳孔為之猛然收縮。他不知道右殺是什麼身分，也搞不太清楚這之間的複雜關係，可他知道整個長安城被毀是什麼結果。

「守捉郎為虎作倀，對抗朝廷。屆時別說你們的組織，就連邊地所有的守捉城，都要全數肅清。」

刺客沉默不語，可他的眉角在微微抖動。「肅清」只有兩個字，卻意味著十幾萬守捉婦孺流離失所，淪為賤奴。大唐朝廷幹得出這種事。

「說出你的上級，這是在挽救你們守捉郎。」張小敬發出了最後一擊。

刺客終於徹底崩潰了，他捣住臉，囁嚅著說出了一個位址：「平……平康坊。我們的落腳處和委託，都是在裡面的劉記書肆交接。」

平康坊？

張小敬先一愣，再一想，覺得再合理不過了。

平康坊裡可不光有青樓，還有范陽、河東、平盧、朔方、河西、安西、北庭、隴右、劍南、嶺南五府十位節度使的留後院。

這十個留後院，負責十位節度使在京城的諸項事務，大到錢糧調遣、官員走動、奏章呈遞，小到家眷出遊、禮品採買，都歸其負責。它還有個不能宣之於口的工作，就是擔任各地駐京城的情報驛，既搜集地方情報匯總給朝廷，同時也是節度使在京城的耳目。

突厥狼衛襲擊京城這件事，最早就是朔方留後院發現，然後報予朝廷，靖安司接手那是之後的事情了。節度使是守捉郎的大客戶，一般由留後院出面發出委託。守捉郎把落腳地點設在平康坊裡，溝通起來自然再方便不過。

看來今日注定要二入平康坊啊。

張小敬一邊想著，一邊活動了一下指頭。左手小指頭處的傷口，又隱隱作痛起來。他正要動身，忽然聽見外頭一個旅賁軍士兵驚慌地跑過來。檀棋認出他正是被派去光德坊靖安司的人，忙攔住他問怎麼回來了。

「靖安司遇襲！」士兵帶著哭腔，氣都喘不過來了，「整個大殿都燒起來了！」

光德坊的靖安司大殿，正變得前所未有的明亮。無數星星點點的火苗從壁裡瓦間竄出，它們瘋狂地吞噬著建築，發出劈里啪啦的聲音，每一個彈指都在瘋長。用不了多久，這些火苗便能匯聚一處，把靖安司大殿變成不遜色於西市任何一處彩燈的大火炬。與此同時，左右偏殿也騰起火頭。

在火勢成形之前，極黑的濃煙已率先飄起，四周火星繚繞，如一條潑墨的黑龍躍上夜空。煙色極黑極濃，還帶有一種刺鼻的味道，本來被諸坊燈火映亮的夜空，生生被這一片煙霧重新抹黑。

遠近的望樓都在徒勞地向總部揮動著紫色燈籠，等待著注定不會再有的回應。許多靖安司的書吏從正門和偏門湧出來，他們個個狼狽不堪。有人摔倒在地，有人大聲呼救，甚至有人後身衣襟上還燃著火，邊跑邊發出淒厲慘叫。

所幸長安一貫極重視上元節的火災隱患，每年到了燈會，都會安排大量武侯隨時待命。一見光德坊火起，附近諸坊的救火武侯立刻做出反應，朝這邊趕過來。只是觀燈的人實在太多了，他們在路上要花費多一倍的時間。

先期抵達的救援人手太少，只能先對倖存者進行施救，然後保證不讓火勢蔓延到周圍建築。對於燃燒大殿，則完全束手無策。

不少官吏逃到安全地帶後，一屁股蹲在地上，對著大火痛哭流涕。大殿和左右偏殿存放著大量重要文檔資料，這一下全燒掉了。沒了這些，就無法施展大案牘術，靖安司將失去最重要的洞察力。

這些倖存者的心中，都有一幅難以言說的恐怖影像。他們逃離大殿之前，看到殿中那座巨大的長安沙盤被大火籠罩：朱雀大街的地面裂開大縫，樂游原在火舌舔舐中融化，曲江池中升騰起煙霧，一百零八坊一片片傾頹、坍塌，簡直是宛如地獄般的景色。每個看到這一幕的人，都被這巨大而不祥的徵兆壓迫得喘不過氣。

這場大火驚動了周圍所有官署。從坊角的武侯鋪到京兆府的不良人，從旅賁軍到右驍衛，都紛紛派人試圖接近，想弄清楚到底發生了什麼事。還有許多觀燈的遊人和閒漢，以為這又是什麼新噱頭，於是好奇地湊過來圍觀。

靖安司的地位太敏感了，它在這個時候失火，勢必會牽動各方面的關注。

按道理，在這個時候，應該首先設法搶救殿中文書，然後設法恢復大望樓的通信功能，調遣諸軍布防。可是賀知章與李泌兩個長官一個病危、一個被挾持，靖安都尉和旅賁軍主帥又遠在義寧坊，主事徐賓也不知所蹤，整個局面群龍無首，一片混亂。

靖安司就像是一個被淬毒弓箭射中的巨人，一下子便癱倒在地，全無知覺。

一隊騎兵飛快地衝了過來，他們的肩盔下緣綴著豹皮，一看便知是隸屬於右驍衛的豹騎精銳。豹騎們揮舞馬鞭，粗暴地驅開圍觀的百姓，很快在火災現場附近清出一塊安全的空地。一身戎裝的甘守誠在十幾名近衛的簇擁下，匆匆趕了過來。

皇城之外，本不歸右驍衛管，不過甘守誠恰好巡視到附近，便趕了過來。

甘守誠抬起頭來，一言不發地觀察著大殿的火勢，緊繃的臉上沒有任何表情。旁邊一個近衛笑道：「靖安司燒了咱們，沒幾個時辰就遭了報應。這現世報還真爽快……」他話還沒說完，啪的一聲，馬鞭狠狠地抽到了他大腿，讓他疼得跳起來。

甘守誠低聲喝道：「閉上你的狗嘴！」此刻他的心裡可沒有絲毫報復的快意，有的只是恐懼。

剛才手下已經找到幾個倖存的書吏。根據倖存者的描述，是有一夥自稱「蚍蜉」的蒙面人突襲了靖安司，先是一番殺戮與破壞，然後在外面的人覺察之前，迅速挾持李司丞離開。臨走前，他們還噴灑了大量石脂火油，把整個大殿和偏殿付之一炬。

外行人聽了，只會震驚於突襲者的殘忍，但有幾十年軍齡的甘守誠聽完，感覺到的卻是徹骨的寒意。操控者得要何等的膽識和自信，才能想出這麼一個直擊中樞的計畫。

這次突襲，無論是事先情報的掌握、計畫制訂以及執行時的果決俐落，都表現出了極高的水準。就像一員無名小將單騎闖關，在萬軍之中，生生取下上將的首級。甘守誠不認為任何一支京城禁軍有這種能力，即使是邊軍也未必能與之媲美。

跟這個相比，剛才被李泌與賀東逼迫打賭的窘迫，根本不算什麼。

「蚍蜉……蚍蜉……」甘守誠低聲念著這兩個字，不記得有任何組織叫這個名字。這樣一支強悍的隊伍，如果襲擊的不是靖安司，而是皇城或者三大宮呢？

甘守誠想到這裡，握馬鞭的手腕不由得顫抖起來，心中冰涼。這時一名騎兵飛馳來報：「我們找到崔尉了。」甘守誠道：「立刻讓他過來匯報。」崔器一直留守靖安司大殿，他應該知道得更詳細。可騎兵卻面露難色：「這個……還是請您過去吧。」

甘守誠眉頭一皺，抖動轡繩，跟著騎兵過去。

在靖安司附近的一處生熟藥材鋪門口，十幾個傷者躺在草草鋪就的苫布上，呻吟聲連綿不絕。老闆和夥計正忙著在一個大石臼裡調麻油，這是眼下炮製最快的燒傷方子，還有幾個熱心居民正忙前忙後地端著清水。在鋪子門口，幾名右驍衛的騎兵已經左右站定，不允許人靠近。

甘守誠一掀簾子，邁步進去。裡面一共有四個人，除了崔器以外，旁邊還有兩男一女，全都灰頭土臉，甘守誠只認識其中的姚汝能。

看到甘守誠進來，姚汝能只是轉動了一下眼球，面色黯如死灰。他沒想到前面大殿比監牢還要慘烈十倍。當他看到那熊熊的大火時，整個人差點瘋了。他的信仰、信心以及效忠的對象，就這麼化為飛灰。

甘守誠的目光掃過姚汝能，又看向旁邊的崔器。

他的情況比姚汝能還糟糕，整個人直挺挺地躺在門板上，下腹部一片血汙，上面沾滿了糊狀的止血散。甘守誠一看就知道，止血散根本沒發揮作用，就被血沖開，肯定沒救了。聽到腳步聲，崔器忽然睜開雙眼，虛弱地朝他看過來，口中一張一闔。

甘守誠對這個叛徒沒多少好感，可如今看到他慘狀如斯，一時不知該說什麼才好。他索性俯身前探，直接開口發問：

「崔尉，你覺得襲擊者是誰？」

半晌才傳來一個極其虛弱的聲音：「軍人，都是軍人……」

甘守誠心中一沉。他一直在懷疑，這種精準狠辣的襲擊方式，不可能來自職業軍人之外的組織。這下子，只怕整個大唐軍界都要掀起波瀾了。

「能看出是哪兒的軍人嗎？」甘守誠追問。

崔器閉上眼睛，輕輕搖搖頭。甘守誠一看他這狀況，只好放棄詢問，心不在焉地寬慰了幾句。這時崔器又開口道：

「甘將軍……我不該來長安。」

「嗯？」甘守誠一怔。

「我到京城來，本以為能建功立業，可我不該來。長安把我變成一個我曾經最鄙視的懦夫。六郎啊，我想回隴山，想回隴山……」

崔器望著天花板，喃喃念叨著，兩行淚水流下臉頰。周圍的人默然不語。他忽然拚盡全力，大吼了兩聲：「隴山崔器！隴山崔器！」然後叫聲戛然而止，呼吸也隨之平息。

聞染默默地蹲下身子，用一塊汗巾擦拭崔器的遺容。她不知道這人之前有什麼事蹟，但在監牢前奮勇殺敵的身影，她是清清楚楚看在眼裡的。姚汝能斜過頭來，目光裡有濃濃的悲哀，腦子裡想起張小敬的那句話：「在長安城，如果你不變成和它一樣的怪物，就會被它吞噬。」

甘守誠站起身來，將左手橫在胸前，敲擊胸口三下。這是軍中的袍澤之禮，旁邊的近衛們也齊刷刷隨將軍行禮。

一個聲音在屋中響起：「君不聞胡笳聲最悲，紫髯綠眼胡人吹。吹之一曲猶未了，愁殺樓蘭征戍兒……胡笳怨兮將送君，秦山遙望隴山雲。邊城夜夜多愁夢，向月胡笳誰喜聞？」

這詩詠的是戍邊之事，句子之間繚繞著一股悲愴思歸的情緒。眾人轉頭看去，一個方臉挺鼻的年輕人斜靠在牆角，雙手抱胸，剛才的詩就是出自這人之口。

「這是你寫的？」甘守誠問。岑參拱手道：「只是有感而發，幾行散碎句子，尚不成篇章。在下仙州岑參。」

「詩不錯，只是不合時宜。盛世正隆，何必發這種悲怨之言。」甘守誠隨口評價了幾句，然後轉身出去了。岑參在他背後大聲道：「將軍你覺得這盛世，真的只需要逢迎頌讚之言嗎？五色使人盲，眼盲之人，可是看不到危機暗伏的。」

甘守誠腳步停住了。

他不是被岑參的話所震驚，那種文人式的抱怨沒什麼新鮮的，而是從他的最後一句話聯想到一個可怕的猜想。

那些人襲擊靖安司，隨身攜帶火油，顯然是為了破壞而來，一達成目的立刻撤走。這種舉動不像復仇，更像是一種預防措施。靖安司是長安城的眼睛，把眼睛挖掉，它就變成一個盲人，敵人便可以為所欲為。

也就是說，突襲靖安司只是計畫中的必要一環，襲擊者一定還有更大的目標。

想通這一點的甘守誠，鎧甲內襯立刻沁出了一層冷汗。比靖安司更大的目標，在長安城可不算多。

他一念及此，根本無心在這裡多做停留，快步走出門去。外頭還是一片亂哄哄的。大火仍在繼續，絲毫沒有熄滅的跡象。七八個不同衙門的人混雜在一處，大呼小叫，各行其是，根本沒人居中指揮，救援和滅火效率極差。

「若是沒有一個新長官，靖安司恐怕就完了。」甘守誠心想。

他不喜歡靖安司，但必須承認，靖安司在搜尋敵人上的作用，是其他任何一個官署衙門都無法取代的。它如果完蛋，對整個長安的安全將是極大的打擊。

一大塊雲枋頭燃燒著掉下來，砸中一輛運送傷患的牛車，激起一陣驚呼。那車夫犯了個錯誤，把車停得離火災現場太近了。

幾個鋪兵正在纏綁擔架，準備抬人，可他們的位置恰好擋住了坊前通道，後面的水囊送不過去，導致前方撲火的士兵不得不後退，不小心踏壞了幾副擔架。兩邊掀起一陣爭吵。

這樣的事情不斷在現場發生，嚴重拖延了救援的進度。

看到這一連串錯誤，甘守誠有點忍無可忍，上前一步，舉起了右手。此時他是現場最高級別的官員，只要振臂一呼，情況就能得到好轉。可是甘守誠猶豫再三，又把手放下了。

一個禁軍將領接手城防指揮？不行，這太犯忌諱了，絕不能這麼做。靖安司的後臺是太子，來收拾殘局的人，必須得是東宮一系的才行。

嗯？等一等，這個可未必。

甘守誠的腦海裡忽然浮現出一個好主意。他喚來一個騎兵，現場手書了一封信箋，要他立刻直送中書省。信的內容很簡單：靖安司被罷兵難，首腦殘破，恐有害於城治，提請中樞再簡賢良，重組司務。

他知道，李林甫覬覦靖安司的控制權很久了，只是苦於無處下手。這封信可以送李相一個冠冕堂皇的理由，一份絕大的人情。而且這個行為，官場上無可指摘。我右驍衛將軍出於安全考慮，建議中書令選拔新官，接手靖安，堂堂正正，發乎公心，誰也不會說有越權干政之嫌。既賣了人情，又占了大義，還推動了靖安司復建，可謂一石三鳥。

至於眼前的混亂局面，就只能再讓它混亂一陣了。甘守誠帶著憾色，又掃了一眼那火炬般的靖安司大殿，掉轉馬頭匆匆離開。他得趕快回去，把右驍衛的安防再查一遍。

黑煙與火焰繼續在夜空舞動，長安其他街區仍舊歌舞昇平，遊人如織，絲毫沒覺察到在這裡發生的一切，更不知道這一切意味著什麼。

＊

聽到靖安司遇襲的消息，檀棋完全傻掉了。

她覺得這根本就是謠言，怎麼可能會有這樣的事情發生？那可是靖安司啊！她不顧矜持，抓住那個士兵的甲衣，像吼一樣地追問到底怎麼回事。

可那個士兵根本沒機會靠近大殿，並不清楚細節。他只是打聽到似乎有人襲擊靖安司，放火焚燒，然後匆匆返回報信。

「那公子呢？李司丞在哪裡？」

「不、不清楚。」士兵結結巴巴地回答。

檀棋深深吸入一口氣，一把推開士兵跑到坐騎前，連上馬石都顧不得踩，就這麼急匆匆地翻身上馬，一抖韁繩要走。這時一個男人突然攔在馬前，用大手把轡頭死死扯住。

「妳要去哪裡？」張小敬陰著臉喝道。

「回光德坊！靖安司遇襲你沒聽到嗎？」檀棋的聲音尖利，還帶著點哭腔。

張小敬臉色陰沉：「妳現在回去沒有任何意義。」檀棋叫道：「我又不歸你管！讓開！」她把韁繩又抖了抖，驅趕著馬匹要把張小敬撞開。張小敬挺直了胸膛，擋在路上紋絲不動：「我們還有更重要的事情要做。」

檀棋氣壞了，這個人竟然無情無義到這地步，真是半點心肝也沒有：「你是個死囚，靖安司與你無關！可我不能不管公子！」她喝斥馬匹，就要躍過去。

張小敬沒容她前進，獨眼凶光一現，雙手在兩側馬耳狠狠一捶。馬匹猝然負痛，登時驚慌地尥蹶子，檀棋一個不穩，生生摔下馬來。

檀棋摔得頭昏眼花，伏在地上爬不起來。張小敬踱步走近，卻沒伸手來扶，就這麼冷冷地俯瞰著她：「靖安司有李司丞在，如果連他都處理不了，妳就算趕了回去，又能做些什麼呢？」

檀棋半支起身子，把臉轉過去，這個殘忍虐囚的劊子手，怎麼能理解人類的情感？張小敬看穿了她的心思，毫不留情地說道：「是，妳很關心，妳很憤怒，妳很有人情味，可這些狗屁情緒，對局勢毫無用處！看我的口型，毫無他媽的用處。」

這突如其來的粗口，讓檀棋臉色漲紅。她正要反駁，張小敬獨眼一瞪，用更大的聲音把她壓了回去：「妳以為這是富家小姐的花間遊戲？說走就走。錯了！這是戰爭！戰爭容不得任何感情用事！每個人都必須遵從命令，不折不扣！」

檀棋從來沒見過這人如此凶惡，她被這一頓喝斥吼得抬不起頭。

「我也有好朋友在司裡，妳以為我不擔心？妳以為我不想立刻回去？但我們的任務不是保衛靖安司！而是追查闕勒霍多的下落，保住長安城！這件事沒解決，任務就得繼續。」

「先、先回去看一眼，再去找守捉郎……」檀棋還要試圖辯解。

「沒有那個時辰！兩個地方妳只能選一個。妳做出選擇，就得承擔代價。」張小敬瞪了她一眼，轉過身去，走了幾步，冷冷甩過來一句：

「妳家公子同意妳跟著我，是因為他相信妳能做到比伺候人更有價值的事情。」

說完他撇下放聲哭泣的檀棋，走到波斯寺門口。那個守捉郎被兩名士兵押住，就站在旁邊。他神色憔悴，忐忑不安，不知接下來是吉是凶。

這附近沒有漏刻，不知時辰，但酉時恐怕已經快過了一半。外頭的燈市已經漸入高潮，聲浪一波高過一波，光亮有增無減。張小敬壓住焦慮，簡短道：「帶上這個人，我們出發。」

於是士兵把刺客塞入一輛廂車，幾個士兵也坐了進去。他在外面把布簾一拉，就看不到裡面了。

張小敬牽過自己的坐騎，上馬正準備離寺。忽然一隻手在旁邊扯住了轡頭，馬匹受驚，嘶鳴一聲，前蹄高高揚起。張小敬急忙夾腿縮腹，牢牢地黏在馬背上，才沒掉下去。

他側頭一看，檀棋正站在馬前。她的眼角還殘留著沒拭淨的淚痕，清麗的臉龐多了幾分憔悴，也多了幾分堅毅。她鬆開轡頭，仰起下巴：「這下我們扯平了，走吧。」

沒等張小敬搭話，她已經反身上馬，用一截細繩把自己的長髮束在後面，再反綰於頭頂。這樣在動作時頭髮便不會散亂脫下。檀棋的脖頸特別頎長，頭髮高束，更顯出整個人颯爽幹練。

張小敬沒有做任何評論，一揮手，下令出發。

一隊人迅速離開波斯寺，從觀燈的如潮人群中擠出一條路，以最快的速度奔向平康里。走了一會兒，這一隊人忽然在一處十字街前散開，分成兩隊朝著兩個方向而去。很快有另外一個騎手從後頭趕過來，左右為難了半天，終於選定了右側，縱馬追過去。

他一口氣追到義寧坊的坊門口，前方的隊伍忽然消失了。他正要探頭尋找，忽然被左右數騎給圍住。張小敬從陰影裡走出來，定睛一看，他的表情比這個中伏的人還要意外：「伊斯執事？」

「張都尉，別來無恙。」伊斯挺直胸膛，在騾子上畫了個十字。他剛才被張小敬罵得狗血淋頭，現在卻一點都不尷尬，反而似老友重逢。

一離開波斯寺，張小敬就發現後頭有尾巴。他們設下一個圈套，本以為能逮到守捉郎的成員，沒想到居然是波斯寺那位自戀天真的執事。

「你跟著我們幹什麼？」

伊斯在騾子上努力保持平衡，開口說道：「都尉適才嚴訓，真如醍醐灌頂。在下撫躬自省了一下，敝寺確實耽於經義，疏於自查。所以在下決定來為都尉分憂。若能有毫末之助，也算景寺不負朝廷知遇。」

他這一番話，張小敬聽懂了。波斯寺裡頭藏著一個突厥右殺、兩個守捉的刺客，這事真要揭發出去，只怕闔寺都要倒楣。伊斯為了景教在長安的存續，也只能厚著臉皮湊過來幫忙，好歹搏一個功過相抵。

張小敬在馬上睖著獨眼，就是不說話。伊斯戰戰兢兢地等著，喉結滾動，嚥了一下口水，他不知道這番話能不能打動這位凶神。見他半天沒反應，伊斯雙手一拱，語帶懇求：「我景僧在中土傳教不易，懇請都尉法外開恩，在下願執轡扶鐙，甘為前驅。再說，都尉查案，不也正好需要一個身手敏捷、眼光敏銳、頭腦睿智的幫手嗎？」

「……」這回連張小敬都無言以對了。

檀棋忍了很久，才忍住把這個自戀狂踢下騾子的衝動。伊斯也覺得說得不太合適，連忙改口道：

「與胡人交涉時，以在下波斯王子的身分，定能有所助益。」

胡人多信三夷，景教算其中大宗，伊斯這麼說不算自誇。至於波斯王子云云，只當他自吹自擂。張小敬終於被打動了：「隨便你吧，不過我可不保證你的安全。」

伊斯大喜，趕緊抽打騾子，緊緊跟上隊伍。他出門追趕得太急，不及備馬，就隨手牽了頭騾子來。好在此時大街上人太多，騾子和馬的行進速度也差不多。伊斯不敢太靠近張小敬，便去和檀棋套交情。檀棋心中惦記公子，懶得理他，伊斯只好一個人跟在後頭。

他們走走停停，好不容易才擠過觀燈人潮來到光祿坊。前方就是朱雀大街，再過去便是萬年縣城的轄區了。不過走到這裡，馬車實在是沒法往前走了。

此時寬闊的朱雀大街上全是密密麻麻的民眾，摩肩接踵，不可計數，黑壓壓的一片，密得連風都透不過去。

他們都在等著看拔燈。

拔燈不是燈，而是一隊隊在特製大車上載歌載舞的藝人。這些拔燈車由各地官府選拔，送入京城為上元燈會添彩。上燈之後，他們分別從東、西、南三個方向入城，沿街徐行，各逞技藝，最後在四更也就是丑正時，集合於興慶宮前。獲得最多讚賞、表現最奪目的藝人，謂之「燈頂紅籌」。在那裡，天子將恩准「燈頂紅籌」登上勤政務本樓，一起點燃長安城最大的燈樓，把節日氣氛推至最高潮；這就是拔燈的由來。

長安民眾除了觀燈之外，另外一大樂趣就是追逐這些拔燈車。車子走到哪兒，他們就跟到哪兒。一些特別出色的藝者，每年都會有固定追隨者一路跟從。

現在朱雀大街中央，兩個極受歡迎的拔燈車隊正在鬥技，一邊是反彈琵琶的緋衣舞姬，一邊是敲四面羯鼓的半裸大漢。兩人身邊皆有樂班隨奏。無數追隨者簇擁在周圍，高舉綢棒，汗水淋漓地齊聲吶喊。

張小敬一看這架勢，只怕半個時辰之內人群是不會散了，寬大的馬車肯定穿不過去。他和其他人商議了一下，決定讓那一千士兵押送馬車，從南邊繞路慢慢過去，他自己先行一步。單騎穿越朱雀大道，比數騎外加一輛車可快多了。

本來張小敬讓檀棋跟著馬車走，可她眼睛一瞪：「你不是總說，每個人都得為自己的選擇負責？你剛才非要我跟著，現在又要甩開？」她倔強地把馬頭一撥。

張小敬只得苦笑著答應。於是他跟檀棋兩人兩馬先走，其他人繞行。至於那個跟在屁股後面的伊斯執事，張小敬的意思是不必理睬，愛跟著就跟，跟丟了活該。

計議既定，車夫把馬車掉頭，一路向南而去。張小敬和檀棋則從馬上下來，把韁繩在手腕上繞上幾圈。這兩匹馬沒有玳瑁抹額，不能在朱雀大道上馳騁。何況現在大道上人數太多，騎馬還不如牽馬走得快些。

於是兩人就這麼並肩牽著兩匹馬，努力擠過重重人群。四周燭影彩燈，琴鼓喧囂，不時還有剪碎的春勝與花錢拋至半空，又徐徐落下，引起陣陣驚呼。整條大道上洋溢著脂粉味、臭汗味與幾千枝蠟燭的香膩味，濃郁欲滴，薰得觀者陶陶然。

這兩人兩馬默然前行，與興奮的人群顯得格格不入。在人群裡穿行的張小敬，收斂起殺氣和凶氣，低調得像是不存在似的。有好幾次，興奮的遊人撞到他身上，才發現這裡還有個人。檀棋幾次側過臉去，想對張小敬說點什麼，可又不知該說什麼。

登徒子、死囚、凶神閻羅、不肯讓女人代死的君子、酷吏、幹員、遊俠……此前短短幾個時辰，檀棋已經見識到了張小敬的許多面孔，可她對這個人仍舊難以把握。如今這雜亂的人潮，倒如潺潺溪水一般，洗褪了張小敬身上那些浮誇油彩，露出本來的質地。

檀棋的腦海裡，凝練出兩個字：寂寞。

張小敬的身影十分落寞。周圍越是熱鬧，這落寞感就越強。他穿行於這人間最繁華最旺盛的地方，卻彷彿與周遭分別置身於兩幅畫內，雖相距咫尺，卻永不相融。

從某種意義上來說，他比公子距離這塵世更遠。

她這麼想著，頭也不知不覺垂下來，背手牽著轡繩，輕聲地哼起牧護歌。歌聲縈縈繞繞，不離兩人身邊。聲音雖低，卻始終不被外面的喧騰淹沒。

這是岐山一帶鄉民祭神後飲福酒的助興調子，雖近俚俗，卻自有一番真意。公子曾說，此歌韻律是上古傳下來，上可映月，下可通達初心，大雅若俗，今人不知罷了。

此時天上明月高懸中天，渾圓皎潔，散著清冷的光芒。檀棋相信，那月亮已生感應，只是不知能通達到哪些人的初心裡去。

且唱且走，檀棋忽然發現，張小敬牽著轡繩前行，那粗大的手指卻輕叩著轡頭上的銅環，恰好與牧護歌節拍相合。他的動作很隱密，似乎不好意思讓人發現。檀棋輕輕一笑，也不說破，繼續哼著。兩個人很有默契地一唱一拍，就這麼穿過喧囂人群。張小敬的步態，似乎輕鬆了一些。

兩人足足花了半刻鐘，才擠出人群。檀棋看到興道坊的坊牆時，如釋重負，忍不住嘆道：「如果望樓還在就好了，至少能提前告訴我們哪裡不堵。」

自從靖安司遭到襲擊後，整個望樓體系都停止了運作。其實絕大部分望樓還在運作，只是沒有大望樓居中協調，它們不過是些分散的望樓罷了，捏不成一體。

沒有了長安城消息的即時更新，讓靖安司的人備感不便。

想到這裡，檀棋朝光德坊回眸望去，眼神裡又湧出濃濃的擔憂。她選擇前去平康里，她相信公子易地而處，也會這麼選，可憂慮這種情緒沒法控制。

張小敬忽然勒住坐騎，轉頭對檀棋咧嘴笑道：「妳提醒了我，我來給妳變個戲法吧。」檀棋一愣，不知道他為什麼說這個。

張小敬從馬匹旁邊的褡袋裡取出一只疊好的紫燈籠。他把燈籠重新拉撐起來，點亮，然後把一根折成三折的長竹竿重新展開，高高挑起燈籠。檀棋有點莫名其妙。這一套裝備，是靖安司的外勤人員在夜間與望樓通信用的，眼下大望樓已滅，用這個傳話還有什麼意義呢？

張小敬挑起紫燈籠，有規律地上下擺動，時而遮掩，時而放高。檀棋對這一套燈語不很熟悉，不知道他想表達什麼。張小敬卻把食指放在脣邊，噓了一聲，讓她等著看。

過不多時，興道坊的望樓亮起了紫燈籠，閃過數次，似乎收到了張小敬的消息。隨即南邊的開化坊望樓，也亮起了紫燈籠，閃動頻次與興道坊類似。

張小敬繼續晃動燈籠，遠處光祿坊、殖業坊也紛紛做出回應。過不多時，安仁、豐樂、務本、崇義……周圍遠近諸坊的望樓都陸陸續續甦醒過來，紫燈明滅閃爍，很快連成一片，都呼應著張小敬的動作。那番景象，就好像天師禳星似的。

張小敬把挑著紫燈的竹竿，插在馬背後的扣帶上，這才對檀棋說道：「現在望樓體系恢復運作了。只不過它們的中心不是光德坊大望樓，而是我。」說到這裡，他蹺起左手大拇指，在自己胸口點了點。

「我現在就是靖安司的中樞所在。」

檀棋瞪大了眼睛，這還真是比變戲法還神奇。為什麼他這麼容易就接管望樓，成了級別最高的指揮者？

張小敬重新上馬，馬匹身子一顫，連帶著屁股後那高高挑起的紫燈抖了幾抖。

「別忘了，李司丞在申初授過我假節望樓的許可權，這個命令可從來沒撤銷過。」

＊

姚汝能遞過一杯水，聞染接過去淺淺喝了一口，覺得水中也滿是煙火之味。姚汝能歉然道：「抱歉，幾處水井都人滿為患，只能再等等了。」聞染苦笑道：「能活下來就好，又怎麼能挑揀呢？」

甘守誠走了以後，他們無處可去，只得繼續待在藥鋪子裡。外頭依舊忙亂，就連崔器的屍身都來不及收殮，暫時還停在旁邊的門板上。

「我能不能回家？」聞染可憐兮兮地問。她從今天中午開始，就再沒碰到過好事，被人捉來運去，沒個消停，精神實在是疲憊不堪。姚汝能比了個道歉的手勢：「抱歉，不成，李司丞讓我把妳關起來，還沒有釋放的命令。」他又怕聞染誤會，連忙又解釋道：「現在外面可不太平，還是待在這裡最安全。」

「因為這裡已經燒過了？」聞染反問。

「呃……」姚汝能毫無防備被噎了一下。聞染噗哧笑了一聲，忽然注意到，姚汝能肩頭的傷口只用塊破布潦草一裹，歪歪扭扭的，便招呼他坐下。她低頭從自己的裙襬下緣撕了一條布，重新細細替他包紮起來。

聞染的蔥白手指靈巧地擺弄著布條，姚汝能聞到陣陣幽香傳入鼻子，連忙把頭低下去。他心想，原來張都尉循著這樣的香氣，才找到這姑娘的。這香味初聞淡薄，卻彌久不散，以後用來公門追賊，倒是方便得很。

唉，不知張都尉和檀棋姑娘聽到靖安司遇襲的消息，會是什麼反應？闕勒霍多查得如何？他想到這裡，忽然意識到這是個很好的機會，便隨口問道：「妳和張都……呃，張小敬都尉怎麼稱呼？」

聞染一邊專心致志地處理傷口，輕聲答道：「他是我的恩公。」

「他救過妳？」

聞染的臉上浮現沉痛之色：「豈止救過……他為了我們聞家，把命都搭上了。」姚汝能一驚，怎麼他判死刑是這個原因？檀棋不是說因為殺了縣尉嗎？

現在左右無事，聞染便娓娓說來。

原來張小敬和聞染的父親聞無忌，在西域當兵時同為戰友。當年死守烽燧城倖存下來的三個士兵裡，聞無忌也是其中一個。他救過張小敬一命，為此還丟了一條腿。

烽燧之圍解除後，聞無忌無法繼續當兵，便選擇了退伍。他帶著女兒與都護府的賞賜，來長安城裡開了個香鋪，日子過得不錯。後來張小敬做了萬年縣的不良帥，兩個老戰友有共生死的交情，更是時時照拂。

去年十月，恰好張小敬前往外地出差，聞記香鋪忽然接到虞部的通知，朝廷要為小勃律來使興建一座賓館，地址就選在敦義坊。虞部開出的價碼極低，聞無忌自然不幹，堅持不搬。不料夜裡突然來了一群蒙著面的浮浪少年，手持大棒闖入鋪裡，亂砸亂打，聞無忌出來與之理論，竟被活活打死。聞染也險遭強暴，幸虧她機警頑強，趁空隙逃了出去。

聞染本想去報官，正趕上縣尉親自帶隊夜巡，一口咬定她犯夜禁，抓了起來。她百般哭訴，卻無人理睬，一直被關在深牢之中。沒過多久，外頭遞進一份狀書，讓她供述父親勾結盜匪，分贓不均而被毆死，香料鋪就是用賊贓所購。若她不肯畫押，就要被變賣為奴。

聞染聽了以後，堅決不肯，結果幾個獄卒過來按住她，硬是在狀書上按了一個手印。她心裡澈底絕望，曾幾度想過要自殺。

過了幾天，忽然她被放了出來。聞染出來一打聽，才知道外面已經天翻地覆。張小敬回到京城，得知聞記香鋪的遭遇後，先把熊火幫幾乎連根拔起，隨後不知為何，殺了萬年縣尉，惹得萬年縣廨震動。最後他居然挾持了永王，幾乎要把亂子捅到天上去。

到底張小敬是怎麼扯進永王的，又是怎麼被擒判了死刑，內中曲折聞染並不清楚。她只知道，從此聞記香鋪安然無恙，也沒人來找自己麻煩。她一介弱質女流，沒有力量見到恩公，只能在家裡供奉生祠，每日奉香。

說著說著，聞染靠著他的胳膊，居然睡著了。

姚汝能身子沒動，心裡卻是驚濤駭浪。他不只驚訝於張小敬的作為，也驚訝於那些人的黑心貪婪。

要知道，縣尉不常親自夜巡。他那一夜會出現，顯然是早早跟虞部、熊火幫勾結好了，黑道大棒，官府刑筆，雙管齊下釘死聞無忌，侵吞地皮。他相信張小敬肯定也看出來了，所以才會怒而殺人。

姚汝能對吏治陰暗之處，也聽過許多，可這麼狠絕惡毒的，還是第一次。一戶小富之家，頃刻間家破人亡，這還是有張小敬捨身庇護，若換作別家，只怕下場更加淒慘。張小敬說長安是吞人的巨獸，真是一點不誇張。

他終於理解，為何張小敬一提到朝廷，怨氣會那麼重。

「長太息以掩涕兮，哀民生之多艱。」一聲慨嘆從旁邊傳來，姚汝能回頭，發現岑參正斜靠在廊柱旁邊，也聽得入神。

他念的這兩句詩，姚汝能知道是惋惜痛心的意思。岑參又讚道：「姑娘這一番講述，略作修飾，便是一篇因事立題、諷喻時政的上好樂府。」他低頭想要找筆記錄，卻發現詩囊早被燒掉了，只好去翻藥鋪的木櫃格，看有沒有紙和筆。

姚汝能有點迷茫：「這也能入詩？」

岑參激憤地揮了揮手：「怎麼不能入？如今寫詩的，大多詞藻昳麗，浮誇靡綺，動輒詩在遠方，卻不肯正視眼前的苟且。正該有人提倡新風，為事而作，不為文而作。」然後又埋頭翻了起來。

姚汝能無奈地催促道：「閣下在靖安司只是臨時羈押，現在若想離開，隨時可以離開。」

當初關岑參是因為他阻撓張小敬辦案，懷疑與突厥狼衛有關係。現在身分已經澄清，可以放了，再說，想留也沒地方關他了……

岑參從櫃檯後抬起頭來，語氣憤慨：「走？現在我可不能走。我的馬匹和詩都沒了，你們得賠我。」

「坐騎好歹能折個錢數……詩怎麼賠？」

「嗯，很簡單，讓我跟著你們就行。」岑參一副妙計得逞的得意表情，「我一直在觀察，聞姑娘的事、崔器的事、你的事、那個張小敬的事，還有你們靖安司追捕突厥人的事……你也懂點詩吧？知道這對詩家來說，是多麼好的素材嗎？」

姚汝能有些愕然，在這傢伙眼裡，這些事情只是詩材而已？他搖了搖頭道：「抱歉，我不懂詩，只知道一點韻。」

岑參一聽他懂韻，立刻變得興奮，連聲說夠了，可以簡單聊聊。姚汝能苦笑連連，他懂字韻，是因為望樓傳遞消息以《唐韻》為基礎，跟作詩毫無關係。

沒想到岑參更好奇了，纏著他讓他講到底怎麼用《唐韻》傳消息。姚汝能以手扶額，後悔自己多嘴。他讓岑參把窗子推開，遠處可以見到慈悲寺門前懸著的燈籠。姚汝能對著這個燈籠，簡單地講解了一下望樓白天用鼓聲、晚上用燈籠進行韻式傳信的原理。

岑參擊節讚嘆道：「以燈鼓傳韻，以韻部傳言，絕妙！誰想出這個的？真是個大才！看來以後我不必四處投獻，只要憑高一鼓，詩作便能傳布八方，滿城皆知！」

姚汝能嘴角抽搐了一下，勉強壓下反駁的欲望，心想你高興就好……岑參對著窗外，對著燈籠開始比畫起來，嘴裡念念有詞。他正嘗試著把自己的詩句轉譯成燈語。

這時大門轟的一聲被推開，走進一個衣著鮮亮的皮衣小吏。小吏環顧四周，大聲嚷道：「這裡還有靖安司的人沒有？」

姚汝能看他容貌陌生，猶豫地舉起手來，表示自己是。小吏道：「靖安司丞有令，所有還能動彈的屬吏去慈悲寺前集合，有訓示。」姚汝能一怔，李泌不是被挾持了嗎？難道被救回來了？小吏看了他一眼：「是新任靖安司丞。」然後匆匆離開鋪子，又去通知別人了。

這麼快就有人接手了？姚汝能覺得有點不太舒服。可李司丞被人挾持，去向不明，也確實得有一個人盡快恢復局面。如果這個人是張小敬該多好，可惜這絕不可能。

他把熟睡的聞染輕輕放平在席子上，跟岑參打了個招呼。岑參一擺手，說：「你去吧，這姑娘我先照看著。」然後繼續專心翻找紙筆。

慈悲寺的大門離靖安司不遠，門前有一片寬闊的廣場。觀燈遊人都已經淨空，和尚們也把門關緊，現在廣場上站著幾十個人，都是靖安司倖存下來且能動彈的人員，個個都面露悲戚。

姚汝能數了數人數，只有事發前的三分之一。換句話說，足足有近百位同僚死於這場突襲，他心中一陣惻然。廣場上的熟人彼此見了，未曾拱手，先流出淚來。除了慶幸劫後餘生，別的也說不出什麼。

等不多時，一聲鑼響，四面擁來二十幾名士兵，個個手執火炬，把廣場照了個通明。一位官員踱步走到慈悲寺的大門前，站在臺階上俯瞰廣場。他四十歲上下，身材頎長，兩邊顴骨很高，把中間的鼻梁擠得向前凸出，似乎隨時會從臉上躍出。他的下頜有一部美髯，在火炬照耀下泛著油光，一看就知平時下了功夫保養。

姚汝能注意到，此人身著淺綠官袍，銀帶上嵌著九枚閃閃發亮的銅帶銙。這是七品官階的服帶，比起李泌要低上一階。

鑼聲再次響起，示意眾人注意。那官員手執一方銅印，對下面朗聲道：「諸位郎君知悉，本官是左巡使、殿中侍御史吉溫。現奉中書之令，重組靖安司。各歸其位，不得延滯。」

這個身分讓廣場上的人議論紛紛。他們都知道靖安司的後臺是東宮，現在中書令任命一個御史來接管，這事怎麼聽怎麼奇怪。

吉溫顯然是有備而來，他頷首示意，立刻有另外一位官員走過來，手裡捧著厚厚一卷文書。那官員展卷朗聲讀道，聲音響徹整個廣場：

「《大唐六典》卷十三《御史臺殿中侍御史》載曰：凡兩京城內則分知左、右巡，各察其所巡之內有不法之事。謂左降、流移停匿不去，及妖訛、宿宵、蒲博、盜竊、獄訟冤濫，諸州綱典、貿易、隱盜、賦斂不如法式，諸此之類，咸舉按而奏之。

「又！《百官格》：左巡知京城內，右巡知京城外，盡雍、洛二州之境，月一代，將晦，即巡刑部、大理、東西徒坊、金吾、縣獄。」

隨著一條條艱澀拗口的官典條文當眾念出來，靖安司的人漸漸都聽明白了。

殿中侍御史有兩個頭銜：左巡使、右巡使，對兩京城內的不法之事有監察之權，而靖安司掌管的是西京策防，兩者職責有重疊之處，可以說是同事不同官。無論是從律法上還是實務上來說，讓一位左巡使接掌靖安司，並無不妥。

這位吉御史一不依仗官威強壓，二不借中書令的大勢逼迫，而是當眾宣讀官典，可見是個恪遵功令的人。現在群龍無首，人心惶惶，正需要一個人來收拾殘局。何況這位御史還捏著中書令的授權，何必跟他對抗呢？

眾人敵意少減，議論聲逐漸平息。吉溫捋了一下鬍髯，再度開口道：「靖安司為賊所乘，本官倍感痛心。但如今元凶未束、頑敵尚存，還望諸位暫斂仇痛，以天子為念，先戮賊首，再祭英靈。」

這話說得很漂亮，既點出事態緊迫，又暗示朝廷必有重賞。倖存的靖安司大小官吏，都紛紛拱手彎腰，行拜揖之禮。這是下官見上官的禮節，承認其為新的靖安司丞。

吉溫見大部分人都被收服，大為得意，側過頭去，對剛才那讀官典的官員悄聲道：「公輔啊，你這一招似拙實巧，還真管用。」那官員笑道：「在下還會騙端公您不成，趁熱打鐵，按之前商量的說吧。」

侍御史在朝下稱為「端公」，殿中侍御史稱「副端」。那官員故意稱高了一階，吉溫聽了心中大悅，旋即拿起銅印：「諸位聽令！」

這是他就任靖安司丞後下達的第一個命令，大家都安靜下來。

吉溫朗聲道：「靖安司遭賊突襲，必有內奸勾結。攘外必先安內，接下來的首要任務就是要挖出這個毒瘤。至於他的身分，我已經查明了。」他掃視全場，發現所有人都直勾勾地注視著他，很滿意這個效果，吐出一個名字：「靖安都尉，張小敬！他就是勾結蚍蜉的內奸。」

這個結論，讓下面的人一陣譁然。

吉溫臉上的笑容趨冷：「諸位也許不知道，張小敬此前被判絞刑，正是因為殺死頂頭上司。所謂賊性難移，有過一次，難免會有第二次。此前王忠嗣之女被綁架，他也有份。如今靖安司被襲，一定也是他引狼入室。給我傳令各處坊鋪司守，全城緝拿此人，死活勿論！」

元載站在一旁，慢條斯理地把官典重新捲好，脣邊微微露出一抹微笑。

聽說襲擊靖安司的賊人自稱「蚍蜉」，豈不正合張小敬這個卑賤之徒的身分？

第十一章　戌正

天寶三載元月十四日，戌正。

長安，萬年縣，平康坊。

相比其他坊市的觀燈人潮，平日繁華之最的平康坊，此時反倒清靜得多。因為平康里的姑娘們都被貴人們邀走伴遊，青樓為之一空。大約得到深夜兩更時分，姑娘們與貴人才會陸續歸來，開宴歡飲。

一走進坊內，檀棋就厭惡地聳了聳鼻子。街上此時彌漫著一股蘇合香的味道，這是上燈之後，香車出遊散發出來的。這香調得太過濃郁輕佻，又十分黏衣，一沾袖子就揮之不去。她可不想被人誤會成伴遊女。

張小敬道：「放心好了，不會有人誤會，今夜稍微有身分的粉牌，都在外頭呢。」檀棋初聽寬心，再一琢磨，這分明是嘲弄嘛！她正要發作，張小敬已揚鞭道：「那裡就是李相的府邸了。」

檀棋望去，原來李林甫的宅邸就在平康里對面，高牆蒼瓦，裡頭只怕有十進之深。門前列著十二把長戟，左右兩根閥閱立柱，柱頂有瓦筒烏頭，顯出不凡氣度。說也奇怪，明明簷下掛著一排紅紙燈籠，光線卻只及門前數丈，其他地方還是一片黑暗。遠遠望去，好似一頭黑獸張開了血盆大口。

處處與公子作對的那個人，就住在這裡啊……檀棋沒來由地打了個寒顫，趕緊催馬快走了幾步，彷彿待久了會被吃掉似的。

「對了，伊斯執事呢？」檀棋忽然想起來，還有這麼一位跟班。張小敬回頭掃了一眼，大街上不見蹤影，這傢伙自從跨過朱雀大街後就沒見過，想來是走散了吧。

「無所謂，隨便他。」

張小敬對這一帶輕車熟路，兩人走過兩個十字街口，看到東北角有一片青瓦宅院。這些宅院像是出自軍匠之手，建築樣式幾乎一樣，排列嚴整，都是三進七房。唯一能做為區隔的，是每一處中庭高高飄起的鳥獸旗麾，有熊有虎，有隼有蛟，無一重複。這正是十位節度使設在長安的留後院，每個院的旗麾，都與節度使的軍號相應和，一看便知是哪家節度使的院子。

而留後院的對街，則是雜七雜八的一排商鋪，都是珍珠寶石、香料、金銀器、絲織、漆物之類的奢侈品鋪子。留後院每年在京中採購大量禮品，商家自然不會放過這個良機。

不過這會兒鋪子都已經關門，店主夥計都跑出去看燈了，整條街幾乎沒人。張小敬與檀棋辨了辨方向，七轉八轉，來到巷子最盡頭的一家劉記書肆。這家書肆的門面比其他鋪子都要小，幾乎只有兩扇門的寬度，兩側緊鄰著一個車馬行與銀匠鋪。這個時辰，書肆早已關門，連門板都覆上了。

據刺客供認，這家劉記書肆是守捉郎的火點。火點是他們的專用切口，指的是用於任務發放的連絡點。在火點負責的人叫火師，也是張小敬這次要找的關鍵人物。

按道理，應該先讓刺客叫開門，說明情況，再進去跟火師交涉。但張小敬在入巷前已經和望樓確認過了，馬車押送著刺客還在路上，趕過來還要一陣。

張小敬不能再等了。自從得知靖安司被襲擊後，其實他比檀棋還要焦慮。內心那股不祥的預感越發強烈，他必須抓緊每一個彈指的時間。

他沒有去拍門板，而是走到門板左側的牆邊。這是一堵黃色的夯土牆，夯工粗糙，牆上有大大小小的土坑。張小敬數到第三排右起第十個小坑，把指頭伸進去，在盡頭摸到了一截小繩頭。

繩頭打了一個環扣，另外一端從小孔穿牆而過。張小敬把指頭套進去，輕輕扯動繩子，扯了五下，停頓片刻，又扯了三下，最後急撥兩下。

這是刺客交代的連絡之法。不扯這根繩子，或者扯法不對，這間書肆永遠不會對你袒露真實面目。

扯完不久，門板匡噹一聲，從裡面卸下了一條，一隻警惕的眼睛從門內空隙閃過：「春江？」

「白雲一片去悠悠。」

這是《春江花月夜》中的第十七句，亦是證明身分的標識。屋內沉默了一下，說道：「你不是劉十七，也不是摩伽羅。」張小敬一亮銅牌：「我是靖安司都尉張小敬，劉十七介紹我來的。有要事相商。」

「劉十七他們在哪裡？」

「正在永樂坊路上，稍後即至。」張小敬回頭看了一眼望樓。

望樓恰好打過來一則信號，馬車已經過了永樂坊，距離這邊只有兩三個路口了。

「那等他到了再說吧。」對方說完就要上門板。張小敬啪的一掌按在門板上，態度強硬：

「朝廷辦事，等不得。你是要我現在進去，還是等縣尉親自帶隊過來？」

這個威嚇似乎起了作用。屋子裡沉默片刻，另外一扇門板很快也卸了下來，露出半扇門的空隙。張小敬、檀棋側身而入，屋子裡的一隻手點亮了案几上的龜形燭臺，托在手裡。

火師是個滿頭斑白的老者，皮膚如棗一般皴裂，看不出是哪一族出身。在他身後一排排全是竹書架，書架上擺放著各種名貴綢卷，每一卷用的都是象牙白軸、水晶環扣，還用五色布簽標明了類型。有淡淡的樟腦香氣彌漫其間，清腦醒神，兼防蠹蟲。

這些書不是用來看的，而是專供達官貴人贈送之用的禮品。火點每天要處理各種連絡文書，用書肆做掩護再合適不過。

張小敬也不寒暄，進門後劈頭就問：「我要知道是誰發出的委託，讓劉十七和摩伽羅去刺殺波斯寺普遮長老。」

老者托著燭臺，燭光照在臉上的重重皺紋裡，光影層疊，讓人無法看清他真正的表情。「都尉該知道，我們守捉郎要為委託者保密。這個要求，恕難從命。」

張小敬冷哼道：「現在這個暗殺委託，牽連到一樁危及整個長安城的大案。朝廷必須知道答案，有意隱瞞者，以同謀論處！」老者不屑一笑：「守捉以誠信為本，否則何以取信天下人？別說都尉，就是京兆尹親臨，也不能說。」

張小敬怒火中燒，一拳重重捶在牆上，屋內的書架都為之一顫。老者手裡燭臺卻穩穩托著：「小老只有一人在此，都尉盡可以鎖拿拷問，絕不反抗，但也別指望在下能說什麼。」張小敬刷地掏出弩機，頂住他的腦門，陰惻惻地說：「劉十七當初也是這麼說的。」

他沒說下面的話，可動作表示得很明白了。能用劉十七的暗語進入這裡，自然是已得了全盤交代。老者右側眉頭輕微地抖了一下：「十七違背戒律，禍及家人，我救不了他。守捉郎，

守捉郎，恩必報，債必償。」

這是守捉郎的箴言。守捉郎外出做事，家眷都要留在守捉城內。劉十七洩露了火點的祕密，就算他逃得掉，家人也死定了。

張小敬道：「豈止是他，長安若有什麼變故，整個守捉郎全都要死！」

老者見張小敬聲色俱厲，嘆了口氣：「委託人的姓名、身分，小老是絕不能透露的，不過都尉想問別的，許可權之內，小老知無不言。」

能在長安城當火師的，果然都不是一般人。他知道張小敬背靠官府，不好太過得罪，便提出一個變通的法子。守捉郎在京城有獨到的情報網，說不定掌握著靖安司所不知道的資料。

張小敬便把突厥狼衛與闕勒霍多的事說了一遍，問他是否聽到過什麼。老者聽完之後，大為駭異：「小老今日未曾出門，不知外頭……居然出了這麼大的事。容在下去查一查。」

他托著燭臺，轉身走到書架深處。

張小敬把手弩擱在桌子上，略帶煩躁地等著。他對靖安司遇襲也極度擔憂，剛才那一拳與其說是嚇唬火師，不如說是發洩內心的焦慮。

這時檀棋悄悄扯了一下張小敬的袖子：「這個老頭身上有蘇合香的味道，卻沒有樟腦味。」張小敬嗯了一聲，沒有任何反應。檀棋有點著急，男人這方面怎麼如此遲鈍：「他說一天都待在書肆裡，那怎麼身上一點樟腦味都沒有，反而全是外頭的蘇合香？」

張小敬瞳孔陡縮，嘩啦一聲推開身前案几，凶猛地躍進書架。那燭臺掛在竹架旁的銅鉤上，旁邊卻空無一人。

不，準確地說，還有一人。一個五十多歲的短髯胖子，身披狐裘，躺倒在書架之間，咽喉被割開一道非常精細的口子，眼睛兀自圓睜。

張小敬一瞬間就明白了，這個才是真正的火師。那個老頭，恐怕是神祕組織派來滅口的。他們給守捉郎下了刺殺委託，接洽者即是這個火師，殺了他，線索就會澈底斷絕。

誰知剛動完手，張小敬就拍門了。尋常殺手刺完就走，不會去理睬外頭拍門。可這個傢伙機變之快，行事之大膽，讓人咋舌。他居然在極短時間內想到反過來冒充火師，套走了靖安司的調查進度，連張小敬這種老江湖都被騙了，若非檀棋從香氣中聞出破綻，只怕他們還被蒙在鼓裡。

張小敬剛想通此節，尚未及轉身示警，忽然書肆裡傳來一聲響亮的男子慘叫聲，然後身旁那一排書架像牌九一樣，一個接一個相撞傾倒，把他和火師的屍體壓在下面。張小敬先喊檀棋退出書肆，防止那傢伙反撲，然後雙臂一抬，把書架重新推回去。

幸虧這是竹架，上頭又都是書卷，不算太重。不過這麼一壓，火師咽喉上的傷口又噴出血來，沾到了張小敬的短衫之上。

張小敬站起身來，衝到書肆盡頭，發現後窗打開。他探出頭去，看到遠處屋頂上一個黑影騰躍疾馳，那矯健的身手完全不似老人。他正要追出去，忽然耳邊又響起尖叫聲，這次是來自書肆正門外頭，是檀棋！

張小敬只得先放棄這邊，轉身朝門外飛跑而去。一出門，外頭已經亮起了七八盞燈籠，十來個鐵匠和車夫模樣的人，正面色不善地圍著檀棋。他們看到張小敬跑了出來，紛紛亮出砧錘和鐵棍。

「火師呢？」為首一人怒喝道。

這些人也是守捉郎，負責火點的護衛，平時隱藏在書肆左右的車馬行與鐵匠鋪，不會輕易現身。剛才聽見那一聲慘叫，他們這才出來。

張小敬臉色刷地變了。原來那一聲慘叫，並不是真正的慘叫，而是老頭故意學火師的聲音發出來的，為的是讓那些護衛聽見。這個老東西，心思之深沉，簡直到了可怕的地步。只是短短的一次交鋒，設下了多少圈套。

現在被這些護衛一圍，張小敬根本沒辦法追擊。幾個護衛推開張小敬衝進屋子，很快他們又退了出來，殺意騰騰。

他們剛才都聽到了那一聲重重的捶牆聲，顯然是來客與火師起了齟齬。很快又傳來火師的慘叫，緊接著這人渾身是血地跑出來。現在屋子裡的火師屍體已被發現，而且在屋內翻倒的几案旁邊，還撿到屬於這個男人的手弩。

事實再明白不過了。

「守捉郎，守捉郎，恩必報，債必償。」一個隊正模樣的人念著口號，把鐵匠錘掄起來。這裡有十幾個人，又把窄巷子堵死了，張小敬就是有三頭六臂，也絕不是對手。

檀棋氣憤地開口道：「火師不是我們殺的。」護衛們冷笑著，根本不相信這虛弱的辯白。張小敬一舉銅腰牌，喝道：「我是靖安司都尉張小敬，是由劉十七帶過來找火師問話的，我絕沒動手，凶手另有其人。」

隊正眉頭一皺，若是朝廷辦差的人，還真不好處置。他示意手下暫緩動手：「你說劉十七？他人呢？」

「應該馬上就到。」

隊正道：「好，就等他來，再來定你的生死。」他一下一下拋著手裡的鐵錘，肌肉上的青筋綻出，眼中的殺氣不減。

遠遠地，一個黑影幾下跳躍，便離開了平康坊的範圍。

*

聽到吉溫的宣布，姚汝能呆立在原地，化為一尊石像。

綁架王韞秀？勾結外敵襲擊靖安司？

把這兩個罪名栽到張小敬頭上，姚汝能覺得荒唐無比。可是在新任靖安司主官眼中，這是一個再正常不過的推測。

在世人眼裡，犯人都是最不可信的惡鬼。就像吉溫剛才說的，一個殺死上司的死囚，憑什麼不會犯第二次。別說吉溫，當初李泌剛提拔張小敬時，姚汝能自己都心存偏見，認為這人一定別有所圖。

但這次可不像上次。上次是崔器自作主張，強行拘押張小敬，根本沒有任何罪名，所以在右驍衛的文書裡，連名字都不敢提。而這一次是對張小敬公開指控，性質完全不同，他在京城將再無容身之處。

不行，我必須跟吉司丞說明白！

姚汝能推開身邊的同僚，衝到慈悲寺前。吉溫正跟幾位倖存的主事講話，分配工作。姚汝能不顧禮節，強行打斷：「吉副端，您犯了一個錯誤！」

「嗯？」

「吉……吉司丞……」姚汝能百般不情願地改了稱呼。

「講。」吉溫這才讓他開口。

「在下是靖安司捕吏姚汝能，一直跟隨張都尉查案。他搜尋王家小姐、阻止突厥狼衛，都是眾目睽睽的功勞，怎麼可能與之勾結？這其中一定有誤會！」

吉溫捋了捋髯，溫和地笑道：「姚家阿郎，我適才也有這個疑問。不過李司丞曾經說過，突厥狼衛只是枚棋子，背後另有推手。張小敬剪除突厥狼衛，恐怕也是他們用的障眼法。」

他把李泌推出來，姚汝能一時竟無法反駁。吉溫忽然一拍手，恍然道：「我剛剛聽說，在昌明坊找到一個叫聞染的姑娘，還是你找到的，對嗎？」

「是。」

「我可是聽說，張小敬故意欺騙靖安司，假稱找到王韞秀的線索，讓李司丞調動大量資源去救。結果救出來的，卻是他的姘頭。」

這話說得很毒，隱藏著最險惡的猜測，可是大部分內容卻是事實。李泌對此確實相當不滿，姚汝能也知道。可……可是，這和張小敬是內奸並沒有關係啊。

這時，旁邊那位讀官典的官員也插口道：「張小敬在萬年縣時，外號叫五尊閻羅，狠毒辣拗絕。這樣一位梟雄，可不是什麼人都能駕馭的。」

他這句話跟主題沒有關係，可聽在大部分人耳朵裡，卻成了張小敬人品最好的註腳，還把李泌給捎帶進去了。

姚汝能捏緊拳頭，想要出言反駁，可忽然想到一件事。

吉溫是得了中書令的任命，是李相的人。相信他會非常積極地去證明李泌是錯的，太子是錯的。所以無論如何辯駁，張小敬都得被打成奸細。姚汝能再看向吉溫，終於從那副溫潤君子的面孔裡，分辨出幾分陰險。他的內心滿是憤怒和絕望，長安城已被架上油鍋，這些人還在鍋裡頭琢磨著把唯一正在滅火之人幹掉！這他媽叫什麼事！

若換作從前，姚汝能熱血上頭，早就不顧一切開口抗爭，或者乾脆掛冠而去。可在這幾個時辰裡，他已見識過太多冠冕堂皇下的齷齪，知道在長安城裡，光憑著道理和血氣之勇是行不通的。他得留下有用之身，才能幫到張都尉。

吉溫見姚汝能無話可說，便轉身對其他幾位主事繼續道：「如今李司丞下落不明，唯一的線索，就落在張小敬身上。本官已分派了四十多個番僕，先把通緝文書送達全城諸坊。你們得盡快修好大望樓，恢復全城監控，這是第一要務。」

幾名主事都面露難色，其中一人道：「望樓體系乃是李司丞一手建起，十分複雜。我等皆是文牘刑判之職，對這個……只能坐享其成而已。」

吉溫有些不悅：「難道懂望樓的人一個不剩全死光了？」幾個主事諾諾不敢言。姚汝能在旁邊忽然抬手道：「在下略懂。」

「哦？」

「此前在下擔任的正是望樓旗語、燈語的轉譯工作。」姚汝能沒說假話，幾個主事也都紛紛證明。吉溫頷首道：「既然如此，那此事就著你去做。一個時辰之內，望樓要恢復運作。」

姚汝能暗喜，只要掌握了大望樓，就有機會幫到張都尉。為此，他不得不捏著鼻子與虛偽的新長官虛與委蛇，這可是之前自己最痛恨的做法。

他現在總算明白，張小敬所謂「應該做的錯事」是什麼意思。

這時一隻手拍了拍姚汝能的肩膀，他回頭一看，原來是那位宣讀官典的官員。

「本官叫元載，字公輔，大理寺評事。現在忝為吉御史的副手。」元載笑咪咪地說道，晃了晃手裡的簿子，「你說你叫姚汝能是吧？正要請教一件事情。」

「元評事請說。」

「我剛才查了一下紀錄，有一個叫聞染的女人被你帶出了監牢，正安置在附近，對吧？」

「啊？是……」姚汝能一出口就後悔了。元載看人的眼神飄忽不定，很難防備，一不留神就被鑽了空子。

元載眼神一亮：「這女人與張小敬關係匪淺，想抓張小敬就得靠她了。她安置在哪裡？」

「我這就去把她帶來。」姚汝能回避了元載的問題，要往外走。不料元載眼珠一轉，把他給攔住了：「你要去修大望樓，不必為這點小事耽擱，把地址告訴本官就好。」

他咄咄逼人，不容姚汝能有思忖的機會。姚汝能想不出什麼好辦法推託……可是，絕不能把她交給這個傢伙，那樣的話張都尉就完了。

元載神情還在笑，可是語氣卻已帶著不耐煩：「快說，難道你存心庇護不成？」

姚汝能知道，如果讓元載起疑，吉溫絕不會讓自己去修大望樓，就幫不到張小敬了。

現在，自己必須在張小敬和聞染之間做出選擇。

姚汝能咬著牙，寧可自己沒得選擇。

*

一輛馬車橫躺在街道上，已近半毀。

它一頭撞到一處巨大的燈架，隨即側翻在地。本來在燈輪處有很多歌姬少女在行歌踏春，結果這輛車突然失控，撞了過來，把這些可憐女子橫掃一片，嬌呼呻吟四起，花冠、霞帔散落一地，現場一片狼藉。

周圍觀燈的百姓同情地圍了過來，以為車夫趁著燈會喝多了酒，才釀成這麼一起事故。一名士兵從車裡狼狽地爬出來，隨後又把刺客劉十七扯出來。可後者已經氣絕身亡，咽喉上多了一道紅線。

剛才牛車通過宣陽長興路口，忽然一個黑影從車頂躍過，速度極快，先殺死了車夫，讓馬車傾覆，然後趁著混亂衝入車廂。這傢伙的刀法精準得出奇，一衝入車廂，短刀準確地劃過劉十七的咽喉。守衛甚至連出刀的機會都沒有，那黑影已退出去，靈巧地跳下車，然後順著燈架越過坊牆，揚長而去。

「不對，我看到兩個黑影，一前一後。」這是士兵在昏迷前的最後一個思緒。

＊

元載朝著慈悲寺旁邊的生熟藥鋪走去，他現在很快樂，連腳步都變得輕鬆。

沒有理由不快樂，一切事情都朝著他最滿意的方向發展。不，是比他最滿意的期待還要滿意。

最初他只是被要求出一份提調文書，在發現封大倫誤綁了王韞秀後，元載主動提出第二個方案，一石二鳥。然後他直奔御史臺而去，恰好當值的是吉溫，跟他相熟。元載剛剛寒暄完，還沒開口說話，吉溫突然接到一封李相密函，要他立刻去搶奪靖安司的司丞之位。

吉溫對這事有點沒把握，便跟元載商量。元載一聽，那顆不安分的大腦袋又開始轉動了，很快從中窺到一個絕佳的機會，第三度修改了自己的計畫。

接下來，他便以「輔佐」為名，陪著吉溫來到慈悲寺前，宣布張小敬是襲擊靖安司以及綁架王韞秀的主謀。

這是個多麼簡單的決定，又是一個多麼絕妙的安排。永王會很感激他，因為張小敬將被全城追殺至死；封大倫會很感激他，因為有人背了綁架王韞秀的黑鍋；王忠嗣和王韞秀會很感激他，因為元載將她一力「救」出；吉溫以及其背後的李林甫，也會對他另眼相看，因為他幫助吉溫迅速拿下了靖安司，並重重抽打了太子的顏面。

最初只是一次小小的公文交易，現在生生被元載搞成了一局八面玲瓏的大棋，做出這麼多人情。若不是箇中祕聞不足為外人道，元載簡直想寫篇文章，紀念一下自己這次不凡的手筆。

剛才元載在報告裡查到了聞染的下落，猛然想起來，封大倫透露，永王似乎對聞染有興趣。若把她交給永王，又是一樁大人情啊！所以元載權衡再三，決定親自來抓聞染，以紀念這歷史性的一刻。不過他並沒有輕敵，在接近鋪子前，指示身邊的不良人把四周先封鎖起來。元載做事信奉滴水不漏，再小的紕漏也得預防。

就連姚汝能那邊，元載都悄悄安排了一個眼線。一旦發現姚汝能跟旁人耳語或傳遞字條，就立刻過來通報。真正萬無一失！

一切都已安排妥當，元載慢慢走到那生熟藥鋪子門前。他同情地注視著甕裡的這些可憐龜鱉，抬起右手，準備向下用力一畫，用這個極具象徵性的手勢完成傑作的最後一步。

可是他的手臂在半空中只畫了一半，卻驟然停住。

轟隆一聲，一匹馬從鋪子裡踹破房門衝出來。牠去勢很猛，附近的不良人一下子被撞飛了好幾個。其他人不敢靠近，只好圍在周圍吶喊。馬匹在鋪子前轉了幾圈，卻沒有立刻跑開。不良人這時才看清，馬背上伏著一男一女。

元載處變不驚，站在原地大聲喝道：「嚴守位置！」

他看出來了，這馬只是衝出來那一下聲勢驚人，騎士自己都不知道該往哪裡去。只要封鎖好，他們倆沒有機會逃掉。不良人們也反應過來，紛紛抽出鐵尺，從三個方向靠近馬匹，這樣無論那坐騎如何凶悍，總有一隊攻擊者對準牠最脆弱的側面。

騎士也意識到這個危機了，他環顧四周，一抖韁繩，縱馬朝著唯一沒有敵人的方向衝過去。

元載冷笑，觀察著他的困獸猶鬥。

騎士跑去的方向，是封鎖圈唯一的一個缺口，恰好是靖安司的正門。此時大殿還在熊熊燃燒，絲毫不見熄滅的跡象。正因為如此，元載才沒有封鎖這裡。反正往這裡逃的人會被火場阻住，死路一條。

可元載的笑容突然在臉上凝住了。

靖安司的正門很窄，不容馬匹通過。可是為了避免火勢蔓延，救火人員已經把這附近的牆給打掉了，清出一條隔離帶。那個騎士駕著坐騎，輕而易舉地越過斷牆殘垣，一馬兩人很快消失在熊熊大火裡。

他們這是幹什麼？窮途末路想要自殺？

不對！

元載飛速轉動著腦袋，然後對不良人叫道：「快，去京兆府和後花園的坊牆外！」

元載研究過靖安司的布局，裡面的建築間隔很寬。如果一個人決心夠狠、速度夠快的話，可以勉強穿過起火的大殿和左右偏殿之間，抵達後花園或者京兆府偏門。

但直到這會兒，元載還是不太著急。鑽進靖安司是一招妙棋，然後呢？後花園和京兆府這兩個地方的圍牆都在，騎士只能棄馬翻牆。一男一女徒步前進，在圍捕之下又能走多遠？

不良人在上司的嚴令下，兵分數路。一隊進入京兆府堵住偏門；一隊繞道去了後花園的坊牆外頭，連水渠都控制住；還有一路披上火浣布，硬著頭皮闖入火場。

很快兩隊來報，都不見動靜。又過了一陣，進入火場的第三隊狼狽地跑回來，他們只看到那匹馬被扔在庭院裡，人卻不見蹤影。

元載大怒，他們能跑哪兒去？還能飛上天不成？他手掌一壓，讓不良人再仔細搜查一遍！一定得找到聞染，不能給這美妙的一夜留下瑕疵。不良人為難地說再強行進入，怕會有傷亡。元載看著他：「你不進去，現在就會有傷亡了。」

不良人面如死灰，只得去召集人手，再闖火場。沒想到這時元載說了一句：「且慢。」

他仰起頭，看到在大殿後面，還有一個建築高高聳立著，忽然想到一個可能。

大望樓！

大望樓就矗立在後花園裡，如果他們棄馬要逃，只能是順梯子爬到樓頂，躲在上頭。等風頭過了，再下來逃走。沒錯，姚汝能那個渾蛋，不是正在修大望樓嗎？

元載想到這裡，臉色轉冷，小小的一個靖安吏也敢在他面前耍心眼？他喝令召集不良人，親自帶隊，要去甕中捉鱉。

你們能上去，可是下來就難了！

為了修復大望樓，救援人員打通了一條相對安全的進入路徑。修復者不用強行穿過起火的三大殿，而是從京兆府牆面上打的一個洞，進入臨近的靖安司監牢，再從監牢前的小花園翻入後花園。

元載帶著人，就從這條路進入後花園。他一馬當先，手腳並用攀上木梯，噌噌噌一口氣爬到了頂端。

大望樓的頂端非常寬敞，是一個長寬約十二丈的寬方平臺，地上鋪著一層厚氈毯，四邊有圍欄，中間的樞柱支起一面翼立亭頂，以遮蔽風雨。

此時在平臺上，八具武侯的屍體橫七豎八躺倒在地。蜥皮鼓、五色旗、紫燈籠等信號用具扔了一地，還有飯釜、水囊、暖爐、披風之類的生活用品散亂地扔著。姚汝能和其他兩個雜役正蹲在那裡，逐一進行檢查。除此之外，別無他人。

見到元載突然氣勢洶洶地爬上來，姚汝能覺得很意外。元載掃視一圈，發現這裡實在沒有藏人的地方，便衝姚汝能喝道：「你把聞染藏哪裡去了？那個男人是誰？」

姚汝能無辜地回答：「在下一接到命令，立刻趕來修復大望樓，這不是您要求的嗎？哪有時間去藏人啊？」

元載身子前傾，大腦門幾乎頂住姚汝能的臉：「若不是你通風報信，他們怎麼會突然從藥鋪裡逃走？」他轉過頭去，向另外一個雜役吼道：「你說！你看到沒有？」

這雜役就是他安排的眼線，這人一看長官發火，戰戰兢兢地回答道：「回稟評事，在下一直緊隨姚汝能左右，他……他確實沒跟任何人傳遞過消息。」

「不可能！那是你沒看出來。你把他跟什麼人說過話，做了什麼，原原本本地告訴我！」元載煩躁地搓著手指，簡直不敢相信，居然讓聞染在自己的眼皮下逃了。

雜役記性很好。姚汝能先跟幾個主事談過，內容不外乎是籌備修復材料與人手，現場徵用了慈悲寺門前的一批大燈籠。然後他又請救火兵開闢了一條道路，帶著這批材料爬上大望樓，評估損失情況。

雜役記得姚汝能跟人來往的每一個細節，清清楚楚，沒有任何疑點。元載不死心，追問那批燈籠在哪裡。雜役一指，它們正掛在大望樓的亭頂外緣。這是為了提醒周圍望樓，這裡出現故障，正在檢修。

元載趴在圍欄邊緣，探頭挨個去摸燈籠，幾次差點翻出去。可讓他失望的是，燈籠上除了卍字紋飾之外，沒看到任何字跡。元載縮回身子，俯瞰著下面的靖安司，一片黑漆漆的。這次他真是想不出來，聞染和那個神祕男子到底還能藏在哪裡。

「盡快修好，不然重罰！」

元載一拂袖子，從大望樓上悻悻地爬下去。他還有太多事情要做，不能在這裡浪費時間。

看到他爬下去走遠，姚汝能這才擦了擦汗，心中連呼僥倖。他吩咐那兩個雜役繼續翻檢屍體，然後背過身去，輕輕地撥轉其中一盞燈籠。

這盞燈籠的罩紙分成兩半，一半薄紙，一半厚紙。如果燈籠轉動起來的話，從一個固定的角度看過去，會看到燭光忽亮忽暗。姚汝能的手法很有規律，很快，在大望樓附近的一片陰森林子裡，亮起了一個很小的光團。光團閃爍幾下，似乎在與大望樓應和，隨後熄滅。

姚汝能徹底放下心來。

他被元載逼問出藥鋪地址以後，立刻對吉溫提出：現在滿城觀燈，很難從別處運來修復物資，不如就地取材，比如慈悲寺門前懸掛的那些大燈籠。

這個理由完全合理，直接就被批准。然後姚汝能藉口檢查，爬到其中一盞燈籠前。

他知道在遠處藥鋪裡頭，岑參正看著這個燈籠，玩著韻字轉換的遊戲。姚汝能撥轉燈籠，把信號發出去，默默祈禱岑參能夠注意到這個變化，並及時解讀出來。

時間緊迫，姚汝能只能告訴岑參，盡快帶聞染離開，闖入火場，來到靖安司右偏殿附近的圍牆。

之前李泌在隔壁慈悲寺的草廬裡，設立了一個臨時議事廳，並在圍牆立了兩個木梯，方便來往。這個草廬的存在，只有李泌、張小敬、姚汝能、檀棋和徐賓五個人知道。

岑參不愧是詩人，準確捕捉到了這則消息。他立刻搶了一匹馬，帶著聞染衝入火場，然後迅速翻過圍牆，撤走梯子，躲到草廬裡。元載再神通廣大，也想不到靖安司在隔壁慈悲寺裡還有個落腳點。

現在聞染暫時安全了，姚汝能終於可以把注意力放回到大望樓。

大望樓一共配備有八名武侯，兼顧四方收發。可現在這八個人都死在上頭，且俱是一刀刺中心臟致命。蚍蜉顯然先襲擊了大望樓，打瞎靖安司的眼睛，然後才實施下一步行動。

現場沒有格鬥痕跡，姚汝能不相信這世上能有人可以在這麼狹窄的空間，把這八人悄無聲息地幹掉。他仔細搜尋了半天，發現那個飯釜翻倒在地，裡面的羊肉湯全灑在地板上。他用指頭蹭了蹭，放在鼻子邊嗅了下，嗅不出個所以然。再打開水囊，裡面的清水早已漏光。

姚汝能猜想，會不會是羊肉湯或水裡被人事先下了毒，這十幾個人中了毒之後，才遭到襲擊，所以完全沒有反抗能力。但究竟怎麼回事，恐怕只能等仵作來剖腹檢驗了。

如果這個猜測成立，下毒的一定是蚍蜉安插在靖安司裡的內奸，而且這個內奸很可能還活著。想到這點，姚汝能心中不禁一沉。可以想像得到，蚍蜉就是利用突厥狼衛的幕後組織，他們襲擊靖安司，一定有更深的用意。

姚汝能吩咐雜役多叫幾個人上來，把這些屍體背下去。雜役口裡應著，手裡拖起一具屍體的腳踝，往平臺下一扔，一會兒地上傳來啪的落地聲。姚汝能大怒，給了雜役一記耳光：「放尊重點！這都是為國捐軀的烈士！」

雜役只當他是為了報監視之仇，摀住臉唯唯諾諾。姚汝能不再理他，繼續評估大望樓的損失。

通信用的旗鼓角燈等物還在，沒受什麼損失，可是再找八個懂旗語的武侯就很難了。訓練這批人耗費極貴，所以大望樓只有兩輪班次，現在另外八個人分散在全城各地，短時間根本沒法召集。再說，現在全城燈火通明，可以說是一年之中望樓通信條件最差的日子。即使恢復，也沒法傳輸太複雜的資訊。更麻煩的是，大望樓周圍一圈望樓，全都滅了燈，很可能樓上守衛也已經遭遇不測。換句話說，大望樓只能跳過這一圈望樓，向更遠的望樓傳遞信號，這樣誤差會很大。要在一個時辰之內修復大望樓，幾乎不可能。

姚汝能一拳砸在闌欄上，突然覺得心灰意冷。靖安司盡毀，李司丞去向不明，唯一的幹將張小敬如今被打成了叛徒。自己所做的這一切都是徒勞，再怎麼努力，也無法阻止闕勒霍多的陰謀。

姚汝能慢慢讓身子半靠著亭柱，無力地朝外面黑漆漆的夜空望去，內心充滿挫敗的絕望。長安城終於展露出它的怪獸本性，一點點吞噬掉那些拒絕同化的人。

李司丞和張都尉都無力阻止，更何況我一個新丁？我唯一能做的，就是在這裡目睹這座城市毀滅吧。

可是，過了幾個彈指後，他忽然睜圓眼睛，似乎看到什麼奇怪的動向。他集中全部精力，向著遠處望樓群仔細觀察了一陣。他注意到，那些望樓之間正在做著有規律的交流，紫燈若隱若現，似乎一路傳到很遙遠的地方去。

咦？望樓應是以大望樓為樞紐，怎麼彼此傳起消息來了？姚汝能再仔細一看，它們不是互相傳，而是有一個特定方向。雖然那個方向是哪裡不知道，但姚汝能立刻判斷出來，那裡應該形成了一個新的樞紐。

是張都尉！

姚汝能陡然變得興奮。他想起來了，有資格號令整個望樓體系的人，除了大望樓，只有假過節的張小敬。

要知道，望樓體系的運作完全獨立於其他衙署。哪怕張小敬被全城通緝，只要大望樓這邊沒有撤銷假節，其他望樓仍舊會聽命於他。

張都尉，他還沒有放棄！他還在奔走。

長安城還沒有失掉最後一點希望。

姚汝能胸中的激情湧動，難以自已。他抓住欄杆，忽然意識到，自己的位置對張都尉……

不，對整個長安城都十分重要。

只要自己掌控住大望樓，張小敬便可以繼續利用望樓體系追查，那麼就還有一線希望阻止闕勒霍多。長安城的命運，將取決於他在大望樓上能撐多久。

大勢已如此艱難，若我再放棄的話，就再無希望可言！

姚汝能的眼神一下子變得堅毅起來。他拎起紫燈籠，向著那邊清晰地發出一段訊息，並重複三遍。然後他放下燈籠，捏緊了拳頭。

接下來，他要死死守住這裡，就像當年張都尉在西域死守撥換城烽燧一樣，哪怕與整個靖安司為敵也在所不惜。

*

張小敬和檀棋站在書肆前頭的巷子裡，焦慮地向外望去。在巷子口，十幾個守捉郎封住了出路，個個虎視眈眈。

巷子外面一直很安靜，大街上不斷有遊人路過，遠處還有隱隱的絲竹之聲。可張小敬允諾將很快抵達的車隊，卻還遲遲沒有動靜。

「你還要我們等到什麼時候？車隊呢？劉十七呢？」守捉郎的隊正上前一步，手裡的鐵錘高高舉起，眼神不善。他手下的守捉郎們已經失去了耐心，掂著武器越站越近。

「今日觀燈，路上遷延並不奇怪。」張小敬把銅牌一伸，厲聲道，「你們不要輕舉妄動，這可是襲擊朝廷。」

隊正冷笑道：「就算是朝廷的貴人們，殺了人，也不能一走了之。」他認為這個騙子是在虛張聲勢，手臂一振，喝令將其拿下。

眾人一擁而上，個個爭先。

火師被殺，這些保衛者一定會被重罰，只有抓住凶手，才能減輕自己的罪愆。張小敬見場面快壓不住了，刷地抽出佩刀，刀尖一指前方：「靠近者死！」

「恩必報，債必償！」

守捉郎們低聲喊著口號，慢慢靠近。張小敬還想試圖喊話，可對手一直齊聲低吼著，根本不搭話。五花八門的兵刃朝張小敬和檀棋刺來。

張小敬不能躲，因為檀棋就在身後。他只能正面硬擋。甫一交手，他對這些兵器感覺極不適應，居然被壓制在下風。

守捉郎的武器以匠具為主，有鐵錘、鐮刀、馬鞭、鑿子、草叉之類，形形色色。在守捉城裡，沒有專門的軍器監打造兵器，居民們都是一把工具在手。平時用來幹活，戰時當兵器，久而久之，形成自己獨有的一套格鬥玩意兒。

所幸巷子狹窄，守捉郎沒法一次全部投入戰鬥。張小敬咬緊牙關，盡量利用地理上最後一點點優勢，拚死抵擋。

前面的兩三個人被打倒了，後續敵人卻源源不斷。張小敬覺得這麼下去不是辦法，便從腰裡掏出三枚煙丸，扔了出去。

煙霧一起，整個巷子裡立刻陷入一片迷茫。燈籠在霧中變成模糊的光團，人影憧憧分不出是誰。張小敬抓住檀棋的手，拚命朝外跑去。檀棋知道此時性命攸關，一聲不吭，任憑張小敬拽著。

兩人快跑出巷子口時，守捉郎們也已恢復視線，窮追過來。張小敬猛推了一把檀棋，指向前方：「坊角鋪兵，快去報官！」

「那你呢？」

「我來擋住他們！」張小敬猛一回身，把佩刀橫在胸前。

守捉郎畢竟是地下組織，官府再默許，也不會容忍他們在長安鬧事。只要能驚動鋪兵，守捉郎就會知難而退。

「記住！提我的名字！」張小敬喊。

檀棋轉身就跑，背後傳來叮叮噹噹的兵刃相磕聲。她頭也不回，一口氣跑出去兩百多步，跑得肺幾乎要炸開來，前頭已經能看到坊角武侯鋪門口那盞明晃晃的驚夜燈。

跟其他諸坊的守兵相比，平康坊鋪兵的工作比較輕鬆。大部分居民都跑去外頭了，坊內反而沒什麼事。幾個武侯圍坐在一只鐵鍋周圍，滿臉喜色。鍋裡燉著幾隻駱駝蹄子，黏稠的褐色湯汁咕嚕翻滾，讓整個屋子裡熱氣騰騰。

火候差不多了，一個胖胖的武侯小心翼翼地掏出個精緻的絲綢小袋，從裡面抓了一把胡椒末，仔細地搓動手指，一點點撒進去，生怕放得太多。

這時大門砰地被推開了，武侯手一抖，一把胡椒全扔鍋裡了。濃郁的香味從鍋裡飄出，讓武侯心疼得臉都白了。

「誰敢擅闖武侯鋪子？」他怒氣沖沖地大喝，再一看，闖入者是個衣著不凡的年輕女子。這女人一進門就急切喊道：「我們是靖安司的人！遭賊襲擊，我的同伴急需支援。」

武侯們面面相覷，卻誰也沒挪動屁股。駱駝蹄馬上就能吃了，誰樂意走啊。

檀棋見他們不動，大為惱怒，大聲催促道：「快點去啊！人命關天！」胖武侯懶洋洋地開口道：「何處強人，姓名為何，在哪裡行凶，你得寫個具狀來，我們才好辦嘛。」周圍幾個人哧哧笑起來，拿起筷子去夾鍋裡的肉。

「你們想清楚了。外面被圍的那個人，叫張小敬！」檀棋的聲音帶著幾分凌厲。

這名字一說出來，屋子裡的幾個武侯動作都是一僵。胖武侯戰戰兢兢問：「是哪個張小敬？」檀棋冷笑道：「五尊閻羅，還能是誰？」

這名字似乎帶著神奇的魔力。這些武侯連忙把碗筷放下，帶叉的帶叉，提刀的提刀，紛紛跟著檀棋出了鋪子。

檀棋帶著這一夥懶散的武侯，朝著書肆那條巷子衝，迎面正好看到張小敬朝這邊跑來。他身上似乎多了不少血痕，身後的守捉郎少了幾個，可還在窮追不捨。

兩撥人一直衝到小十字街的中間，才堪堪停住腳步，形成對峙的局面。這邊是一群略帶惶恐的鋪兵，那邊是氣勢洶洶的守捉郎，中間是氣喘吁吁的張小敬，他受傷頗重，站立不穩，被檀棋扶住。

時間似乎靜止了片刻，兩邊對視，誰也沒敢輕舉妄動。胖武侯試探著開口：「張頭……你快過來吧。」

檀棋看了眼守捉郎們，攙扶著張小敬往這邊走。守捉郎一陣騷動，可對面畢竟是官府的兵，他們不敢太造次。武侯們高高抬起叉刀，面露緊張。他們知道守捉郎的凶悍，真要暴起發難，這幾個人根本擋不住。

對峙的寂靜忽然被一串從遠方傳過來的腳步聲打破。很快一個小通傳氣喘吁吁跑過來。他看到這番對峙場面，嚇了一跳。胖武侯吩咐其他人繼續盯牢，然後退回半步，問他來幹嘛。

小通傳埋怨道：「你們怎麼全不在鋪子裡，讓我好找！靖安司發了三羽令！」

一羽常令，二羽快令，三羽的話，就是要立即執行的急令。不過這份命令居然是靖安司發出，武侯們沒覺得什麼，在檀棋懷裡的張小敬肩膀卻是一震。

小通傳把手裡的文書展開，對胖武侯道：「你趕緊聽著啊，我念了，念完我還得去別處呢。」絕大部分武侯不識字，所以文書不會下發到每一個武侯鋪，而是讓通傳挨個通知，當場念一遍。

小通傳清清嗓子，朗聲念道：「茲有重犯張小敬，面長短髯，瞎左眼，高約大尺六又二分，見及者格殺勿論……」

小通傳還沒念完，張小敬猛地把檀棋推開，從守捉郎和武侯之間穿過去。兩邊以及檀棋都沒反應過來，他已經跑開很遠。

「追！」帶頭的隊正這才做出反應，一群人轟轟追過去。武侯們在原地面面相覷，都把目光投向胖武侯。胖武侯有心收兵回鋪，可他發現小通傳還站在旁邊，把這一切看在眼裡，只得一咬牙：「追過去！」

一個武侯怯怯道：「那可是張頭啊……」不知道他這句話是顧念舊情，還是忌憚張閻羅的凶悍。胖武侯一瞪眼：「那也得追！」

追得上追不上，這是能力問題；追不追，這是態度問題。

於是武侯們也朝那邊趕過去，不過跑得不是很積極。有意無意地，誰也沒理檀棋，也沒留一個人問話，就把她一個人扔在那裡。

檀棋呆立在瞬間空蕩蕩的十字街口，不知所措。她知道，張小敬是怕連累她，所以一個人先跑了，畢竟通緝令上只提了一個名字。

可這份通緝令是怎麼回事？張小敬怎麼成了全城通緝的危險犯人？這跟靖安司遭遇襲擊有什麼關係？若是公子在，絕不會允許這種事發生……檀棋想到這裡，心突然涼了半截。這豈不是說，公子現在已經不在了？

檀棋看向遠處黑幕中的光德坊，又看向張小敬身影消失的街道，她只信賴這兩個男子，而他們都離她而去，不能再倚仗了。絕望和大量的疑問湧入檀棋的大腦，讓她頭昏目眩，幾乎站立不住。檀棋緩緩蹲下身子，感覺到前所未有的孤獨和害怕。

公子沒了，靖安司燒了，如今張小敬又淪為全城通緝的要犯，已經沒人關心長安城會怎麼樣了。這種感覺就像是又回到她小時候被父親拋棄、流落街頭之時。那早已隱沒在記憶裡的恐懼，又浮出水面，令檀棋戰慄不已。

她呆呆地站了一會兒，想要放聲痛哭，可就在眼淚奪眶而出的一瞬間，張小敬的一句話竄入腦海：「妳家公子同意妳跟著我，是因為他相信妳能做到比伺候人更有價值的事情。」

檀棋抬起手背，把眼淚從眼角拭掉，重新站起來，狠狠地吸了一口氣。是啊，我的能耐可不只伺候公子，我能做到更有價值的事！不能被那個登徒子小看，更不想讓公子失望。大勢已如此艱難，若我再放棄的話，就再無希望可言！

檀棋的眼裡流露出堅毅的神色。這時她看到遠處望樓，正在朝這邊發出紫燈的信號，就像是夜空中升起一顆指路的明星。

信號很簡單，只有兩個字。檀棋縱然對傳信不熟，也能讀出這個信號的意思：

不退。

*

在經歷了很長時間的黑暗後，李泌的眼前突然亮了起來。

不是天亮，而是他的頭套被取了下來。展現在李泌眼前的，是一處燈火通明的華美庭院。這庭院占地極廣，四處假山藤蘿，錯落有致，間雜著娑羅樹、金桃等名貴的異國樹種。沉香朱楯、檀木欄杆，連井闌都是用金燦燦的寶鈿覆滿，周圍的迴廊上還繞了一圈紫藤架子，可謂奢靡之至。

在庭院正中是一座翹簷亭子，亭子並沒什麼特別之處，可李泌一眼就看出來，那四根亭柱每根都有五抱之粗，光是原木運進來的費用就足以讓十幾個小戶人家破產。

「李司丞好眼光，這自雨亭可不一般哪。」龍波笑嘻嘻地站在旁邊，抬起手臂，像是一個殷勤的主人在給客人炫耀，「你看，那亭子的邊緣有一圈可活動的斂水堤。遇雨則收儲不洩，到了酷暑時分，只消把斂水堤抬起一條小縫，便有清水從四邊亭簷傾瀉而下，有如水簾，那叫一個風涼，有錢人就是會玩，嘖嘖。」

李泌仔細觀察著這一切，眼神閃動。

突厥狼衛背後，應該就是這個叫蚍蜉的組織。這個幕後主使的身分，在長安一定不低，否則不可能擁有這寬闊豪奢的庭院；他的身家也必定驚人，否則不可能糾集這麼一支裝備精悍、戰技強悍的軍隊。

長安城能玩出這種手筆的豪商，人數並不多，究竟會是誰？

龍波注意到李泌在觀察，點了點自己的鷹勾鼻，呵呵一笑：「李司丞可真是個操心命，已經窮途末路，幹嘛還想那麼多，索性好好欣賞一下美景唄。」

李泌挺直胸膛，絲毫不見怯意，一如在靖安司大殿中那樣凌厲：「你們不在靖安司殺掉我，反而不辭辛苦地挾持至此，難道就是來賞這亭子的？」

「哎，司丞真是目光如炬，到底是說棋的神童。」龍波尷尬地抓了抓腦袋，從腰裡又掏出一捲薄荷葉，遞給李泌，「來一口？」

李泌一動不動：「你們背後的主使者是誰？」

龍波蹺起指甲，從牙縫裡把薄荷葉碴剔出來，往地上一彈：「司丞怎麼就覺得我們背後必須有一個金主？」

「這等規模，這等手筆，豈是尋常人能做到。」

龍波似笑非笑：「司丞是高高在上的大人物，出身上品高第，就算被人打敗，也只能被身分對等的敵手打敗。我們這樣名不見經傳的寒門小人物，是不配擊敗您的，對吧？」

李泌沒有回答，他覺得這個問題太蠢了，不需要回答。

龍波卻繼續說道：「這倒也不怪司丞。行旅在途，自然要提防熊羆虎豹，誰會低頭去顧忌小小的蟲蟻呢？」他的靴子猛然一跺，挪開之後，磨紋石的地板上多了幾隻螞蟻的扁屍，「牠們的生死只在大人物一踏之間，又有什麼好忌憚的？」

李泌不動聲色，試圖從這幾句怨憤之語裡，猜測出他的動機。

龍波伸手一揚：「不過，並不是所有的蟲蟻都只有被靴子碾死的命。蟲蟻之中，有一種叫蚍蜉。生而純白，大小如米粒，小得可憐。可是牠們有嘴至剛，齧木為糧，專門喜歡鑽椽穴柱，蝕壁蛀梁。縱然是百丈廣廈，千里長堤，也能被這小小的飛蟲侵蝕一空，轟然倒塌。」

彷彿為了證實他的話，幾隻生了翅膀的白色蚍蜉從身後的屋殿縫隙中飛出來，在半空中追逐飛舞。春天到了，正是蚍蜉交配的季節。

李泌冷聲道：「你們有膽子在長安腹心偷襲靖安司，卻沒膽子與一個俘虜說實話？」

「這便是實話。我等以蚍蜉為名，自然都是些小人物，只是不那麼甘心罷了。」龍波說到這兩個字時，神情帶著淡淡的自豪和自嘲，「世人只知巨龍之怒，伏屍百萬，卻不知蚍蜉之怒，也能摧城撼樹。」

李泌腦中浮現一幅情景。遮天蔽日的蚍蜉振翅而飛，啃噬著長安城的每一處建築。

龍波吩咐手下把李泌身上綁著的繩索解開，然後恭敬地做了個手勢：「請隨我來，我就帶您去看看，我們這些小小蚍蜉，是怎麼撼動這座大城的。」

周圍全是崗哨，李泌知道絕無逃走可能，他揉了揉被捆疼的肩膀，冷哼一聲，昂首邁步前行。龍波與他並肩而行，一起朝著庭院深處走去。

他們穿過亭子，繞過假山，沿途可以看到許多精壯漢子，手持寸弩來回巡邏，漢胡皆有，戒備森嚴。這些人想必就是隨龍波襲擊靖安司的人，他們身上有著一種與尋常賊匪不同的氣質。

尋常的賊人或很凶悍，但多是鬆鬆垮垮的一盤散沙；而這些士兵進退有度，行姿嚴謹，這麼多人守在庭院裡，居然一點聲音都沒有。別說匪類，就是京城的禁軍，能做到這點的都不多。這，可不是光有錢就能搜羅來的。再聯想到龍波的蚍蜉之喻，李泌心中一沉。

龍波一邊走著一邊吹起口哨，對李泌的觀察全不在意。

他們來到院角一片黑褐色的娑羅樹林邊。這些樹都是從天竺移栽而來，每一株都價值不菲，樹幹上用麻布包裹，以抵禦北方的嚴寒。在樹林邊緣，龍波停住腳步：「李司丞，地方到了，仔細瞧著吧。」李泌環顧四周：「你要我看什麼？」

龍波笑嘻嘻道：「當然是你們追查了幾個時辰的玩意兒啊。」

「闕勒霍多？」

李泌低聲說道。突厥狼衛偷運進延州石脂，在昌明坊煉製成猛火雷。其中十五桶已經炸了，其他兩百餘桶至今下落不明，原來竟藏在這庭院裡！

龍波有點尷尬地嘖了一聲：「闕勒霍多是突厥人起的綽號，說實在的，太土了。那些突厥人根本不知道這東西真正的用法，只知道駕著馬車到處亂炸，和這個名字一樣粗俗。」

李泌掃視每一處角落，卻沒見到什麼可疑之處。按道理，猛火雷有兩百多桶，不可能藏得很隱蔽。

龍波伸出指頭往天上一指，高聲道：「要有光！」

很快，有星星點點的燭光在不遠處亮起來，起初是一兩個，然後是一片、一圈，很快勾勒出一個完美的圓盤。

這時李泌才看到，在這附近竟矗立著一架高逾五丈的竹架大燈輪。只是剛才沒有光線，在夜裡根本看不出來。現在幾十根火燭同時搖曳，把林子照得猶如白晝一般，終於可以看清細節。

這燈輪是用粗竹拼接成骨架，外糊油紙，做成一個水車狀的轉輪。中空放著一格格蠟燭，外面的紙面分成十二個區域，分別彩繪著十二生肖的形象，邊角還掛著金銀穗與福蟲緞子。下面是一條水渠，水流推動燈輪，緩緩轉動，十二生肖便往復旋轉，象徵時辰流逝。燈輪中央，是福壽祿三星齊聚的工筆畫。

這個燈輪，規模不及東、西市與興慶宮裡動輒十幾丈的燈樓，可設計者心思細密，能想到借水車的運轉原理，化成時辰輪轉之喻，相當有特色。它和庭院裡那個自雨亭一樣，極具巧思，非兼有閒情與富貴者不能為之。

李泌仰頭看了一陣：「這與闕勒霍多有何關係？」龍波拍拍他的肩膀，示意少安毋躁。

燈輪沉默地旋轉了一陣，突然在辰時區域，燃起了一團火。不，不是燃起來，而是爆起來。李泌清楚地看到，那是從竹子裡爆出來的。燈輪還在轉動，這團火苗順勢蔓延到了毗鄰的卯時區和巳時區，那兩邊的竹子也紛紛劈啪地爆起來，幾乎只在一瞬間，四分之一個燈輪便熊熊燃燒起來。

李泌瞪圓了雙眼，在燭光的照耀下，他看得很清楚。之所以火勢如此迅速，是因為竹子爆開之後，從裡面流出黑色的液體。那液體觸火即燃，極為凶猛。

黑液帶著火苗流遍燈輪，把它變成一個熊熊火炬。很快火勢燒到了燈輪的中央竹筒，沒過幾個彈指，李泌看到一團火焰從竹筒猛烈炸出，福壽祿三星的身體迸裂，化為無數碎片。緊接著，十二個時辰也被突如其來的火焰風暴扯碎。如此精緻的一個燈架，就這樣轟然倒塌。

那爆炸聲李泌很熟悉，與西市那次爆炸完全一樣，只是規模較小。

「丁次測試，完畢。」林子裡傳來一個觀察者的聲音。龍波聽到之後，高興地拍了拍手，轉頭對李泌道：「怎麼樣？您看明白了嗎？這是多麼美好的景象啊。」

李泌伸手扶住一株娑羅樹。他全看明白了。

難怪靖安司找不到那兩百多桶猛火雷的下落，原來蚍蜉在昌明坊，把提煉後的石脂灌入竹筒裡，再大搖大擺運走竹筒。望樓和各地武侯拚命找拉木桶的車，自然是南轅北轍，一無所獲。

若把這些石脂竹筒裝在燈架上，小筒助燃，大筒引爆，一旦炸開來，以長安觀燈民眾的密度，只怕傷亡會極其慘重。

龍波還在仰頭感慨：「這麼美妙的場景，可惜那些突厥人是看不到了，好可惜。你說他們會不會跪在地上膜拜哪？」

「我不明白……」李泌喃喃道，「燈架早在幾天前就開始搭建，你們為何不在搭建時裝好，偏要趕在上元舉燭之後再去裝？」

龍波懊惱地抓了抓自己的鷹勾鼻頭：「沒辦法，石脂這玩意兒，不預先加熱的話，是引爆不了的。加熱之後，如果半個時辰之內不引爆，就涼了，還得重新加熱。」

李泌聽明白了，猛火雷的這個特性，決定了它只能現裝現炸，不能預先伏設。他知道龍波沒有撒謊，當初突厥狼衛駕車衝陣時，那木桶裡的石脂也是煮沸狀態。

可是這個工作量……未免太大了吧？

李泌在腦子裡重新把燃燒場面想過了一遍，忽然發現，剛才那個燈輪，真正起火的只有幾處部件。換句話說，一處燈架，只消更換三四處竹筒，便足以化為一枚巨大的猛火雷。

長安通行的竹製燈架，是以一截截竹節與麻繩捆縛而成，結構鬆散，無論拆卸還是更換，都極為便利。這些人只消以維護的名義，用這些石脂竹筒替換幾根，工作量不大，半個時辰綽綽有餘。

這一招可比突厥人帶著猛火雷衝陣更高明，也更隱蔽，造成的傷亡會更巨大。這才是真正的闕勒霍多！若不事先查知，根本防不勝防。

現在整個長安少說也有幾萬個燈架，若要一一盤查……等等，不對，石脂只有兩百多桶，不可能覆蓋整個長安城，除非……除非蚍蜉追求的不是面，而是點！

李泌的脊梁突然冒出一層冷汗。

猛火雷半個時辰的引爆特性，兩百桶石脂的使用範圍，從這兩點反推回去，說明蚍蜉追求的不是大面積殺傷，而是在特定時間針對特定地點進行襲擊。

莫非……一個猙獰、可怕的猜想撕開李泌的腦子，破體而出，向真實世界發出嘶吼。他的雙腿不由自主地顫抖起來。

李泌雖然不知道他們為何綁架自己，但一定和這個驚天陰謀有關。他眼神一凜，突然用盡全力朝那堵堅實的院牆撞去。他意識到，唯一能破解這個驚天陰謀的辦法，只有一死。

就在他的天靈蓋即將撞上牆壁時，一隻手拽住了李泌的衣襟，把他扯了回來。

「李司丞真是殺伐果決，可惜身子比決心晚了一步。」龍波嘲諷道。

幾個人上前，制住了李泌，防止他再有自殺的企圖。李泌失望地閉上眼睛，無力感如同繩索一樣縛住全身。

龍波湊到他面前：「我最愛欣賞的，就是你這種聰明人看透了一切卻無能為力的絕望表情。」

李泌睜開眼睛，一字一句道：「就算我不在了，一樣會有人阻止你們的。」龍波大笑：「靖安司確實值得忌憚。不過那兒已經被燒成平地了，憑什麼來阻止？」

可很快龍波發現，李泌居然也在笑。在見識到闕勒霍多的威力後，這個年輕高官居然還笑得出來。龍波發現自己居然有那麼一點點害怕，讓他心裡極度不爽。

啪！

龍波揮動手臂，重重給了李泌一耳光：「你手裡什麼倚仗都沒有了，為什麼還笑得出來？」

李泌嘴角帶著一點血，可他的笑意卻沒變：「因為你們唯獨漏掉了那個最危險的傢伙啊。」

「張小敬？」龍波居然知道這個名字。

李泌注意到，對方輕佻的神情消失了，取而代之的，是前所未有的鄭重。

第十二章　亥初

天寶三載元月十四日，亥初。

長安，萬年縣，平康坊。

守捉郎分成了十幾隊，如水銀瀉地般滲透進蛛網式的狹窄曲巷裡，來回搜尋。他們每一隊至少都有兩人，因為對方的戰鬥力實在太驚人了。

剛才他們明明已經把那個膽大妄為的傢伙趕進巷子裡，怎麼一轉眼就不見了？守捉郎的隊正陰沉著臉，喝令手下把四周的出入口都死死看住，不信這個受了傷的傢伙有翅膀飛出去。今天已經夠倒楣了，火師一死，會對長安的生意造成極大影響，如果凶手還捉不到的話，他這個隊正也就玩完了。

「頭兒，武侯還在那裡呢……」一個守捉郎提醒道。

隊正順著他的指頭看過去，看到剛才那五個武侯，緊緊跟在後頭，但沒有靠近過來。他鄙夷地吐了口唾沫：「這些廢物，不用管他們。」

「我看到他們剛才敲金鑼了。」

隊正眉頭一皺，鋪兵敲金鑼，是向周圍的武侯鋪示警。用不了多久，整個平康坊的武侯都會被驚動。他們守捉郎畢竟不是官府，公然封鎖幾條巷曲，只怕會惹來不必要的麻煩。

「讓兒郎們進民居搜！哪個不滿，拿錢堵嘴！要快！」隊正咬牙下令。那個傢伙既然不在巷道裡，也沒離開這個區域，那一定是闖進某戶民居了。

這一帶小曲小巷，住的都是尋常人家，院子最多不過兩進。此時大部分人都在外頭觀燈，守捉郎直接闖空門。偶爾有在家沒去的百姓，猛然看到家門被踢開，都嚇得瑟瑟發抖。守捉郎們一般會扔下幾吊錢，警告他們不許把看到的事情說出去。一時間雞飛狗跳，如悍吏下鄉收租稅。

有兩名守捉郎一路找過去，忽然看到前方拐角處有一戶人家，屋子裡沒有燈，可院門卻是半敞的。兩人對視一眼，靠了過去。

他們沒急忙進去，而是提著燈籠俯身去看門檻，發現上頭滴著幾滴血，還未凝固。兩人不由得大喜，先向周圍的夥伴示警，讓他們迅速靠攏，然後抽出武器邁進院子……

突然，一聲淒厲的慘叫，劃破夜空。

所有正在搜尋的守捉郎都為之一驚，聽出這是來自自己夥伴，急忙朝聲音傳來的方向集結。隊正一臉怒色地趕到民居門口，也注意到了門檻上的血。不過他沒有急著進入，而是吩咐手下把整個民居團團包圍，然後才帶著幾個最精悍的手下，衝入小院。

一進門，先看到一小塊菜畦，一個守捉郎趴在土埂上，滿面鮮血，生死不知。隊正和其他人頓時戒備起來，手持武器，一步步小心向前走。很快他們看到在屋子前的臺階上，躺著另外一個守捉郎，同樣鮮血淋漓。最觸目驚心的是，一隻尖尖的紡錘正扎在他的左眼上，旁邊一架紡車翻倒在地。

看到這等慘狀，眾人不約而同吸了一口氣，這人下手也太狠了。

隊正吩咐盡快把兩名傷者運出去，然後親自帶頭，一腳踹開正屋。結果他們在屋子裡轉了一圈，榻底床後，梁頂櫃中，仔細搜了一圈，全無收穫。守捉郎們又找到左右廂房和後院，也沒任何痕跡。

外面的守捉郎紛紛回報，沒看到有人翻牆離開，他們甚至連牆角的狗洞都檢查了。

隊正站在院子中央，捏著下巴思索片刻，忽然眼睛一亮！還有一個地方漏了！他三步併兩步，衝到左廂房的廚房裡。這裡估計住的是一大家子人，所以修了一個拱頂大灶臺。隊正一眼看到，灶眼前的枯枝裡滴著新鮮的血跡。他大聲招呼其他人趕緊過來，然後拿起一柄掏爐膛用的鐵鉤，狠狠地往裡捅去。

果然，捅到一半，隊正感覺似乎捅到了什麼肉上，軟軟的。隊正退出一點，再次狠狠捅了一下。如是再三，直到隊正確認對方肯定沒反抗能力了，才讓手下從灶眼往外掏。

守捉郎們七手八腳，很快從灶臺裡拽出一個人來。隊正上前正要先踹一腳出氣，一低頭，臉上的得意霎時凝固了。

這不是張小敬，而是剛才進門的守捉郎之一！

隊正一瞬間明白了是怎麼回事。

張小敬打倒了進門的兩個守捉郎，先把第一個弄得鮮血滿面，扔在門口，讓進門的人產生成見，然後自己偽裝成第二個，還刻意用紡錘遮掩了左眼，而真正的第二個人則被塞進了灶臺。院子裡黑燈瞎火，即使點了燈籠，人們在情急之下也不會用心分辨。當隊正還在民宅內四處尋找時，張小敬已被守捉郎們抬出了曲巷。

「快追！」隊正怒吼道。

他們迅速返回巷子口，可是已經晚了。幾個守捉郎倒在地上，擔架上只有一個滿面鮮血的傷者，那個凶手早消失在黑暗中。砰的一聲，隊正手裡的大錘狠狠砸向旁邊的土牆。

可是，這時張小敬的危機仍未解除。

外頭街上一隊隊武侯跑過，忙著在各處要路布防。更多的士兵，在更遠的地方拉開了封鎖線，吵吵嚷嚷。幾處主要的街道口都被攔阻。他們或許沒有守捉郎那麼有戰鬥意志，可勝在人多，而且有官兵身分，更加麻煩。

張小敬不知道為什麼自己會被通緝，誰發的命令，罪名是什麼。他現在滿腦子就一件事，跑！

他脫離曲巷之後，倚仗對地形的熟悉，迅速朝平康坊的坊門移動。可很快他發現前方封路，沒法走了，只好躲在一處旗幡座的後面，背靠著牆壁。張小敬摸摸小腹，那裡中的一刀最深，至今還在滲血。張小敬覺得快要被疲憊壓垮了，他大口喘息著，無意中仰起了頭，看到遠處的望樓，正朝這邊發出紫燈的信號。

信號從大望樓發出，內容很簡單，只有兩個字：

不退。

張小敬立刻猜出發信人的身分。這種表達方式只有姚汝能那個二愣子才幹得出來吧？可是，不退又能如何？

張小敬苦笑著。姚汝能發出「不退」的信號，固然是表明了立場，可也暗示他承受了極大壓力，說明靖安司的態度發生了劇變，李泌一定出事了。

一想到這裡，張小敬的獨眼略顯黯淡，沒有了靖安司在背後支撐，調查還能走多遠？闕勒霍多眼看就要毀滅長安，可唯一還關心這件事的人，卻成了整個長安城的敵人，這是一件多麼諷刺的事情。

遠處望樓的紫燈仍在閃爍，張小敬知道，那是長安唯一還站在自己身邊的東西。可是他現在連回應都做不到。

就在此時，街道前方一輛寬體敞篷馬車飛馳而過。這馬車裝飾精美，想必屬於某位貴人。一名美豔歌姬站在車正中旋旋環舞，有五彩緞條從她的袖子裡不斷飛出，周圍五六個人圍坐喝采。

這是時下流行的新玩意兒。舞者在起舞時，用巧勁把裁好的錦緞長條一一甩出，甩得好，那緞條能在半空中飛出各種花樣，配合舞姿，如飛霞繚繞，因此叫甩霞舞。不過跳一次舞得費兩三匹綢緞，一般人可享受不起。

張小敬看到這車一路開向封鎖路障，錦緞沿途拋撒。他心中一動，趁街口武侯們攔住那輛馬車時，趕緊跑出去，俯身抓了一把回來。

張小敬從中間撿出兩三條紫色的，纏在一盞順手從某戶人家門前摘下的燈籠上，強忍著身上的劇痛，攀上一處牆頭，朝望樓揮舞起來。

很快望樓信號閃了三下，表示收到。連絡又恢復了。

即使是用望樓，張小敬也不敢說得太明白。他發了一個回報給大望樓，只說了兩個字：「收到」。

隨後他給平康坊的望樓下令，要求他們觀察所有路段的封鎖情況，持續回報。

「持續回報」的意思是，不需要張小敬詢問，望樓一旦發現封鎖有變化，立刻主動發出信號。這樣張小敬只消抬眼，便可隨時了解局勢動向，不用再冒著暴露的風險揮舞燈籠了。

李泌當初設計這套體系時，希望盡量排除掉外界干擾，規定他們只接受大望樓或假節者的命令，其他的一概不予理睬。所以望樓的武侯並不清楚外界的變化，更不知道現在給他們發命令的人，已經被全城通緝了。

於是在這一夜的平康坊裡，出現了奇妙的景象。武侯鋪的兵丁們拚命要抓到要犯張小敬，與此同時，整個長安的眼睛，卻仍舊在為張都尉提供消息。兩套安保體系並行不悖，為著同一個目標的不同目的而瘋狂運轉著。

在望樓的指引下，平康坊的布置無處遁形。張小敬成功穿越了三道封鎖線，眼看就要抵達坊門。不過門口的坊衛這時已接到命令，豎起荊棘牆，對過往的行人車輛進行檢查。

張小敬的獨眼掃了掃，看到一個鋪兵離開門口，轉到這邊的拐角撒尿。他悄悄摸過去，猛然從後頭勒住對方的脖子。

那人呵呵叫了幾下，發不出聲音。張小敬把胳膊稍微鬆開一點，沉聲道：「老趙，是我。」

「張……張頭？果然是你！」那老鋪兵一驚，甚至放棄了反抗，「我聽到通緝令，還以為是同名呢。」

「我要借你一用，離開平康坊。」張小敬道。老鋪兵猶豫片刻，脖子一仰：「當初追捕燕子李，若不是張頭擋在前頭，我的命早沒了。這次還給您，也是理所當然。」

「我又不要你的命，只要你配合一下。」

他讓老鋪兵去弄一身鋪兵的號坎來，給自己換上。老趙去而復返，果然誰也沒驚動。兩人裝扮完畢，一前一後，朝著門口走去。到了門口，老趙的一干同僚正忙著檢查過往車馬。他們看到多了一個人，問怎麼回事。老趙說這個人是新丁，剛才看見通緝犯並與之交手，正要外出匯報。

同僚一愣：「看見臉了？是那個張閻羅？」

張小敬垂著頭，略點了點。他的左眼被一條白布纏起，就像是受了重傷似的。同僚同情地嘖了一聲：「不愧是張閻羅，下手就是狠。哎，老趙我記得你還跟他幹過一段時間，對吧？」

「咳，那都是好幾年前的事了。」老趙趕緊掩飾地咳嗽了幾聲，把張小敬往前一推，「你趕緊走吧，匯報完立刻回來。」

「等一等。」同僚忽然攔住張小敬。

老趙和張小敬心裡都是一緊。同僚打量了他一番，忽然笑了：「到底是新丁，衣服都穿反了。」

鋪兵的號坎都是無袖灰赭衫，前開後收。張小敬受傷太重，老趙又過於緊張，兩人都沒發現這個破綻。

張小敬獨眼凶光一閃，捏緊拳頭，準備隨時暴起。老趙趕緊打圓場：「咱們這號坎跟娘兒們似的，新丁用起來，分不清前後。」這個葷段子，讓眾人都哄笑起來。那同僚也沒深究，抬手放行。

老趙帶著張小敬越過荊棘牆，看到坊外大街上人山人海，心神一懈。老趙雙手輕輕一拜：「只能送您到這兒了，您保重。」然後想了想，又掏出半吊銅錢遞給他。

張小敬沒拿錢，淡淡道：「你快回去吧。下次再見到我，照抓不誤，免得難做。」

老趙摸摸頭：「哪至於，哪至於。一日是頭，小的終生都當您是頭。」

張小敬沒多說什麼，轉身朝坊外走去。根據剛才望樓的報告，這是最後一道封鎖線，過了便大致安全了。他邁步正要往前走，忽然看到前方有一個人正死死盯著他。這人張小敬不認識，可他的衣著和手裡的扁叉，卻表明了身分。

守捉郎？

望樓能監控得到武侯鋪，卻看不到單獨行動的守捉郎。原來他們早早便布置在了門口，等著張小敬出現。

「你是張小敬！」那守捉郎上前一步，大聲喊道。

這聲音很大，大到所有守在門口的坊兵、鋪兵都聽見了。他們聽到這名字，同時轉頭。張小敬說時遲，那時快，一把揪住老趙，朝坊內疾退。

老趙如何不知這是張頭為自己洗脫嫌疑的舉動，也配合地大叫別殺我別殺我。張小敬退到門內，把老趙往坊兵堆裡猛地一推，然後掉頭就跑。正面恰好是一道荊棘牆，張小敬連繞開的時間都沒有，就這麼直接闖過去了，衣衫哧的一聲，被荊棘牆扯下血淋淋的一條。

這下子鋪兵全被驚動，紛紛追了過去。那守捉郎也呼哨一聲，通知在附近的同伴迅速集結。

這可真是天羅地網。大街上有大批鋪兵圍捕，小巷子裡都是一隊隊的守捉郎。張小敬幾乎無路可去，只能咬著牙往前衝。

憑藉對地形的熟悉和打鬥經驗，他幾次死裡逃生，千鈞一髮之際脫離追捕。可平康坊畢竟只有這麼大，敵人一次比一次追得緊。有時候是鋪兵，有時候是守捉郎，每一次都比上一次的境況更加危險。

張小敬咬著牙，喘著粗氣，渾身的傷口都在疼痛，破爛的衣衫滲出一條條觸目驚心的紅色。他不知道自己還能堅持多久。可是他不能停，因為身後始終能聽到追兵的腳步，他只能勉力狂奔。不知跑了多久，張小敬的眼前開始發黑，不是夜色的黑，而是深井的黑。甚至連遠處望樓上那唯一的希望之星，都看不到了。

他不知道這是路上缺少照明的緣故，還是自己的身體已瀕臨極限。張小敬向前猛衝出去十幾步，旋即有一種強烈的無力感降臨。

不，與其說是無力，不如說是絕望，那種無論如何奮鬥都看不到結果的絕望。

這絕望感讓他瞬間腳步踉蹌，向前倒去。

就在這時，一隻漆黑的手從漆黑的夜裡伸出來，托住了張小敬的臂彎。

＊

王韞秀現在既恐懼，又氣憤。

恐懼，是因為幾個窮凶極惡的混混突然出現在柴房裡。這些人她都認得，就是把自己綁架來的那幾個人。他們用一個布袋套住她的腦袋。那布袋曾經裝過陳米，一股霉味，差點把她給薰暈了。這些人把她扯上一輛騾車，不知要轉移到哪裡去。

氣憤，是因為那個叫元載的男子食言而肥。他口口聲聲說要救她出去，結果一直沒動靜。現在自己要被拽上車，很可能會被殺掉，他還是沒出現。雖然這個人跟王韞秀素昧平生，可君子一諾千金，難道不應該言出必踐嗎？戲文裡可都是這麼演的。

王韞秀越想越氣憤，可很快又變得絕望。如果元載不來，那豈不是最後一點希望也都沒有了？

她斜倚在騾車裡，眼前一片漆黑。騾車駕馭得不是很穩，搖搖晃晃，讓她的背不斷撞擊廂壁。王韞秀好不容易攢起的一點體力，又逐漸流失。她的精神衰弱到了極點，聽到外面隱約有歌聲和歡呼聲傳來，兩行委屈的清淚緩緩流下。

今天是上元節啊，我本該在萬人矚目下，駕駛著奚車去賞燈才對，而不是像現在這樣，在一輛破車裡蜷成一團，有如被送去屠宰的牲畜。阿爺，救我啊，救我……

就在王韞秀昏昏沉沉要睡去時，騾車忽然一個急煞車停住了。王韞秀身子往前一傾，差點倒在地上。她雙目不能視物，只聽到喝斥聲和打鬥聲。

打鬥持續的時間不長，然後騾車一顫，似乎有人踩上來。旋即一隻手把布袋扯下來，溫暖的光照在王韞秀的臉上。她茫然地睜開眼睛，看到一個男子提著一盞花燈到耳旁，正凝視著自己，燭光映襯下，那張有著寬大額頭的陌生面孔格外親切。

「王小姐，恕在下來遲。」元載溫言道，伸過手去。

王韞秀哇的一聲，大哭起來。她一邊哭，一邊踢打元載，抱怨他為何不早些來。元載沒說什麼，攙緊她的手，把她扶下騾車。王韞秀因為被捆得太久了，腳一落地沒站穩，身子一歪就要摔倒，被元載一把攬住腰。

王韞秀臉頰一下子紅透了，這人也太唐突了吧？可她身子軟軟的，根本沒辦法掙扎。所幸元載稍觸即放，轉身為她拿了一件錦裘披上：「夜裡太冷，披上。」王韞秀注意到，元載的胸口破了一道口子，似是刀砍所致。

元載覺察到王韞秀的目光，笑了笑：「我不是早說過嘛，妳今日遇到我元載，便不會再受到任何傷害。」她看看四周，地上果然躺著幾具屍體，都是之前綁架她的人，周圍還有十幾名披甲士兵在巡邏。

王韞秀問到底怎麼回事。元載道：「此事說來話長。簡而言之，有個叫張小敬的賊人，借靖安司都尉的名義綁架了妳，被我無意中發現。我調撥了一批人馬四處搜查，終於等到妳了。」

王韞秀不知是不是自己的錯覺，元載「終於等到妳了」這六個字說得火熱滾燙，裡頭藏著壓抑不住的關切。她趕緊低下頭去，生怕被他看到表情。

元載手一伸，遠處開來一輛奚車。不是王韞秀的那一輛，而是同款，只是裝飾略有不同。她很驚訝，沒想到他居然調查到了這地步。元載解釋說：「我去勘察過綁架現場，所以我想你或許喜歡坐這一類的車子。」

王韞秀眼神閃亮，一時不知該說什麼才好。等奚車停好，元載手臂一彎，她乖乖地伸出手去，搭著他的臂彎上了車。然後元載也跳上車，吩咐車夫開動。

奚車開動起來，披甲士兵左右列隊跑步跟隨，整齊的靴聲落地，陣勢煊赫，不過方向卻不是朝安仁坊去。面對王韞秀的疑惑，元載拱手道：「很抱歉，王小姐，妳現在還不能回府，得先跟我走一趟。」

「我已經受了很多苦了，我母親會擔心。」王韞秀不滿地抱怨。

「王小姐，妳被綁架這件事牽涉重大，必須慎重以待，明白嗎？」元載的話裡有著不容分說的決斷。

王韞秀這次沒有發脾氣，小聲問他去哪裡。元載笑道：「放心吧，是整個京城除了宮城之外最安全的地方，靖安司……哦，準確地說，是新靖安司。」

他們這輛奚車一路先沿南城走，人流相對比較稀疏，然後再向西北前進，很快抵達了光德坊。

靖安司大殿的火勢依舊熊熊，不過該救的人已經救了，該隔離的地方也隔離了，剩下的就是等它自行熄滅，也許三更，也許天明，誰也說不準。靖安司臨時遷到了隔壁的京兆府公廨，又從各處臨時徵召了一批新吏，到處亂哄哄的，不知何時才能真正恢復機能，去追捕蚍蜉。

此時吉溫站在正堂前面，盯著長長的一隊官吏沮喪走過。他們個個高鼻深目，一看就有胡人血統。

襲擊事件的首領，似乎是一個龜茲口音的胡人。所以吉溫下達了一個命令，將所有倖存下來的胡人官吏統統趕出去，不允許繼續從事靖安司的工作。但靖安司的胡人占了倖存者的三分之一，這個命令一下，等於把有經驗的寶貴人力又削減了三四成。幾位主事對此強烈反對，可是吉溫振振有詞地說：「非我族類，其心必異。你們是心向蠻夷嗎？」

此言一出，立刻沒人敢說話了。吉溫對他們噤若寒蟬頗為滿意，這意味著自己對靖安司擁有絕對的控制權，這種感覺真是太棒了。

於是胡人們別無他法，只得在同僚們無可奈何的注視下，離開這個他們獻出忠誠的地方。而他們甚至連家都不能回，因為還得接受嚴格的審查。這是御史臺最擅長幹的事。

至於那些主事反覆念叨的「闕勒霍多」還是「闕特勒多」什麼的鬼名字，吉溫並不特別關心。就算出了事，那也是前任的黑鍋，他急什麼？他現在要做的，就是把所有的資源，都投入到「追捕蚍蜉」。不，是「追捕蚍蜉匪首張小敬」上面。

這是最容易做出成果的方法，抓一個人總比抓一群人要容易，何況還能打擊太子一系。

吉溫又簽下一卷文書，敦促各處行署加大搜捕力度。忽然鑾鈴響動，他放下筆，一抬頭，看到元載從一輛華貴的馬車上下來，車上還載了一個姑娘，不禁眉頭一皺。

等到元載走到堂前，吉溫不悅地埋怨道：「公輔，這裡這麼多事，你跑哪裡逍遙去了？」

元載卻一拱手，滿臉喜色：「恭喜吉司丞，新司甫立，即成大功。」

「嗯？」吉溫糊塗了，自己做成什麼事情了嗎？

元載指向奚車，悄聲道：「車上的女子乃是王忠嗣的女兒，王韞秀。」吉溫疑惑道：「你確定是她嗎？」他可是聽說靖安司之前出過岔子，救了一個無關的女人回來。

元載道：「錯不了，我已經請了王府的婆子來辨認。」

吉溫又驚又喜，對元載道：「你是怎麼找到的？」元載笑嘻嘻回答：「還不是吉司丞指揮機宜，調遣有方，我們在一輛要出城的馬車上截到此女，立刻送來了，綁架者已悉數斃命。」

這幾句話，聽得吉溫如飲暖湯，渾身無不熨貼。元載話裡話外，給自己送了一份絕大的功勞啊。

說實話，吉溫過來接管靖安司算得上是搶權，心裡畢竟有點忐忑。現在好了，才一接任，立刻就破了上一任沒解決的案子，救回了朝廷重臣之女，這足以堵住所有質疑者的嘴。

吉溫腰杆挺得更直了，鬍子樂得發顫。他拍著元載的肩膀，不知該說啥才好。元載又壓低聲音道：「還有一件小事。在下找到王韞秀的手段，嘿嘿……不那麼上檯面。如果王府的人問起來，得有個官方說法，司丞記得幫我圓一下便是。」

吉溫一聽，不以為意地擺擺手：「小事一樁，公輔你寫份書狀來，本官幫你簽字用印。」他沒問那手段是什麼，這不重要，重要的是結果。

元載深揖拜謝，心裡長長鬆了一口氣。

他走出正堂，請王韞秀下車，攙扶時忽然看到外頭人群裡站著封大倫，眼神一動，讓王韞秀先入內，然後走了出去。兩人沒有急於交談，一前一後步行到一處小曲內。

封大倫急切問道：「他們信了？」元載得意地抬起下巴：「幸不辱命。」封大倫雙肩垂下，如釋重負。

自從他知道自己錯綁了王忠嗣之女，整個人如同背負了千鈞重石。幸虧這位元載出了一個匪夷所思的主意。

元載讓封大倫派出那幾個綁架王韞秀的浮浪少年，把她裝車送出去，提前告知行進路線。而元載抽調一批旅賁軍，在半路突襲，把這些人全數斬殺。這樣一來，所有被王韞秀看見過臉的浮浪少年，全部滅口。更妙的是，因為死無對證，恰好可以把這次綁架的主使者栽到張小敬頭上。反正他已經背了一個勾結外敵襲擊靖安司的罪名，不差這一個。這樣一來，既讓封大倫擺脫了綁架困境，也讓張小敬更難以翻身，一箭雙雕。

整個策劃裡只有一個紕漏。王韞秀此前在柴房見過元載，如果主使者是張小敬，那麼元載為什麼會出現在那裡？

吉溫未必能覺察這個漏洞，王韞秀肯定也想不到，但隨著事情細節逐漸披露，早晚會有有心人提出這個疑問。元載可不允許自己的計畫在這個小地方失手，所以剛才特意跟吉溫打了個招呼。

他準備的說詞是這樣的：御史臺很早就開始懷疑張小敬，殿中侍御史吉溫委託元載深入調查蚍蜉，發現了張小敬落腳的賊巢。元載甘冒風險，打入其中，無意中發現了王韞秀，及時組織救援。

吉御史會非常樂意承認，因為這證明了他有先見之明。

封大倫聽完講述，簡直驚佩無比。這個大理寺評事到底是何方神聖，幾件麻煩事被他輕輕撥轉，竟成了彼此助力，化為晉升之階。而且每個人都高高興興，覺得自己賺了。有這種手腕的人，以後在官場上還得了？

「得跟他好好結交一下。」封大倫心想，趕緊一揖到底。元載伸手來攙扶，封大倫趁機在對方袖子裡塞進幾條小金鋌。

元載也不客氣，袖子一抖直接收了。封大倫想了想，又問道：「張小敬的事，沒問題吧？」張小敬給他留下的印象實在太深，沒真正伏誅，始終不踏實。元載卻渾不在意：「放心好了，吉御史已經發下了全城通緝令，他逃不出去的。」

「評事可不能掉以輕心……那個人，總能出乎意料。」

元載鄙夷地看了一眼封大倫，今晚他即將完成一個仕途上的完美奇蹟，這個人卻還在反覆糾纏這件幾乎十拿九穩的小事情。

「請封主事回報永王，且請寬心。不出三個時辰，這個疥癬之患必然落網。還有點事，先告辭。」

元載把封大倫扔在原地，轉身返回京兆府。他得陪王韞秀去了，這才是今夜最大的戰果。

＊

張小敬悠悠醒轉，發現自己正躺在一層柔軟的錦褥上，身上已換了套乾淨的圓領軟襖，還蓋著一張毯子。那些傷口都被仔細地清洗過，敷好了藥油，痛楚已減輕了很多。

四周一片漆黑，不過他能感覺到自己的身子微微晃動。外面有咯吱咯吱的車轂碰撞和蹄子聲傳進來，人聲鼎沸。

看來自己是在一輛牛車上。

張小敬艱難地轉動脖頸，試圖搞清楚到底怎麼回事。這時在車廂尾部，一個惋惜的聲音從黑暗中傳來，卻看不到人：

「張帥，今天第二次見了。」

張小敬知道為何看不清人形了：「葛老？」

對面正是曾經的昆侖奴、如今的平康里老大葛老。葛老呵呵一笑：「小老在長安城沒什麼勢力，不過平康坊的動靜，好歹瞞不過我。你可真是招惹了不少人哪。」

「他們在哪裡？」

葛老道：「鋪兵好應付，守捉郎就麻煩些。這些西北人脾氣又臭又硬，費了點手腳。」

張小敬知道葛老所謂的「費了點手腳」恐怕是「廢了點手腳」。他正要開口，葛老卻阻住了：「你不必道謝，我不是出於好心，只是不想讓那些人太得意罷了。」

葛老是本地幫派，守捉郎是外來傭兵，兩個勢力同在平康坊裡，自然互相看不順眼。

張小敬勉強支起半個身子，喘息了一陣。葛老說：「你手邊有蓮子棗羹，最合養氣。」張小敬拿起來一嘗，羹居然還是熱的，便慢慢就著碗邊喝起來。熱流湧入胃袋，似乎把失去的活力補充回一點。

葛老道：「張帥不愧是張帥，連犯案都驚天動地。知道嗎？你現在已經被全城通緝，滿城都是找你的人。」

「那麼，葛老這是要帶我去見官討賞？」他放下碗。

葛老哈哈大笑：「官府那點賞錢，給我買刮舌的篦子都不夠。放心好了，這牛車是送你出城的。長安你是沒法再待了，早早離開吧。」

張小敬迷惑不解，他和葛老敵對的時間多於合作，幾次差點要了彼此的命。幾個時辰之前，他剛剛逼著張小敬殺了一個暗樁，只為了換一個審問的機會。可如今先是救命，然後療傷，現在居然還體貼地安排馬車出城，這個無利不起早的老狐狸，為何突然善心大發？

果然，葛老森森的聲音很快傳來：「別著急道謝，小老不是活菩薩，這趟安排可不是免費。」

車廂裡陷入了一陣沉默，只能聽到兩個人的呼吸聲，一個沉穩，一個急促。張小敬想知道，這次葛老會開什麼價。更多的暗樁名單？萬年縣的部署安排？達官貴人的祕聞？

這些情報都很有價值，不過比起救張小敬所冒的風險，似乎又太便宜了。可張小敬實在想不出，自己身上還有什麼值錢。

牛車不緊不慢地朝前挪著，車廂有節奏地晃動。葛老把身子湊過來，語氣變得微妙：「今日下午，西市附近有好幾場爆炸，此事與你有關，對吧？」張小敬獨眼一眯：「葛老想知道我身涉何事？」

「不，我不想知道，沒興趣。我只想討一句話：究竟是何物，竟有這等威力？」

那一場爆炸，驚動的不只是官府，還有長安地下世界的那些人。他們震驚地發現，爆炸的來源居然只是幾個木桶。地下世界的人，對威力巨大的危險物品天生感興趣，他們開始到處打聽其中內情。就算葛老自己不打算沾這東西，只消把名字賣出去，便足以換取驚人的利益。

在黑暗中，張小敬看不到葛老的表情。不過可以想像，如果他拒絕的話，這輛牛車可能會直接開去萬年縣衙。

「上次見面，我就勸你離開長安，你不信，偏還要給朝廷效力，如今落得什麼下場？你顧念大唐，大唐顧念你嗎？」葛老的聲音誠懇而充滿誘惑。

張小敬沉默不語。葛老說的都是實情，實在沒什麼可反駁的。

「現在你還有最後一次機會，說出那東西的名字，然後出城，接下來的一切都跟你無關。你又有什麼可顧忌的？」

沉默半晌，張小敬終於開口：「好，我可以告訴你這東西的名字。」

葛老拍拍車廂，顯得很欣慰。這時張小敬又抬起手：「但是……做為交換的條件，我不要出城。」

「哦？那你想要什麼？」

「我要你為我安排一次與守捉郎的會面。」

＊

元載在京兆府裡專門安排了一間獨室給王韞秀，銅鏡粉奩各色妝點一應俱全，還配了一個乖巧侍女。雖不及王府那麼豪奢，總算可以滿足基本需求。

王韞秀不想那麼灰頭土臉地回到家裡，這個安排可謂貼心得很。

王韞秀洗淨了臉，重新挽好了一個雙曲髮髻，只是還未點胭紅和花鈿。她在銅鏡裡看到元載走進來，便轉過身，問他貼哪一個花鈿好看。

元載恭敬地一拱手：「小姐天人容姿，豈容在下置喙。」還沒等王韞秀回答，他又開口道：「在下特來告辭。」

王韞秀一怔：「告辭？」

「小姐既然安然無恙，在下也該繼續追緝凶徒，畢竟張小敬還未落網。」一聽這名字，王韞秀便冷哼一聲：「這個奸賊，捉到了可不能一死了之！」

元載道：「自然。只是這人奸猾凶悍，極難制服，所以特來向小姐告辭，以免有失禮之憾。」

他沒往下說，只是面露微笑。王韞秀初聽有點迷茫，然後終於反應過來，元載這是怕他在追查途中犧牲，再也見不到自己，特意先來告別呀。她想到這人胸口那一條刀痕，心裡為之一顫，不由得伸手挽留：「你就這麼走了？我……嗯，我家裡還沒好好謝謝你呢。」

「糾非匡世，本來就是在下的職責，何謝之有？」元載後退一步，鄭重其事地行禮。

王韞秀不悅道：「我怎麼覺得你在躲著我？」

「在下出身寒微，區區一介大理寺評事，豈堪與高門相對。」

王韞秀知道元載是自慚出身不好，不由得冷聲道：「誰敢說三道四，我讓我爹斬了他們的舌頭！」

元載聽到這一句話，面上淡定，心裡卻終於大定。有了這句話，王韞秀的心思便有五成把握了。接下來，他要做的就是盡量遠離、盡量冷淡，越是如此，王韞秀越追得緊。屆時水到渠成，他便有了晉升之階。此老子所謂「將欲去之，必固舉之；將欲取之，必固予之」，比起今夜所得的其他利益，這才是最大最長遠的好處。

元載正要再說幾句，忽然有通傳在門外說有要事相報。這通傳是靖安司之前大殿所用，也在火災中倖存下來。他嗓門不小，似乎對新上司不是很禮貌。元載眉頭略皺，對王韞秀道：「軍情緊急，容在下先離開。王府那邊已遣人通報，等一下自有馬車過來，接小姐回府。」

王韞秀一看確實沒法挽留，便讓元載留下一片名刺，這才依依不捨地目送他離開。

離開獨室，元載問那個通傳什麼事這麼急。通傳啞著嗓子說，他們在清掃靖安司後花園時，發現一名暈倒的主事，名叫徐賓。

「哦，他有什麼特別之處？」

通傳粗聲粗氣道：「徐主事記性超群，是大案牘術的主持者。而且……呃，張都尉就是他舉薦的。」

「哦？去看看。」

元載一聽，登時來了興趣。

他們來到位於京兆府後面的設廳，這裡本是食堂所在，如今臨時改成救治傷患的場所。一進去，就聽見呻吟聲此起彼伏，還有惡臭彌漫。一群臨時調撥來的醫師，正手忙腳亂地施治。

徐賓身分比較高，所以獨占設廳一角。他躺在一副擔架之上，額頭烏青一片。元載走過去詢問情況，醫師說，徐賓被發現於後花園的一處草叢裡，沒有燒傷，也沒刀傷或弩傷，只是頭上有嚴重的撞擊痕跡，應該是摔跤時頭觸地磚，被撞暈了。

元載眼珠一轉：「他一個主事，為何出現在後花園？為何別人都死了，唯獨他安然無恙？」

周圍的人誰也不敢接話，保持著沉默。

「張小敬是他舉薦的，可見他也是內奸！蚍蜉應該就是他從後花園放進來的。」元載覺得這個推斷無懈可擊，今天可真是幸運，每一件事、每一個人都恰到好處地送到他面前。

元載板著臉對左右說：「加派守衛，把這個奸細給我仔細看好。」然後轉頭對醫師道：「他現在醒了嗎？」醫師說徐主事對聲音有反應，能做簡單對話，但神志還沒完全清醒。元載走過去，俯身叫道：「徐主事？徐主事？」

「哎哎……」徐賓發出虛弱的聲音，眼皮努力抬了幾下，可終究沒有睜開眼。

「你知道張小敬在哪裡嗎？」

「波斯寺。」

「你知道聞染在哪裡嗎？」

「靖安司。」

徐賓不愧是記憶天才，即使在半昏迷狀態，仍可以清晰回答。可是元載很失望，這兩個答案已經過時了，毫無用處。不過這確實不能怪徐賓，他在襲擊前就暈倒了，連大殿被襲擊都不知道。

元載想了想，又問了第三個問題：「靖安司還有什麼不為人知的隱蔽場所嗎？可以藏人的那種。」

徐賓沉默片刻，元載能感覺到，他知道些什麼，可猶豫要不要說。元載俯身在耳邊，換了一副極其溫和的口氣：「此事關乎李司丞和張都尉安危。」

徐賓終於開口：「慈悲寺旁草廬，有木梯越牆可至。」

元載聞言一怔，旋即明白過來，自己陷入了一個盲點。誰說衝入靖安司就一定要留在靖安司？那個男子和聞染一定是越過圍牆，躲去慈悲寺了。

他不太明白，為何靖安司要在慈悲寺草廬設點，不過這不妨礙他馬上採取行動。元載吩咐把徐賓看護好，強調說這是重要的從犯，然後離開設廳，召集一批衛兵前往慈悲寺的草廬。

走到一半，元載忽然停住腳步，抬頭看了一眼大望樓，臉色陰沉地分出一半衛兵，要他們迅速爬上樓去，把姚汝能帶下來。

之前聞染逃脫，一定是因為這個臭小子用了什麼手法通知。就算沒有，這個人也不適合在大望樓那麼重要的設施待著。元載忽然發現，自己還是太過心善，一切與張小敬有關的人，都應該毫不留情地清除掉，無論冤枉與否。

他們敲開慈悲寺本已關閉的大門，叫了一個知客僧，朝草廬直撲而去。另外還有一小隊人沿靖安司和慈悲寺之間的圍牆前行，以切斷可能的撤離路線。前方很快回報，草廬裡確實有人在活動。元載這次沒有輕舉妄動，他耐心地等著所有部隊就位，把草廬圍得一點空隙都無，連草廬前的放生池都被盯緊，這才下令強攻。

三名膀大腰圓的士兵手持巨盾，衝到草廬門口，一下子撞開那扇單薄的木門。草廬裡傳來一個女子的尖叫，還有男人憤怒的斥責聲，然後是紛亂的腳步聲和掙扎聲。

抓捕在一瞬間就結束了。元載滿意地看到岑參和聞染各自被兩名士兵扭住胳膊，押出草廬。他走過去，好奇地端詳著這個年輕姑娘。

她有著一張小巧精緻的臉龐，眼睛卻很大，嘴脣微微翹起，顯得很倔強，是個美人胚子。難怪永王會動心。不過她神色很憔悴，估計這半天也被折騰得夠慘。

說起來，這姑娘還是他的恩人。若不是封大倫起意要綁架聞染，又怎麼會有後面這一連串事件，讓他元載一步一踩直登青雲？

元載突然湧起一股惡趣味，他走到聞染面前：「聞姑娘，我受人之託，要送妳回去。」

聞染抬起頭，眼裡閃過一絲希望：「是恩公嗎？」

元載哈哈大笑：「沒錯。他已經死了，臨死前把妳託付給了永王。」

他饒有興趣地觀察著，聞染的臉色從紅潤褪成蒼白，再從蒼白敗成死灰，整個人像是被抽去了骨頭，士兵們一下沒抓住她胳膊，她整個人直接癱軟在地板上。

「原來一個人澈底失去希望，會是這樣的反應啊。」元載嘖嘖稱奇，他還沒露出第二個思緒，聞染突然起身一頭撞向他小腹，像一頭憤怒的小鹿。

元載猝不及防，身子向後仰倒，嘩啦一聲跌進放生池裡，聞染也順勢掉了進去。

時值初春，放生池的水並不深，上面只覆著薄薄一層冰，冰層被這兩個人砸得粉碎。元載開始還驚慌地在冰水裡伸展手腳，很快雙腳踩到水底，心中略安定。可就在這時，聞染迅速欺近身子，隨手撈起一塊尖利的碎冰，橫在他的咽喉處。

現場登時大亂，士兵們急忙要下去救人，可看到聞染的威脅，都不敢靠近。

這次輪到元載的臉色變白了，鋒利冰冷的冰塊緊貼在肌膚上，讓死亡變得無比清晰。他的嘴唇不由自主地抖起來，這怎麼可以？這怎麼可以？今天的一切都這麼完美，怎麼能因為這麼一點小錯就死掉呢？

聞染半泡在冰水中，厲聲對周圍喊道：「你們都退開！」元載也急忙喊道：「快，快聽她的。」

士兵們只好後退。然後聞染用碎冰架住元載，從放生池走出來，讓他們把岑參也放了。在元載的催促下，士兵們只好依言而行。

岑參走過來，深深看了元載一眼，搖了搖頭：「你若不去玩弄人心，本已經贏了。」元載沉默不語。

聞染脅迫著元載，一步步朝著慈悲寺外走去。士兵們緊跟著，卻一籌莫展。元載道：「外面都是我們的人，你們逃不掉的。如果姑娘放下刀，我可以幫妳和妳恩公洗清冤屈。」

聞染沒理他，忽然轉頭對岑參道：「岑公子你走吧，這些事情本和你無關。」岑參一愣：「剩妳一個人在這裡？那怎麼行？」

「閉嘴！」

「公子已仁至義盡，你是未來要做官的人，不要被我拖累。」聞染緊緊捏著碎冰，面色淒然而堅決。

岑參還要堅持，可他忽然注意到，聞染那握著碎冰的手掌，正悄然滴著水。他陡然反應過來，聞染的碎冰堅持不了多久就會自行化掉，到了那時，恐怕兩個人誰也逃不掉了。

岑參一咬牙：「妳還有何事託付，我岑參一定辦到。」聞染苦笑道：「幫我收起聞記香鋪的招牌，連同裡面的恩公牌位一併燒掉，也就夠了。只盼和尚說的是真的，死後真有那極樂世界讓善人可去。」

岑參聽在耳中，百感交集，一連串浸透著鬱憤與情懷的精妙詩句呼之欲出。可他一句話也說不出來，只鄭重地一抱拳，然後轉身離去。

士兵們雖想攔截，奈何元載還在她手裡，都不敢動彈。聞染一直等到岑參的身影消失在慈悲寺大門，才一聲長長嘆息，把化得只剩一小塊的冰刀丟開，癱坐在地上。

死裡逃生的元載飛快地跑開十幾步遠，然後吩咐士兵把聞染死死抓住。他這時才發覺自己後心全被冷汗浸透，現在風一吹覺得冰涼一片。

元載氣急敗壞地掀起前襟，把臉上的水漬擦乾淨，眼中露出凶光。對於元載這樣的人來說，瀕臨死亡是極其痛苦的體驗。那個岑參無關緊要，這個聞染差點給這一個完美的夜晚留下難以彌補的瑕疵，絕對不能容忍。

他們押送著聞染離開慈悲寺，朝著京兆府走去。這次聞染沒有任何逃跑的機會，四個士兵把她牢牢夾住，外面還有另外四個隨時出刀。元載則站得遠遠的，避免重蹈覆轍。

這一列如臨大敵的隊伍很快抵達了京兆府門口，恰好趕上一輛高大華麗的馬車即將從門口出發。馬車與隊伍擦肩而過，忽然一張驚喜的臉從馬車裡探出來。

「元評事。」

元載看到是王韞秀，原來是王府的馬車到了，正要接她回家。他露出笑意，還沒來得及開口，王韞秀又驚喜地喊道：「聞染？妳也還活著？」

被押送的聞染猛然抬起頭，終於哇地哭出聲來：「王姐姐！」

元載的笑容登時凝固在臉上。

＊

檀棋站在興慶宮前的火樹之下，平靜地望著街道的盡頭。

這一帶是長安城最熱鬧的地方。不光有全長安最大最華麗的燈架群和最有才華的藝人，而且一過四更，天子將在這裡親登勤政務本樓，與民同樂，從幾十支拔燈隊中選出最終的勝利者。眼下還有不到兩個時辰，百姓們紛紛聚攏過來，將這裡簇擁得水洩不通。

不過周圍這一切喧騰，都與她無關。

遠遠地，街道盡頭先出現六名金甲騎士，然後是八個手執朱漆團扇和孔雀障扇的侍從，緊接著，一輛氣質華貴的四望車在四匹棗紅色駿馬的牽引下駛過來，左右有十幾名錦衣護衛跟隨。

這個儀仗已經精簡到了極點，可面對這漫無邊際的人潮，還是顯得臃腫龐大。整個隊伍不得不把速度放到最緩，一點點趕開前方的百姓，朝興慶宮開去。

檀棋趁這個機會，以極快的速度衝入儀仗隊，不顧四周的衛士抽出刀劍，用雙手扒住了四望車的軫板，聲嘶力竭地喊道：

「太子殿下！靖安有難！」

＊

平康坊有一處荒蕪的廢廟，叫管仲祠，不知何年所建，何年所廢。據說管仲是青樓業的祖師爺，他的廟出現在這裡，並不算奇怪。這廢祠隔壁，就是守捉郎的書肆。

二十幾個守捉郎站在廟前的破香爐旁邊，個個面露凶惡，手執武器。他們的中央，正是隊正。他們沒有舉火，就這麼靜靜地站立在黑暗中。不多時，遠處小道上傳來吱呀吱呀的聲音，車輪滾動，碾過碎土路面。不少守捉郎下意識地提起武器，隊正卻不動聲色。

牛車緩緩開到廟前，車夫一收韁繩，固定住車身。葛老與張小敬從車上下來，前者老弱不堪，後者傷勢未復，這一老一傷，跟另一邊的殺氣騰騰形成極大反差。

隊正張望了一下，似乎牛車後面沒跟著什麼人，開口道：「葛老，你找我何事？」

葛老搖搖頭：「我跟你沒什麼好說的，是這位朋友要找你。」然後他閃身讓開，露出後面的張小敬。他的臉色還是蒼白，腳步因傷重而有些虛浮。

他一現身，立刻掀起一陣騷動。不少守捉郎揮舞武器，恨不得立刻撲過來要動手。隊正喝令他們安靜，然後瞪向這邊：

「張閻羅？你還敢露面？」

隊正一口叫出綽號，顯然已查過他的底細。張小敬上前一步，絲毫不懼：「殺火師者，另有其人。」隊正冷笑一聲，根本不信。張小敬道：「不信你可問問隔壁鐵匠鋪的各位，是不是在我之前，也有一人進去，卻再沒出來過？」

隊正見他說得斬釘截鐵，便召過幾個人低聲問了一回，抬頭道：「你說得不錯，可這不代表不是你殺的。」

「我沒有殺火師的理由。我是靖安司都尉，來這裡只為查詢一件事：委託守捉郎在波斯寺刺殺一位長老的，是誰？」

隊正譏諷地笑道：「靖安司都尉？你的通緝已經遍及全城，就算我守捉郎不動你，你也無處可去。」

「那與你無關。委託守捉郎在波斯寺刺殺一位長老的，是誰？」

「為何我要告訴你？」

「因為這件事關係到長安城的安危！波斯寺的普遮長老，涉嫌一場毀滅長安的大陰謀。如果你們拒絕合作，就是為虎作倀，與朝廷為敵。」張小敬瞇起獨眼，語氣變得危險。

「你一個逃犯，有什麼資格危言聳聽！」

隊正大怒，伸出手去，猛然抓起張小敬。張小敬沒有躲閃，一下子被他按在香爐旁，臉在香爐凹凸不平的銅紋飾上，一陣生疼。

葛老無動於衷，他只答應帶張小敬來見守捉郎，沒答應保障他性命。

隊正抓著張小敬的頭髮，匡匡撞了幾下，撞得他額角鮮血直流。張小敬也不反抗，等隊正動作停下來，他以冷靜到可怕的腔調繼續說道：「西市下午的爆炸案，你可知道？」

隊正一愣，手不由得鬆了一下。那場爆炸他沒目睹，可派人去打聽過。可惜封鎖太緊，沒打聽出什麼內情。

張小敬直起身子倚靠香爐，咧嘴笑道：「這樣的爆炸，在長安還有幾十起正在醞釀，唯一的線索就是普遮長老。你們刺殺了長老，那麼這個黑鍋就是你們背了。」

他半邊臉都是香爐印子，流淌著鮮血，看起來如同地獄爬出來的惡鬼，猙獰可怖。隊正眉頭緊皺，這個人說的話沒有證據，可他不能等閒視之。守捉郎能生存到現在，靠的不是武力和凶狠，而是謹慎。

張小敬道：「本來我已說服刺客劉十七，帶我們來找你，可車隊在半路被攔截了，劉十七當場殞命。這說明對方打算斬斷線索，讓守捉郎成為這條線的末端。官府追查，也只能追查到你們頭上。」

這件事隊正也聽說了。出事的路口離平康坊並不遠，除了劉十七之外，還有幾個軍官被波及。

「所以，讓我再問你一次，委託守捉郎在波斯寺刺殺普遮長老的，是誰？」

隊正生硬地回答：「不知道。客戶與火師一直是單線連繫，只有火師知道委託人的樣貌。」

「沒有別的紀錄嗎？」

長久的沉默之後，隊正才勉強回答道：「火師會存一份祕密帳簿，以防意外。不過這份帳簿只有我和火師知道存放在何處。」

難怪他猶豫再三才說。如果客戶知道守捉郎偷偷存他們的資料，一定不會再對他們那麼信任。

張小敬道：「我要看這本帳簿。」

「憑什麼？」隊正不悅。

張小敬一指葛老：「我本來有一個很好的機會，可以離開長安城，遠離你們的追殺，可是我偏偏返回來找你們。你知道為什麼嗎？因為這件事太大了，大到我根本顧不上個人得失。」

葛老點點頭，表示他所言不虛，然後又撇撇嘴，表示對他的選擇不屑一顧。

「對你們也一樣。這件事太大了，已經超乎你們所謂的恩怨和規矩。」張小敬道，「給不給帳簿，隨便你們。只是要做好心理準備，得為自己的選擇負責。」

隊正與周圍幾個人低聲商量了一番，開口道：「你可以看那本帳簿，但必須在我們的控制下，而且你只能看我們指定的那一部分。」

張小敬毫不猶豫地答應了。

隊正叫了兩個人，把張小敬五花大綁，帶著朝書肆走去。葛老和其他大部分守捉郎則等在巷口，不得靠近。到了書肆門口，隊正示意張小敬在門口等候，自己進屋。過不多時，他拿著一卷赭皮文卷出來。

這文卷其貌不揚，尺寸又小，不那麼引人注目，確實是祕寫帳簿的好地方。

隊正手持文卷，正要解開卷外束著的絲條，突然感覺頭上風聲響動。他一抬頭，一個黑影猝然從天而降，電光石火之間，文卷已告易手。

與此同時，張小敬大喝一聲，把身上的繩子掙開，朝黑影撲去。原來這繩子本是虛扣，輕輕一拽即開。黑影沒料到這一點，身形往後疾退，卻被書肆的夯土牆給擋住了退路。

黑影急中生智，一手抓住文卷，一腳踢在夯土牆凹凸不平的表面，借著那一排小坑，居然堪堪避開了張小敬的一撲，眼看就要躍上牆頭。

這時又是幾聲吆喝傳來，三四面漁網從左右高高揚起。那黑影身法再快，也逃不出這鋪天蓋地的籠罩，先是帶著漁網向上一竄，然後又被守捉郎拽回，重重摔在地上。

張小敬走到那黑影身前，把文卷從他手裡踢開。文卷一踢即散，裡面的紙張一片空白，隻字未著。

「守捉郎以誠信為先，又怎麼會偷偷記客戶的小帳？你對他們若有一點信任，也不會中這個局。」張小敬嘲弄道。

原來這一切，都是他們布下的一個局。

這個黑影先殺火師，又殺劉十七，他的使命一定是替組織斬斷一切可能的線索。可是這傢伙動作實在太快了，追趕不及，只能等他自投羅網。所以在葛老的斡旋下，將信將疑的隊正與張小敬合演了一齣戲，算準黑影一定會潛伏在附近，伺機出手。

他們假裝有那麼一卷祕密帳簿，裡面暗藏委託人的線索。這樣一來，逼得黑影必須在張小敬得到之前，出手先搶。任憑他狡黠，也沒料到原本是仇敵的守捉郎和張小敬，居然會聯手準備了一個大大的陷阱等他到來。

四周有燈籠亮起，照亮了這個黑影。這人臉上還是那副老人模樣，一身貼身麻衣遮不住勻稱健壯的身材。他趴在漁網裡，如同一條上岸很久的魚，一動不動。

隊正走過來，手持鐵錘，雙目放著銳利的光芒：「這就是那個殺了火師的殺手？」

「不錯。」

隊正伸腿踢了一腳，黑影全無反應。他又加重腳勁，連連踢踹。張小敬淡淡道：「別打死，我還有話要問他。」隊正把大錘高高舉起：「問話，只要留一張嘴就夠了吧？」然後朝黑影的膝蓋重重敲去。不料黑影在漁網裡突然一聳，整個身子平移了一點距離，及時躲過這一擊。

「垂死掙扎。」隊正冷笑著，把錘子又轉了轉，準備發起第二擊。

可就在這時，巷子口外的守捉郎慌忙跑進來，大聲嚷著說有大批武侯集結過來。

「嗯？他們怎麼會來？誰報的官？」隊正皺起眉頭，看向葛老，葛老攤開手，表示自己是無辜的。張小敬的視線掃向漁網，他知道是誰幹的了。

這個殺手，從來就不是一個單純的殺手，他會利用周遭一切為己所用。張小敬剛抵達書肆，這傢伙就透過一連串巧妙的手段，讓守捉郎跟張小敬產生誤會，他趁亂逃脫。這次他又故伎重演，提前報官說張小敬藏身書肆，再行出手。這樣無論他得手與否，蜂擁而至的武侯都可以把局勢攪亂。

謀定而後動的，可不只是張小敬。

隊正悻悻收起錘子，吩咐左右把漁網收緊：「這個人，我們必須帶走。」張小敬沉下臉來：「我們不是說好了嗎？等我問到想要的東西，你們隨便處置。」

隊正指了指巷子口：「你先把外面的事情解決吧，守捉郎可不會為一個通緝犯提供庇護。」張小敬譏笑道：「什麼恩必報、債必償，原來只能聽後半段。」隊正面色略一尷尬，可最終只是擺了擺手：「你若能逃脫追捕，再來找我們不遲。」

守捉郎的仇人，必須由守捉郎來處理，這事關臉面，但他們並不想招惹官府。

他怕張小敬又來糾纏，把身子強行擋在他前面，催促手下把刺客抓走。張小敬一見急道：「先把雙腿敲斷！」

可他說得太晚了，幾個守捉郎已經掀開了漁網，俯身去按黑影的四肢。按他們的想法，四個人一人對付一肢，可謂萬無一失。可就在漁網掀開的一瞬間，黑影的袖口猛然抖出一股綠油油的汁液。

四個人猝不及防被汁液噴到身上，不約而同發出尖叫，動作為之一滯。黑影趁這個機會原地跳起，一邊向牆頭躍去，一邊繼續向四周噴灑綠液。

張小敬反應很快，伸手去拽他褲管，那綠液沾在皮膚上，一陣火辣辣的疼。黑影被這一拽，身形稍頓，隊正揮舞著大錘已經砸過來。這黑影不閃不躲，把左臂迎上去。那大錘砸在胳膊上，登時喀嚓一聲臂骨折斷，可黑影用這一條胳膊的代價，爭取到一個機會，左手猛彈幾下，綠液一下飛入隊正的眼睛裡。

隊正痛苦地狂吼一聲，把大錘丟掉，拚命揉搓眼睛。黑影利用這一瞬間的空隙拔地而起，重新躍上牆頭。

這一連串變化說起來長，其實只在瞬息之間。黑影著實狠辣，為了爭取先機，竟連胳膊也捨掉一條。他一跳上牆，回頭看向張小敬，一個如風吹過瓦礫的沙啞聲音傳來：「張小敬，我魚腸一定會取你性命。」

說完他一晃身子，消失在夜色裡。

張小敬沒去管躺在地上打滾的隊正，他把沾在袖子上的綠液放到鼻前聞了聞，分辨出這是綠礬油[1]，乃是道門煉丹的材料。這東西有虎性，觸及紙、木、肌膚，皆能速蝕。不少刺客會在袖口藏著一個袖囊，裡面灌有綠礬油，危急時可有奇效。

「這個自稱魚腸的傢伙到底是什麼來頭……」張小敬暗暗心驚，臉上的憂色濃郁到無以復加。

他已經竭盡所能，在如此艱難的局面下拚命抓到一線希望，可到頭來，還是讓魚腸逃掉了。魚腸不會再上當，最後一條線索，就此斷絕。

希望一斷絕，無窮的壓力便從四面八方湧過來。饒是張小敬的堅毅心性，終於也心力交瘁。他開始懷疑，大概天意如此，就像是去年那一場廝殺，竭盡所能又如何，孤軍奮戰終究逆轉不了大局，亦不能救回戰友性命。一個人，到底沒辦法對抗一個組織。

何況現在的他，是被大唐朝廷和闕勒霍多兩個龐然大物前後夾擊。所有的努力，從付出那

---

1 硫酸。

一刻起就已注定是無用之功。葛老之言，如同心魔一般在腦海裡無限迴圈：你顧念大唐，大唐顧念你嗎？

張小敬勉強睜開獨眼，眼前的視線已開始模糊。武侯們急匆匆地衝入小巷，揮舞著鎖鍊和鐵尺，正要來個甕中捉鱉。守捉郎們攙扶著受傷的隊正，全數退開，葛老也已悄然離開。他們都絕不會出手相救。

真真正正的絕境，內外都是絕境。

「汝能啊，對不起，我沒辦法遵守不退的承諾了。」張小敬頹唐地垂下肩膀，背靠土牆，一瞬間衰老了許多。

突然，他的耳朵一動，急忙抬起頭來，黑影又一次從旁邊不遠處的屋簷直撲下來，衝著這邊飛來。張小敬沒想到這傢伙去而復返，習慣性地回肘一頂。不料那黑影根本沒防備，被一肘砸中鼻子，哎呀一聲躺倒在地。

張小敬一聽聲音不對，定睛一看，卻是失蹤已久的伊斯。這傢伙自從在朱雀大街走散以後，就再沒出現過，張小敬本以為他被甩掉了，想不到居然在這裡出現。那對波斯貓似的雙眼，滿盈著酸鼻的淚水。

「你怎麼……」

「莫多言，跟上我的腳步！」伊斯顧不得多解釋，轉身又朝牆上爬去。

張小敬發現，牆上簷下那些凹坑、椽子頭、瓦邊、裂隙，看似雜亂無章，可在伊斯腳下，卻如同一條隱形的樓梯。只要按照特定順序和節奏，很輕鬆就能登上去。他如法炮製，果然沒費多大力氣就攀上牆頭。

伊斯帶著張小敬一會兒越梁，一會兒翻簷，在諸多房屋之間施展著巧妙步伐，飛簷走壁，如履平地。一會兒功夫，他們就遠遠地甩開那些追兵，跳進一個無人的僻靜院子裡。

還沒等張小敬發問，伊斯就哇啦哇啦自顧自說了起來。

原來他在朱雀大街上並不是走散，而是起了爭勝之心，想先張小敬一步立功。於是伊斯施展跑窟之術，先翻進平康里。不料他身手雖好，卻不辨方向，糊裡糊塗，竟誤入一家青樓，耽誤了好些時間。等到他擺脫糾纏，回到大街上時，正好目睹了魚腸襲擊關押劉十七的馬車。

伊斯大驚失色，連忙悄悄跟了上去。他依靠跑窟的技巧，竟一直沒有跟丟，也沒被發現，就這麼隨著魚腸來到小巷盡頭的書肆。

接下來的連番起伏變化，讓伊斯一下反應不過來。他看到魚腸逃跑，本想去追，可又見到張小敬快要被武侯抓走，兩邊必須選一邊，最終伊斯一咬牙，還是選擇了先救張小敬。

「憾甚！憾甚！」伊斯遺憾地抓抓頭。

張小敬沒有廢話，直接問道：「你跟了他那麼久，對於他的身分有什麼線索嗎？說人話！」

「呃……這傢伙肯定是西域人，至少在西域待過一陣，那一身跑窟的功夫，和在下的實力在伯仲之間。」伊斯很謙虛地表示。

「那他的行蹤呢？是否有藏身處？」

「沒有，他一直在平康坊的房頂上移動，靈巧如貓。不過在下窺得……」伊斯從懷裡掏啊掏啊，掏出一個小玩意兒。

這是半枚竹片，有指甲那麼大，狀如八角。

伊斯說，魚腸為了方便騰躍，腳上穿了一雙特製的魚骨鞋，鞋底有許多棱，狀如魚骨。這半枚竹片，恰好嵌在棱線之間。伊斯眼睛尖，在追蹤途中發現魚腸在一處屋頂起跳時，鞋底掉下一塊東西，便隨手撿了起來。

「早跟您說過，長安城裡，沒有事能瞞過我的眼睛。」

張小敬拿起這竹片仔細審視，沒看出所以然。虧他的內心剛才還燃起了一線希望，原來又是個虛像。他搖搖頭，對伊斯頹然道：「謝謝你，不過我們已經沒辦法阻止闕勒霍多了，你還是盡快回寺裡，通知僧眾出城避難吧。」

伊斯大驚：「這不是有線索了嗎？」

「一片隨處可見的竹子，又能說明什麼？」張小敬意興闌珊地回答。

伊斯把臉湊近，不太高興：「隨處可見？你是在懷疑我的眼力嗎？隨處可見的竹片我會特意撿起來嗎？你看，這個八角形，應該是精心切削的，中間還有一截凹槽呢。這在長安可不是隨處可見……」

聽著伊斯的話，張小敬原本頹喪的神情又注入了一絲活力。

他說得沒錯，這個竹片的切削方式太少見了。不是說削不出，而是不划算。這刀功太細緻，沒人會在一個不值錢的小竹片上花這麼大功夫，除非，它屬於更大的一個裝置。

張小敬的眼神漸漸嚴肅起來，猛然想起一件事。

昌明坊爆炸之後，靖安司在現場搜集了大量碎片，帶回去研究。他曾經仔細看過一遍，找回了曹破延的項鍊。現在回憶起來，碎片中似乎還有不少碎竹頭，徐賓還曾抱怨說扎手。

可那時他只是草草一瞥，不記得具體細節了，不知那些碎竹頭，和手裡這個竹片有無關係。張小敬心想，如果他想搞清楚，就必須回靖安司才成。可是，那些證據應該已經付之一炬了吧？

想到這裡，他又是一陣失望的疲憊。這時伊斯忽然握住張小敬的手，把胸前的十字架塞到他手裡，急切道：「張都尉，道心唯堅，放棄尚早。你看，我都沒灰心呢。」

那一雙寶石般的雙眼，似乎有著一種天真的力量。張小敬忍不住笑了一下，精神稍微振作了一點：「這件事本與你無關，幹嘛這麼上心？」

伊斯正色道：「波斯寺能否正名為景，全操之於都尉之手，在下自然得全力以赴。」

張小敬苦笑道：「我如今自保都難，只怕你要失望了。」伊斯卻道：「我教講究禱以恆切，盼以喜樂，苦以堅忍，必有所得。張都尉與別人氣質迥異，能酬注於一道，是要成大事的，必是我教的貴人。」

張小敬奇道：「若說為了財帛名利也就罷了，一個名字而已，真值得你冒這麼大風險？」

「是的。名不正則言不順。」伊斯答得極認真，彷彿天底下沒有比這更重要的事。他見張小敬還不是很信服，指了指自己的雙眼：「都尉可知道，我這一雙美目，是什麼來歷？」

「波斯？」

「唯有正統波斯王室才有這等剔透的琉璃碧眼。」伊斯口氣頗為自豪，旋即又嘆了口氣，「可惜太宗、高宗之時，大食逼迫，波斯竟致覆國。先王卑路斯舉族遷徙，投奔大唐，官拜右威衛將軍，王族子嗣散居在西域諸城。我一生下來，便是亡國之民，備受歧視，若非遇見我主，只怕屍骸早湮沒在沙漠之中。」

張小敬嗯了一聲，難怪他有時自稱波斯王子，還以為是戲謔，沒想到是真的。

伊斯忽然抬起頭，在胸口畫了個十字：「我的身世已見證了世事無常，興滅輪替。什麼權勢財富，都不能長久，唯有侍神方是永恆之道。為其正名是我一生的寄託，赴湯蹈火，在所不辭！」

他的雙眼閃閃發亮，張小敬根本沒法拒絕，只得無奈道：

「好吧，好吧。我設法回靖安司一趟，看看這竹片到底怎麼回事，死馬當活馬醫。」

他的話音剛落，四邊遠近的望樓同時開始閃爍，持續不斷。張小敬眉頭一皺，抬眼看去，發現這是最緊急的通信狀況，會反覆傳播同一內文，直到下一個命令進入。他很快解讀出這條內文，它來自大望樓，只有四個字不斷重複：

「不要回來，不要回來，不要回來。」

高寶書版集團
gobooks.com.tw

DN 217
長安十二時辰㊤
作　　者　馬伯庸
主　　編　吳珮旻
責任編輯　余純菁
封面設計　林政嘉
內頁排版　趙小芳
企　　劃　鍾惠鈞

發 行 人　朱凱蕾
出　　版　英屬維京群島商高寶國際有限公司台灣分公司
Global Group Holdings, Ltd.
地　　址　台北市內湖區洲子街88號3樓
網　　址　gobooks.com.tw
電　　話　(02) 27992788
電　　郵　readers@gobooks.com.tw（讀者服務部）
pr@gobooks.com.tw（公關諮詢部）
傳　　真　出版部　(02) 27990909　行銷部 (02) 27993088
郵政劃撥　19394552
戶　　名　英屬維京群島商高寶國際有限公司台灣分公司
發　　行　希代多媒體書版股份有限公司/Printed in Taiwan
初版日期　2018年 2 月

LIVE FOR BOOK
中联百文

國家圖書館出版品預行編目(CIP)資料

長安十二時辰／馬伯庸著　-- 初版. -- 臺北市：
高寶國際出版：希代多媒體發行, 2018.02
面；　公分. --（戲非戲；DN218-DN219）

ISBN 978-986-361-476-0（上冊：平裝）

857.7　　　　106022282